UNE COSMOLOGIE DE MONSTRES

SHAUN HAMILL

UNE COSMOLOGIE DE MONSTRES

roman

Traduit de l'anglais (États-Unis)
par Benoît Domis

ALBIN MICHEL

Ce livre est pour ma mère, Patrice Hamill,
mon mentor, Laura Kopchick
et ma femme, Rebekah Harrelson.

« C'était quelqu'un qui exprimait notre psyché. D'une certaine manière, il pénétrait dans nos zones d'ombre ; il était capable d'identifier précisément certaines de nos peurs secrètes et de les restituer à l'écran. L'histoire de Lon Chaney est celle des amours non partagées. Il expose cette part de vous-même au grand jour, parce que vous avez peur de ne pas être aimé, de ne jamais être aimé, vous craignez d'avoir en vous quelque chose de grotesque, dont le monde se détournera. »

Ray Bradbury

« Durant son sommeil, il avait rêvé pour la toute première fois d'immenses cités cyclopéennes composées de titanesques blocs de pierre et de monolithes crevant les cieux, exsudant une fange verdâtre et imprégnés d'horreur larvée. Les murs et les colonnes étaient recouverts de hiéroglyphes et des profondeurs invisibles sourdait une voix qui n'était pas une voix, mais plutôt une vibration chaotique que seule l'imagination pouvait convertir en son, et que le jeune homme tenta de restituer par une suite de lettres presque imprononçable : « Cthulhu fhtagn ».

H. P. Lovecraft,
« L'appel de Cthulhu »[1]

1. H. P. Lovecraft, *Cthulhu : Le mythe*, Livre 1, trad. Maxime Le Dain, Bragelonne, 2015.

PREMIÈRE PARTIE

L'IMAGE DANS LA MAISON DÉSERTE

1

Je me suis mis à collectionner les lettres de suicide de ma sœur Eunice à l'âge de sept ans. Je n'en ai jeté aucune, je les garde dans un pince-notes noir rangé dans le tiroir du bas de mon bureau. À part ça, on ne m'a pas permis d'emporter grand-chose. Je les ai souvent relues ces derniers mois, en quête de réconfort, de sagesse, ou simplement d'une confirmation que j'ai fait le bon choix, pour nous tous.

Quand Eunice a découvert que je les conservais, elle a préféré me les adresser directement. Dans l'une de mes favorites, elle écrit : « Noah, un dénouement heureux, ça n'existe pas. Il n'y a que de belles escales. »

Ma famille est extraordinairement douée pour ça. Chez nous, les choses ne se terminent jamais avec élégance. En général, elles ne débutent d'ailleurs pas beaucoup mieux. Par exemple, je n'ai appris le premier quart de cette histoire que très tard. Comme Jervas Dudley, j'ai consacré la majeure partie de mon adolescence et des premières années de ma vie d'adulte à errer parmi les tombes qui recelaient les secrets de notre passé. Qui que vous soyez, c'est précisément ce que je compte vous épargner. Par conséquent, je dois commencer ce récit en partant de l'extrême périphérie de la zone d'ombre qui plane sur ma famille : ma mère, Margaret Byrne, grande rousse à la peau claire en cet automne 1968.

2

Comme moi, ma mère est une enfant arrivée tardivement dans le mariage de ses parents. Contrairement à moi, elle bénéficia de leur réussite financière. Son père, Christopher Byrne, travaillait comme acheteur en prêt-à-porter féminin pour la chaîne de magasins Dillard's, il comptait même parmi les proches de William T. Dillard en personne.

Margaret savait peu de choses à son sujet ; elle le voyait comme ce bel inconnu qui sentait la cigarette et rapportait des cadeaux de ses fréquents voyages à New York. Le plus souvent, il s'agissait d'enregistrements réalisés par la distribution originale des comédies musicales auxquelles il assistait pendant ses déplacements. Elle grandit dans une maison cossue de la banlieue de Memphis, dans le Tennessee, et ne manqua jamais de rien : argent de poche, vêtements à la mode, voiture, etc. Le moment venu, ses parents payèrent ses frais de scolarité à l'Université de Tilden, un petit établissement chrétien conservateur à Searcy, dans l'Arkansas, qu'ils avaient eux-mêmes fréquenté.

Tu n'auras jamais de problèmes financiers, lui promit sa mère. En 1965, Margaret n'avait aucune raison d'en douter. Mon grand-père connut chez Dillard's une réussite si insolente qu'il quitta l'entreprise en 1966, l'année où ma mère s'inscrivait en première année, pour fonder son propre commerce. Cependant, le démarrage de l'activité à l'hiver 1967 se révéla plus laborieux que prévu. À l'été 1968, la mère de Margaret annonça à sa fille rentrée pour les vacances la mauvaise nouvelle : le magasin faisait faillite. Les Byrne pourraient encore couvrir une année de ses frais de scolarité, à condition qu'elle renonce à sa voiture, à son allocation mensuelle et à la résidence universitaire.

Quand Margaret rappela à ses parents que sa licence d'anglais nécessitait au moins deux années d'études supplémentaires, sa mère lui conseilla de concentrer ses efforts sur la recherche d'un mari. Elle n'estima même pas utile de préciser qu'elle envisageait un master en sciences de l'information et des bibliothèques.

À peine découragée, Margaret géra de son mieux une situation presque impossible. De retour à Searcy à la fin de l'été, elle trouva du travail chez Bartleby's, la seule librairie en ville. Elle loua également une chambre chez la propriétaire, Rita Johnson, une veuve qui croyait davantage dans le pouvoir de l'écrit qu'en celui de n'importe quelle religion. Les opinions politiques de Mme Johnson penchaient plutôt du côté de Betty Friedan que de Richard Nixon. Elle vivait dans une confortable maison à un étage proche du campus, ne demandait qu'un loyer de misère et ne fixait presque aucune règle. Elle se moquait de l'heure à laquelle sa locataire rentrait, tant qu'elle ne ramenait pas de garçons au premier ; Margaret pouvait aussi utiliser la télévision et le tourne-disque, à condition de maintenir le volume à un niveau raisonnable.

Cette liberté toute neuve constituait un changement brusque, presque surprenant après la stricte discipline de la résidence universitaire. Margaret n'avait pas choisi Tilden, qui imposait à ses étudiants la signature de serments de moralité et la présence à l'office du dimanche matin. Comme son père refusait de lui payer un autre établissement, elle avait enduré tout l'aspect religieux dans l'espoir d'obtenir un diplôme qui lui permettrait d'envisager une carrière et une vie à elle. À présent, Mme Johnson lui donnait un avant-goût de ce que cette existence pourrait lui offrir.

Margaret appréciait son nouveau domicile, son autonomie ; plus que tout, elle adorait les allées étroites et sombres de Bartleby's. Elle aimait regarnir les étagères, créer des vitrines thématiques et aider les clients qu'elle considérait comme des âmes sœurs en quête de bonnes histoires. La seule source d'irritation de sa vie professionnelle se prénommait Harry. Le jeune homme venait environ deux fois par semaine et lui posait des questions dont elle le soupçonnait de connaître les réponses : *Qui a écrit* De grandes espérances *? Où sont les biographies ?* Il la remerciait toujours pour l'information, puis finissait invariablement par s'asseoir par terre au rayon science-fiction, où il lisait sans jamais rien acheter.

Comme il semblait approximativement du même âge qu'elle, Margaret supposa qu'il fréquentait également Tilden, sans comprendre où il trouvait le temps de lire autant *et* d'aller à la fac. Par ailleurs, s'il étudiait à Tilden, il avait probablement les moyens de se payer des bouquins. Pourquoi traîner chez Bartleby's ? Il lui tapait sur les nerfs, mais chaque fois qu'elle abordait le sujet avec lui, il replaçait l'ouvrage qu'il consultait en rayon, s'excusait et sortait.

Elle jongla un moment avec ses trente-deux heures hebdomadaires à la librairie, ses cours et ses révisions, mais cet emploi du temps se révéla plus difficile à tenir qu'elle ne l'avait prévu. Le travail chez Bartleby's – bien que relativement facile – l'épuisait. À la fin de la journée, elle avait mal aux pieds et son cerveau lui faisait l'effet d'une éponge essorée. Elle n'avait qu'une envie : s'allonger sur le canapé de Mme Johnson et regarder la télévision. Les soirs où elle se forçait à étudier, elle avait l'impression de ne pas avancer, tout devenait extrêmement laborieux. Elle éprouvait des difficultés à se concentrer, et devait relire plusieurs fois certains paragraphes (ou de simples phrases) pour se faire une vague idée de leur signification. Elle se sentait tout le temps fatiguée et multipliait les pannes d'oreiller ; elle manquait des cours et rendait les devoirs en retard ou pas du tout. À la fin septembre, ses notes touchèrent le fond.

Elle n'avait pas oublié les conseils matrimoniaux de sa mère, dont la voix railleuse se glissait fréquemment dans ses pensées. Son filet de sécurité prit la forme de Pierce Lombard, un garçon rencontré en cours d'histoire des civilisations occidentales. Grand et maigre, les cheveux ras – une coupe passée de mode depuis dix ans –, des yeux aux paupières lourdes soulignés par des poches sombres, il semblait perpétuellement endormi et paraissait dix ans de plus que son âge (il avait vingt ans), mais il invitait régulièrement Margaret à sortir. Issu d'une riche famille de magnats du poulet industriel – quiconque achetait de la volaille dans un magasin d'alimentation du Sud des États-Unis à l'époque avait probablement déjà goûté à un produit Lombard –, il tentait à l'occasion d'expliquer leur activité à Margaret. Mais dès qu'il s'y risquait, l'attention de la jeune femme vagabondait.

Ils n'allaient pas souvent au cinéma ; Pierce, qui passait pour conservateur et dévot même à Tilden, désapprouvait la plupart des films. Et s'ils assistaient à une projection, il restait assis, raide comme un piquet ; il ne souriait pas, ne riait jamais. Parfois, Margaret l'observait dans l'obscurité et se demandait à quoi il ressemblerait dans dix ou vingt ans, usé par les pressions de l'entreprise avicole familiale.

Toujours poli, il lui tenait la porte, disait « S'il te plaît » et « Merci ». Quand ils allaient batifoler dans sa Mercedes, ses baisers paraissaient mathématiquement calculés pour ne pas franchir la frontière qui séparait les bonnes manières de la passion ; ses mains ne se hasardaient jamais bien loin de sa taille, de son ventre ou de son visage. Margaret, en jeune fille sage encore vierge, imaginait le véritable amour comme un sport de contact, intense et dangereux, qui se pratiquait dans la forêt à même le sol ou le long de la voie ferrée et venait couronner la communion de deux âmes en quête de pureté. Elle se demanda si Pierce, lui-même un garçon bien sous tous rapports, attendait qu'elle manifeste une affinité spirituelle avant de montrer ce genre de passion. Ainsi, un soir de début octobre, elle tendit la main vers ses genoux et serra son entrejambe. Il sursauta, la repoussa et se réfugia le plus loin possible du côté conducteur.

« Pourquoi t'as fait ça ?

– J'en avais envie, répondit-elle.

– La question n'est pas là. Ce n'est pas bien. »

Il la raccompagna chez elle, et lui souhaita bonne nuit sans l'embrasser.

Margaret avait toujours considéré que la religion se pratiquait en société, pas en privé. Qui croyait sérieusement aux balivernes qu'on leur racontait le dimanche ? Pierce était un garçon. N'aurait-il pas dû insister, se montrer plus entreprenant ? Il ne pensait tout de même pas que Jésus se souciait réellement de ce qu'ils faisaient dans l'intimité ? Pierce n'aurait-il pas dû se réjouir de l'intérêt qu'elle manifestait pour son pénis ?

Il cessa de l'appeler, et pendant les cours et les services auxquels ils assistaient en commun, s'assit dorénavant le plus loin possible d'elle. Ce temps libre retrouvé n'eut cependant pas d'impact positif sur les notes de Margaret qui échoua à trois examens successifs. Quand son professeur d'algèbre lui tendit sa copie de milieu de trimestre avec un gros F sur la première page, il lui chuchota : « Reprenez-vous, mademoiselle Byrne. »

Tant d'injustice la rendait furieuse ; elle en voulait au monde entier en général, et à personne en particulier. Était-ce sa faute si son père s'était révélé un piètre homme d'affaires ou si cette andouille de Pierce ne mordait pas à l'hameçon ? Comment réussir dans ces conditions ?

Le jour où elle reçut sa note d'algèbre, elle arriva au travail en colère. Sensible à son humeur orageuse, Mme Johnson la laissa seule pour regarnir le rayon science-fiction, une stratégie qui aurait pu fonctionner sans Harry. Adossé aux étagères, il en bloquait l'accès, un livre cartonné ouvert sur les genoux. Juste sous une affichette *Merci de ne pas lire dans les rayons*.

Croisant les bras, elle lui lança un regard mauvais. Entré par la fenêtre derrière elle, le soleil projetait en partie son ombre sur lui.

« Bonjour, Margaret, la salua-t-il en souriant. Je cherche des bouquins de Philip Roth… » Comme elle ne lui rendait pas son sourire, il ajouta : « Qu'est-ce qui se passe ?

– Tu sais lire ? Tu comprends la signification des mots ? Ou est-ce que tu te contentes de tourner les pages en prenant l'air intelligent ?

– Je sais lire.

– Alors, fais-moi plaisir… » Elle arracha l'affichette *Merci de ne pas lire dans les rayons* accrochée au-dessus de sa tête et voulut la jeter dans sa direction. Mais, trop légère, elle tourbillonna entre eux comme une feuille morte, voltigeant avec indolence. Harry la regarda toucher le sol avant de lever les yeux vers Margaret.

« Oui, Margaret ? demanda-t-il.

– Fais-moi plaisir… tu… tu… *tu as lu ce fichu bouquin, alors achète-le !* » Elle l'attrapa par l'épaule. « Debout. »

Peut-être surpris par la violence de sa colère, Harry s'exécuta et se laissa escorter hors du rayon science-fiction, son livre toujours ouvert entre les mains.

« Harry a trouvé son bonheur », annonça Margaret à Mme Johnson en le poussant vers la caisse.

Malgré son regard implorant, elle posa le livre sur le comptoir. C'était un grand volume relié aux pages en papier glacé, le genre d'ouvrage à sa place sur une table basse.

Mme Johnson releva son prix sur la jaquette intérieure.

« Vous êtes sûr, Harry ? »

Il poussa un grognement affirmatif et elle enregistra son achat, lui confirmant le montant dû. Il grimaça, mais sortit tout de même son portefeuille craquelé pour payer. Mme Johnson glissa le livre dans un sac. Il marmonna quelques mots de remerciement et partit.

« Tu veux bien m'expliquer ? demanda Mme Johnson à Margaret quand elles furent de nouveau seules.

– Ce n'est rien.

– Tu es sûre, ou tu n'as pas envie de m'en parler ?

– Pensez ce qui vous plaira, madame Johnson.

– Pas sur ce ton-là avec moi, jeune fille. »

Margaret retourna dans les rayons. À mesure que le temps s'écoulait, sa colère reflua jusqu'à disparaître complètement, sa véhémence la laissant perplexe. Certains aspects de Harry la tracassaient, des détails auxquels elle n'avait jamais prêté attention : la manche effilochée de sa chemise ; le tissu rêche à force de lavages répétés ; les genoux usés de son jean ; une odeur de graillon qu'elle ne parvenait pas à situer, dès qu'il se trouvait à proximité.

Ce soir-là, en sortant du boulot, son vague sentiment de honte l'accompagna jusque sur le parking où Harry l'attendait, assis en tailleur sur le capot de sa vielle Chevy cabossée, les mains posées sur les genoux. On ne voyait presque jamais de vieilles bagnoles de ce genre sur le campus. Peut-être était-il boursier ? À moins qu'il travaille lui aussi pour payer ses études ? Le rouge aux joues, elle se força à approcher.

« Pas donné, ce bouquin, dit-il.

– Tu peux le rapporter. Si tu as gardé le ticket de caisse. »

Il grimaça. « Je ne peux pas faire ça à Mme Johnson. Elle a toujours été gentille avec moi.

– Tu veux que je te rembourse ? » Elle fouilla dans son sac à la recherche de son porte-monnaie.

Il sembla peser le pour et le contre. « J'avais prévu d'aller au cinéma ce soir, répondit-il. Si tu tiens vraiment à arranger les choses, tu n'as qu'à acheter les places.

– Tu me demandes de t'accompagner ?

– On prend ma voiture. Tu paies pour l'entrée.

– Qu'est-ce que tu as envie d'aller voir ?

– *Rosemary's Baby* est à l'affiche à Little Rock depuis peu. »

Margaret en avait entendu parler. Le pasteur leur avait dit tout le mal qu'il en pensait à la chapelle la semaine précédente ; il avait employé des termes aussi généraux qu'excitants : *blasphématoire, impie, abominable*. Tout étudiant qui irait voir ce film (ou lirait le roman d'Ira Levin dont il était tiré) risquait l'expulsion – à condition d'être pris en flagrant délit. Mais ni l'avertissement du révérend Landon ni le mémo affiché dans tout le campus ne comportaient de détails sur le film en question. Qu'est-ce qui le rendait impie ? En quoi était-il blasphématoire ?

Si Margaret avait encore habité la résidence universitaire, elle n'aurait même pas envisagé cette idée. Mais Mme Johnson ne la dénoncerait pas ; la propriétaire de Bartleby's estimait que toutes les histoires étaient bonnes à raconter, indépendamment de leur moralité intrinsèque. Elle serait fière que Margaret prenne une décision sans se laisser influencer.

Néanmoins, Little Rock se situait à quatre-vingts kilomètres de Searcy, et Margaret avait un devoir de chimie à terminer, ce dont elle informa Harry.

« Je roulerai vite, à l'aller comme au retour », répondit-il.

Elle regarda le pull tout simple et la jupe qu'elle avait portés en cours ce matin. Pas exactement une tenue digne d'un premier rendez-vous, mais elle était là pour se racheter, pas pour entamer une idylle. Au moins, avec ces vêtements, il ne se ferait pas d'illusions sur ce point.

« Alors, c'est d'accord », dit-elle.

3

C'était un film d'horreur avec cette actrice vue dans *Peyton Place*, l'histoire d'un jeune couple qui emménage dans un nouvel appartement et tombe dans les griffes de voisins satanistes âgés et prévenants. Margaret acheta les places, Harry payait pour le pop-corn et les sodas. À plusieurs reprises pendant la séance, leurs doigts se touchèrent dans le seau à pop-corn, mais il ne tenta pas de lui tenir la main ou de passer un bras autour d'elle. À part quelques regards furtifs dans sa direction, il concentra son attention sur l'écran, l'air fasciné.

Le film, qui ne jouait pas sur des effets terrifiants faciles à la bouh-fais-moi-peur, se révéla perturbant à un niveau plus profond, plus primitif. Margaret s'identifia au personnage de Rosemary, tyrannisée et isolée par son mari et ses voisins, violée par le diable, et au bout du compte réduite à l'impuissance, condamnée à devenir la mère du fruit de cette union impie. Alors que Rosemary berçait son enfant et que le générique de fin commençait à défiler à l'écran, Margaret se laissa aller contre le dossier de son fauteuil, stupéfaite. Comment un film pouvait-il se terminer ainsi ? Sur le triomphe du diable et la défaite de l'héroïne ?

Le charme continua d'agir jusqu'au parking, où Harry brisa le silence.

« Si je roule vite, tu seras chez toi vers dix heures et demie. »

Alors qu'il lui tenait la portière, Margaret étudia son visage : un long nez ; une bouche assez petite ; un menton pointu ; et des yeux marron surmontés d'épais sourcils sombres. Elle ne l'aurait pas remarqué parmi la foule dans une soirée, mais il était agréable, chaleureux. Elle sentit les brumes du film se dissiper.

« J'ai une faim de loup. Pas toi ? demanda-t-elle.

– Je ne dis pas non. »

Il l'emmena dans un McDonald's à quelques rues de là, probablement le seul restaurant ouvert en ville. Au moment de descendre de voiture, Margaret attrapa le sac Bartleby's glissé entre leurs deux sièges.

« Je suis curieuse de voir ce qui m'a coûté toute une soirée de révisions.

– Attends la fin du repas, lui conseilla Harry. C'est assez répugnant. »

Il lui demanda d'aller leur trouver une place où s'asseoir pendant qu'il commandait. Dans un box à côté d'une fenêtre, elle sortit le livre du sac et le posa à plat sur la table : *Visions de Cthulhu : Illustrations inspirées par l'œuvre de H. P. Lovecraft*. Une grande bête hideuse humanoïde occupait la couverture. Aux extrémités de ses membres verts, épais et musclés, ses mains et ses pieds s'achevaient non pas par des doigts et des orteils, mais par des griffes. Sa tête bulbeuse de pieuvre cauchemardesque, dotée d'yeux nombreux, se terminait par une masse de tentacules qui pendaient sur sa poitrine et son énorme ventre rond. Une paire d'ailes anguleuses, apparemment fragiles, dépassaient dans son dos. Margaret se demanda comment un tel monstre obèse pouvait prendre son envol.

« J'espère que ça ne t'aura pas coupé l'appétit. » Harry s'assit à côté d'elle avec un plateau garni de burgers, frites et sodas.

Margaret tapota la couverture. « C'est lui, Cthulhu ? » Elle devina à son sourire narquois qu'elle avait écorché le nom de la créature.

« La vision qu'en propose un artiste, oui. Et ça se prononce *ch'lu-lou*, avec l'emploi d'un *ch* très guttural. »

Elle tira le livre vers elle, lui dégageant un espace pour poser leur repas. « Il n'a pas l'air particulièrement effrayant. Juste un peu répugnant, comme la version monstrueuse d'un gros bouddha de restaurant chinois. »

Il rit et pencha la tête pour mieux regarder. « Ouais, je suppose qu'on peut dire ça.

– Il est censé faire peur ? »

Il s'assit en face d'elle. « Dans l'histoire, oui. Mais c'est peut-être le genre de choses qu'on ne peut pas traduire sans perdre un aspect essentiel. Qui ne fonctionne qu'en imagination. »

Ouvrant le livre, elle le feuilleta jusqu'à une page au hasard et tomba sur un autre monstre, mal défini et informe, celui-là, une masse de chair avec quatre yeux noirs ; une bouche en forme de vulve garnie de dents pointues ; plus une multitude de tentacules qui s'agitaient dans son dos. Il flottait parmi les étoiles, éclipsant une petite planète au premier plan.

« Et lui ? demanda-t-elle.

– Azathoth. » Il sortit un cheeseburger de son emballage.

Un peu à regret, Margaret referma le livre et le posa sur le siège à côté d'elle. Elle préleva une frite grasse dans l'un des cornets sur le plateau. « Donc, toutes ces images sont basées sur une histoire écrite par ce type, ce Lovecraft. »

Harry hocha la tête, mâchant son burger.

« C'est un gros bouquin, remarqua-t-elle. Il a dû créer un paquet de monstres. »

Harry se couvrit la bouche d'une main.

« Beaucoup, répondit-il en continuant de manger. Et ils sont tous liés entre eux.

– Comme une famille ? »

Il avala, puis but une gorgée de soda. « Pour certains d'entre eux, oui. Mais ce que je voulais dire, c'est qu'ils partagent le même univers. Un peu comme dans ces films où Dracula rencontre la créature du Dr Frankenstein, tu comprends ? »

Elle haussa les épaules. « J'ai vu celui d'Abbott et Costello avec le loup-garou.

– C'est pareil, à la base. Ils respirent le même air et évoluent dans le même espace. Comme chez William Faulkner, qui a situé pas mal de ses romans dans le même comté.

– Tu as déjà fait cette comparaison en cours de littérature ?

– Pas récemment, non. J'ai retenu la leçon.

– Tes profs n'avaient pas apprécié ? »

Il allait répondre, mais il se ravisa et fourra une frite dans sa bouche.

4

Peu avant minuit, ils arrivèrent chez Mme Johnson ; dans la voiture, aucun des deux ne sembla trouver les mots pour conclure cette soirée.

« Eh bien, merci pour le film, dit enfin Harry.

– Merci à toi. Rares sont nos clients à acheter des livres aussi chers, plaisanta Margaret avec un rire légèrement forcé.

– À bientôt à la librairie, alors. » Il regardait droit devant lui, le côté gauche de son visage bloqué dans une grimace narquoise.

« Bonne nuit, Harry. » Elle se glissa vers lui pour déposer un baiser sur la peau rêche et mal rasée de sa joue.

Puis elle sortit de la voiture et remonta l'allée, tâchant de décider si elle se sentait soulagée ou heureuse qu'il n'ait pas été plus entreprenant. Le stress du travail qui l'attendait vint rapidement interrompre le fil de sa pensée ; elle n'avait pas commencé sa dissertation de littérature américaine et ses équations de chimie flottaient encore dans les limbes mathématiques.

« Hé ! »

Elle se retourna. Harry courait dans sa direction, un objet serré dans sa main. Il s'arrêta à une trentaine de centimètres d'elle et lui tendit un livre de poche au dos crevassé : *La Tombe et autres nouvelles*, par H. P. Lovecraft. Le nom de l'auteur et le titre apparaissaient en blanc sur fond noir ; sur la couverture, des insectes rouges sortaient en masse du front d'un homme fendu en son milieu, depuis l'emplacement où aurait dû se trouver son cerveau.

« Pour te faire une idée, expliqua Harry. Ma mère me l'a offert pour mes treize ans. »

Margaret accepta le livre. « D'accord, ça semble prometteur… » Il la coupa en comblant la distance qui les séparait pour saisir son visage entre ses mains et l'embrasser. Margaret n'eut pas le temps de réagir. Il regagna sa voiture en courant, tandis qu'elle montait les marches du perron dans un état second. Alors qu'elle fouillait dans son sac à la recherche de ses clés, elle regretta de ne pas avoir commandé un burger sans oignons.

5

Margaret passa une nuit blanche pour terminer *La Tombe*, comme si les génies, les fous et les horreurs quasi indescriptibles qui peuplaient ces récits pouvaient l'aider à comprendre le curieux jeune homme désœuvré avec qui elle avait partagé un baiser au goût d'oignon.

Elle n'en tira rien. Harry ne ressemblait ni à un fou ni à un monstre, et sans vouloir le vexer, pas à un génie non plus. En revanche, il avait visiblement un penchant pour le macabre et, au vu de cette prose aride et tarabiscotée, une endurance extraordinaire. Lovecraft lui parut presque illisible. Ses « personnages » n'avaient d'existence que sur la page et dans la mesure où l'auteur leur avait attribué un nom : jamais ils n'évoluaient ni n'entraient en interaction, comme des humains l'auraient fait. Dès qu'ils prenaient la parole, ils s'exprimaient à la manière de manuels scolaires anthropomorphisés venus de dimensions parallèles. La plupart des histoires semblaient tourner autour du thème de l'exploration d'une ruine ancienne, racontée par le seul survivant, devenu fou après avoir compris que les vestiges en question continuaient peut-être d'abriter une abomination primordiale quelconque. La langue, très chargée et truffée d'adjectifs, ne parvenait pas à approcher l'horreur terrifiante et l'effroi qui suintaient des illustrations de *Visions de Cthulhu*.

Par ailleurs, de nombreux textes véhiculaient un sentiment fascinant, l'imminence d'une ténébreuse révélation, la prise de conscience graduelle par le narrateur que le « monde réel » des humains n'était qu'un voile fragile qui ne demandait qu'à être soulevé pour révéler un abîme d'épouvante. C'était un peu comme le contraire de Moïse et du buisson ardent, ou de Paul sur le chemin de Damas. Le même postulat de base que pour la religion – *le monde n'est pas le monde* –, mais détourné.

Cette idée la travaillait encore quand elle entra en titubant en cours d'histoire des civilisations occidentales le lendemain matin ; elle ne remarqua Pierce que lorsqu'il s'assit à côté d'elle.

« Tu m'adresses de nouveau la parole ? » s'étonna-t-elle.

Il soupira, ses narines se dilatèrent. « Je reconnais avoir peut-être réagi de manière excessive. Mais ce que tu as fait… »

Elle s'adossa à sa chaise en haussant les sourcils. Voilà qui promettait.

Il porta la main à son visage. « Je ne suis pas très doué pour les excuses. » Pour une raison ou pour une autre, son front plissé parut curieusement familier à Margaret.

« Tu t'en sors comme un chef. C'est impressionnant.

– Je peux t'inviter ce soir ? J'aimerais qu'on ait une vraie conversation entre adultes. Tu veux bien ? »

Pour la première fois depuis près d'une semaine, Margaret sentit la pression désagréable de la voix de sa mère à la base de son crâne. Son injonction à se trouver un mari, comme gravée au fer rouge dans son esprit. Elle était trop fatiguée pour dire non.

Il l'emmena dîner chez Captain Bill, le restaurant le plus cher de Searcy, qui servait du *surf and turf* dans un décor de vieux filets de pêche et de harpons accrochés aux murs et au plafond. Il l'encouragea à commander ce qui lui faisait plaisir, choisissant lui-même le homard pour la convaincre. Margaret prit une salade. Elle n'avait jamais goûté de homard, juste vu ses parents en manger, et n'avait pas trouvé le spectacle très ragoûtant. Les bavettes, les liquides qui coulent de partout, les carapaces fissurées avec si peu de chair à l'intérieur… Sa mère et son père auraient aussi bien pu dévorer de gros insectes rouges. Cette pensée la ramena à la couverture de *La Tombe* et elle se félicita d'avoir commandé une salade.

Elle termina, alors que Pierce n'avait pas fini de casser, creuser, tremper et mâcher bruyamment. Dans le restaurant faiblement éclairé, son front brillait encore plus ; elle se demanda s'il perdait déjà ses cheveux. Lui suffisait-il de se mesurer à un homard pour être en nage ? Voilà qui n'était certainement pas bon signe.

Quand le serveur apporta l'addition, Pierce la posa bien en vue au milieu de la table, alors qu'il sortait son portefeuille de sa veste. Elle regarda la note, puis Pierce, qui l'observait, comme pour s'assurer que le total ne lui avait pas échappé. Il fit mine de ne pas y prêter attention, se contenta de jeter plusieurs billets et dit au garçon de garder la monnaie.

Il fait des efforts, se réprimanda Margaret.

Après le dîner (et une poignée de bonbons à la menthe offerts par la maison), ils roulèrent jusqu'au parc municipal. De nombreuses étoiles brillaient dans le ciel nocturne dégagé. Les constellations rappelèrent à Margaret Azathoth, le monstre en forme de vagin des *Visions de Cthulhu* propulsé à travers le firmament par ses tentacules. À moitié endormie, elle se demanda ce que Harry faisait en ce moment ; elle regretta de ne pas s'être reposée avant le rendez-vous.

Elle s'était presque assoupie, quand Pierce dit : « Tu n'as pas besoin de t'asseoir si loin de moi. » Elle sursauta, alors qu'il indiquait l'espace à côté de lui.

Elle se décala. Il passa un bras autour d'elle, tandis qu'elle se penchait contre lui. Ce n'était pas si désagréable. Cela avait même quelque chose de réconfortant. D'humain.

« Tu m'en veux toujours ? demanda-t-il.

– Non.

– Je comprendrais, tu sais. J'ai réagi comme un imbécile.

– C'est oublié. » Elle lui tapota la poitrine. Elle s'aperçut que, franchement, elle s'en moquait.

Il inspira profondément. « La vérité, c'est que j'ai pris peur, quand tu… quand tu as fait ce que tu as fait. On ne sort pas ensemble depuis très longtemps, et c'est arrivé si vite, tu m'as surpris. Au lieu de me comporter en homme, je me suis sauvé comme un petit garçon, et je me suis caché. J'ai demandé à Dieu : "Pourquoi a-t-elle fait ça ? C'est une fille bien." Et il a fini par me répondre : "Elle l'a fait parce qu'elle t'aime." »

Margaret se raidit. « Tu parles souvent à Dieu ? » Elle ne priait jamais ailleurs qu'à l'église ou lors de repas pris avec d'autres chrétiens, et même dans ces circonstances, elle se contentait de baisser la tête, fermer les yeux et dire *amen* au bon moment. Pendant la prière, son esprit vagabondait. Comme chez tout le monde, pensait-elle, bien que personne ne le reconnaisse.

« Tout le temps, tous les jours, répondit-il. Bref, Dieu m'a expliqué que tu m'aimais, et que la raison qui m'avait poussé à fuir, c'était que, moi aussi, je t'aimais, mais que je n'étais pas prêt à l'admettre. » Il changea de position sur son siège et baissa la tête pour la regarder, son front presque aveuglant au clair de lune. Une veine saillait à la naissance de son cuir chevelu. Palpitait-elle ? Était-il dans son état normal ? « Je t'aime, Margaret. J'ai conscience que tout ça est un peu rapide, mais d'après mes parents, quand tu rencontres la bonne personne, tu le sais. Alors, si tu souhaites que ça devienne sérieux entre nous, je suis partant. Je veux que tu viennes à la maison avec moi aux vacances de Thanksgiving, pour te présenter à ma famille. »

Margaret se redressa. Pierce lui souriait avec une sorte de bienveillance, une expression qu'elle associait avec le visage de son père le matin de Noël, celle d'un homme offrant un beau cadeau.

« C'est… c'est un grand pas, dit-elle.

– Je t'aime, Margaret. » Il se pencha vers elle pour l'embrasser. Elle accepta ses baisers et ses pattes maladroites sur elle. Alors qu'il lui mordillait les oreilles et le cou, elle aperçut quelque chose du coin de l'œil, par la fenêtre de Pierce. Quand elle changea de position, elle ne vit plus rien. Elle tenta de retrouver le rythme de leurs caresses, prit son visage entre ses mains, le laissa enfoncer sa langue dans sa bouche comme un gros ver visqueux. Elle ouvrit les yeux ; la veine sur son front palpitait pour de bon, tandis qu'il s'excitait sur son corps presque entièrement passif. Se détournant de lui, elle vit de nouveau quelque chose dehors, de son côté de la voiture cette fois. Deux yeux orange brillaient à travers la vitre ; ils appartenaient à une grande silhouette voûtée.

Elle émit un son paniqué, assourdi, et posa les mains sur les épaules de Pierce pour tenter de le repousser, pour qu'il retire sa langue de sa bouche et qu'elle puisse le prévenir. Mais il se contenta de gémir et de la peloter de plus belle. La veine occupait à présent toute la largeur de son front, le divisant en deux plans pâles et moites. Margaret se tortilla, cherchant à se dégager. Quelque chose bougea sous la peau de Pierce. La veine palpita deux fois, puis elle éclata.

Des centaines de minuscules insectes rouges se déversèrent sur le visage de Margaret, dans ses cheveux, dans les espaces entre sa robe et sa chair, des milliers de petites pattes qui grouillaient dans leur course vers la liberté. Repoussant violemment Pierce, elle hurla et recula en s'aidant des pieds et des mains, balayant les créatures sur elle. Elle devait s'en débarrasser, elle devait sortir de la voiture, si elle ne voulait pas mourir…

Attrapant la poignée derrière elle, elle tira. La portière s'ouvrit brusquement, l'expulsant sur le parking. Pierce se traîna vers elle à travers le siège, alors qu'elle tentait de se relever pour s'éloigner et échapper au spectacle de son visage, aux araignées qui attaquaient ses yeux, inondaient ses narines et entraient à flots dans sa bouche pour le dévorer de l'intérieur. Mais elle était trop fatiguée après sa nuit blanche, essoufflée à force de crier, trop lente. Quand la tête de Pierce surgit au clair de lune, elle ne put s'empêcher de regarder.

Il transpirait légèrement, semblait troublé, un peu inquiet peut-être ; il avait les joues rouges d'un garçon interrompu en pleine action, mais sinon tout allait bien. La veine avait disparu, son front cireux était lisse, intact.

« Un problème ? » demanda-t-il. Il sortit de la voiture et s'agenouilla devant elle.

Elle cligna plusieurs fois des yeux en haletant. « Non, répondit-elle, autant pour lui que pour se rassurer. Tout va bien. »

6

Comme elle n'avait pas beaucoup dormi la nuit précédente, elle lui expliqua qu'elle avait dû faire une sorte de cauchemar éveillé. Il s'acquitta de son rôle de petit ami compatissant et s'abstint de poser trop de questions. Elle s'aperçut qu'elle avait de nouveau faim ; également soucieuse d'éviter toute nouvelle tentative de pelotage, elle proposa à Pierce de trouver un restaurant qui servait en voiture.

Elle se retrouva ainsi dans un McDonald's pour la deuxième nuit consécutive. La peau de son visage lui semblait à vif, comme frottée au papier de verre. Elle n'avait pas envie de parler ou de réfléchir, juste de regarder par la fenêtre en laissant vagabonder ses pensées. Pierce commanda pour elle une portion de frites et un milk-shake ; une voix désincarnée lui répondit dans le haut-parleur du drive. Cette conversation anodine, un échange de moins d'une cinquantaine de mots, suffit à la mettre mal à l'aise. Pourquoi ? Comment expliquer ce vague sentiment de panique dans sa poitrine ? Elle se retourna sur son siège et inspecta l'habitacle, tentant d'identifier la source de sa gêne. Elle dut attendre leur arrivée au guichet pour comprendre, au moment où Harry ouvrait la vitre pliante pour les encaisser.

Lorsque son regard croisa celui de Margaret à l'intérieur de la voiture, il resta d'abord sans voix.

« Vous êtes sûre de vouloir boire ce truc ? dit-il en souriant, alors qu'il tendait le milk-shake. Peut-être que ça contient de la racine de tanis.

– Pardon ? » fit Pierce.

Margaret secoua légèrement la tête. Harry reporta son attention sur Pierce.

« Rien, désolé, dit Harry.

– C'est combien, déjà ? » demanda Pierce.

Harry lui répondit et ils procédèrent à l'échange. Il compta la monnaie et referma la fenêtre, et Pierce s'éloigna. Pendant qu'il la ramenait chez Mme Johnson, Margaret tint le milk-shake à deux mains, comme si elle ne pouvait pas se résoudre à boire une gorgée. Une fois rentrée, elle emporta le gobelet dans la cuisine et le vida dans l'évier avant de monter dans sa chambre. De la racine de tanis – gros malin.

Elle s'endormit presque immédiatement, un sommeil peuplé de rêves d'aboiements, comme si un loup ou un molosse en proie à d'atroces souffrances rôdait à proximité.

7

Quand Margaret l'informa de ses projets pour Thanksgiving, sa mère laissa éclater sa joie. Son enthousiasme tapageur l'obligea même à éloigner le téléphone de son oreille.

« Je te reconnais bien là. Je savais que je pouvais compter sur toi, dit Mme Byrne.

– Mes notes sont au plus bas, lui rappela Margaret. Je suis à la traîne dans toutes les matières.

– Accroche-toi le temps de conclure l'affaire. Tu en es capable, princesse.

– M'man.

– Oui ?

– Ça ne semble pas…

– Quoi ? » demanda Mme Byrne.

Ça ne semble pas honnête, pensa Margaret. Mais elle répondit : « Ça ne semble pas réel, pour l'instant.

– Ça *viendra*, la rassura Mme Byrne, comme si elle comprenait à demi-mot ce que suggérait la voix de sa fille. L'amour, c'est comme tout : ça s'apprend. Alors, patience. »

Chaque matin en se préparant à aller en cours, Margaret se répétait inlassablement ce mantra. *Nous nous aimons. Nous nous aimons.* En se brossant les dents, elle tentait d'imaginer Pierce à côté d'elle, chacun d'eux crachant à tour de rôle dans le lavabo. En se coiffant et en s'habillant, elle cherchait à se persuader qu'il lui manquait, s'efforçait de se demander où il était, ce qu'il faisait. Elle essayait de trouver le temps long en son absence, d'attendre avec impatience le moment de le retrouver en cours d'histoire des civilisations occidentales. Elle voyait leur couple comme un cerf-volant qu'elle tirait derrière elle ; pour l'instant, il semblait incapable de se maintenir dans les airs de lui-même. Pas sans un peu d'aide.

Harry cessa de fréquenter la librairie. Elle pouvait comprendre ses raisons. Il lui avait tu la nature de son travail, et elle l'avait découvert, pendant qu'elle sortait avec un autre, un homme qui conduisait une Mercedes. Margaret aurait réagi de manière similaire. Pauvre Harry. N'empêche, elle avait gardé son exemplaire de *La Tombe*, un cadeau de sa mère. Il voulait probablement récupérer son bouquin, et elle tenait à s'en débarrasser. Plus de deux semaines après sa grosse frayeur dans la voiture de Pierce, des cauchemars peuplés de silhouettes menaçantes où résonnaient les échos de hurlements lointains continuaient de perturber son sommeil. Elle était pratiquement certaine que ce livre y était pour quelque chose. Dans une nouvelle de ce recueil intitulée « Le molosse », deux profanateurs de sépulture déterraient le cadavre d'un sorcier mort depuis des siècles. Dans le cercueil, quelque chose d'inhumain « lorgnait [le narrateur] de ses orbites phosphorescentes, tout en montrant des crocs aiguisés et ensanglantés dans un rictus moqueur – sans doute inspiré par [son] destin inéluctable. Et lorsque sortit de ses mâchoires béantes un aboiement sardonique semblable à celui d'un énorme chien… [il] ne [put] que hurler et [s]'enfuir »[1]….

Elle emprunta un vélo dans le garage de Mme Johnson et traversa la ville jusqu'au McDonald's, arrivant à l'heure du déjeuner, le moment du coup de feu. Derrière son comptoir, Harry ne remarqua pas qu'elle se joignait à

1. H. P. Lovecraft, *Cthulhu : Le mythe*, Livre 2, trad. Arnaud Demaegd, Bragelonne, 2015.

la file. Il accueillait chaque client comme un ami dont il semblait espérer la visite et lui accordait toute son attention. Son expression changea quand Margaret se présenta. Soudain, il parut s'absorber dans la contemplation de sa caisse enregistreuse.

« Qu'est-ce que ce sera ? demanda-t-il.

– Je t'ai rapporté ton livre.

– D'accord. Merci.

– C'est bientôt ta pause ?

– Elle est déjà passée.

– Tu termines à quelle heure ? »

Il soupira. « À trois heures. »

Elle consulta sa montre. Deux heures moins le quart. « Je vais prendre… (Elle ouvrit son porte-monnaie pour en examiner le maigre contenu)… la plus petite portion de frites au menu. À consommer sur place. »

Il enregistra sa commande, puis lui tendit un minuscule sachet sur un plateau. Elle alla s'asseoir à une table de coin et mangea si lentement que les dernières frites eurent le temps de ramollir et de refroidir avant qu'elle ait terminé. Au bout de quinze minutes, elle regarda distraitement par la fenêtre, vers le ciel bleu radieux, puis reporta de nouveau son attention sur Harry derrière le comptoir. Comment pouvait-on afficher pareille constance dans la gaieté ?

Enfin, à trois heures passées de cinq minutes, il traversa la salle en traînant les pieds et s'écroula de l'autre côté de son box avec un gémissement. Il dégageait une odeur d'huile de cuisson ; l'estomac de Margaret gronda. Il tripota sa petite casquette blanche McDonald's pendant qu'ils discutaient.

« Qu'est-ce que je peux faire pour toi, Margaret ? »

Elle poussa *La Tombe* de son côté de la table. « Je tenais à te rendre ton livre.

– C'est gentil, mais ce n'était pas nécessaire.

– Mais ta mère te l'a offert – pour ton anniversaire. »

Il se frotta le visage et regarda le plafond en plissant les yeux. « Ah, oui. Ça.

– Que veux-tu dire ?

– Rien. C'est juste que… si tu vérifies la date de publication, il n'est sorti que depuis deux ans. »

Margaret lui reprit le livre et consulta la page où figurait le copyright. « Pourquoi avoir menti ?

– J'ai pensé que ça augmenterait mes chances d'un second rendez-vous. » Il la toisa. « Ce qui n'est manifestement pas la raison de ta venue. »

Elle changea de position dans le box et tenta de décider comment répondre à ça.

« C'est bon, ajouta-t-il. Je comprends. J'ai vu les fringues de ton copain et sa bagnole. Le choix est facile : l'étudiant en Mercedes ou le type qui gagne sa vie derrière une caisse enregistreuse ?

– J'ignorais que tu n'allais pas à Tilden. J'ai pensé que tu étais fauché comme moi, et que tu travaillais pour payer tes études.

– Un point que j'aurais pu éclaircir… à notre second rendez-vous…

– D'accord, tu ne vas pas à la fac. Tu ne devrais pas être au Vietnam ?

– Mon père est décédé et ma mère souffre de schizophrénie paranoïde. On m'a accordé un sursis d'incorporation. » Il fit tourner sa casquette autour de son index. Margaret bougea les lèvres, mais aucun son n'en sortit. Il poursuivit : « Ne te bile pas, vraiment. Tu ne me dois aucune explication.

– On peut être amis ? »

Son couvre-chef lui échappa et atterrit sur le sol. Il se baissa pour le ramasser. « Qu'en penserait capitaine Mercedes ?

– Son nom est Pierce, dit-elle. C'est quelqu'un de bien. Un bon chrétien.

– C'est important pour toi ?

– Je fréquente une université chrétienne, répondit-elle. Tu ne crois pas en Dieu ? »

Il laissa tomber sa casquette sur la table. « On n'a jamais été présentés. »

Elle étouffa un gloussement railleur.

« Donc, ta famille est assez riche pour t'envoyer à Tilden, mais pas pour te permettre de ne pas travailler, dit-il.

– Papa a toujours dit que nous étions des gens aisés, mais pas riches. » Elle regretta immédiatement ces mots, détesta ce qu'ils semblaient suggérer.

Il haussa les épaules. « C'est une question d'échelle, je suppose. Mais d'en bas, on ne voit pas trop la différence.

– Si tu le dis. De toute façon, nous n'avons plus d'argent. J'ai dû trouver du travail.

– Moi, je bosse depuis l'âge de quatorze ans. Déjà au lycée.

– Essaie à la fac pour voir.

– La fac ? Avec à peine douze heures de cours par semaine ?

– Ça ne se limite pas à ça. Il faut ajouter les devoirs, les exposés, les mémoires. Les examens de milieu de trimestre et de fin d'année.

– Qu'est-ce que tu étudies ?

– Le marketing », répondit-elle, surprise par la spontanéité de ce mensonge.

Il roula les yeux. « C'est quoi le plan, alors ? Toi et ton petit copain le bon chrétien, vous décrochez tous les deux un job dans le marketing après le mariage ? Tous tes efforts qui portent leurs fruits dans les dix prochaines années, quand tu deviendras une mère au foyer avec trois gamins ? »

Soudain, Margaret eut chaud au visage. « *Son nom est Pierce*, répéta-t-elle.

– Tant mieux pour lui. »

Elle tambourina de ses doigts sur le livre. « Et toi, alors ! Tu ne crois pas que tu as passé l'âge des histoires de fantômes et de monstres.

– Je ne m'en suis jamais caché.

– Je suppose que je n'y avais pas réfléchi jusqu'à présent. Tu ne te sens pas un peu ridicule ? Pourquoi ne pas lire de la littérature pour adultes ?

– Je pense que le fantastique est le genre littéraire le plus important du monde. »

Elle faillit lui parler de la chose aperçue par la fenêtre de la voiture de Pierce, des insectes rouges, des cauchemars qui la tourmentaient depuis des semaines. Lui hurler qu'elle les tenait pour responsables, lui et son stupide bouquin, des terreurs nocturnes qui envahissaient son cerveau. Mais elle préféra opter pour le registre de la moquerie. « Ça ? fit-elle en pointant *La Tombe* du doigt. C'est un ramassis d'âneries pompeux et illisible. »

Il reprit le livre. « Qu'est-ce que tu attends de moi, Margaret ?

– Rien. Je voulais juste te rendre ton… ton… ce… ce *tas de mensonges*. »

Il rit encore, mais sans méchanceté cette fois. Il semblait plutôt surpris.

« Quoi ? » dit-elle.

Il leva les mains en signe de reddition. « Rien. J'aime ta façon de formuler les choses quand tu es en colère. Je comprends mieux que tu aies choisi la voie du marketing.

– J'ai menti, reconnut-elle. Je poursuis des études littéraires. »

Il se pencha en avant, enfouit son visage dans ses paumes et rit plus fort.

« Pas besoin de te moquer de moi. Je me sens déjà assez gênée comme ça. »

Il essuya les larmes sur ses joues, tâchant de se reprendre. « Pourquoi cherchons-nous autant à nous impressionner l'un l'autre ? Écoute, je suis désolé pour cette histoire de femme au foyer avec trois enfants, mes paroles ont dépassé ma pensée. J'ai été élevé par une mère célibataire qui jonglait avec deux jobs. Ce n'est pas ce qu'elle m'a appris. » Il consulta sa montre et grimaça. « D'ailleurs, à ce propos, je dois rentrer m'occuper d'elle. »

Ils se levèrent. Margaret jeta un coup d'œil au vélo de Mme Johnson cadenassé à la grille dehors, puis elle regarda Harry. « Tu me déposes ? »

8

À leur arrivée chez Mme Johnson, Harry aida Margaret à sortir son vélo du coffre.

« Toi et le bon chrétien, c'est du sérieux ? » demanda-t-il.

Elle lui donna un coup de poing au bras. « Arrête ! Oui. Il doit me présenter à ses parents à Thanksgiving.

– C'est loin. Halloween n'est même pas passée.

– Et alors ? »

Il referma le coffre et s'adossa contre la voiture, les bras croisés. « Ma mère a attendu d'être mariée à mon père pour ne plus voir d'autres hommes. Elle est allée à un rendez-vous la veille de ses noces.

– N'importe quoi.

– Je le jure devant Dieu…

– En qui tu ne crois pas…

– Elle m'a expliqué qu'elle avait besoin d'être sûre.

– Où veux-tu en venir ?

– Pour l'instant, tu n'es pas mariée. Thanksgiving est loin. On pourrait se revoir d'ici là. »

Elle grimaça. « Pierce n'approuverait probablement pas.

– Ça tombe bien, je ne lui demande pas son autorisation, répliqua Harry. On se moque de ce qu'il en pense.

Qu'est-ce que *tu* veux ? » Quand elle ne répondit pas immédiatement, il ajouta : « Donne-nous une seconde chance.

– Tu ne réussiras pas à me faire changer d'avis.

– Probablement pas. Mais je ne suis pas prêt à renoncer à toi – pas encore. »

Nous nous aimons, se répéta Margaret, essayant d'imaginer Pierce. *Nous nous aimons.*

9

À leur deuxième rendez-vous, Harry entraîna Margaret hors de Searcy, direction Little Rock. Une fois sur place, il tira de sa poche de poitrine un bout de papier pour s'orienter dans le centre-ville, jusqu'à un quartier résidentiel délabré aux rues bordées de maisons à divers stades de décrépitude – fenêtres cassées, vérandas affaissées, gouttières pendantes. Elles avaient probablement connu des jours meilleurs, mais Margaret se demanda qui pouvait encore habiter là.

À l'angle d'une rue, ils s'arrêtèrent devant un bâtiment à tourelles de deux étages. LA MAISON DE LA PEUR ! annonçait une pancarte plantée dans le jardin. Les visiteurs faisaient la queue le long du trottoir, jusqu'au perron.

« Quel est cet endroit ? » voulut savoir Margaret.

En 1968, le Manoir hanté de Disneyland n'ouvrirait qu'un an plus tard, déclenchant la prolifération d'attractions similaires dans tout le pays. Ne disposant d'aucun raccourci culturel commode, Harry s'était rabattu sur l'équivalent le plus proche.

« C'est comparable à un palais du rire dans une fête foraine, ou à un train fantôme, expliqua-t-il, alors qu'il cherchait à se garer. Mais là, comme c'est une "vraie" maison hantée, c'est censé être très réaliste. » Il se pencha devant elle pour sortir un journal plié dans la boîte à gants. Margaret eut le temps d'entrevoir un gros titre (DISPARITION D'UN ENFANT DE LA RÉGION) avant que Harry retourne et lui tende le journal en pointant du doigt un encart publicitaire dans un coin.

Margaret le présenta à la lumière des réverbères, pendant que Harry exécutait un créneau le long du trottoir. Dans un petit encadré noir, un fantôme caricatural lançait son invitation en caractères gras de couleur blanche : « Visitez la Maison de la Peur – ET VIVEZ UN AUTHENTIQUE CAUCHEMAR ! »

« Et tu trouves ça marrant ? demanda-t-elle.

– Si tu ne veux pas y aller, ce n'est pas grave, la rassura-t-il. On peut se faire une toile ou je peux même te ramener chez toi. » Elle sentit à la tension dans sa voix qu'il mourait d'envie de tenter l'aventure, mais s'efforçait de faire bonne figure.

« Non, je suis partante. Ce n'est pas si souvent qu'on a l'occasion de vivre un authentique cauchemar. »

Ils se joignirent à la queue. Toutes les vingt minutes environ, un groupe émergeait en riant par la clôture sur le côté de la maison, et le suivant entrait. Une femme trapue d'un certain âge, aux cheveux gris et lâches, une cigarette au coin des lèvres, vendait les billets. Harry paya, elle lui rendit la monnaie et pointa son doigt vers l'intérieur.

« Qu'est-ce qu'on… Comment ça fonctionne ? demanda-t-il.

– Allez-y. Vous verrez bien », répondit-elle, d'une voix qui évoquait le frottement de pierres les unes contre les autres.

Bien que la porte soit ouverte, un rideau torsadé orange empêchait de voir au-delà du seuil. Margaret et Harry se frayèrent un passage entre les serpentins jusqu'à un vestibule mal éclairé par une ampoule qui tremblotait au plafond ; des guirlandes électriques orange s'entortillaient autour de la rampe d'escalier et disparaissaient dans les ténèbres du premier étage. Margaret se pencha en avant pour regarder en haut des marches. Quelque chose bougea, une forme se détachant sur l'obscurité, avant de reculer hors de vue. Margaret fit un pas en arrière et se cogna à Harry.

« Ça va ? demanda-t-il.

– Oui », marmonna-t-elle. Elle regrettait déjà d'avoir accepté de l'accompagner.

Un groupe de quatre adolescents arriva derrière eux, deux couples qui gloussaient, l'un contre l'autre, leur énergie palpable et rassurante. Harry et Margaret s'écartèrent et les suivirent au salon, à droite du couloir. Quatre personnes affublées de vêtements bizarres (mais pas vraiment effrayants) étaient assises sur un canapé à l'allure austère et inconfortable. Apparemment, elles appartenaient à une même famille : le père en costume, à la moustache noire fournie ; la mère aux cheveux longs, noirs et raides, en robe ajustée ; et les enfants : un garçon potelé en T-shirt rayé avec une coupe au bol, une petite fille en robe noire, son visage grognon et revêche encadré par deux tresses brunes. Ils regardaient un écran de télévision couvert de neige.

« Bienvenue ! les accueillit le père, avec un geste de la main. C'est l'heure du bulletin météo.

– On prévoit de nouveau de la neige, Gomez », lui dit la mère.

Gomez ? Pourquoi ce nom semblait-il familier à Margaret ?

« C'est toujours de la neige, dit la petite fille.

– Tu sais, Mercredi, tu as tout à fait raison », reconnut le père.

Mercredi ? Gomez ?

« Oh, c'est comme dans ce feuilleton télé, dit l'une des adolescentes. La… comment ça s'appelait déjà ?

– *La Famille Addams* », souffla Harry, si bas que seule

Margaret l'entendit. Elle attira son regard et il prit un air contrit. Elle observa les imitateurs des Addams. Maintenant, c'était évident ; mais *La Famille Addams* n'était-elle pas une série télévisée qui se moquait des monstres ? Une comédie pleine de quiproquos qui n'avait rien d'effrayant ? L'encart publicitaire dans le journal n'avait pas semblé suggérer une expérience amusante.

« Puisque nous sommes bloqués par la neige, vous resterez bien dîner ? proposa Gomez. Lurch ! »

Une silhouette d'une taille légèrement supérieure à la moyenne arriva en traînant les pieds. Son smoking et son maquillage lui donnaient de faux airs de créature de Frankenstein. Le valet poussa un grognement interrogatif.

« Lurch, conduis nos invités à la salle à manger, veux-tu ? » dit Gomez.

Après un nouveau grognement, il précéda Margaret, Harry, Gomez et les adolescents dans le couloir jusqu'à une vaste salle à manger éclairée aux chandelles, avec une table dressée pour douze convives. Lurch fit le tour de la table et tira six chaises. Comme aucun visiteur ne semblait pressé de s'asseoir, il se pencha pour soulever la cloche d'un plat posé au milieu de la table. Il fit un geste vers son contenu, une masse noire qui paraissait se tortiller à la lumière dansante des flammes.

Comme personne ne réagissait, Lurch plongea la main dans le grouillement pour en extraire une poignée qu'il jeta en direction des invités. Chacun eut droit à sa part. Margaret eut le temps de distinguer des membres grêles, l'éclat du plastique. Les adolescents se mirent à hurler alors que la matière noire rebondissait sur eux et tombait sur le sol avec un bruit sourd. Des araignées en caoutchouc, constata Margaret en plissant les yeux pour mieux voir. Lurch leur lançait des araignées en caoutchouc. Au moins n'étaient-elles pas rouges.

« Mon Dieu... », soupira Harry.

« Lurch, combien de fois t'ai-je répété de ne pas jouer avec la nourriture ? » intervint Gomez. Margaret aurait souhaité qu'il garde un peu plus ses distances ; son haleine empestait la cigarette. « Regarde ce que tu as fait ! Tu as sali nos invités ! » Elle se sentit soulagée quand il se fraya un passage à l'avant du groupe et les conduisit au bout du couloir. De la vapeur s'échappait de l'espace sous la porte.

Traînant les pieds, ils entrèrent dans la cuisine. Margaret se crut en plein brouillard, elle n'y voyait presque pas. Au centre de la pièce, un homme en lunettes de protection et blouse blanche remuait le contenu d'une marmite fumante.

« C'est vivant ! hurla-t-il. Ça bouge encore ! »

Harry rentra légèrement la tête dans les épaules et se prit le visage entre les mains.

« Où en est la soupe, Henry ? demanda Gomez.

– Bientôt prête, monsieur Addams », répondit l'autre qui frappa de sa cuiller en métal quelque chose qui s'agitait dans le récipient. De l'eau éclaboussa la cuisinière.

« Excellente nouvelle ! se réjouit Gomez. Vous n'auriez pas des serviettes propres par hasard ? Nous avons eu une petite mésaventure à la salle à manger.

– Non, désolé. À moins que… Ça fera l'affaire, vous croyez ? » Il leur montra un torchon blanc maculé de taches cramoisies. Les adolescents poussèrent des gémissements écœurés.

« Tant pis ! » dit Gomez, qui se retourna pour s'adresser de nouveau aux visiteurs. « Nous devrions en trouver dans la salle de bain à l'étage.

– Ça va, on n'est pas si sales, protesta Harry. Je pense qu'on va rebrousser chemin. On en a assez vu.

– Ne dites pas de bêtises. Nous avons récemment rénové la chambre d'amis. Vous devez absolument la voir. Lurch ? »

Le valet réapparut dans l'embrasure de la porte de la cuisine.

« Conduis nos invités à l'étage et distribue-leur des serviettes propres », ordonna Gomez.

Avec un grognement, Lurch fit signe à tout le monde de le suivre. Margaret passa la première, Harry lui emboîta le pas.

« La maison n'est pas bien grande, lui chuchota-t-il à l'oreille, son souffle chaud dans son cou. On devrait bientôt avoir terminé. » Puis, une seconde plus tard : « Je suis désolé. »

Margaret ouvrait la marche. Arrivée sur le palier du premier, elle avança pour faire de la place aux autres. Ils se trouvaient dans un couloir étroit et mal éclairé, bordé de portes closes. Une grande plante verte se dressait de façon incongrue contre le mur en face de l'escalier. Margaret se pencha par-dessus la rampe et regarda en direction du rez-de-chaussée. Elle songea à la forme qu'elle avait cru apercevoir là-haut en train de l'observer, au moment d'entrer. Ça n'avait pas paru bidon ou amusant, comme le reste. Elle s'écarta et rejoignit le petit groupe.

« Et maintenant ? » demanda l'un des adolescents.

La porte au bout du couloir s'ouvrit d'elle-même. Lurch tourna les talons et redescendit, les laissant seuls.

Ils approchèrent. Ni goules ni démons ne se jetèrent sur eux. La maison semblait plus calme qu'auparavant. Vide.

La pièce baignait dans une lumière d'un rose écœurant ; la chambre d'une femme âgée, à en juger par la décoration. Une sorte de coiffeuse-vasque se trouvait à gauche de l'entrée, un lit simple de l'autre côté. Il reposait sur un cadre en métal, dont la tête et le pied étaient si hauts qu'il ressemblait à un berceau pour adultes. Une masse immobile gisait sous les couvertures.

De vieilles photos en noir et blanc ornaient les murs : des bambins en train de jouer et de rire, une journée d'été à la plage ; le portrait d'un soldat en uniforme de cérémonie, la casquette inclinée sur le côté d'un air qui se voulait sans doute jovial ; un couple de jeunes mariés qui sortait de l'église en courant sous une pluie de riz, tête baissée ; un accident : une voiture percutée par une autre, la portière du passager complètement enfoncée, la tôle froissée, une bannière « Jeunes mariés » et un convoi de boîtes de conserve vides accrochées au pare-chocs arrière du second véhicule. Une deuxième photo d'accident, parallèle à la première, un corps cette fois, sous un drap imbibé de sang d'un côté. Une main dépassait, un poignet bordé de dentelle blanche, une alliance avec un diamant qui scintillait au soleil. Margaret l'étudia longuement. Réalité ou mise en scène ?

« Je ne comprends pas, dit l'une des adolescentes. D'accord, ça donne la chair de poule, mais où est le gag ?

– Et quel rapport avec *La Famille Addams* ? demanda Margaret.

– Je l'ignore », admit Harry.

L'une des filles montra du doigt la forme dans le lit. « Qu'est-ce que c'est ?

– Va voir, répondit sa copine.

– Pas question. »

Comme aucune d'elles ne semblait vouloir se décider, le plus costaud des deux garçons se porta volontaire. Son camarade plus petit le suivit, un ou deux pas en retrait, comme retenu par son bon sens.

Planté devant le lit, dos tourné à la pièce, le grand gaillard secoua ses doigts comme pour en chasser la raideur et tendit le bras. Margaret lécha ses lèvres desséchées, pensant à la silhouette qui l'avait observée par la fenêtre, quand elle se trouvait dans la voiture avec Pierce. Elle tâtonna vers Harry qui serra sa main dans la sienne.

L'adolescent rabattit les couvertures d'un geste brusque. Son ami poussa un cri, les filles hurlèrent et Margaret fit un pas en direction de la porte. Le garçon resta sans bouger, les yeux baissés, bouchant toujours la vue à Margaret.

« Qu'est-ce que c'est ? » demanda Harry. Il lâcha Margaret et avança. L'adolescent laissa tomber la couverture et ramassa la masse dans le lit. Il se retourna, brandissant un simple oreiller avec un dessin enfantin de Dracula dessus. Les filles pouffèrent, et Harry rejoignit Margaret.

« Cet endroit craint vraiment, dit-il. Tu veux qu'on s'en aille ?

– Oui, s'il te plaît. »

Ils quittèrent la chambre, abandonnant les jeunes à leur sort. Mais une fois sur le palier, ils constatèrent qu'une grille métallique coulissante leur barrait le passage vers le rez-de-chaussée.

« Je ne l'ai pas remarquée en montant », s'étonna Harry. Il tira dessus, mais n'obtint qu'un cliquetis en guise de protestation. Elle ne voulait rien savoir.

« Et maintenant ? demanda Margaret.

– Laisse-moi jeter un coup d'œil. » Margaret reporta son attention sur la chambre rose et trouva que la maison était redevenue bien silencieuse. Qu'est-ce que ces gamins fabriquaient là-dedans ?

Elle tendit l'oreille, à l'affût des bruits révélateurs d'adolescents en train de batifoler. Sa concentration était telle qu'elle ne s'aperçut que la plante verte avait bougé qu'au moment où elle l'empoigna.

Elle hurla. Dans sa terreur, elle se contorsionna pour se dégager ; la plante, peut-être surprise par sa réaction disproportionnée, la lâcha immédiatement. Elle tomba en avant, sur Harry, qui s'écrasa contre la grille. Tous deux s'étalèrent sur le parquet.

S'appuyant sur ses paumes, Margaret tenta de se redresser, se prit les jambes dans celles de Harry et s'écroula à nouveau. Elle se cogna douloureusement la tête contre le sol, et une lueur soudaine, blanche et aveuglante, explosa derrière ses paupières. Comme elle voyait trouble, elle cligna des yeux, vaguement consciente que son corps se mouvait, qu'on l'aidait à se relever.

« Suis-moi », dit Harry. La prenant par la main, il l'entraîna par une porte qui venait de s'ouvrir au bout du couloir, loin de la chambre rose, de la plante verte, de l'escalier et de sa grille métallique. Cette pièce-là était nue, éclairée par une seule ampoule électrique, et un puits de ténèbres occupait l'espace où aurait dû se trouver la fenêtre.

Harry la lâcha, marcha en direction du trou noir et regarda à l'intérieur. Il se retourna vers elle, bouche bée, l'air interdit. Avant que Margaret ait le temps de lui demander ce qui n'allait pas, une silhouette s'encadra dans l'embrasure de la porte derrière eux et annihila la possibilité de toute pensée cohérente. Grande et voûtée, enveloppée dans une cape cramoisie, elle avait un visage allongé et poilu qui s'achevait par un museau rempli de crocs immenses. Des pattes aux griffes courbes remplaçaient ses mains. Une lueur orange vif brillait dans ses yeux. La créature pointa une de ses griffes sur Margaret et laissa échapper un mugissement inhumain, animal.

Elle hurla. Harry l'attrapa et la souleva ; quand elle regarda dans ses yeux, ce fut comme s'il était de nouveau présent. Il lui sourit et dit : « Fais-moi confiance », alors qu'il la jetait dans le trou.

Elle dévala une surface en plastique dans l'obscurité, son corps grinçant contre la texture du toboggan. Quelque chose descendait derrière elle, lourd, bruyant, rapide – et invisible. Alors qu'elle tournait la tête pour vérifier qui de Harry ou du monstre en rouge l'avait suivie, la glissade se termina et elle se sentit projetée dans la fraîcheur de l'air nocturne. Elle eut brièvement l'impression de flotter en état d'apesanteur, avant d'atterrir avec un choc sourd sur quelque chose d'épais et de mou.

Elle était allongée sur un gigantesque matelas moelleux dans le jardin qui devait se trouver derrière la maison.

Un adolescent lui criait quelque chose. Son cœur battait la chamade, elle n'avait pas les idées encore tout à fait claires, mais au bout d'un moment, elle comprit qu'il lui demandait de s'écarter. Elle était donc toujours à l'horizontale quand le toboggan cracha Harry, directement sur elle.

À ce moment-là en 1968, alors qu'ils étaient en position du missionnaire derrière la Maison de la Peur, ma mère regarda le visage de Harry et dit au revoir à la perspective d'une vie confortable avec Pierce. Un avenir différent se dessinait, plus difficile : un mariage modeste, angoissant, des enfants trop nombreux, une existence dans un quartier populaire ; des économies de bouts de chandelles, les friperies, les vêtements déjà portés qu'on se refile au sein de la famille. Elle ne se sentait ni la force ni l'envie de lutter.

Elle garda tout ça pour elle ; à mon père, elle se contenta de dire, prenant son visage entre ses mains : « Ma mère va te détester. »

Les Turner – Séquence 1 : Margaret

Margaret entre dans la Cité comme dans un rêve éveillé où se mêlent, avec une sorte de fluidité, souvenirs et cauchemars. Ça ressemble au petit appartement qu'elle a partagé avec Harry, dans le quartier le plus pauvre de Lubbock, un deux pièces miteux à la moquette élimée et aux murs lambrissés. Cela dit, on ne voit presque plus lesdits murs derrière les cartons de Harry, remplis de livres de poche, de *comics* et de *pulps*.

Les affaires de son mari sont partout. La table de la kitchenette disparaît sous sa machine à écrire, ses tas de copies et ses griffonnages de paysages urbains, de silhouettes d'immeubles qu'elle ne reconnaît jamais. Ses promesses de rangement restent lettre morte. C'est stressant. Elle doit constamment veiller à ne rien déranger ; parfois, elle ne se sent pas chez elle sous son propre toit.

Boum.

Un bruit sourd ; ça semble venir de la chambre à coucher. Margaret quitte le salon encombré pour voir de quoi il retourne. Quand elle pousse la porte et franchit le seuil, elle se retrouve dans son lit. Harry dort à côté d'elle, la bouche légèrement ouverte. Pour permettre à Margaret de continuer à lire avec la lumière, il porte son masque de nuit lavande, frangé de dentelle. Pourtant il ne se plaint pas, et Margaret l'aime pour ça.

Boum.

Cette fois, on dirait que ça provient de quelque part dans la pièce, sans qu'elle puisse en identifier plus précisément la source. *Boum. Boum-boum.* Comme si le son englobait la chambre elle-même. Alors qu'elle pose son livre sur son ventre, elle remarque pour la première fois qu'elle est enceinte. *Boum. Boum-boum.* Elle est ronde comme un ballon trop gonflé, sur le point d'éclater. Le bruit vient-il de l'intérieur d'elle-même ? Elle plaque ses mains sur son ventre. *Boum-boum.* Il résonne au rythme du son.

Elle secoue Harry par l'épaule, mais il s'écarte en roulant sur le côté.

Boum. Boum-boum.

Soudain, ses entrailles se contractent violemment ; elle suffoque, se met en boule. Quelque chose ne va pas. Elle ferme les yeux et aspire, les lèvres sèches, les dents serrées. Lentement, la souffrance reflue ; bientôt, elle n'éprouve plus qu'une douleur sourde à la taille. Peut-être digère-t-elle mal quelque chose qu'elle a mangé et qui ne convient pas au bébé ?

Elle se lève et sort de la chambre pour se rendre à la salle de bain. Elle se trompe probablement de direction, puisqu'elle ne se trouve plus dans l'appartement, mais dans un long couloir sombre bordé de photographies encadrées. Une seule porte, fermée, l'attend au bout. *Boum. Boum-boum.* Le son, si grave qu'elle le sent plus qu'elle ne l'entend, résonne à travers le parquet. Elle pose une main sur son ventre. Le renflement du bébé a disparu. Elle n'est pas redevenue plate, pas exactement, mais la bosse et les crampes qui l'accompagnaient se sont évaporées.

Elle se retourne, mais un mur nu a pris la place du seuil qu'elle vient de franchir. *Boum-boum.* Le couloir palpite, il vibre ; la porte du bout s'ouvre vers l'intérieur. Un son nasillard s'en échappe faiblement, telle une brise. Elle ne veut pas entrer, mais ne peut s'empêcher d'avancer.

Il fait sombre. Elle tâtonne à la recherche de l'interrupteur, et tout à coup elle baigne dans une lumière sourde d'un rose qui soulève le cœur. Elle se trouve dans une chambre d'enfant nue, sans jouets ni table à langer ou mobiles. Au lieu d'un papier peint gai décoré d'images joyeuses, seules quelques photos en noir et blanc font grise mine dans des cadres sur les murs. Un fauteuil à bascule et un lit d'enfant composent le mobilier. Elle marche jusqu'au lit, mais les vagissements ont cessé. Il est vide, les couvertures rabattues. Depuis combien de temps est-elle là ?

Elle se cramponne au garde-corps. *Oh mon Dieu. Oh mon Dieu.*

Elle balaie la pièce du regard, ne voit rien qui sort de l'ordinaire. Elle se baisse sur ses genoux en gémissant. Elle ne trouve pas de bébé sous le lit, juste un cadre qui prend la poussière. Elle le ramasse.

C'est une photo de Margaret et Harry au palais de justice le jour de leur mariage. Harry porte un des vieux costumes de son père, qui ne lui va pas vraiment – avec son physique maigre et nerveux, il nage à l'intérieur ; il a l'air d'un petit garçon qui joue à l'adulte. Margaret a opté pour une robe verte toute simple que Mme Johnson a payée (verte, pas blanche, parce que Mme Johnson a voulu qu'elle puisse la mettre plus d'une fois). Les parents de Margaret ne figurent pas sur la photo, ils ont refusé d'assister au mariage. Mais la mère de Harry, Deborah, est là, le visage blafard, qui fronce les sourcils en direction de quelque chose qui se trouve hors champ. C'est la seule fois où Deborah a eu une telle expression de gaieté, comme quelqu'un qui, souffrant d'une terrible rage de dents, feindrait le bonheur.

Le bébé se met à pleurer, détournant l'attention de Margaret. Ça vient du couloir cette fois. Elle s'appuie contre le lit et se relève péniblement. Son ventre est redevenu rond et tendu. Quelque chose bouge dans l'utérus de Margaret, comme excité par les pleurs qu'elle entend. Elle sort de la pièce, sans lâcher la photo, et se retrouve dans la chambre à coucher.

Harry est réveillé, assis bien droit dans leur lit. Deux petites silhouettes rampent sur lui, elles flairent et reniflent. De forme vaguement humaine, elles n'ont pas de peau. Elles rappellent à Margaret les schémas de son vieux manuel d'anatomie au lycée, les muscles luisants se contractant et s'étirant à chaque mouvement. Les têtes de ces créatures, en revanche, n'ont rien d'humain : leurs longs visages s'apparentent à des crânes au museau saillant ; leurs yeux orange vif évoquent des cônes de signalisation. Ces choses rampent sur Harry, prélevant des bouchées de sa chair.

Harry, gémit-elle.

Qu'est-ce que c'est ? demande-t-il en pointant du doigt le cadre photo. Margaret le lui tend et tous deux l'examinent, les bruits de mastication des bébés continuent de battre dans sa tête telle une migraine.

Il montre sa mère. *C'est quelqu'un de bien. Ce n'est pas de sa faute si elle est comme ça.*

Bien sûr que non, dit Margaret. Elle a envie de le toucher, le réconforter, mais elle a peur de se faire mordre par les petits monstres.

Je ne suis pas comme elle. Je ne suis pas malade.

Je sais.

Reviens te coucher.

Je ne crois pas que j'en aie envie.

Il lui lance un regard perplexe. *Peu importe.*

L'un des bébés lui grimpe sur la poitrine pour lui arracher un morceau de la joue. Il ne semble pas s'en apercevoir. À l'intérieur de Margaret, l'enfant s'agite, il donne des coups de pied contre sa prison. *Boum. Boum-boum.*

Harry, dit-elle. *Harry, il faut qu'on s'échappe.*

Qu'on s'échappe ? répète-t-il.

Elle a de nouveau mal. Ça ne ressemble pas exactement à une crampe cette fois, elle a plutôt l'impression qu'on lui lacère les entrailles avec des clous rouillés. Alors qu'elle tend un bras pour se retenir au lit, elle perd l'équilibre, tombe sur le dos et roule sur le côté en se tenant le ventre.

Ce ne sont pas nos bébés, siffle-t-elle entre ses dents serrées.

Harry se penche par-dessus le bord du lit. Seuls de rares lambeaux de peau pendent encore à son visage ; impossible donc de savoir s'il tente de lui sourire d'un air perplexe. Il lui semble incroyablement loin.

Enfin, Margaret. Bien sûr que ce sont les nôtres.

Leurs museaux apparaissent par-dessus le bord du lit, des yeux orange l'observent. Ils gazouillent et gargouillent. Ils se balancent d'avant en arrière, pour se donner l'élan qui leur permettra de se traîner en avant, sur le sol. Ils veulent aider le troisième bébé à sortir de l'utérus de Margaret, faciliter sa venue au monde avec leurs petites dents pointues.

DEUXIÈME PARTIE

LA TOMBE

1

À l'été 1982, Margaret et Harry Turner étaient mariés depuis treize ans. Tous deux dans la mi-trentaine, leurs visages comme leurs corps commençaient à donner des signes de ramollissement ; ils n'étaient pas gros – pas encore – mais un embonpoint naissant leur faisait désormais préférer ces vêtements de taille supérieure, plus flatteurs. Ils habitaient une maison en brique dans un bon quartier de Vandergriff, au Texas, avec leurs deux filles. Eunice avait six ans depuis peu, et Sidney dix (je n'entrerais en scène que près d'un an plus tard). Harry travaillait pour les autoroutes de Fort Worth, tandis que Margaret s'occupait de la maison et des enfants depuis qu'elle avait abandonné ses études à Tilden et épousé Harry en 1969. Leur vie, guère passionnante, semblait néanmoins satisfaire plus ou moins tout le monde. Mais un matin, Margaret se réveilla d'un rêve rose, et trouva le côté du lit où dormait Harry vide.

Arrachée à son sommeil agité par un bruit sourd, elle se redressa sur un coude. Désorientée et confuse, elle scruta l'obscurité. Le réveil sur sa table de chevet indiquait 4:00. La porte, habituellement fermée pendant la nuit, était ouverte. Elle se leva, enfila ses pantoufles et sortit. Dans le couloir, elle passa devant la chambre des filles qui dormaient. Au salon, la porte coulissante qui menait au jardin était, elle aussi, grande ouverte.

La pelouse aurait eu bien besoin d'une tonte. Pieds nus dans l'herbe – nu comme un ver, en fait –, Harry tournait le dos à Margaret. Il ne bougeait pas.

« Harry ? »

Comme il ne semblait pas l'avoir entendue, elle le rejoignit. Les paupières abaissées, mi-closes, il fixait d'un regard absent la clôture en bois qui délimitait la propriété.

« Harry », répéta-t-elle.

Il grogna. Était-il endormi ? Il n'avait jamais fait de crise de somnambulisme auparavant, néanmoins l'expression de son visage paraissait familière. Elle posa une main sur son bras.

« Elle m'a vu, dit-il. Elle est sur ma piste. » Ces mots, prononcés clairement, mais sans inflexion, donnèrent à Margaret la chair de poule.

« Pourquoi ne pas rentrer ? proposa-t-elle.

– Un labyrinthe », ajouta-t-il.

Alors qu'elle le tirait par le bras pour le ramener dans leur chambre, il n'opposa aucune résistance. « C'est trop tôt pour un samedi, dit-elle, le poussant doucement vers le lit. On devrait plutôt faire la grasse matinée, non ?

– J'ai mal à la tête, se plaignit-il, d'une voix toujours aussi plate, éteinte.

– Dors encore un peu, ça ira mieux. »

Il ferma les yeux et s'allongea sans bouger. Margaret se coucha à côté de lui. Quelques minutes plus tard, il ronflait paisiblement. Elle, en revanche, ne parvint pas à se rendormir. Elle se leva, fit couler un café et se prépara pour la journée.

Peu après, les sons et les odeurs qui émanaient de la cuisine réveillèrent mes sœurs. Sydney avait hérité des cheveux foncés, presque noirs de mon père, de sa petite bouche, de son teint pâle et de ses yeux marron aux paupières lourdes. Eunice avait les cheveux roux de ma mère, ses yeux verts et sa peau rose (presque marbrée). Sydney, effrontée et têtue, fréquemment en colère ; Eunice, docile et facile à vivre. Rien qui les désignât comme des sœurs pour qui ne les connaissait pas. Toutes les deux levées à présent, elles engloutissaient leur petit déjeuner et aidaient Margaret à s'assurer que tout serait prêt pour Eunice qui fêtait ses six ans.

Harry se réveilla pour la deuxième fois vers huit heures. Il se doucha, s'habilla et se versa une tasse de café qu'il avala en quelques gorgées rapides, puis il annonça qu'il devait encore récupérer le gâteau. Il n'embrassa pas Margaret en partant. Restées dans la cuisine, elles entendirent la voiture démarrer en marche arrière dans l'allée.

« Papa va bien ? demanda Eunice.

– C'est ton fichu anniversaire qui le rend triste, la taquina Sydney.

– Excuse-toi auprès de ta sœur, intervint Margaret.

– Je suis désolée que papa ne t'aime pas, Eunice.

– Sydney, dit Margaret, un avertissement dans la voix.

– C'est juste une blague », dit Sydney. Pas terrible, comme acte de contrition, mais Eunice sembla s'en satisfaire, et Margaret ne jugea pas utile d'insister.

2

Margaret n'aurait jamais décrit Eunice comme quelqu'un de populaire, mais sa fête rencontra tout de même un joli succès. M. et Mme Henson, qui habitaient la même rue que les Turner, accompagnèrent leur fille Krissy ; M. et Mme Sangalli vinrent avec leur fils Hubert, un garçon petit et asthmatique. Deux collègues de Harry, Rick et Tim, amenèrent leurs gamins, et Sydney invita aussi quelques amies. Les filles plus âgées se réfugièrent dans la chambre de Sydney pour éviter ce qu'elle qualifiait charitablement de « fête pour les bébés ». Néanmoins, toutes apportèrent des cadeaux et prirent un moment pour saluer Eunice et lui souhaiter un joyeux anniversaire avant de disparaître.

À la surprise de Margaret, le couple sans enfants d'à côté vint également. Daniel et Janet Ransom avaient emménagé quelques semaines plus tôt, et Margaret les avait invités par politesse. Daniel était le nouveau professeur d'art dramatique au lycée, et Janet enseignait la danse classique dans un studio en ville.

« C'est vraiment gentil à vous d'être passés, leur dit Margaret, quand elle trouva un moment à leur consacrer. Je n'étais pas sûre que ça vous intéresse.

– Nous n'avons pas d'enfants pour l'instant, répondit Janet, mais c'est une façon de tâter le terrain, vous comprenez ? »

Elle était menue, avec des os fins, aussi délicats que ceux d'un oiseau, et svelte comme un garçon ; ses cheveux châtains étaient réunis dans un chignon serré à l'arrière de la tête. Elle correspondait à l'image que Margaret s'était toujours faite de Kitty dans *Anna Karénine* : une ravissante et fragile poupée de porcelaine. Margaret n'avait jamais été si maigre, et aujourd'hui encore moins ; elle se sentait gauche et laide à proximité de Janet et de son beau mari.

« Ne la croyez pas, dit Daniel. Elle est à la recherche de sa future clientèle. »

Margaret rit. Janet parut embarrassée.

« C'est vrai, j'ai apporté quelques prospectus pour l'école de danse, si vous pensez que ça pourrait intéresser Sydney ou Eunice. » Elle regarda son mari d'un sale œil.

Il se frotta la nuque. « Je constate que vous êtes amateurs de fantastique et d'horreur », observa-t-il en désignant la bibliothèque contre le mur du fond. Sur les étagères s'entassaient de nombreux ouvrages signés Stephen King, Angela Carter, Peter Straub, Shirley Jackson, William Peter Blatty, Ira Levin, James Herbert, Ramsey Campbell, Thomas Tryon et, bien sûr, H. P. Lovecraft.

« Et encore, vous n'avez pas vu ce qui est au garde-meuble », répondit Margaret. Ils louaient un box chez U-Haul dans le centre-ville, où ils entreposaient des cartons de vieux bouquins de poche, de *pulps* et de *comics*. Harry n'avait accepté de se séparer physiquement de sa chère collection qu'à contrecœur, mais la place leur manquait pour l'instant.

« Alors, Margaret, qu'est-ce que vous faites dans la vie ? demanda Janet.

– Je suis mère au foyer. Mais maintenant que les filles sont plus grandes, je songe à reprendre mes études. » Elle parlait de retourner à la fac depuis 1969, mais n'était jamais parvenue à se décider.

« Je ne sais pas si je pourrais juste m'occuper de la maison et des enfants, dit Janet. Je pense que je finirais par craquer.

– Certains jours, je n'en suis pas loin, croyez-moi », dit Margaret.

Quand sa tentative d'humour tomba à plat, elle s'excusa et partit faire le tour de ses invités. Adossés contre les plans de travail dans la cuisine ou assis à la table de la salle à manger, les adultes buvaient à petites gorgées le contenu de gobelets en plastique et se servaient en pizza dans un amoncellement de boîtes Domino's. Sous la chaleur épuisante du mois d'août, les enfants bondissaient à l'intérieur du château gonflable loué et installé dans le jardin. Dehors lui aussi, Harry était censé veiller à la sécurité des gamins en compagnie de Rick et Tim.

Margaret s'arrêta devant la porte vitrée pour l'observer. Encadré par Rick et Tim qui riaient, il fixait un point à moyenne distance. Sa cannette de bière pendait entre les doigts de sa main droite. Même après son retour avec le gâteau, il était resté réservé et silencieux. Se souvenait-il de sa crise de somnambulisme ? Se sentait-il bien ? Cette version de Harry ressemblait si peu à l'homme qu'elle connaissait.

Il se leva et se dirigea vers la porte vitrée. Margaret lui fit signe et lui adressa un sourire compatissant, mais il ne sembla pas la voir. Ses mouvements étaient laborieux et un peu saccadés, comme s'il avait mal partout après s'être esquinté au travail.

Au même moment, Eunice surgit du château gonflable. Elle arborait l'expression ravie de n'importe quel enfant au comble du bonheur le jour de son anniversaire. Ses cheveux volaient au vent, comme un incendie de forêt estival. Harry ne vit ni n'entendit sa fille ; il n'était donc pas prêt quand elle se jeta sur son dos. Margaret tendit la main vers la poignée de la porte, alors que Harry titubait en avant. Sa bière lui échappa et la bouteille explosa sur le béton du patio, créant une petite nova d'éclats verts et de mousse.

Eunice le lâcha, elle se laissa tomber sur le dallage et Harry se redressa. Il se retourna vers elle et l'empoigna par les épaules.

« Mais qu'est-ce qui ne va pas chez toi, merde ? » Il avait crié assez fort pour que sa voix, bien qu'étouffée, s'entende de l'autre côté de la porte.

Tim, le plus costaud des collègues de Harry, écarta Eunice interloquée. Rick saisit Harry par le bras et lui parla posément, comme quelqu'un qui a l'habitude de séparer des adversaires dans une rixe. Harry se dégagea brusquement et lui donna un coup de poing en plein sur le nez. Les mains de Rick volèrent vers son visage et il marcha dans le verre brisé, qui crissa sous ses baskets.

Margaret sortit enfin de sa torpeur. Elle fit coulisser la porte et courut s'interposer entre Rick et Harry. L'espace d'un instant, elle crut avoir commis la pire erreur de sa vie. Les yeux de Harry étaient fous, paniqués et furieux.

Levant les deux mains, elle murmura : « Hé, du calme. Ça va aller. Tout va bien. »

Harry se lécha les lèvres et se balança sur ses pieds, haletant, les poings serrés. De la sueur coula entre les épaules de Margaret et s'accumula à la base de sa colonne vertébrale. L'air chaud et lourd lui donnait des démangeaisons.

« Harry, dit-elle, de son ton le plus apaisant. Ça va. Tout va bien. Tu as été surpris, c'est tout. »

Il cligna des yeux, et quelque chose d'essentiel sembla se remettre en place. Il redevint Harry. Il regarda autour de lui : le château gonflable et sa population terrorisée ; Rick, sur sa chaise de jardin, le nez et la bouche en sang ; Tim, en train de tapoter l'épaule d'une Eunice en pleurs ; Sydney et ses amies, réunies derrière la porte coulissante, comme les visiteuses d'un zoo.

Margaret l'attrapa par le bras et l'escorta à l'intérieur pour la deuxième fois de la journée. Passant devant les filles, ils remontèrent le couloir jusqu'à la chambre à coucher.

« Allonge-toi, suggéra-t-elle.

– Je ne suis pas fatigué, répondit-il.

– Ça m'est égal. Tu es privé de jardin jusqu'à ce soir. » Elle claqua la porte en partant.

Elle s'excusa vaguement auprès des invités qu'elle raccompagnait, expliquant que Harry ne se sentait pas très bien, et promit qu'ils seraient fixés après la visite du médecin qui ne saurait tarder. Ébahie, Eunice assista à la dissolution de sa fête et courut se réfugier dans sa chambre, les joues rouges et sillonnées de larmes. Le visage sans expression, Sydney s'assit sur le canapé pour regarder un film à la télévision. Margaret balaya les éclats de verre sur le patio, jeta les assiettes en carton, vida les gobelets en plastique et sortit les poubelles au garage. Elle ne décrocha ni les ballons ni les serpentins, désormais devenus incongrus, comme une jolie façade plaquée sur quelque chose de laid.

Elle vint s'installer à côté de Sydney et passa un bras autour de ses épaules. Sa fille resta raide, refusant de détourner les yeux de l'écran.

« Laisse-moi tranquille. »

Margaret n'insista pas et alla s'enquérir d'Eunice. Sa cadette était au lit, tournée vers le mur. Elle s'assit pour lui masser le dos.

« Ma fête, dit Eunice d'une voix chargée d'émotion.

– Je sais, ma chérie. Je suis navrée, mais papa ne se sent pas bien, et je… » Elle s'interrompit, désemparée. « Je ne voulais pas que quelqu'un d'autre tombe malade par sa faute s'il est contagieux. Il se repose maintenant. Pourquoi tu n'en ferais pas autant ? Et ce soir, on finira de fêter ton anniversaire, d'accord ?

– Et mon château gonflable ?

– Rien ne nous empêche de le garder un jour de plus. » Elle forcerait Harry si nécessaire. C'était la moindre des choses. Elle embrassa Eunice sur la joue, puis retourna auprès de Harry.

Il était toujours au lit, les yeux rivés au plafond, et frottait sa main droite aux articulations enflées. Margaret ferma derrière elle et s'adossa contre la porte.

« Je sais, soupira-t-il. Je sais.

– Complètement *barjo*, dit Margaret. Et le mot est faible.

– J'ignore ce qui m'a pris.

– Tu as marché dans ton sommeil ce matin. Tu te souviens ? »

La surprise qui se peignit sur son visage lui donna la réponse. Ils avaient été sur leurs gardes depuis le début de leur vie de couple. À cause des antécédents de sa mère, Harry s'était soumis à de multiples tests de dépistage de la schizophrénie ; chaque fois, le médecin l'avait trouvé en parfaite santé. Il était un peu tard pour que des symptômes se manifestent à présent, mais pas impossible. Margaret ne parvenait pas à chasser l'image de son visage ce matin – cette expression distante, éteinte. Pourquoi lui semblait-elle si familière ?

« Écoute, je ne pense pas qu'une autre alerte soit à craindre, dit-il. J'ignore ce qu'il m'arrive, mais sois-en sûre, ce n'est pas ce que tu redoutes. Toutefois, si – je dis bien *si* – quelque chose se produit de nouveau, je te promets d'aller consulter un médecin, d'accord ? » Devant le silence de sa femme, il ajouta : « S'il te plaît, Margaret, laisse-moi d'abord essayer de régler ça à ma façon. »

3

Ils se réunirent en fin d'après-midi pour conclure la fête d'Eunice. Harry s'amusa avec les filles dans le château gonflable, pendant que Margaret réchauffait des restes. Sydney et Eunice eurent la permission de manger leur pizza en même temps que le gâteau, avec de généreuses boules de glace. Après le dîner, Eunice se lança à l'assaut de la montagne de cadeaux sur la table basse et déchiqueta le papier brillant en écarquillant des yeux émerveillés. Entourés de jouets et de vêtements neufs, ils s'assirent au salon pour regarder un film à la télévision. Margaret s'allongea sur le canapé, Harry à même le sol, tandis que les filles se blottissaient contre lui, l'une à côté de l'autre. De temps à autre, Margaret faisait courir sa main dans les cheveux de Harry, enchantée par le contact de ses boucles entre ses doigts.

Cette nuit-là, une fois les enfants au lit, heureuses et soulagées, Harry et Margaret firent l'amour. La finesse des murs les obligeait à bouger lentement, sans faire trop de bruit. Margaret eut le loisir d'observer attentivement le visage de Harry, d'y retrouver cette douceur et cette gentillesse fondamentales. La tendresse de ses baisers sembla confirmer que l'épisode de l'après-midi n'était dû qu'au hasard, que tout allait bien. Alors qu'ils étaient allongés l'un à côté de l'autre, la peau luisante de sueur, il prononça les mots d'autrefois : « Je t'aime jusqu'à la fin des temps, et même après, quoi qu'il advienne. »

Ces vers de mirliton, il les avait composés pour leur nuit de noces, une déclaration si théâtrale que Margaret n'avait pu s'empêcher de lui rire au nez. Depuis, c'était devenu un code entre eux, propre à leur mariage, une formule à la fois ironique et sincère, énoncée en levant les yeux au ciel, mais aussi le cœur battant.

« Et même après », convint-elle, et elle posa la tête sur sa poitrine.

4

Dans les semaines qui suivirent, Harry remboursa les frais que Rick engagea pour faire soigner son nez et qui n'étaient pas couverts par sa mutuelle ; il inscrivit Sydney aux cours de danse classique de Janet Ransom et acheta à Eunice un ordinateur Commodore 64 avec un tas de disquettes.

Margaret feignit l'enthousiasme et se joignit aux manifestations de joie des filles quand Harry distribua ces cadeaux, mais une fois seule avec lui au moment de se coucher, elle dit : « Je sais que tu te sens coupable, et tu as bien fait de régler la facture de Rick ; mais j'aurais préféré que tu te montres plus raisonnable avec les gamines. »

Harry leva les yeux de son exemplaire de *Dead Zone* et la regarda. « Elles se rappelleront encore ces moments dans vingt ou trente ans. C'est comme ça qu'on se crée des souvenirs d'enfance.

– Cet ordinateur a coûté presque six cents dollars, dit-elle, se frottant les mains avec de la crème hydratante. Sans tous les jeux. »

Il laissa tomber son livre sur sa poitrine. « Tu veux que j'aille reprendre cette machine à Eunice, c'est ça ?

– Je te demande simplement d'éviter d'autres dépenses importantes, s'il te plaît. Il faut penser à Noël. »

Elle observa ses efforts pour se calmer. D'où et quand avait surgi cette colère ? « Tu as raison. J'aurais d'abord dû t'en parler. »

Mais le lendemain, il rentra du travail avec une heure de retard. Margaret le retrouva au garage. Le coffre du break était plein de bois d'œuvre et de sacs en provenance de la quincaillerie.

« Qu'est-ce que c'est ? s'enquit-elle.

– Je construis une maison hantée pour Halloween », répondit-il.

Halloween était la fête préférée de Harry, qui la célébrait toujours avec les filles. Mais pour autant que Margaret le sache, il n'avait pas remis les pieds dans une maison hantée depuis leur visite de la Maison de la Peur en 1968. Dire qu'il la surprit serait en deçà de la vérité.

« On était d'accord, lui rappela-t-elle.

– C'est génial, s'enthousiasma Sydney qui, arrivée derrière sa mère dans le garage, ouvrit le hayon et commença à décharger.

– Sydney, arrête, l'interrompit Margaret. Papa va rapporter tout ça au magasin. »

Sydney s'immobilisa à mi-chemin entre la voiture et la porte qui menait à l'intérieur de la maison, un sac en plastique dans les bras. Elle regarda Harry.

« Je ne rapporterai rien, ma chérie, rassura-t-il Sydney. Tu peux y aller.

– Les filles, filez dans vos chambres », ordonna Margaret.

Baissant la tête, elles se précipitèrent hors du garage.

Margaret pointa du doigt le bois dans le break. « On s'était mis d'accord : plus de grosses dépenses. »

Au bout d'un moment, il lui tendit la main. « Suis-moi. »

Elle se laissa guider à travers la maison, jusqu'au jardin de derrière. L'herbe chatouilla ses chevilles nues. Il s'arrêta au centre et décrivit lentement un cercle, l'entraînant dans son orbite.

« Qu'est-ce que tu vois ? demanda-t-il.

– Une pelouse qui a besoin d'être tondue.

– J'attends le début de l'automne pour que tout meure sans mon intervention, mais ça tarde. »

Le nœud de frustration dans sa poitrine se desserra un peu. « C'est toi qui as voulu déménager au Texas.

– Non, c'est là que j'ai trouvé mon boulot, corrigea-t-il. Mais dis-moi, qu'est-ce que tu vois d'autre ? »

Elle ferma les yeux, respira à fond, puis les rouvrit. Elle observa attentivement le jardin, un vaste carré de terre herbeuse, légèrement en pente, bordé sur trois côtés par une haute clôture en bois. Une porte vitrée coulissante donnait directement sur un petit patio en béton, avec un barbecue, une table et quelques chaises en plastique. Un tuyau d'arrosage gisait, lové dans l'herbe, toujours fixé au robinet qui dépassait du mur en brique. Elle s'aperçut qu'ils se tenaient à l'endroit exact où elle l'avait surpris en pleine crise de somnambulisme une semaine plus tôt.

Elle ne le fit pas remarquer à Harry, se contentant de répondre : « Je vois un jardin tout à fait ordinaire.

– Bien sûr. J'étais comme toi, jusqu'à l'anniversaire d'Eunice. Ce jour-là, sur le patio, je regardais le château gonflable quand quelque chose a fait tilt dans ma tête. J'ai vu tout ça comme les fondations d'autre chose. Quelque chose de grandiose. Et depuis, ça me travaille. » Il se toucha la tempe en grimaçant. « C'est comme une douleur sourde qui ne me quitte jamais.

– C'est pour ça que tu as pété les plombs et que tu t'es mis à crier, à frapper les invités ?

– Je n'en suis pas sûr. » Il baissa le bras et fronça les sourcils. « Mais quoi qu'il en soit, quelque chose me manque. Ça n'a rien à voir avec toi, ou les filles, se hâta-t-il d'ajouter en lui reprenant la main, un geste qui lui parut machinal, de circonstance. Non, c'est plutôt… Je me lève tous les jours, je mets ma chemise et ma cravate, et après m'être frayé un chemin jusqu'au bureau dans les embouteillages, je consacre presque chaque heure de ma journée à ce travail. Quand je rentre, je suis crevé, tout juste bon à regarder la télévision avant d'aller me coucher. Parfois je me dis que, dans le meilleur des cas, c'est tout ce qui m'attend jusqu'à la retraite ; alors, trop vieux et trop abattu, je gâcherai mes quelques dernières années devant la télévision en espérant recevoir du courrier, la visite ou un coup de fil d'un de mes enfants devenus adultes. Et ensuite, je mourrai. Fin de l'histoire.

– Certaines personnes estimeraient que tu as plutôt réussi ta vie, dit Margaret.

– C'est ce que tu penserais ? »

Elle faillit lui mentir, lui répondre que, oui, il avait de la chance et devrait arrêter de se plaindre. Mais déjà sa colère refluait, et cette sensation de froid à la taille était trop profonde pour qu'elle l'ignore.

« Tu me connais. On me servait la sécurité et la "réussite" sur un plateau, mais c'est toi que j'ai choisi. J'avais envie d'aventure.

– Tu es plus intelligente que moi. J'ai mis tellement d'argent de côté pour mes études, tout ça pour devenir ingénieur. J'ai voulu prouver que je pouvais subvenir à nos besoins, que nous ne serions pas pauvres. J'aurais dû être courageux, comme toi. »

Une maison hantée. Margaret y associait cette créature-loup aux yeux orange aperçue à la fin de la visite de la

Maison de la Peur. Enveloppée dans une cape rouge, elle avait pointé Margaret du doigt, comme si elle jetait son dévolu sur elle, juste avant que Harry la propulse dans le toboggan. Elle l'avait déjà vue une première fois, derrière la vitre, avant son hallucination dans la voiture de Pierce Lombard, quand des insectes avaient surgi du front du jeune homme. Elle n'en avait jamais discuté avec Harry. Tout comme elle ne lui avait pas parlé de ses rêves peuplés de hurlements, de loups et de bébés étranges. Le moment semblait mal choisi à présent.

« Alors, explique-moi, dit-elle, serrant sa main plus fort. Comment la construction d'une maison hantée dans notre jardin va-t-elle changer quoi que ce soit ?

– Je n'en suis pas certain, répondit-il. Mais ça paraît important. J'ai l'impression que ça m'aidera à comprendre la suite. »

Elle fit pivoter son visage vers elle. « Je te propose un marché. Tu as envie de te lancer dans ce chantier en toute inconscience ? J'exige quelque chose en échange.

– Quoi ?

– Je ne suis pas heureuse non plus », lui confia-t-elle. Respirant profondément, elle dit ce qui lui trottait dans la tête depuis sa première conversation avec Janet Ransom. « Je veux passer mon diplôme. Et ce n'est pas possible tant que l'argent sera un problème. Ça signifie que tu *dois* travailler, Harry, même si tu détestes ton boulot. Alors, voilà ce que je te propose : tu peux construire ce truc, mais tu continueras à mettre ta cravate et à te coltiner les embouteillages tous les matins jusqu'au jour où je décrocherai ma licence. C'est dans tes cordes ? »

Quelque chose passa brièvement sur son visage, difficile à déchiffrer dans la lumière qui déclinait. « Je pense que oui », répondit-il, et elle comprit soudain pourquoi son expression pendant sa crise de somnambulisme lui avait paru si familière. C'était exactement la même que celle qu'il affichait dans la Maison de la Peur, la nuit où Margaret avait vu la créature dans la cape rouge. Une expression qui semblait suggérer un vide total derrière ses yeux.

5

Elle laissa Harry chercher les filles et leur annoncer la nouvelle au salon, pendant qu'elle réchauffait son pain de viande à la cuisine.

« Tu vas construire une *vraie* maison ? demanda Eunice.

– Mais non, andouille, dit Sydney. Ce sera comme le château gonflable de ton anniversaire.

– Sydney, sois gentille, la réprimanda Margaret.

– Elle n'est pas très aimable, mais elle a raison, expliqua Harry à Eunice. On appelle ça une maison hantée, mais ce n'est qu'un nom. Je fabriquerai tout au garage et on l'assemblera dans le jardin.

– Alors, ce sera plus un jardin hanté, dit Eunice.

– À proprement parler, oui, reconnut Harry. Mais si on sait y faire, pendant la visite, les gens oublieront que c'est notre jardin. Ils penseront vraiment croiser des monstres et des fantômes.

– Pourquoi tu veux leur faire peur ?

– Parfois, c'est amusant d'avoir peur. Et je crois qu'on sera plutôt doués pour ça. Je me chargerai de l'essentiel de la conception et de la construction, mais je vous laisserai chacune créer une pièce à vous que je bâtirai.

– Je peux inventer n'importe quoi ? s'enquit Sydney.

– Dans les limites du raisonnable.

– Et moi, je m'occuperai des costumes », conclut Margaret, qui n'avait pourtant pas eu l'intention de proposer son aide et en fut la première surprise. Mais elle se trouvait de nouveau confrontée à ce qui constituait le problème central de sa vie d'adulte. Elle n'avait jamais voulu d'enfants. Harry, si. Elle avait espéré que la venue au monde du premier réveillerait en elle son instinct maternel, qu'elle deviendrait le genre de femme qui rayonne de fierté devant sa progéniture. Mais les naissances de Sydney et d'Eunice l'avaient laissée froide. Elle avait accompli son devoir. Elle les avait nourries, avait joué avec elles, leur avait chanté des berceuses et lu des histoires, mais elle n'avait jamais ressenti pour elles un amour d'une intensité comparable à celui qu'elle éprouvait pour Harry. Elle aurait voulu pouvoir se consoler en se disant que tous les parents étaient comme elle, qu'il fallait des années pour apprendre à aimer ses enfants. Mais Harry avait pleuré lors de la venue au monde de chacune des filles. Son enthousiasme, au moment de les retrouver, de retour du bureau, ne semblait pas feint. Il ne paraissait pas se soucier de l'érosion de son temps et de son espace personnels ; Margaret pensait que, d'une certaine façon, les filles comprenaient la différence entre le cœur de leur père et celui de leur mère. Elle avait toujours l'impression de partir avec un handicap qu'il lui fallait combler en trouvant la manière adéquate d'exprimer une quantité d'amour appropriée.

« Tu es sûre ? s'étonna Harry reconnaissant.

– Oui », confirma Margaret.

Ils passèrent le reste de la soirée, assis autour de la table de la cuisine, à tracer des plans sur du papier millimétré.

Mon père l'ingénieur était un collectionneur maniaque et archivait tout avec minutie. La plupart de ces plans ont donc survécu. Je les garde dans un carnet dans mon bureau, avec les dessins que mes sœurs ont réalisés à partir de leurs propres idées : une pièce remplie de têtes de poupée ; une autre dans laquelle le visiteur est pourchassé par une momie ; et ma préférée, une salle d'allure tout à fait ordinaire, comme pour faire croire qu'on est arrivé à la fin de la visite, mais la lumière s'éteint et des voix désincarnées se mettent à chuchoter d'horribles vérités. Les notes d'Eunice sur ce dessin l'appellent « La Chambre des Mauvais Secrets ».

À la fin de la soirée, Harry rassembla toutes ces propositions disparates pour les étaler sur la table de la cuisine. Il se frotta le menton et fronça les sourcils.

« Pour l'instant, on a quelques trucs effrayants, mais ça manque de cohérence. Ce qu'il faut, c'est choisir une idée maîtresse, qui fiche la frousse, et organiser tous les autres petits frissons autour. » Il tapota sa gomme sur les feuilles. « Je verrais bien un cimetière. On peut fabriquer de fausses pierres tombales et une clôture noire pointue devant la maison et ensuite, dans le jardin de derrière, construire une tombe. Chaque pièce serait un caveau ou une crypte d'un genre différent. Peut-être un tombeau égyptien avec une momie ; une de ces sépultures, comme on en croise en Louisiane, au-dessus du sol…

– Ils enterrent leurs morts au-dessus du sol en Louisiane ? Pourquoi ? demanda Sydney.

– Parce que la Louisiane est un grand marécage, expliqua Eunice. Les corps remontent à la surface. Ils refusent de rester sous terre. »

Margaret et Harry dévisagèrent tous deux Eunice avec surprise. Elle sembla étonnée de cette soudaine attention.

« C'est vrai ? dit Sydney.

– Oui », répondit Harry, qui s'adressa ensuite à Eunice. « Où as-tu appris ça ? »

Elle lança un regard coupable en direction de la bibliothèque du salon, avant de fixer la table. « Je ne me rappelle pas. »

6

La vie suivit son cours. Harry partait au travail chaque matin, et Margaret demanda un dossier d'inscription pour l'Université du Texas, à Vandergriff. Le soir, Harry piochait dans ses réserves de bois pour fabriquer murs, plafonds et planchers modulaires. Sydney lui tenait compagnie au garage ; coiffée de lunettes de protection de taille enfant, elle faisait ses devoirs pendant qu'il mesurait et coupait.

Quand Sydney commença les cours de danse classique, Janet Ransom affirma qu'elle avait un don. Chaque fois que Margaret la surprenait en train de répéter les cinq positions, elle remarquait l'expression de concentration intense sur son visage, une sorte d'agitation euphorique. Chaque mouvement semblait habité par un souci de la perfection, par la grâce aussi. Eunice prit goût à son nouvel ordinateur avec la même ferveur. Chaque jour après l'école, elle s'isolait dans sa chambre, se plantait devant l'encombrant clavier brun et n'en bougeait plus avant qu'on le lui ordonne. Harry avait bien choisi ses cadeaux. Margaret n'y aurait jamais pensé. Bien qu'il passe la semaine au bureau loin de ses filles, Harry parvenait tout de même à anticiper leurs envies et leurs désirs mieux qu'elle. Elle s'en trouvait blessée.

Quant à lui-même, ses besoins prirent une forme très concrète quand il en vint à manquer de bois pour finir la charpente de base de la Tombe. Il se mit donc à déambuler dans le quartier après le travail, à la recherche de chantiers non gardés, ou de propriétaires qui abattaient leur clôture. Il accumula une si importante quantité de bois qu'un tas impressionnant s'éleva bientôt sous une bâche à côté de la maison. Fort de cette nouvelle provision, il bâtit plus de murs et de sols, à l'allure totalement inoffensive, qu'il entreposa au garage, comme autant de blocs d'un jeu de construction. Harry et Margaret durent garer leurs voitures dans l'allée pour laisser au projet la place de se déployer.

Pendant un temps, tout sembla se dérouler sans anicroche. Mais une nuit, un cri perçant arracha Margaret à son sommeil.

Les bébés, pensa-t-elle, écartant les dernières volutes roses d'un rêve qui s'évaporait. *Les bébés hurlent.* Elle rattrapa Harry qui ouvrait déjà grand la porte de la chambre d'Eunice en allumant. Le dos plaqué contre la tête de lit, Eunice émettait ce son à la fois clair et parfaitement terrible, le système d'alarme qui stoppe le cœur de n'importe quel parent.

« Qu'est-ce qui ne va pas ? cria Harry par-dessus ce boucan. Qu'est-ce qu'il y a ? » Il s'assit au bord du lit et prit le visage de sa fille entre ses mains. Les yeux d'Eunice rappelèrent à Margaret ceux de Harry pendant sa crise lors de l'anniversaire. Une lueur sauvage, pas tout à fait humaine.

Eunice ouvrit et ferma la bouche plusieurs fois, puis elle pointa du doigt la fenêtre qui donnait sur le jardin, de l'autre côté de la pièce.

« J'ai vu un homme.

– Quoi ? dit Margaret.

– Putain », jura Harry, qui sortit en bousculant Margaret d'un coup d'épaule. À ce moment-là, Sydney émergea de sa propre chambre, l'air perplexe et les cheveux en bataille.

« Qu'est-ce qui se passe ? demanda-t-elle.

– Rien, ma puce, va te coucher. Harry, attends », lança Margaret après lui. Et s'il y avait *réellement* quelqu'un dans le jardin ? Harry était pieds nus et sans arme.

« Je ne retourne pas au lit tant que quelqu'un ne m'aura pas expliqué ce qui se passe », insista Sydney.

L'espace d'un instant, Margaret lutta contre l'envie de donner une tape sur la bouche de sa fille désobéissante et agressive. Mais l'inquiétude l'emporta sur cette colère momentanée, et elle courut rejoindre Harry. Il avait laissé la porte coulissante ouverte et arpentait le jardin à grands pas, une lampe de poche dans la main, balayant le sol devant lui avec le faisceau lumineux.

« Retourne auprès des filles, lui dit-il.
– On ne devrait pas appeler la police ?
– Qu'est-ce qui se *passe* ? » Sydney, qui avait suivi Margaret, se tenait derrière elle, les bras croisés.
« Va tenir compagnie à ta sœur, dit Margaret.
– Bon sang, Margaret, tu veux bien rentrer, s'il te plaît ? » réagit Harry.

Sa demande ne manquait pas de bon sens. Vu les circonstances, les filles n'auraient probablement pas dû rester seules. Alors que Margaret traversait le patio, elle sentit une douleur aiguë transpercer la voûte plantaire de son pied droit et poussa un cri.

Harry pointa sa lampe dans sa direction. « Qu'est-ce qui ne va pas ?
– J'ai marché sur quelque chose. Ne t'inquiète pas. »

Elle rentra en clopinant, alluma dans la cuisine et s'assit à la table. Elle souleva son pied blessé sur son genou gauche pour l'examiner, mais la couche de terre et de poussière accumulée dehors l'empêchait de voir quoi que ce soit. Elle le frotta du dos de la main, et ce fut comme si une aiguille lui transperçait les nerfs. Une écharde, donc.

Elle boitilla jusqu'à la chambre d'Eunice, la jambe droite en l'air derrière elle, tel un flamant rose, et s'arc-bouta dans l'encadrement de la porte. Sur le lit, Sydney était assise à côté d'Eunice et lui tenait la main en chuchotant. Elle s'interrompit à l'entrée de Margaret.

« Sydney, va me chercher la pince à épiler dans le tiroir du haut de la salle de bain, demanda Margaret.
– Qu'est-ce qui se passe ?
– *Maintenant*, Sydney. » Puis, se sentant coupable, elle ajouta : « J'ai marché sur quelque chose dehors et je n'arrive pas à l'extraire de mon pied. Tu veux bien m'aider ? »

Sydney se leva pour obéir. Margaret boita jusqu'au lit et s'assit en grimaçant. Elle prit la main d'Eunice dans la sienne et tenta de sourire.

« Qu'est-ce que papa a trouvé ? demanda Eunice.
– Rien pour l'instant. Mais il continue à chercher.
– J'ai vraiment vu un homme. Tu me crois, hein ? »

Sydney revint avec la pince à épiler, fournissant une interruption opportune. Eunice et Margaret s'installèrent sur le sol, et Margaret posa la tête sur les genoux d'Eunice. Sydney s'assit sur le lit, avec le pied de sa mère dans son giron. Margaret demanda à Eunice de lui tenir les mains, pas parce qu'elle avait besoin de réconfort, mais pour la distraire. Sydney localisa l'éclat et, au bout de quelques essais, parvint à l'extraire. Il quitta le corps de Margaret en lui infligeant une dernière décharge de douleur.

« Je l'ai eu, déclara Sydney, levant la pince à épiler pour que sa mère puisse voir.

– Fais attention, ne le laisse pas tomber sur le lit de ta sœur.

– Pas de danger », dit Sydney, qui retrouva son air maussade après un triomphe de courte durée.

Margaret se redressa et lui prit la pince pour étudier l'objet coincé entre ses branches : un long éclat de verre de couleur verte. Sans doute un fragment de la bouteille que Harry avait cassée lors de la fête. Elle avait pourtant souvent balayé le patio depuis. Comment avait-il pu lui échapper ?

Elle appliqua de la Neosporin et un pansement sur son pied, puis emporta l'éclat à la cuisine. Malgré son intention de départ, elle s'aperçut que, pour une raison quelconque, elle était réticente à le jeter. Elle le glissa donc dans un sachet en plastique pour sandwich qu'elle cacha au fond du tiroir où elle rangeait les torchons à vaisselle et les maniques. Elle aurait été bien incapable d'expliquer *pourquoi* elle se sentait obligée de le faire, mais c'était ainsi.

Harry rentra alors qu'elle refermait le tiroir ; il fronça les sourcils, une question se formant déjà sur ses lèvres.

« Alors ? » demanda Margaret pour détourner son attention.

Il posa la lampe de poche sur la table de la cuisine. « J'ai parcouru le jardin dans tous les sens, trois fois, mais je n'ai rien trouvé. Elle a dû faire un cauchemar. »

Ils tentèrent de calmer les filles, mais Eunice refusa de croire qu'elle avait rêvé. « Je sais ce que j'ai vu, insista-t-elle.

– Ce n'est pas toujours facile de faire la différence entre les moments où on dort et ceux où on est réveillé, expliqua Margaret. Un rêve peut sembler très réaliste. Je propose que tout le monde retourne se coucher et qu'on en reparle demain matin. D'accord ?

– Je peux venir dans votre chambre ? demanda Eunice.

– Non, dit Margaret.

– Oui, répondit simultanément Harry.

– Moi aussi, dit Sydney. Pas question d'être la seule à rester sans personne. »

Et ainsi, toute la famille Turner se serra dans le grand lit double, Margaret et Harry sur les côtés, les filles au milieu. Elles s'endormirent presque immédiatement, et Harry les imita bientôt, avec Sydney blottie contre lui. Eunice, en revanche, avait pris l'habitude de distribuer des coups de pied dans son sommeil avant même sa naissance, et n'avait pas cessé depuis. Chaque fois que Margaret commençait à s'assoupir, le contact d'un pied ou d'un genou sur sa hanche, son ventre, sa cuisse ou dans son dos l'en empêchait. Vers quatre heures, fatiguée de cet assaut permanent, elle se leva, se fit couler un café et alla s'asseoir devant la télévision. Une chaîne câblée locale passait un vieux film muet à propos d'un hypnotiseur professionnel qui se servait d'un somnambule pour commettre des meurtres. Aux premières lueurs de l'aube, elle se sentit encore plus mal à l'aise que si elle était restée dans son lit, sans fermer l'œil de la nuit, à encaisser les coups de sa fille.

Harry et les enfants sortirent en titubant de la chambre à coucher aux alentours de six heures, attirés par les odeurs de bacon et de pain grillé. À table, la conversation se limita à des demandes simples – passe-moi ceci, puis-je avoir cela, etc. Harry partit au travail et Margaret conduisit les filles à l'école à pied ; de retour à la maison, elle empoigna le balai et la pelle à poussière et refit le ménage sur le patio. Puis une deuxième fois. Et une troisième. À chaque reprise, elle examina le contenu de la pelle à poussière, mais n'y trouva que de la saleté. Pourtant, loin d'éprouver du soulagement, elle ressentit une vague déception, comme si un indice ou un signe lui avaient échappé.

Elle posa le balai contre le mur et longea la maison jusqu'à la fenêtre d'Eunice. Petite et rectangulaire, elle ne semblait pas à sa place si haute sur le mur – elle aurait davantage convenu à l'éclairage d'un sous-sol. Un intrus aurait dû être plutôt grand pour qu'on l'aperçoive de l'intérieur, sans même parler de grimper depuis l'extérieur. Et puis, pourquoi se donner cette peine, alors que les accès, plus bas et de taille normale, ne manquaient pas ? Parce que c'était la seule fenêtre invisible depuis la rue ? Mais sans se tenir debout sur une échelle, impossible d'envisager de la forcer – à moins d'être assez fort pour se hisser d'une main, tandis que l'autre bricole la fermeture.

Elle rentra, rangea le balai et chercha un escabeau qu'elle emporta dans le jardin. Le plaçant dans le sol meuble, elle monta dessus pour examiner les choses de plus près.

Une sensation de malaise naquit au creux de son estomac. Trois rainures profondes striaient la brique à droite de la fenêtre et le côté gauche du cadre de la moustiquaire avait été tordu vers l'extérieur d'au moins deux centimètres.

Se retenant au châssis pour ne pas perdre l'équilibre, elle

tourna la tête et vomit dans l'herbe. Ses doigts effleurèrent la surface dure du mur, alors que son corps se contractait et que sa poitrine s'enflammait.

7

Quand Harry rentra du travail, elle lui demanda de monter à l'escabeau pour faire ses propres constatations. Il passa ses doigts sur la brique, toucha la fenêtre et fronça les sourcils.

« Alors, je n'ai pas rêvé ? » dit Margaret.

Il redescendit. « La brique présente quelques imperfections, et le cadre de la moustiquaire est de travers, mais ça ne prouve rien. Quelle brique n'a pas ses petits défauts ? Elle est peut-être dans cet état depuis la construction de la maison. Quant à la moustiquaire, ça peut venir de l'usure normale. Je ne sais pas. J'ai sans doute négligé un peu l'entretien extérieur.

– Si je te comprends bien, tu dis...

– Je dis que je ne vois aucune raison de paniquer. » Il replia l'escabeau pour le rapporter à l'intérieur.

« Je sais que ça semble fou, insista-t-elle en le suivant sur le patio, mais après ce qu'Eunice a vu la nuit dernière, tu ne crois pas... »

Harry posa l'escabeau contre la maison et se retourna si soudainement que Margaret fit un pas en arrière.

« Bon sang ! s'emporta-t-il. Tu veux bien me lâcher avec ça ? »

Elle recula encore.

« Tu crois que je n'ai pas assez de problèmes sans que tu m'en *inventes* de nouveaux ? Tu t'ennuies à ce point ?

– Tu es tombé sur la tête ou quoi ? répliqua-t-elle. Dans quel univers ce problème est-il le fruit de mon imagination ? Eunice a vu quelque chose, et la fenêtre a l'air bizarre. Et c'est moi l'hystérique ? »

Il ferma les yeux et se massa les tempes. « Non, tu as raison, reconnut-il, toute agressivité disparue de sa voix. Mais je n'ai rien trouvé la nuit dernière, alors à moins d'arriver par la voie des airs, j'ignore comment quelqu'un aurait pu se percher là-dehors. Eunice est une enfant. On ne peut pas laisser ses cauchemars nous dicter le cours de nos journées. » Il empoigna l'escabeau et le porta à l'intérieur.

Au lieu de lui emboîter le pas, Margaret s'assit sur une des chaises de jardin. C'était la première fois qu'il élevait la voix avec elle sans s'excuser. Comment pouvait-il dire qu'il ne voyait rien d'anormal avec cette fenêtre ? Était-il fou ? À moins qu'*elle* ne se fasse des idées ?

8

Même en y consacrant toutes ses soirées pendant la semaine, de l'heure du dîner au coucher, et ses journées entières le week-end, Harry continua de prendre du retard sur la Tombe. À partir de début octobre, il se mit à travailler jusque tard dans la nuit et à dormir sur le canapé – quand il dormait. Il fabriqua des masques en papier mâché et des monstres caoutchouteux, peignit les murs modulaires et discuta avec les filles de leurs idées. Eunice arrêta son choix sur une tombe dans un orphelinat, et Sydney sur celle d'une ballerine vampire.

Il rapporta à la maison des bombes de fausses toiles d'araignées, de petites boîtes d'insectes factices et des dents de vampire en plastique. Tout cet attirail pour Halloween s'accumula d'abord au garage, avant de déborder sur la cuisine, où Margaret avait installé sa machine à coudre sur la table. Elle ne s'en était jamais autant servie. Sa mère lui avait appris, mais en lui faisant comprendre qu'une tâche aussi « indigne » d'elle constituait un savoir à n'exploiter qu'en cas d'urgence (un accroc dans un chemisier pendant les vacances, par exemple, ou une pauvreté extrême). Surprise et ravie, Margaret découvrit qu'elle possédait de réelles dispositions, ses premiers costumes rendant aussi bien voire mieux que les patrons de la mercerie.

« Ouah », dit Harry, quand elle lui montra une queue-de-pie blanche ingénieusement dépenaillée qu'elle lui destinait. Le tissu, pourtant neuf, semblait avoir subi plus d'une centaine d'années de lente décomposition ; les coutures tortueuses déconcertaient le regard. « Une carrière s'ouvre à toi. »

Elle n'avait pas vraiment la tête à apprécier ses éloges. Depuis peu, elle vomissait presque chaque matin. D'après ses calculs, elle avait deux semaines de retard. Coudre lui permettait de remettre à plus tard le moment où elle devrait réfléchir au problème.

Harry entama la construction à l'extérieur. Dans le jardin, il transforma ses murs modulaires en un labyrinthe de pièces et de couloirs. Chaque soir, il martelait et perçait jusqu'à la tombée du jour à la lumière de deux lampes de poche collées avec du ruban adhésif à son casque de chantier. Quand son vacarme se prolongea après huit, puis neuf heures, les voisins commencèrent à se plaindre. Au lieu de changer ses habitudes, Harry les recruta, soit pour les intégrer à son équipe, soit pour leur confier un rôle ; Janet Ransom hérita du titre de « consultante » ; elle conseillerait les acteurs pour tout ce qui concernait leurs mouvements. Il flatta ses nouveaux co-conspirateurs en louant leurs talents jusqu'ici insoupçonnés, et tout à coup, le bruit ne posa plus aucun problème. Au contraire, il parut même susciter une certaine excitation.

En plus de l'ouvrage qui prenait forme dans le jardin, Harry entreprit d'édifier une plateforme sur le toit pointu de la maison, un espace pour accueillir un signal lumineux. « Je veux que tout le quartier, toute la ville le voie et vienne pour Halloween », dit-il.

Alors que Margaret s'endormait ce soir-là, elle entendit sa voix étouffée et des pas au-dessus de sa tête, tels ceux d'un hôte impatient d'être invité à entrer.

9

Deux semaines avant Halloween, Harry prit un jour de congé et conduisit sa famille à Tyler, pour l'anniversaire de sa mère, Deborah. Le trajet occupa une bonne partie de la matinée, une distance qui n'avait pas manqué de susciter les protestations de Deborah Turner quand Harry et Margaret lui avaient proposé de l'installer à Weirwood Home.

« Vous ne viendrez jamais me voir, avait-elle dit. C'est trop loin. »

Elle ne s'était pas trompée. Margaret et Harry s'estimaient heureux d'y parvenir une fois tous les deux mois. Mais parmi les établissements situés au Texas, Weirwood jouissait d'une excellente réputation pour la prise en charge de patients souffrant d'affections psychiatriques de longue durée. Un résident pouvait y disposer de sa propre chambre et profiter des bienfaits d'un parc impeccable. Le programme des activités était riche et un personnel qualifié veillait à la santé et à l'entretien de la forme physique, ainsi qu'aux aspects pratiques, comme la gestion des dépenses au quotidien.

Margaret avait hésité devant cette décision de mettre Deborah à Weirwood. Lorsqu'elle et Harry avaient déménagé au Texas, elle avait suggéré qu'elle vienne habiter avec eux.

« N'est-ce pas une solution plus charitable ? » avait-elle demandé.

Harry avait placé ses deux mains autour de sa tasse à café. Perdu dans la contemplation du fond, il avait pris son temps pour répondre. « C'est gentil à toi de le proposer, mais ce ne serait pas comme tu l'imagines. Je pense que tu… » Il s'était interrompu et s'était gratté le menton, tapotant la brochure de Weirwood posée sur la table de la cuisine devant lui. « Crois-moi, c'est pour le mieux. »

Deborah avait adopté cet endroit immédiatement. Elle s'était fait des amies, avait décoré son appartement et s'était lancée dans le tricot pour de bon. Quand Harry, Margaret et les filles lui rendaient visite, elle semblait satisfaite et n'exprimait qu'un regret, celui de ne pas voir grandir les enfants – ils poussaient si vite !

« Oh, non ! disait-elle, mettant ses mains autour de leur visage. Mais quand est-ce que tu vas t'arrêter ? »

Cette visite ne démarra pas différemment, avec les embrassades et les exclamations rituelles, suivies par un barbecue et le gâteau d'anniversaire dégusté à une table de pique-nique dans le parc. Après le déjeuner, Harry et les filles allèrent s'amuser avec l'un des chiens de l'établissement, un golden retriever nommé Daisy. Ils se lancèrent une balle de tennis entre eux, que Daisy tenta d'intercepter dans les airs. Restées assises, Margaret et Deborah les observèrent en buvant du soda. Margaret glissa des regards furtifs à Deborah jusqu'à ce que la femme plus âgée dise : « Qu'est-ce qui te tracasse, ma chérie ?

– Pardon ? dit Margaret, surprise.

– Je suis vieille, mais pas stupide, répondit Deborah. Ni aveugle. Tu parais préoccupée depuis que tu es arrivée. »

Margaret dut se forcer pour formuler sa pensée. Pour une raison ou pour une autre, prononcer les mots à voix haute leur donnait une réalité.

« Quand avez-vous pris conscience de… que… que vous n'alliez pas bien ? »

Deborah se tourna vers elle. « Un problème avec Harry ? Ou les filles ?

– Les enfants vont bien, je crois. Mais ces derniers temps, Harry a eu un comportement… étrange.

– J'ai connu mes premières mauvaises journées au lycée, dit Deborah. Parfois, les lumières me semblaient trop vives, les sons trop forts. J'avais l'impression d'avoir la gueule de bois, mais sans avoir bu une goutte. Parfois, je ne dormais pas de la semaine, avant de m'écrouler pour trois ou quatre jours d'affilée. J'avais des sautes d'humeur imprévisibles. Le jour de mon mariage, je n'ai rien ressenti du tout, et j'ai attrapé le fou rire à l'enterrement de mon mari. Parfois, quand je m'adressais aux gens, ils me disaient qu'ils n'y comprenaient rien. De son vivant, Bill m'aidait à gérer et à cacher tout ça. Quand il a été appelé sous les drapeaux, je me suis retrouvée seule avec Harry, et les choses sont devenues beaucoup plus dures. J'ai eu de plus en plus souvent l'impression que tout le monde me regardait au supermarché, et parlait de moi dans mon dos. En lisant la liste des ingrédients d'une boîte de soupe, ou en fixant le fond de ma tasse de café, je croyais déchiffrer des messages secrets. » Elle but une gorgée de son soda. « Je tenais un album rempli d'étiquettes de produits alimentaires, de coupures de presse, de quelques mémos rapportés de mon travail. J'étais tellement *sûre* que quelqu'un cherchait à me dire quelque chose… il fallait juste que je parvienne à comprendre quoi. Et puis, une nuit, la police m'a ramassée sur le bas-côté de la grande route, à une quinzaine de kilomètres de la maison, pieds nus et en chemise de nuit, sans la moindre idée de comment j'étais arrivée là. Harry s'était réveillé, tout seul chez nous ; c'est lui qui les avait appelés. J'avais dû marcher dans mon sommeil. Qui sait ce qui aurait pu se passer s'il ne l'avait pas fait ? Tu connais probablement la suite. Les hôpitaux, les médicaments, Harry vivant avec sa tante et son oncle pendant un moment.

– Harry ne m'a jamais rien dit de tout ça, répondit Margaret.

– Je ne suis pas surprise. Ça n'a pas été une période très rose, ni pour lui ni pour moi. Aucun enfant ne devrait avoir à supporter seul la responsabilité d'un parent malade mental. » Elle refoula ses larmes, les yeux baissés sur son giron, et Margaret lui prit la main. Après ce qu'elle venait d'apprendre, comment aurait-elle pu lui révéler quoi que ce soit sur le comportement récent de Harry ? Quelle que soit la suite des événements, elle devrait se débrouiller. Au lieu de parler de son mari, elle demanda, « Vous ne croyez plus recevoir des messages secrets ? »

Deborah lui adressa un petit sourire narquois, crispé et sans joie. « Non.

– Et à l'époque où vous étiez encore persuadée du contraire, aviez-vous une idée de ce qu'on attendait de vous ? »

La vieille femme réfléchit un moment. « Rien qui ait du sens. On ne finit pas chez les fous sans raison. »

10

Ils repartirent pour Vandergriff vers dix-sept heures. Les filles s'assoupirent à l'arrière, pendant que Margaret et Harry écoutaient la radio. Margaret songea à sa conversation avec Deborah, ruminant les réponses de la vieille femme. Trop préoccupée, elle ne s'aperçut pas que Harry, les sourcils froncés, se frottait les tempes et inspirait entre ses dents. Puis, à environ quatre-vingt-dix minutes de la maison, il haleta, fit une embardée sur le bas-côté et se gara si brusquement qu'il projeta Margaret contre sa ceinture de sécurité.

« Qu'est-ce que… » Elle ne termina pas sa phrase. Les bras de Harry lâchèrent le volant. L'un frappa violemment sa fenêtre, tandis que l'autre atteignait Margaret à la tête. Elle chavira sur sa droite, plus à cause de la surprise que parce qu'il lui avait fait mal, alors que les filles se réveillaient en criant. Les jambes secouées de mouvements convulsifs, Harry se mit à taper des pieds sur les pédales, emballant le moteur. Il émit de petits gargouillis gutturaux, comme s'il se noyait. Il se cambra en arrière, se cognant contre l'appuie-tête.

Épilepsie, pensa Margaret, qui se cramponna à ce mot comme à un gilet de sauvetage. Que faire ? Dans les films, on enfonçait toujours quelque chose dans la bouche de la personne en pleine crise pour l'empêcher de se mordre la langue. Une cuiller en bois, par exemple. Mais où trouver une cuiller ? Merde. Merde. Merde. Les filles hurlaient à présent, ce qui n'arrangeait rien, bien au contraire.

« La ferme ! leur cria-t-elle. Taisez-vous que je puisse réfléchir. »

Tous les muscles du corps de Harry se relâchèrent et il s'affaissa en avant, le menton baissé, les yeux clos. Les filles se turent. Des larmes sillonnaient les joues de Sydney, chaque souffle s'accompagnant d'un reniflement sonore. Eunice ne pleurait pas, mais elle était pâle. Harry haletait, la respiration courte. Il s'essuya le visage d'un revers de manche. Margaret s'aperçut qu'une de ses mains se trouvait sur sa poitrine, tandis que l'autre hésitait au-dessus de l'épaule de Harry. Elle la laissa se poser.

Il ouvrit les yeux, prit une inspiration tremblante et la regarda.

« Où sommes-nous ? » demanda-t-il.

11

Margaret prit le volant pour la suite du trajet. Elle confia Eunice et Sydney aux Ransom, puis conduisit Harry aux urgences de Vandergriff Memorial. Ils restèrent assis une éternité dans la salle d'attente bondée, avant qu'on les oriente vers une salle d'examen. À trois heures du matin, un médecin passa enfin la tête à l'intérieur et promit qu'elle s'occuperait d'eux dès que possible.

« Va chercher les enfants et repose-toi, dit Harry. Je t'appellerai quand je sortirai. »

Margaret ne voulait pas le reconnaître, mais elle était contente de pouvoir le laisser là. Elle avait besoin d'espace. De ses lèvres sèches, elle déposa un baiser sur la peau salée de son front, puis partit récupérer les filles. Elle les ramena à la maison, les rassura par des promesses apaisantes, les mit au lit et régla le réveil assez tôt pour prévenir l'école à temps qu'elle ne les enverrait pas en classe le lendemain.

Elle ne parvenait pas à dormir. Ne trouvant rien à regarder à la télévision, elle se rabattit malgré elle sur *Les Chefs-d'œuvre du fantastique américain*, une anthologie tirée de la bibliothèque de Harry. Parcourant la table des matières, elle tomba sur un titre qu'elle ne reconnut que trop bien : « Le molosse », par H. P. Lovecraft. Elle savait qu'elle aurait dû ranger le livre, mais elle ne put s'empêcher de relire cette nouvelle pour la première fois depuis 1968. Cette fois, un passage en particulier attira son attention :

Notre demeure isolée paraissait habitée par un être maléfique dont la nature nous échappait et, chaque nuit, les aboiements démoniaques se faisaient entendre de plus en plus fort sur la lande venteuse. Le 29 octobre, dans la terre meuble sous la fenêtre de la bibliothèque, nous découvrîmes une série d'empreintes absolument indescriptibles[1].

« Tu dois aider papa. »

Elle sursauta, brusquement arrachée au récit, et laissa tomber le livre sur ses genoux. Sydney se tenait devant elle. Margaret ne l'avait même pas sentie entrer dans la pièce.

« Tu ne devrais pas approcher des gens comme ça, sans bruit, répondit Margaret. Et j'aide déjà ton père. Comme nous toutes. Les médecins sont en train de l'examiner ; pour l'instant, on ne peut rien faire, à part se reposer pour bien s'occuper de lui quand il rentrera. »

Sydney regarda Margaret d'un air sérieux, indifférent, qui convenait davantage à une responsable agacée par son employée qu'à une enfant. « Ce n'est pas ce que je voulais dire.

– Explique-moi, alors. »

Elle se renfrogna, tandis que des émotions plus complexes se frayaient un chemin sur son visage. « Pourquoi tu ne l'aimes plus ?

– Tu as dix ans, Sydney. Tu ne sais même pas ce qu'est l'amour.

– C'est des conneries tout ça. » Sydney sortit en trombe. Trop surprise pour riposter, Margaret préféra ne pas relever le vocabulaire employé et médita sur cet emportement soudain. Dans ce salon qui lui paraissait minuscule, elle eut la sensation d'être assiégée de toutes parts. Son estomac se contracta et elle posa les mains sur son ventre en grimaçant, avant de ramasser le livre pour finir la nouvelle de Lovecraft. Lors de sa première lecture, elle avait roulé des yeux devant son aspect mélodramatique complètement

1. H. P. Lovecraft, *Cthulhu : Le mythe*, Livre 2, *op. cit.*

hystérique, mais cette fois, les dernières phrases se gravèrent dans son esprit :

La folie chevauche le vent stellaire… ses griffes et crocs aiguisés par des siècles de cadavres… dégoulinante de mort, à cheval sur une bacchanale de chauves-souris, jaillie des ruines noires comme la nuit des temples à la gloire de Bélial… À présent que les aboiements de ce monstre mort et squelettique se rapprochent, que j'entends les vrombissements et battements furtifs de ses ailes membraneuses, je vais chercher dans la balle de mon revolver l'oubli qui, seul, me permettra de rester hors d'atteinte de l'innommable[1].

« Où es-tu ? siffla-t-elle dans le silence de la maison. Et que veux-tu ? »

12

L'hôpital garda Harry presque jusqu'à l'heure du dîner le lendemain. Quand Margaret et les filles vinrent le chercher, il les attendait à la dépose-minute, l'air épuisé, mais pour le reste apparemment en bonne forme. Il marcha vers la voiture et s'écroula sur le siège passager avec un soupir de soulagement. Puis il inclina la tête contre la vitre et ferma les yeux, alors que Margaret démarrait.

« Alors, que disent les médecins ? demanda-t-elle.

– Rien pour l'instant, répondit Harry. Je dois consulter un spécialiste qui me prescrira d'autres examens. » Il montra une carte de visite sortie de sa poche de poitrine, mais la rangea sans lui laisser le temps de la lire.

« C'est tout ? Même pas une hypothèse ? »

1. *Ibid.*

Harry secoua la tête. « Ça pourrait être mille choses différentes, alors ils préfèrent éviter tout diagnostic prématuré et attendre d'en savoir plus. »

Je ne peux pas vraiment en vouloir à ma mère d'avoir accepté avec un peu trop d'empressement cette explication qui lui permettait de continuer à croire qu'elle n'avait aucune raison de s'inquiéter.

Ses règles avaient plusieurs semaines de retard à présent. Elle acheta donc un test de grossesse qu'elle fit pendant les heures où elle avait la maison pour elle seule. C'est là que j'entre dans l'histoire, toujours en coulisse, mais révélé par la couleur de l'ampoule d'eau du kit Daisy 2. Assise sur le rebord de la baignoire, ma mère enfouit son visage entre ses mains. Un enfant. Ça n'aurait pas pu arriver à un pire moment.

Elle frotta son ventre là où elle m'imaginait en train de flotter, de me subdiviser, prenant poids et forme. « Je suis désolée, mon bébé », murmura-t-elle. J'aurais aimé pouvoir lui répondre, poser ma main sur la paroi de son utérus et la rassurer. Mais je continuai de me complaire dans une ignorance béate et mon petit monde parfait, déjà là, mais pas *présent* au point de pouvoir partager son désespoir.

Non pas que je fusse le seul nouveau développement problématique. Cinq jours avant Halloween, Margaret reçut un coup de téléphone d'une dénommée Wilma Cabot du bureau des admissions de l'Université du Texas, à Vandergriff. Elle l'informa du refus de son chèque pour absence de provision.

Margaret sentit un grand froid lui envahir la taille. « C'est forcément une erreur.

– Je n'en doute pas, dit Wilma, avec une bienveillance qui ne fit que répandre plus de glace dans les entrailles de Margaret. Mais le fait est que vous n'avez pas payé vos frais.

– Dois-je comprendre que ma candidature est définitivement rejetée ? » Comment était-ce possible ? Le solde de son compte s'établissait à près de mille dollars, et elle n'en devait que dix à l'université.

« Non, madame. Si vous êtes en mesure de régler la somme due par chèque ou mandat postal avant la fin novembre, nous pouvons encore l'enregistrer. »

Margaret promit de leur apporter l'argent en personne dans les prochains jours, puis elle remercia Wilma et raccrocha. Dans le bureau où elle conservait tous leurs relevés de compte, elle consulta ceux des derniers mois. Apparemment, rien d'inhabituel.

Ce soir-là, Harry rentra tard, vers six heures et demie. Il accompagnait Rick qui, au volant de sa camionnette, remonta l'allée en marche arrière. Quand Margaret ouvrit la porte du garage, elle les trouva en train de décharger un cercueil gris métallisé qui brillait sur le plateau.

« Qu'est-ce que c'est que ce truc ? demanda-t-elle.

– Bonsoir, Margaret », la salua Rick d'un air penaud, comme surpris en train de se livrer à un acte répréhensible.

« Pas maintenant, Rick, le coupa-t-elle, reportant son regard furieux sur Harry. Je croyais que tu devais *fabriquer* un cercueil ?

– Pas le temps. C'est la meilleure solution.

– Combien il a coûté ?

– Rien », répondit Harry, mais quand Rick baissa les yeux d'un air gêné, il ajouta : « Je l'ai eu au théâtre municipal, au centre-ville.

– Et ils te l'ont cédé pour rien ?

– Mais oui, bon sang ! » Il se gratta le cou. Rick retourna dans l'allée et s'appuya contre le capot de sa camionnette, le dos tourné vers eux. « D'accord, pas tout à fait…

– Combien ?

– Cent dollars.

– Harry !

– Quoi ? J'en ferai don à la section théâtre du lycée

après Halloween. Daniel Ransom va nous filer un coup de main pour le contrôle des billets. S'il reste dans les parages, il prendra probablement une place importante dans la vie de Sydney d'ici quelques années, quand elle voudra jouer dans ses pièces. » Il étudia sa réaction, mais ne sembla pas apprécier ce qu'il voyait. « Quel est le problème, enfin ?

– L'université a appelé aujourd'hui, dit-elle. À propos des frais de candidature. Mon chèque a été refusé pour absence de provision.

– Vraiment ? » Elle n'aurait su dire si sa surprise était feinte ou sincère.

« On s'était mis d'accord, poursuivit-elle. Mais voilà que nos chèques ne sont plus honorés et toi tu claques une petite fortune sur un accessoire, juste pour convaincre notre voisin de t'aider deux ou trois heures à l'entrée ?

– Tu veux bien te calmer ? Je touche ma paye vendredi. L'administration de l'université peut bien patienter jusqu'à lundi.

– Là n'est pas la question. Je ne devrais pas avoir à m'inquiéter de ce que tu dépenses derrière mon dos. Notre couple ne fonctionne pas de cette façon. Ça ne nous ressemble pas. »

Harry se passa les deux mains dans les cheveux. « Cet argent est dépensé, Margaret. Je m'excuse pour toutes ces années où, alors que je subvenais à tes besoins et t'encourageais à reprendre tes études, tu es restée à la maison, assise sur ton cul. Je m'excuse d'avoir décidé de faire enfin quelque chose pour moi, au bout d'une décennie de patience ; je suis désolé que ça coïncide avec le moment où tu t'intéresses soudain de nouveau à ton éducation. Je t'ai déjà offert une solution à ce problème ; maintenant, dis-moi, s'il te plaît, qu'est-ce que tu attends de plus de ma part ? »

Leur vie d'à peine six mois plus tôt. Voilà ce qu'elle voulait. Et aussi se sentir capable de s'inquiéter pour son mari, d'éprouver un amour sans complication ni ambiguïté, ne pas secrètement entretenir l'espoir qu'il fût vraiment malade, ou fou. Ne pas se poser la question de savoir si elle devait introduire ou non un enfant de plus dans cette famille en désintégration ou le rendre à l'éther. Elle voulait toutes ces choses, sans parvenir à en exprimer une seule.

« Rien, dit-elle enfin. Je n'attends plus rien de toi. »

13

Tout bébé, Eunice faillit rendre ma mère folle avec ses insomnies. Maman ne parvint pas à lui faire faire ses nuits avant l'âge de deux ans. Même à ce moment-là, je ne pense pas qu'Eunice dormait. Elle apprit d'elle-même à s'occuper calmement, en se plongeant dans ses livres à la lueur d'une lampe de poche, et parfois en se faufilant au salon pour regarder la télévision, alors que le reste de la maison était couché.

Après que papa lui eut acheté le Commodore 64, elle délaissa pourtant le petit écran. Pendant quelques semaines, elle s'amusa avec les jeux vidéo, mais leur simplicité et leur aspect répétitif – associer des mots à des images, résoudre des problèmes mathématiques de base, affronter des dragons et des vaisseaux spatiaux – la lassèrent rapidement. Elle se familiarisa donc toute seule avec l'usage du logiciel de traitement de texte. Elle écrivait la nuit, prenant soin de minimiser le bruit de la frappe sur le clavier.

Bien qu'avancée pour son âge et particulièrement éveillée, elle n'avait que six ans et ne maîtrisait pas toutes les subtilités du formatage et de la grammaire. Son journal électronique daté de 1982 n'a ainsi ni paragraphes ni retours à la ligne, ce qui ne facilite pas la lecture de l'ensemble du projet. Mais cette œuvre de jeunesse constitue un prélude intéressant à son travail ultérieur, un aperçu important d'un temps auquel je n'ai accès que par les photos, les notes de journal intime, les coupures de presse et les souvenirs incomplets et pas toujours fiables des membres survivants de notre famille. Si je mentionne tout cela, c'est pour attirer votre attention sur ce qu'Eunice a écrit la semaine avant Halloween :

```
Papa ne se sent pas bien. Il est souvent malade, mais il ne veut pas qu'on le sache. Maman est triste, mais elle fait comme si elle ne l'était pas. Maman et papa font tous les deux semblant tout le temps. Hier j'ai demandé à Sydney si elle pensait que papa était bizarre en ce moment et elle m'a répondu que j'étais stupide. Mais je ne sais pas si je peux faire confiance à Sydney. Une fois je lui ai demandé avec qui elle voulait se marier et elle a répondu qu'elle allait attendre que maman soit morte et épouser papa. Alors Sydney fait semblant parce que papa fait semblant et Sydney veut être gentille avec papa. Aujourd'hui papa est tombé et a tremblé comme ce jour dans la voiture. On était dans le jardin. Maman et Sydney étaient au magasin et je ne savais pas quoi faire. Mais je suis arrivée vite et papa m'a fait promettre de ne rien dire. Alors maintenant je fais semblant aussi. J'espère qu'Halloween sera bientôt passée pour qu'on puisse tous arrêter de faire semblant.
```

Cette note est intéressante pour deux raisons. D'abord, c'est la preuve que mon père cachait des informations sur sa santé à ma mère. Ensuite, et c'est peut-être le plus important, elle me rappelle qu'Eunice ne dormait probablement pas quand elle a déclaré avoir aperçu un homme à sa fenêtre. Elle était bien éveillée, frappant sur son clavier dans l'obscurité, au moment où elle a jeté un coup d'œil dans cette direction et a vu quelque chose qui l'observait.

14

Le lendemain de la dispute à propos du cercueil, Margaret consulta son gynécologue qui lui confirma qu'elle était bel et bien enceinte. Elle tenta d'absorber la nouvelle avec stoïcisme, mais son médecin lui fournit l'adresse et le numéro de téléphone du Planning familial à Dallas – « Au cas où ».

Quand elle rentra cet après-midi-là, Harry dressait une clôture branlante et inégale devant la maison.

« Tu es déjà là ? s'étonna-t-elle.

– J'ai pris des congés, répondit-il sans lever les yeux. Où étais-tu ?

– À la mercerie », mentit-elle. Puis, pour justifier l'absence de sacs en plastique, elle ajouta : « Je n'ai pas trouvé ce que je cherchais. » Il n'insista pas et se remit au travail. Elle déposa son sac à main à l'intérieur, puis partit récupérer les filles à l'école. À leur retour, Harry avait terminé la clôture et plantait des pierres tombales en polystyrène expansé dans l'herbe. Si vous avez déjà vu une maison hantée sur ce modèle, vous connaissez le topo : sur les pierres tombales figurent des noms censés faire sourire – Frank N. Stein, Dr Acula, etc. Mais soit Harry n'était pas au courant, soit il se moquait des exigences de l'étiquette dans tout faux cimetière qui se respecte. Ses pierres portaient les noms de personnes bien réelles qui appartenaient à son entourage : son voisin Daniel Ransom, ses collègues Rick et Tim, lui-même, Margaret, et même, sur deux petites croix près de l'entrée, Eunice et Sydney. Quand Eunice vit la sienne, elle se mit à pleurer.

« Pourquoi tu as fait ça ? » demanda-t-elle.

Il marqua un temps d'arrêt. « C'est une sorte de signature, comme quand tu écris ton nom sur un devoir. Pour que les gens sachent qui a travaillé sur la Tombe.

– Mais pourquoi tu veux que je meure ? insista Eunice, apparemment peu convaincue par ses explications.

– C'est une super idée, dit Sydney. Merci, papa. »

Eunice, tête baissée, fonça tel un bélier contre la poitrine de sa sœur. Sydney tomba sur le dos en émettant un son rauque, et Eunice lui sauta dessus. Clouant son aînée au sol avec ses genoux, elle la bourra de tapes qu'elle lui administra du plat de la main.

« Tais-toi ! cria Eunice. Tais-toi, tais-toi, tais-toi ! »

Sydney, plus grande et plus forte, se tortilla pour dégager son bras droit et répliqua par un coup de poing sur la tempe. Eunice chancela, mais ne perdit pas l'équilibre et continua de faire pleuvoir les tapes.

« Harry, l'appela Margaret. Aide-moi à les séparer ! »

Harry, qui s'était remis à planter ses pierres tombales en rangées impeccables, traversa le jardin à contrecœur et gifla Eunice d'un revers de la main. Elle dégringola de Sydney. Roulée en boule sur le gazon, elle se protégeait la tête. Sydney se releva et courut à l'intérieur en passant devant Margaret.

« Qu'est-ce qui t'a pris, bon sang ? » cria Margaret à Harry.

Harry cligna des yeux, regarda tour à tour Eunice et Margaret. Quelque chose comme du regret parut sur le point de se frayer un chemin dans son expression, mais il se contenta de hausser les épaules. « Tu m'as demandé de t'aider à les séparer.

– Si tu t'avises de lever de nouveau la main sur l'une d'entre nous, je te tue, promit-elle. Tu m'as comprise ? »

Pendant un moment, elle pensa qu'il allait la frapper elle aussi. Il resta sans bouger, à bout de souffle, la mâchoire crispée ; puis il alla ramasser la dernière pierre tombale là où il l'avait laissée tomber et se remit au travail.

Margaret aida Eunice à se relever et la ramena à l'intérieur pour évaluer les dégâts. À part une lèvre éclatée, tout allait bien apparemment. Margaret enveloppa un peu de glace dans un gant de toilette qu'elle pressa contre son visage.

« Je suis désolée, dit Eunice. J'ai eu peur.

– Je sais, ma puce. » Margaret n'avait jamais vu Eunice se battre contre qui que ce soit, même à la maternelle. Cette journée se révélait décidément riche en événements, dommage qu'aucun ne soit positif.

« J'ai tout le temps peur en ce moment », ajouta Eunice.

Margaret regarda dans le couloir en direction de la porte close de la chambre de Sydney. Elle pensa qu'elle l'entendait pleurer.

« Est-ce que papa nous aime encore ? »

Margaret se força à reporter son attention sur Eunice. « Bien sûr que oui. »

Après ça, Eunice refusa de croiser son regard. Les yeux rivés sur la table, elle attendit que la glace fonde contre son visage. Margaret passa la main dans la tignasse rousse de sa fille ; ses cheveux étaient mous. Soudain, une décision s'imposa à elle : elle allait quitter Harry. Intelligemment, discrètement, étape par étape : avorter, s'inscrire à l'université, trouver du travail. Elle laisserait cette maison épouvantable et son atmosphère étouffante derrière elle dès que possible, avec l'homme qu'elle avait aimé autrefois, mais qui n'était plus que l'ombre, monstrueuse, de lui-même. Pour une vie meilleure.

Elle massa la nuque d'Eunice. « Je vais arranger les choses, dit-elle. Je vais tout arranger. Encore un peu de patience. »

15

Elle appela le Planning familial le lendemain, pendant que Harry travaillait dans le jardin. On lui proposa un rendez-vous le 9 novembre. C'était le premier créneau disponible, et elle devrait débourser cent cinquante dollars. Au téléphone, son interlocutrice lui expliqua qu'elle aurait besoin de quelqu'un pour la ramener après la visite. Margaret répondit que cela ne posait pas de problème et raccrocha.

Ensuite, elle s'assit à la table de la cuisine pour faire ses comptes. Cent cinquante dollars pour l'avortement, plus dix de frais de candidature pour l'université. Plusieurs centaines pour la caution et le premier mois de loyer d'un appartement avec trois chambres. Comment était-elle censée réunir une telle somme ? Elle se refusait à mendier auprès de ses parents. Son mariage s'écroulait de manière spectaculaire, mais pas question de donner cette satisfaction à sa vieille bique de mère. Elle ne pouvait pas solliciter ses amis, elle n'en avait aucun. Bon sang, elle ne savait même pas à qui demander de la ramener depuis la clinique.

Alors qu'elle mâchonnait le bout de son crayon, son regard traversa la cuisine pour se poser sur la bibliothèque du salon. Par manque de place, Harry n'avait gardé que sa collection de romans fantastiques et d'horreur ; ses vieux magazines et ses *comics* prenaient la poussière dans un box en centre-ville. D'innombrables cartons dont le contenu avait forcément de la valeur. Harry ne s'apercevrait pas qu'il en manquait quelques-uns et, dans le cas contraire, il penserait les avoir perdus au cours d'un de leurs déménagements. Elle espérait être partie depuis longtemps à ce moment-là.

Elle prit contact avec les boutiques spécialisées de la région, susceptibles de se montrer intéressées par l'acquisition de *pulps*. La plupart ne donnèrent pas suite, mais l'une d'elles lui fournit les coordonnées d'un collectionneur local, un dénommé Jamie White, qui accepta un rendez-vous le lendemain après-midi.

Le jour J, Margaret chipa le double de la clé du box sur le porte-clés que Harry conservait au garage. En arrivant chez U-Haul, elle chercha du regard un homme d'âge mûr, correspondant à la voix qu'elle avait entendue au téléphone. Mais seule une autre femme attendait sur le parking, adossée à sa voiture. Elle se redressa et approcha, alors que Margaret se garait et sortait de son propre véhicule. Elle semblait un peu plus jeune que Margaret, avec des cheveux châtain clair réunis en queue-de-cheval. Elle portait un jean et un sweat Mickey Mouse sur lequel Mickey était habillé comme Gene Kelly pendu à son réverbère dans *Chantons sous la pluie*.

« Margaret ? » demanda-t-elle. Elles échangèrent une poignée de main. « Moi, c'est Sally. On a rendez-vous, je crois.

– Je pensais rencontrer un certain Jamie White.

– C'est mon oncle. Il serait bien venu lui-même, mais il a pris du retard avec un autre client. Je le dépanne parfois. »

La bouche de Margaret se tordit, elle serra et desserra les poings. Elle se sentait déjà suffisamment nerveuse sans s'écarter du plan.

« Je m'y connais, chercha à la rassurer Sally White. Je m'occupe régulièrement de ce genre de transaction. Mais si ça vous met mal à l'aise, vous pouvez convenir d'un nouveau rendez-vous avec mon oncle…

– Non, l'interrompit Margaret. Non, j'en ai besoin aujourd'hui.

– D'accord, dit Sally, sa voix étonnamment douce. Je vous suis. »

Le box de Harry se situait au troisième étage du bâtiment climatisé. Sally siffla, alors que Margaret levait la porte à enroulement derrière laquelle attendaient les cartons blancs en parfait état, empilés du sol au plafond, sur toute la longueur de la pièce. « Je peux ? » demanda-t-elle, désignant l'un d'eux.

Avec l'aide de Margaret, Sally l'attrapa et le posa dans

le couloir. Puis elle en passa le contenu en revue ; elle manipula tout ce qu'elle touchait avec précaution, secouant parfois la tête ou jurant entre ses dents. Elle montra à Margaret un exemplaire de *Weird Tales* dont la couverture indiquait février 1928. Sur l'illustration, un homme en trench-coat tenait un pistolet dans une main, une femme en robe de bal effondrée contre lui. « The Ghost Table by Elliot O'Donnell », disait la légende.

« C'est difficile à croire, mais c'est là-dedans qu'on a pu lire pour la première fois “L'appel de Cthulhu”, expliqua Sally. Et la couverture n'en fait même pas mention ! » Elle eut un petit sourire narquois, incrédule. « C'est comme si on publiait un numéro d'*Action Comics* sans Superman en couverture. Bien que ce soit arrivé aussi, tout au début.

– Je n'y connais pas grand-chose, avoua Margaret.

– Vous voyez, là, poursuivit Sally en pointant du doigt une liste de noms sous l'illustration : H. P. Lovecraft, Ray Cummings, Seabury Quinn, Frank Owen, Wilfred Talman, John Martin Leahy. C'est peut-être *la* plus importante nouvelle du genre, pourtant son auteur n'a droit qu'à une mention en bas de page. C'est dingue. »

Sally regarda les tours de cartons dans le box. « Ils contiennent tous le même genre de choses ? demanda-t-elle.

– Oui. Des revues et des *comics*. Des affiches de film. »

Sally grimaça, comme en proie à un conflit intérieur.

« Quoi ? fit Margaret. Qu'est-ce qui ne va pas ? »

Sally soupira. « Mon oncle m'a remis un chèque et m'a donné pour instruction de vous offrir de cinquante à deux cents dollars, à condition que je tombe sur quelque chose d'intéressant, et que vous acceptiez de vendre tout le lot.

– Tout le lot ? » répéta Margaret en embrassant le box du regard. Quels que soient les sentiments qu'il lui inspirait à présent, elle ne pouvait pas oublier les années d'amour et de soin que Harry avait consacrées à bâtir cette collection. S'en séparer pour l'entreposer à l'autre bout de la ville avait déjà représenté un véritable crève-cœur pour lui. Cet ensemble de cartons lui avait permis de construire sa vision du monde, sa personnalité. C'est aussi ce qui l'avait aidé à surmonter les épreuves de la maladie de sa mère et du décès de son père. Elle eut un pincement au cœur, qu'elle s'en voulut de ressentir, mais qui était pourtant bien là.

« Mon oncle n'imaginait absolument pas ce que je trouverais ici, dit Sally, et s'il était venu lui-même, il aurait pu vous offrir, je ne sais pas moi, peut-être cinq cents ou mille dollars. »

Une fortune, pour Margaret. La solution immédiate à tous ses soucis. « Vous pouvez l'appeler et lui poser la question ?

– Le problème, c'est que, si vous y connaissiez quoi que ce soit, vous pourriez probablement obtenir cinq cents dollars uniquement pour le contenu de ce carton. D'habitude, mon boulot consiste à faire baisser les prix, surtout quand je tombe sur une personne qui n'a pas conscience de la valeur réelle de ce qu'elle possède. Et en temps normal, je n'y vois pas d'inconvénient, parce qu'on parle d'un ou deux comics par-ci, un lot de revues par-là, mais ça… » Elle fit un geste de la main en direction du box. « C'est trop gros. Vous devez d'abord tout cataloguer, pour réaliser une estimation qui tient la route, et ensuite seulement, vendre vous-même ou laisser quelqu'un comme mon oncle ou moi vous faire une offre honnête. »

En d'autres circonstances, Margaret aurait remercié cette femme pour sa franchise, mais pour l'heure, elle avait envie de hurler.

« C'est gentil à vous de vouloir m'aider, répondit-elle d'un ton patient, mais j'ai besoin d'argent aujourd'hui. Pourquoi ne pas prendre ce carton, m'établir un chèque de deux cents dollars et nous serons quittes ?

– Je ne peux pas.
– Je vous en prie », insista Margaret, entendant la note désespérée qui se glissait dans sa voix.

Sally l'observa attentivement un moment. Margaret n'aima pas la sagacité de ce regard, elle se sentit exposée.

« C'est grave, alors », dit Sally. Ce n'était pas une question.

Margaret acquiesça d'un bref signe de la tête. Sally fouilla de nouveau dans le carton posé à ses pieds, elle en tira une dizaine de revues qu'elle étala sur le sol. Puis elle ramassa son sac à main, sortit un stylo et un chèque plié qu'elle ouvrit à plat sur son genou, avant de le remplir et de le tendre à Margaret. Le montant était de deux cents dollars.

« C'est encore du vol. Mais pas trop.
– Merci, dit Margaret. »

Sally griffonna quelque chose sur un autre bout de papier tiré de son sac et le donna à Margaret. « Mon numéro de téléphone personnel. J'étais sérieuse. Si vous décidez de vendre toute la collection un jour, je peux vous en obtenir un bon prix. J'ai juste besoin de temps pour me faire une idée exacte de ce que vous avez en votre possession.
– Merci », répéta Margaret.

Sally se redressa, aida Margaret à ranger le carton au sommet de sa tour et à refermer la porte à enroulement. Elles se serrèrent la main.

« Appelez-moi, conclut Sally. Je prends dix pour cent du prix de vente final. Ce qui est plutôt bon marché. »

16

Margaret encaissa le chèque chez Western Union et cacha l'argent dans un vieux flacon d'aspirine au fond de son sac. Puis elle se rendit en voiture au bureau des admissions de l'université, paya les frais de candidature en liquide, et mit le reste de côté en attendant la deuxième semaine de novembre. Elle s'inquiéterait du coût de l'appartement après Halloween.

Les travaux sur la Tombe gagnèrent en frénésie. Toute la famille redoubla d'efforts. Personne ne mentionna les crises ou les emportements de Harry. Margaret chassa de son esprit toute idée de recours à un médecin. Ni cris, ni bagarres, ni confrontations avant novembre. Par une sorte d'accord tacite, ils parvinrent à s'entendre et à rester courtois, à défaut de déborder d'affection les uns envers les autres.

Le chaos régnait dans la maison, véritable chantier transformé en coulisses de l'attraction dans le jardin. Sydney acquerrait plus tard une certaine expérience du théâtre au lycée. Mais ce fut chez elle, à l'automne 1982, qu'elle respira pour la première fois l'étrange bouquet des odeurs des coulisses – tissu, colle, sueur et poussière en suspension dans l'air confiné, tels les fantômes des représentations d'antan.

Le matin d'Halloween, Harry planta dans le jardin une pancarte en lettres dégoulinantes rouge sanglant : MAISON HANTÉE, ENTRÉE GRATUITE CE SOIR. Eunice prit une photo de mes parents juste à côté, que j'ai récupérée avant de quitter définitivement la maison.

Maman et papa y sont accroupis de part et d'autre de la pancarte, avec le faux cimetière derrière eux. Le soleil brillait trop fort et Eunice a oublié d'éteindre le flash, alors le résultat a l'air surexposé, pâle, comme saisi au commencement d'un hiver nucléaire. Papa est en jean et sweat Texas Tech. Malgré les couleurs passées, je distingue les poches sombres qu'il a sous les yeux. Maman, en pantalon et veste en jean, affiche cet air gêné commun à toutes les mères devant un objectif. Mais ils sourient, et dans ces sourires, je ne détecte aucune trace de l'énergie frénétique et de la bonne humeur forcée qu'on me décrira ultérieurement. Je ne vois que mes parents, heureux. Je comprends pourquoi ils ont pu tomber amoureux un jour.

Plus tard ce matin-là, les employés de Balloon World (l'entreprise qui avait fourni le château pour l'anniversaire d'Eunice) livrèrent un ballon géant. Ils aidèrent Harry à l'installer sur la plateforme du toit, avant de le gonfler. Dans le ciel de notre quartier s'éleva une gigantesque forme blanche, un fantôme visible de très loin, une horreur surgie d'au-delà des étoiles. À cette époque, Vandergriff, qui était encore peu développée, se composait pour l'essentiel de bâtiments bas. Dans toute la ville, les enfants interrompirent leurs jeux, alors que la balise entrait dans leur champ de vision et annonçait, tel un signe venu tout droit du monde des esprits, le début des festivités. Bientôt, la magie noire envahirait les rues, révélant le vrai visage de l'univers.

17

Vers le milieu de l'après-midi, un attroupement s'était formé sur le trottoir – pas uniquement des enfants avec leurs parents, mais aussi des adolescents et des étudiants. Les amis et les voisins qui avaient accepté de prêter leur concours arrivèrent autour de l'heure du dîner et trouvèrent une pile de boîtes à pizza qui les attendait. (« À défaut de les payer, on devrait au moins les nourrir », avait suggéré Harry.) Ces « Acteurs de la Tombe » engloutirent leur repas, avant de passer au salon pour enfiler leurs costumes de vampires, loups-garous et autres revenants. M. et Mme Ransom, qui s'occupaient des visiteurs à l'entrée, ne savaient déjà plus où donner de la tête. La queue allait jusqu'au coin de la rue.

À l'intérieur, Margaret procédait dans l'affolement à des

ajustements de dernière minute, tandis que Harry appliquait le maquillage. Quand la robe de moine de M. Haggarty se déchira (il avait gagné quelques kilos depuis qu'elle avait pris ses mesures), Margaret manqua de fil pour la repriser. Elle envoya Eunice en chercher, mais celle-ci revint bredouille un moment plus tard.

« Je n'en trouve pas.

– Tiens-moi ça », lui demanda Margaret. Eunice saisit les pans de tissu qu'elle serra au-dessus du ventre de M. Haggarty, pendant que Margaret se précipitait dans la chambre à coucher. Elle n'excluait pas d'avoir oublié un nécessaire à couture de secours dans la commode. Elle vida le contenu des tiroirs sur le sol. D'abord les siens, puis ceux de Harry. Elle jeta ses chemises pliées, sans mettre la main sur ce qu'elle cherchait. Ses chaussettes et ses sous-vêtements suivirent le même chemin. Toujours pas de nécessaire à couture ; en revanche, quelque chose avait attiré son attention, un éclat aperçu du coin de l'œil, si bref qu'elle faillit le manquer. Elle marqua un temps d'arrêt, posa le tiroir vide sur le lit avec les autres, puis écarta les chaussettes et les sous-vêtements pour examiner sa trouvaille.

La brochure sur papier glacé était pliée en deux, comme pour lui permettre de tenir dans une poche. Margaret la déplia. Sous le titre « Glioblastome multiforme et astrocytome malin » figuraient quelques photographies de visages génériques : graves, mais déterminés, pour bien montrer au lecteur qu'ils n'avaient pas l'intention de laisser cette chose (quelle qu'elle soit) avoir le dessus. Le logo informa Margaret qu'il s'agissait d'une publication de l'American Brain Tumor Association.

Elle feuilleta la documentation, essayant de tout absorber d'un coup, se concentrant non pas sur des phrases, mais sur des paragraphes, des photos, des schémas de cellules cérébrales qui défiaient sa compréhension. Des mots isolés s'accrochèrent à son esprit : *chirurgie*, *radiothérapie*, *maux de tête*, *crises*, *désinhibition*. Sur la dernière page, elle découvrit un Post-it avec quelques mots griffonnés dans la petite écriture compacte de Harry : *inopérable*, *radiothérapie*, *neuroleptiques*, *changement de personnalité*, *6 mois à 1 an*.

Elle s'assit sur le lit, parmi les tiroirs retournés. Harry avait consulté un spécialiste qui lui avait diagnostiqué un glioblastome. Une tumeur au cerveau. Un molosse qui rôde dans l'ombre, et rend le héros fou. Tout s'expliquait. L'argent envolé. Le comportement délirant, les cris, les coups, la cruauté. La maison hantée, la détermination fanatique à ce que le résultat soit parfait, quoi qu'il en coûte. Six mois à un an.

« Oh, Harry…

– Maman ! l'appela Sydney, la ramenant brusquement dans le moment présent.

– J'arrive ! » cria-t-elle. Elle laissa tomber la brochure et traversa la maison sur des jambes flageolantes. Elle s'arc-bouta dans l'embrasure de la porte du salon. Tout le monde était debout, formant un cercle autour de Harry. « Je n'ai pas trouvé de fil, annonça-t-elle.

– On va devoir se débrouiller autrement », répondit Harry. Il s'adressa aux acteurs et à l'équipe technique. « Écoutez-moi, vous tous : n'oubliez pas de vous amuser ce soir, mais gardez aussi à l'esprit que notre travail est important. » Remarquant le scepticisme sur certains visages, il leva une main. « Laissez-moi terminer. Les êtres humains sont petits et insignifiants dans un univers vaste et terrifiant ; toute histoire d'horreur – au cinéma, dans un livre ou dans une attraction comme notre maison hantée – nous force à affronter cela. Mais si effrayante que soit l'expérience du public, quoi qu'on lui fasse subir, on lui offre un dénouement heureux. Quand le générique défile à l'écran, que le lecteur referme le livre, ou quand nos visiteurs repartiront ce soir, leurs vies reprendront leur cours. Parce qu'ils auront fait face aux ténèbres, le soleil brillera un peu plus fort demain, et les monstres bien réels du quotidien leur paraîtront plus supportables. L'espace d'une journée, d'une heure, ou même d'un instant, leur existence sera meilleure. » Il sembla vouloir ajouter quelque chose, mais se contenta de secouer la tête. « Sydney, mets tout le monde en place. Maman et moi serons dans la cabane du fossoyeur. »

La troupe se dispersa. Margaret et Harry se frayèrent un chemin jusqu'au garage. Il ressemblait au décor d'un vieux film : des murs en bois rugueux, un ancien calendrier ; un poêle en carton, à l'intérieur duquel une ampoule électrique orange simulait le feu ; un petit bureau près de la porte de devant, quelques papiers éparpillés dessus ; et au milieu, le cercueil argenté aux lignes pures que Harry avait acheté au théâtre de Vandergriff. Margaret commença à enfiler son costume, mais s'arrêta et baissa les yeux vers la doublure luxueuse et soyeuse, déchirée et ternie par les années d'utilisation.

« Tu veux répéter ton texte ? proposa Harry.

– Non, ça ira.

– C'est bon alors. » Il se frotta les tempes.

« Comment tu te sens ? » demanda Margaret, qui remonta la fermeture Éclair de sa combinaison et coiffa une casquette bleue.

Il fronça les sourcils. « Je ne sais pas pourquoi, mais j'ai l'impression que quelque chose cloche. J'aurais dû en faire plus, arriver à un bien meilleur résultat.

– Ils devront s'en contenter. Tu veux que je t'aide à grimper dans le cercueil ? »

Elle lui tint les mains, alors qu'il s'allongeait à l'intérieur, puis se pencha pour fermer le couvercle.

« Écoute, Margaret…

– Je suis enceinte », dit-elle. Elle n'avait pas eu l'intention d'en parler. Pour autant qu'elle sache, elle prévoyait toujours d'avorter dans un peu moins de deux semaines. C'était sorti tout seul, comme faute d'une autre idée pour repousser la véritable et inévitable conversation. Une vie pour retarder l'annonce d'une mort.

Mon père cacha mal la peine que lui inspirait la nouvelle de ma naissance prochaine. « Tu es sûre ?

– Absolument. »

Il ouvrit la bouche, mais un coup puissant à la porte du garage l'interrompit. Il regarda dans cette direction, avant de reporter son attention sur elle.

« Qu'est-ce que c'était ? dit-il.

– Peut-être Daniel Ransom, qui nous demande de nous dépêcher. »

On frappa de nouveau, deux coups cette fois.

« Peut-être. Margaret », reprit-il, et il parut effrayé.

Elle ne voulait pas l'entendre. Pas ce soir. Le glioblastome attendrait demain. Alors, ils discuteraient des mérites des différents traitements. Ils parleraient des épreuves qui menaçaient son mari, cet homme gentil et aimant qui devrait accepter d'être diminué par la radiothérapie, assommé par les médicaments censés empêcher les crises et les agressions sur ses propres enfants. Demain, ils décideraient de mon sort, moi, le parasite en train de croire dans l'utérus de Margaret. Demain, ils affronteraient le monstre sur le seuil, qui exigeait qu'on le laisse entrer. Mais pas ce soir.

Elle se pencha vers lui pour l'embrasser.

« Je t'aime, dit-elle. Jusqu'à la fin des temps, et même après, quoi qu'il advienne. »

Il tendit les bras vers elle, comme pour la retenir, mais elle se redressa, colla sa fausse moustache sur son visage et marcha vers la porte. Les coups résonnaient de manière insistante à présent, continue.

« Allons leur faire peur », dit-elle.

Les Turner – Séquence 2 : Sydney

Quand Sydney entre dans la Cité, elle est terrorisée, un cri continue de résonner dans son cœur. Toutefois, la peur reflue presque immédiatement ; elle se trouve devant la maison où elle a vécu la première moitié de son enfance, un endroit qu'elle associe à l'amour, l'abondance et la sécurité. Elle se tient dans une queue qui part du garage et s'allonge jusqu'au coin de la rue. Tout le monde est costumé, y compris Sydney. Elle porte un tutu rose sale et froissé, et du maquillage blanc sèche sur ses bras, ses épaules et son visage. Un fantôme gonflable géant flotte sur le toit, attirant les visiteurs. Il se détache de manière menaçante sur le ciel qui s'assombrit. Avec un frisson de plaisir, elle reconnaît la maison hantée imaginée par son père quand elle avait dix ans. C'est le dernier projet qu'ils ont mené tous ensemble, en famille, avant qu'il ne tombe malade.

On a aménagé l'avant du garage pour lui donner l'apparence de la façade d'une masure – un mur vieillissant, dégradé par les intempéries, une porte à droite, et une fenêtre embuée à gauche.

M. Ransom, leur voisin, est là pour contrôler les entrées. Six personnes sont devant Sydney, mais elles préfèrent attendre plutôt que d'être séparées. M. Ransom les invite à se mettre de côté et fait signe à Sydney et à la personne derrière elle d'avancer.

Tu ne devrais pas être à l'intérieur ? s'étonne M. Ransom. Sydney se prépare à une réprimande, mais il lui fait un clin d'œil. *Ça restera entre nous*, ajoute-t-il. Il tourne la poignée et pousse la porte.

Sydney et un groupe d'inconnus entrent dans la cabane du fossoyeur en traînant les pieds. Une petite table de travail et une chaise se trouvent sur la droite, tandis qu'un grand cercueil domine le centre de la pièce. La mère de Sydney, Margaret, est assise à la table, vêtue d'une salopette et d'une casquette bleues ; elle porte également une perruque grise et une fausse moustache. Elle est penchée sur de la paperasse, le bouchon en métal d'une thermos rempli de café à portée de la main. Levant la tête, elle feint la surprise.

Hé, bonjour ! les accueille-t-elle d'une voix déformée et éraillée, mais pas franchement virile. *Je n'attendais pas de visiteurs si tôt, mais soyez tout de même les bienvenus. J'ai besoin de votre expertise sur deux ou trois choses. Vous pensez pouvoir m'aider ?*

D'accord ! répond un petit garçon.

Suivez-moi, dit le Fossoyeur. Elle se lève et leur désigne une porte au fond de la pièce. *Quelque chose de bizarre se passe là-derrière, et je ne suis pas sûre…*

Le couvercle du cercueil bascule brusquement et un homme en chapeau haut de forme et smoking blancs se dresse en hurlant. Le groupe pousse des cris perçants ; Sydney sursaute, bien qu'elle reconnaisse papa sous son maquillage. Il semble inhumain.

Vous voyez, c'est exactement le genre de choses dont je vous parlais, dit le Fossoyeur. Elle franchit la porte – porte qui, au lieu de donner sur la cuisine, comme en temps normal, révèle un tunnel noir constitué de murs modulaires qui traverse la maison jusqu'au jardin. Derrière Sydney et les visiteurs, la goule en smoking continue de hurler, mais elle ne se lance pas à leur poursuite.

J'ai dû lui casser les deux jambes avec une pelle pour qu'il reste à sa place, explique le Fossoyeur, qui précède le groupe dans le couloir. Des panneaux s'ouvrent dans les murs. Un tentacule émerge près de la plinthe et cherche à tâtons la cheville de Sydney. C'est froid et visqueux à travers son collant. Elle ne crie pas, mais secoue la jambe pour s'en débarrasser et emboîte le pas aux autres.

Au moment d'entrer dans la pièce suivante, ses compagnons disparaissent, et elle se retrouve sans son costume, hors de la maison hantée, sur le canapé du salon. Halloween remonte à la semaine d'avant, mais les préparatifs ont tout de même laissé des traces. Malgré un peu de ménage rapide, des rouleaux de tissu traînent toujours dans les coins, tandis que maquillage et prothèses occupent la table de salle à manger. Toute la famille semble encore ivre de fatigue.

Eunice est assise à côté de Sydney ; maman et papa se tiennent la main sur la méridienne placée en diagonale. Ils s'entendent mieux depuis Halloween ; Sydney se demande ce qu'elle doit en penser. Elle n'est pas certaine que maman mérite le pardon de papa.

Maman dit : *Votre père et moi avons quelque chose à vous annoncer.*

Bonne ou mauvaise nouvelle ? veut savoir Eunice.

Les deux, répond maman. *D'abord, nous allons avoir un autre enfant.*

C'est la bonne ou la mauvaise nouvelle ? intervient Sydney.

Maman s'esclaffe. *La bonne, petite maligne.*

Et la mauvaise ? dit Eunice.

Papa se lèche les lèvres. *J'ai un cancer.*

Qu'est-ce que c'est ? demande Sydney. Elle a entendu ce mot à la télévision, et elle comprend que c'est grave, mais ne sait pas pourquoi.

C'est une maladie, répond Eunice. *Une masse de cellules anormales se divisent et détruisent les tissus du corps humain. C'est comme d'être dévoré.*

Maman et papa se tournent tous deux vers elle avec une expression partagée entre stupéfaction et répugnance.

Tu vas guérir, hein ? s'inquiète Sydney.

Ses parents échangent un regard. *J'ai de bons médecins, et ils sont plutôt encourageants*, répond papa, mais il ment. Les adultes mentent sans arrêt à Sydney. Ils disent que le père Noël existe et les monstres non, qu'ils s'aiment encore quand ce n'est clairement plus le cas, qu'ils font de leur mieux alors qu'évidemment ils s'en fichent. Voilà un mensonge de plus à ajouter à la liste.

Eunice gratifie ses parents d'un faible sourire. Sydney a envie de vomir. *Excusez-moi*, dit-elle. Elle sort en courant, par la porte de derrière, loin de tous ces menteurs, mais se retrouve à l'intérieur de la Tombe la nuit d'Halloween, au sein d'un groupe. Le Fossoyeur les précède dans une pièce plongée dans le noir, tout le monde glousse nerveusement.

Un unique instant de lumière aveuglante interrompt le règne sans partage des ténèbres, accompagné de la sensation d'un mouvement, quelque chose de trop rapide à suivre avant que l'obscurité ne retombe. Les autres visiteurs retiennent leur souffle. Une personne crie.

La lumière revient, deux impulsions cette fois, puis trois. Sydney parvient à distinguer une silhouette au fond de la pièce, petite et souple ; elle se reconnaît – la version d'elle-même dans le rôle qu'on lui a attribué pour la nuit d'Halloween.

Elle regarde son double passer par les cinq positions, et elle sent jouer ses propres muscles alors qu'elle se tient immobile au milieu d'inconnus. Elle est devenue à la fois un membre du public et actrice. Un gros radiocassette caché dans un coin commence à diffuser de la musique – un pot-pourri léger, mais entraînant au piano, bientôt rejoint par des clochettes et une ligne de basse. La lumière stroboscopique découpe ses mouvements fluides en une série d'instantanés : bras levés, tandis qu'une jambe lance un coup de pied vers le haut ; tête penchée en avant, bras écartés sur les côtés ; debout sur la pointe des pieds, tournoyant autour de la pièce comme Mme Ransom le lui a appris.

Sydney se sent envahie par ce calme bizarre, qui lui est familier dès qu'elle entre en scène. La version spectatrice d'elle-même disparaît, se fond dans la Sydney qui danse. Elle lève une jambe comme un oiseau, croisé derrière, tourne une, deux, trois fois, et à l'issue de sa troisième rotation, elle se retrouve assise sur le lit dans la chambre d'Eunice. Sa sœur est à son bureau, elle lit à voix haute un livre de bibliothèque d'une taille si imposante que c'en est presque comique.

Le glioblastome est une tumeur qui se développe dans les astrocytes – de forme étoilée, ces cellules forment l'environnement des neurones, elles jouent un rôle de soutien et de protection du tissu nerveux. C'est une tumeur maligne, très…

Maligne ? l'interrompt Sydney. *Qu'est-ce que ça veut dire ?*

Extrêmement grave, répond Eunice. *Très dangereuse.* Elle reprend sa lecture.

C'est une tumeur maligne très agressive parce que les cellules se reproduisent vite et se diffusent via un vaste réseau de vaisseaux sanguins. On dis-

tingue deux types de glioblastomes. Le glioblastome primaire, ou « de novo », facile à identifier et dont l'évolution est souvent très rapide. Pour le glioblastome secondaire, cette évolution est plus lente, sur une plus longue période, mais il reste très agressif.

C'est lequel, celui de papa ? demande Sydney.

Primaire.

Assises en silence, elles tentent de trouver un moyen de vivre avec les implications apocalyptiques de cette information.

Tu me crois, toi, n'est-ce pas ? demande Eunice. *À propos de l'homme que j'ai vu à ma fenêtre ?*

Eunice se lève et quitte la pièce, mais en franchissant le seuil, elle se retrouve dans une chambre d'hôpital. Papa est dans le lit, décharné par la maladie ; il a perdu tous ses cheveux. Maman a tiré sa chaise tout près de lui. Elle offre un spectacle choquant, comme si elle absorbait sa vie à lui pour alimenter le bébé à naître. Assises sur un canapé dans le coin, Sydney et Eunice regardent la télévision, avec le volume en sourdine. Une émission sur la pêche, apparemment.

Maman prend des notes sur un bloc posé en équilibre sur ses genoux ; des croquis, en fait, basés sur les directives de papa. Ils travaillent à la maison hantée de l'an prochain, comme s'il allait encore être là pour ce projet. Cette fois, papa veut construire une ville entière ; maman et lui imaginent les différents bâtiments.

Je verrais bien un hôtel, dit papa. *Pas isolé, comme dans* Shining, *mais dans le centre, un établissement chic – abandonné. Les rideaux ondulent par les fenêtres ouvertes ; c'est bizarre, on trouve des décorations de Noël et des accessoires de clown un peu partout. Winter Wonderland dans une baraque de foire, en quelque sorte.*

Maman lève son dessin pour le lui montrer. *Comme ça ?*

Papa lui arrache son bloc et son crayon. Il tourne la page et donne de rapides et violents coups de crayon. *Honnêtement, Margaret, je préfère encore mourir seul plutôt que de passer une minute de plus avec toi.*

Eunice enfouit son visage entre ses mains, mais Sydney ne baisse pas la tête. Il est malade. Il ne pense pas les choses horribles qu'il dit parfois – même si, dans le cas présent, Sydney l'approuve en son for intérieur. Maman est faible. Sa peine se lit sans aucune difficulté sur ses traits. Elle n'est pas assez forte. Elle ne le mérite pas. Elle a déjà renoncé.

Sydney se dit qu'elle aussi préférerait mourir plutôt que de passer le reste de sa vie avec maman.

Et soudain, la revoilà sur scène dans la Tombe. Elle tourne, tourne, tourne, accompagnée par le tintement des clochettes et du piano, soutenu par la ligne de basse ; des bruits éclatent parfois, interrompant la musique et causant de petites frayeurs comparables à celles qui ponctuent les films d'horreur. Tumeur dans les astrocytes. Cellules de forme étoilée. L'image ne manque pas de charme, comme des marshmallows dans des céréales sucrées. Inspirations courtes, maîtrisées. Le public ne doit pas s'apercevoir de l'effort que cela exige de toi. Sois la Sydney danseuse. À toi de faire en sorte que ça semble facile. Tourne. Tourne. Tourne. Désinhibition, radiothérapie, neuroleptiques. Crises, changement de personnalité, inopérable. Tourne, tourne, tourne, plus vite maintenant, parce que, bien que Sydney soit forte, elle refuse de voir la suite.

Mais elle n'a pas le choix. Malgré la danse, elle perd ce calme qui l'habite, elle redevient la petite Sydney, triste, qui se retrouve…

… dans la chambre de papa à l'hôpital. Voilà deux semaines que son frère cadet, Noah, est né. Papa est trop faible pour le porter ; d'ailleurs, il ne semble pas particulièrement intéressé. Sydney comprend. Pourquoi s'attacher à un enfant qu'on n'élèvera pas ? Eunice tient compagnie à maman et au bébé dans une autre chambre. Sydney ne leur rend que rarement visite. Elle préfère rester avec papa. Elle a toujours aimé être seule avec lui, l'avoir rien que pour elle, mais pour une raison quelconque, même quand il n'y a personne avec eux dans la pièce, ces derniers temps elle sent une présence. Quelque chose qu'elle ne voit pas, et qui les observe.

Comme si cette impression inquiétante ne suffisait pas, les jours récents ont été rudes. Bien que papa écrive et dessine encore beaucoup, il n'a presque plus de forces. Il regarde dans le vague, le souffle irrégulier, avec Sydney debout à côté de lui, qui lui tient la main. Elle n'est pas certaine qu'il sache qu'elle est là ; il semble pris au piège de son propre esprit, seul avec lui-même. Mais soudain, il serre sa main. Il inspire brusquement, comme en proie à une vive douleur.

Il tourne les yeux vers elle ; il est de nouveau conscient, bien présent, et terrifié.

Eunice avait raison.

Papa ? dit-elle. C'est tout ce qui lui vient en guise de réaction à ce regard qui la fixe, plus cru que la lumière de n'importe quel projecteur.

Margaret, dit-il.

Sydney. C'est Sydney, papa.

Les dessins. Les plans. Tout est là. Il faut que tu…

Quoi ? Qu'est-ce que je dois faire ? demande Sydney.

Elle nous a vus. Elle est sur notre piste.

Papa ferme les yeux. Sa respiration est profonde

et régulière. Elle l'appelle encore plusieurs fois avant de remarquer que sa poitrine a complètement cessé de bouger.

Tourne, tourne, tourne. Sydney est de retour dans la Tombe, presque essoufflée elle aussi. Elle ralentit dans une quatrième arabesque Vaganova, puis elle se retrouve à l'enterrement de son père, avec Eunice, maman, M. et Mme Ransom, tous les voisins, grand-mère et grand-père Byrne, grand-mère Turner. Tout le monde est réuni autour d'une tombe ouverte, tandis qu'un pasteur parle au-dessus du cercueil de papa. Noah pleure et maman le tend à Sydney, lui demande de l'emmener jusqu'à ce qu'il se calme. Sydney veut protester : pourquoi ne pas le donner à grand-mère Turner ? Mais elle connaît la réponse. La vieille femme a une mine épouvantable, la peau cireuse et les yeux enfoncés dans leurs orbites. Dans six mois, elle aura succombé à une overdose de somnifères. Tout le monde feindra de croire à un accident.

Mais ça, c'est plus tard. Pour l'heure, Sydney traverse le cimetière avec Noah, lui soufflant les pires insultes que comprend son vocabulaire de sa voix la plus douce, la plus apaisante. *Connard. Trou du cul. Salope. Enculé. Petite merde. Putain.* Elle étudie chaque pierre tombale sur son passage. Toutes ont l'air solides, dures. Comme se serait facile de faire taire Noah pour toujours. Ça ressemblerait à un accident. Personne ne le pleurerait, à part Eunice peut-être. De toute façon, Eunice aime tout le monde. Probable que sa morve lui manque après qu'elle se mouche.

Sydney ne laisse pas tomber Noah. Elle le promène, lui tapote le dos, l'agonit d'injures, tout en maudissant sa mère qui l'empêche ainsi de dire au revoir à papa. Ce n'est que le dernier d'une longue série de griefs. Maman a également décidé de vendre la maison, et toute la famille va habiter en appartement, comme les pauvres. Ils perdent tout.

Sydney se retrouve de nouveau sur la scène. Tourne, tourne, tourne. Aussi vite que possible, plus même. Dès qu'elle aura compris ce que voulait papa, elle fera le nécessaire. Il sera fier d'elle.

TROISIÈME PARTIE

LE MONSTRE SUR LE SEUIL

1

« Enlève ça, Noah.
– Laisse-le s'amuser. Quel est le problème ?
– Il a l'air ridicule.
– Personne ne fera attention.
– Où est-il passé ? Noah, sors de là. On n'a pas le temps. »

Août 1989. J'avais six ans, et je me cachais derrière les rideaux jaunis du salon de notre appartement miteux et délabré, tandis que maman, Eunice et Sally White – l'associée de maman – se disputaient à propos de mes choix vestimentaires pour la soirée. Nous étions déjà en retard pour la représentation de *La Mélodie du bonheur* montée par le lycée de Vandergriff, mais je tenais à porter un costume. La cape et le masque bon marché appartenaient à la vaste gamme de produits dérivés engendrés par le film de Batman sorti cet été-là. Je les avais mis toute la semaine, depuis que Sally me les avait achetés.

Je ne prêtais que vaguement attention à la conversation. Les rideaux pendaient devant la porte coulissante qui donnait sur notre petite cour intérieure, et je m'étais retourné dans cette direction. Chaque logement de notre résidence disposait d'un espace clos à ciel ouvert de trois mètres sur quatre. D'un côté, la fenêtre de ma chambre ; en face, le mur nu de la salle de bain de ma mère, sans oublier celui du salon, perpendiculaire aux deux autres, avec la porte coulissante ; un quatrième mur nous séparait de la cour de notre voisin. La véranda ou le balcon du pauvre, en quelque sorte, un coin de ciel à soi, mais ni vue sur le quartier ni même un parking. Une âme plus positive aurait pu tenter de mettre en avant l'intimité que procurait un espace de ce genre, pour ma part, je m'étais toujours senti prisonnier sur ce petit tapis de béton fissuré.

« Noah, je vois tes baskets, s'impatienta maman. Sors de là, si tu ne veux pas rester à la maison et manquer le spectacle. »

Traînant les pieds, je réapparus. Maman, Eunice et Sally se tenaient au milieu du salon à la moquette tachée beige ; maman, les bras croisés, Eunice portant un sac à dos, et Sally dissimulant un sourire derrière une main.

« Enlève-le, répéta maman.

– Eunice emporte bien son sac à dos, elle, protestai-je.

– Eunice a des devoirs.

– Tout le monde sera en costume dans la pièce.

– Enlève ça tout de suite. »

Je dénouai le cordon autour de mon cou et retirai le masque de mon visage. Ma panoplie de Batman tomba sur le sol derrière moi.

« Tu es complètement décoiffé, se désola maman.

– Margaret, intervint Sally. Personne ne fera attention s'il est un peu ébouriffé. »

Maman se pinça l'arête du nez. « D'accord. Allons-y. »

2

À notre arrivée, le parking du lycée était un modèle de chaos ; maman dut garer sa vieille Ford Torino au moteur poussif loin de l'entrée, se frayant prudemment un passage entre des groupes de gens qui marchaient à une allure d'escargot. Ensuite, le regard noir et le souffle court, elle me traîna derrière elle à travers le parking, m'obligeant à courir pour ne pas perdre l'équilibre. Comparé à mon école primaire, le lycée me parut gigantesque et complexe ; je m'émerveillai devant les vitrines à trophées et les casiers qui s'étendaient à l'infini, alors que nous nous hâtions vers l'auditorium, avec ses fauteuils pliants somptueux et son rideau de scène bleu nuit. Nous trouvâmes quatre places contiguës à l'avant de la salle.

« Ta maman n'est pas en colère contre toi, mon grand, me rassura Sally en se penchant vers moi, au moment de nous installer. On a eu une rude journée au magasin. » Elle faisait référence à Chair de poule, le commerce de *comics* et produits dérivés qu'elles avaient ouvert en 1984. La vente de la considérable collection d'horreur de mon père décédé leur avait permis de se lancer. À en juger par les humeurs de maman, les rudes journées constituaient leur ordinaire.

À côté de moi, Eunice avait déjà sorti ses affaires de son sac à dos. Penchée d'un air renfrogné sur un manuel ouvert sur ses genoux, elle griffonnait des chiffres dans un cahier à spirale.

« Sur quoi tu travailles ? demandai-je.

– Un devoir d'algèbre, répondit-elle.

– C'est dur ?

– Seulement quand on m'interrompt. » Un clin d'œil de sa part suffit à me convaincre qu'elle ne disait pas ça méchamment.

Soudain, la lumière baissa dans l'auditorium et le public retint son souffle. Des clochettes se mirent à tinter dans la fosse d'orchestre, et des chœurs féminins s'élevèrent à ma gauche et à ma droite. Deux colonnes de religieuses descendirent par les allées, cierges à la main, en psalmodiant un air mélodieux dont je ne comprenais pas les paroles.

Leurs voix flottèrent au-dessus de nous, merveilleuses et obsédantes. Alors qu'elles atteignaient le bas de l'auditorium, elles montèrent sur scène, face au public, et entonnèrent un « Alléluia » plein de joie. Puis elles sortirent en file par la coulisse, laissant un espace vide et sombre.

Un moment plus tard, le feu d'un projecteur s'y glissa, révélant une silhouette solitaire devant une toile de fond peinte. Vêtue de la robe simple des postulantes, elle tenait un seau en bois à deux mains. Sydney, dix-sept ans, dans le rôle de Maria. Contrairement à la Maria maternelle et chaste jouée par Julie Andrews, Sydney avait gardé ses longs cheveux châtains noués dans une queue de cheval ; malgré sa robe ample, elle rayonnait sous la vive lumière quand elle entonna :

My day in the hills has come to an end, I know.
A star has come out to tell me it's time to go[1].

Les instruments à cordes de l'orchestre s'élevèrent à sa rencontre pour l'accompagner, alors qu'elle traversait lentement la scène en tournoyant, laissant la chanson se dérouler. Sydney n'essayait d'imiter ni Julie Andrews ni Mary Martin, le résultat n'appartenait qu'à elle : une créature blessée, qui doutait, livrant au public des émotions très personnelles. Les mains plaquées sur la bouche, je sentis des larmes chatouiller les articulations de mes doigts. Je ne voulais surtout pas faire de bruit, au risque de rompre le charme fragile de ce moment.

« Hé », me chuchota Eunice en laissant tomber un objet sur mes genoux. Au contact du tissu glissant et bon marché, je reconnus ma cape de Batman et son masque. Je m'y cramponnai, touchant les extrémités légèrement pointues

1. Mes jours dans ces collines touchent à leur fin, je le sais bien. / Une étoile a paru pour me dire qu'il est temps de partir.

des oreilles de chauve-souris. Quelque chose se libéra dans ma poitrine ; le spectacle de Sydney sur scène était toujours douloureux, mais plus supportable.

3

Le public se leva pour ovationner les actrices et les acteurs au rappel, mais l'auditorium s'enflamma quand Sydney émergea pour saluer une dernière fois. À l'issue de la représentation, les familles dont un ou plusieurs membres participaient à la pièce, au sein de la distribution ou de l'équipe technique, restèrent dans la salle pour les attendre. D'autres voulaient discuter avec le metteur en scène, M. Ransom. En 1989, sept ans étaient passés depuis que sa femme et lui avaient emménagé dans notre ancien quartier et qu'il avait aidé mon père pour la Tombe. Daniel Ransom s'était arrondi et ses cheveux bruns se raréfiaient, mais il avait gardé la même voix grave et autoritaire. Il avait toujours le rire facile et, quand il me souriait, c'était comme si j'étais devenu pour le monde une source de lumière.

« Quel cabotin, marmonna maman, qui voyait son visage s'épanouir en acceptant les félicitations, tandis que son rire résonnait dans l'auditorium.

– Tiens-toi à distance et évite de le regarder dans les yeux, recommanda Sally.

– Trop tard. Le voilà, dit maman en secouant la tête. Bonjour, Daniel.

– Quel spectacle merveilleux », dit Sally.

M. Ransom écarta le compliment d'un geste, à la fois confus et content de lui. « Sydney vous a dit que l'idée des religieuses dans les allées venait d'elle ?

– Ça lui ressemble, en tout cas », répondit maman.

Le sourire de M. Ransom se calcifia, devint forcé. « Elle a du talent.

– Comme tous vos protégés quand approche le moment de collecter des fonds, n'est-ce pas ? »

Son sourire s'effaça. « Je ne demande pas d'argent, Margaret. Je tiens juste votre fille en grande estime.

– Je veillerai à l'en informer », dit sèchement maman. Ouvrant son sac à main, elle se mit à fouiller à l'intérieur.

« À propos », poursuivit-il, ignorant ou passant à côté de la rebuffade pourtant évidente, « c'est bientôt Halloween. Avez-vous réfléchi à ma proposition ?

– Vous connaissez ma réponse. »

Je tressaillis, alors que M. Ransom lançait un timide salut de la main. « C'est toujours un plaisir, Margaret. Sally, Eunice, Noah », ajouta-t-il, avec un signe de tête pour chacun de nous. Puis il se retira parmi une foule admirative.

« Il déguste en ce moment, tu le sais », dit Sally.

Elle faisait allusion à l'effondrement de son mariage ; tout le monde était au courant, mais continuait à en parler en usant de périphrases.

Maman roula des yeux dans le dos de M. Ransom. « Je ne vais pas pleurer. » Elle se renfrogna en apercevant la cape serrée entre mes mains. « Où as-tu trouvé ça ? »

4

Après la représentation, Sydney partit dîner avec des amis ; elle ne se manifesta que pour recueillir nos félicitations et annoncer ses projets avant de disparaître de nouveau en coulisse. Maman se plaignit d'avoir attendu pour rien, mais elle avait presque tari ses réserves de colère. Elle était fatiguée.

De retour à l'appartement, Sally nous embrassa tous sur la joue avant de rentrer chez elle. Maman nous souhaita une bonne nuit et se retira dans sa chambre, nous laissant, Eunice et moi, seuls au salon.

« Tu as école demain, mon bonhomme, me rappela Eunice, posant une main sur mon épaule. Tu devrais déjà être couché. Va te brosser les dents et enfile ton pyjama.

– Tu veux bien me lire une histoire ?

– Pas longtemps ; et à condition que tu te dépêches. »

J'obéis, et après avoir remisé ma cape dans la penderie, je me glissai sous les couvertures. Quand Eunice arriva un peu plus tard avec un livre de poche à la main, elle exécuta une petite danse sur la pointe des pieds pour traverser le champ de mines de jouets éparpillés et de linge sale. Et même après qu'elle eut atteint le lit et m'eut demandé de me pousser, elle dut extraire des vaisseaux spatiaux et des figurines cachés sous les draps pour se ménager une place.

« Comment peux-tu dormir avec tout ce bazar ? » dit-elle, posant un Ghostbuster sur ma table de nuit.

Depuis toujours, j'éprouvais des difficultés à trouver le sommeil, mais comme je n'étais pas aussi intelligent qu'elle à mon âge, je m'amusais au lieu de lire ou d'écrire pour m'assoupir. Je me reculai contre le mur pour lui donner assez d'espace. Elle s'installa à côté de moi et poussa ses lunettes en haut de son nez, son bras maigre et taché de son froid contre le mien. Elle ouvrit son exemplaire de *La Quête onirique de Kadath l'Inconnue* et commença :

Soudain, les collines déchiquetées d'une côte lépreuse se dressèrent devant eux, et Carter aperçut les abominables et massives tours grises d'une cité. La façon dont elles se penchaient et se tordaient, la manière dont elles étaient regroupées, et leur absence totale de fenêtres, perturbèrent énormément le prisonnier ; et il pleura amèrement la folie qui l'avait conduit à boire une gorgée du curieux vin de ce marchand au turban à bosses. À proximité de la côte, l'insoutenable puanteur de la ville s'accrut et Carter distingua de nombreuses forêts sur les collines déchiquetées. Certaines étaient piquetées d'arbres qui lui étaient fami-

liers, car ils étaient de la même essence que cet arbre-de-lune solitaire qui poussait dans le Bois enchanté, et dont les petits Zoogs bruns faisaient fermenter la sève pour fabriquer leur curieux vin[1].

Nous lisions *Kadath* depuis plusieurs soirs déjà. J'avais du mal à suivre l'histoire, avec ses personnages à peine ébauchés et la prépondérance de termes bizarres comme *Zoogs*, mais j'aimais le son de sa voix. Elle parlait lentement, prononçant chaque mot avec le soin et la précision que mériterait un objet fragile. Ça m'apaisait. J'étais en train de m'assoupir contre son épaule quand elle ferma le livre et se leva pour me border.

« Qui j'aime le plus fort ? demanda-t-elle.

– Moi, répondis-je, ouvrant un œil.

– Et qui tu aimes le plus fort ?

– Toi. »

Elle m'embrassa sur le front. « Dors bien, petit prince. » Elle alluma ma veilleuse, éteignit le plafonnier.

« Eunice », dis-je, l'arrêtant sur le seuil.

Ma bouche sembla chercher les mots qui sauraient communiquer à ma sœur ma peur, mon besoin de la garder à proximité. Mais je craignais, si je lui paraissais trop impressionnable, qu'elle décide de ne plus me lire Lovecraft.

« Rien, dis-je. Bonne nuit.

– Bonne nuit. »

Le bruit commença dès qu'elle eut tiré la porte derrière elle, un grattement insistant contre ma vitre. Il me réveillait immanquablement depuis des semaines. J'avais pourtant fermé les rideaux à l'aide d'une épingle à nourrice pour que personne ne puisse m'observer, bien que la fenêtre de ma chambre donne sur notre cour intérieure. Entre

1. H. P. Lovecraft, *Les Contrées du rêve*, trad. David Camus, Mnémos, 2010.

les tentures subsistait une fente étroite par laquelle je ne voyais que les ténèbres.

Le grattement gagna en intensité, évoquant un chant strident et affolé. Je regrettai de ne pas avoir caché ma cape de Batman sous mon oreiller au lieu de la ranger dans la penderie. Avec elle, je me sentais courageux, en sécurité, mais pour la récupérer, j'aurais dû traverser ma chambre. Je me contentai donc d'enfouir ma tête sous l'oreiller en attendant que le bruit cesse. Il sembla se prolonger pendant des heures.

5

Dans les bons jours, maman et Sydney parvenaient à maintenir une paix précaire. Elles se montraient polies et respectueuses l'une envers l'autre, mais sans manifester la moindre chaleur. La plupart du temps, elles se disputaient. Eunice et moi bénéficiions d'une éclaircie les semaines qui précédaient un récital de danse ou une pièce, mais dès que Sydney avait eu le temps de se reposer, le cycle reprenait. Un parfait exemple me revient en mémoire, c'était juste après la représentation de *La Mélodie du bonheur*. Nous étions en voiture, de retour de l'école, Eunice et moi assis à l'arrière, Sydney et maman à l'avant. Sydney explosa au bout de plusieurs minutes de silence :

« M. Ransom m'a répété ce que tu as dit sur moi.

– Mais encore ? fit maman d'un ton las.

– Tu as dit que je n'avais pas de talent. »

Maman s'affala sur le volant. « Je vais écraser ce type avec ma voiture.

– Bonne chance si tu espères le surprendre avec cette épave, répliqua Sydney.

– Je n'ai jamais dit que tu n'avais pas de talent. Je plaisantais. Il a déformé mes propos pour te monter contre moi. Tu n'as que dix-sept ans, alors tu es trop jeune pour t'en apercevoir, mais ce n'est vraiment pas professionnel de sa part. J'en toucherai deux mots au principal. » Maman avait souvent recours à cette menace, mais sans jamais la mettre à exécution, ce que Sydney savait.

« Il a ajouté que tu avais de nouveau refusé sa proposition, poursuivit-elle.

– Comme à chaque fois, reconnut maman. Pourquoi je changerais d'avis ?

– Changer d'avis pour quoi ? demandai-je.

– Et si tu n'avais pas à t'en occuper ? insista Sydney. Donne-moi les vieux papiers de papa et je me charge du reste. »

Le silence retomba dans l'habitacle. Personne ne parlait jamais de mon père en ma présence, pas même Eunice. En réponse à mes questions, elle me lâchait parfois des bribes d'information ; j'avais appris ainsi qu'il était grand, qu'il avait les cheveux bruns comme moi et Sydney, et qu'il était mort d'un cancer. Mais le plus souvent, elle passait à autre chose ou tentait de détourner mon attention. Je comprenais que maman préfère éviter le sujet, mais pas Eunice et Sydney. Sa maladie et sa disparition avaient peut-être également laissé des traces chez elles, et le silence était devenu une manière de surmonter le chagrin. Je n'en suis pas sûr. Vivre au sein d'une famille marquée par un deuil dont on ne garde aucun souvenir est comme d'être assis derrière un spectateur de très grande taille au cinéma. Autour de soi, tout le monde rit, pleure et réagit à des choses dont on ignore tout.

« Si tu me demandes ça, tu me connais bien mal, répondit posément maman.

– Ces papiers sont autant à moi que…, s'emporta Sydney, son profil enlaidi par la rage et la frustration.

– Quels papiers ? la coupai-je.

– Tais-toi, Noah, intervint Eunice, qui me serra douloureusement le bras.

– Sydney, je te conseille de renoncer à cette conversation », conclut maman.

La colère de Sydney déferla comme une vague brûlante, palpable. J'eus l'impression qu'il faisait plus chaud. Était-ce possible ? Je me penchai vers ma vitre baissée, tentant de profiter un peu plus de la brise. La voiture se mit à vibrer et à cahoter, je me cognai contre le châssis de ma fenêtre.

« Qu'est-ce qui se passe ? » demanda Eunice.

Je me frottai la tête. Maman lâcha le volant et leva les mains comme un criminel qui se rend à la police. Sydney la fixa du regard, sa colère se muant en confusion.

« Je n'en suis pas sûre, dit maman. Je… »

Un geyser de lumière orange vif jailli du capot l'interrompit au beau milieu de sa phrase. Une nouvelle vague de chaleur étouffante envahit la voiture.

« Qu'est-ce qui se passe ? » répéta Eunice.

Les langues orange dansaient. Le capot avait pris feu.

Un homme apparut à côté de maman, tapant contre la vitre. Ses mains étaient couvertes de crasse, et un bandana d'une saleté repoussante empêchait sa tignasse de lui tomber sur le visage. Je pense que nous étions trop surpris pour crier.

« Sortez les enfants de cette bagnole ! » lança-t-il d'une voix étouffée.

Eunice se pencha vers moi et se hâta de détacher ma ceinture. Maman et Sydney descendirent du véhicule et ouvrirent les portières à l'arrière. Maman tira Eunice par le bras, tandis que Sydney me soulevait comme un bébé en me serrant contre sa poitrine. Elle recula de quelques pas, manquant de trébucher contre le bord du trottoir, alors que maman et Eunice couraient vers l'autre côté de la rue.

L'homme ouvrit la porte coulissante de son minibus VW bleu arrêté derrière la Torino pour fouiller dans un fatras impressionnant d'emballages de fast-food et de linge sale. Dès qu'il eut repéré un extincteur rouge vif, il lut les instructions sur le réservoir en murmurant pour lui-même, puis il retourna devant la Torino et, planté sur ses deux jambes, appuya sur la poignée. Une mousse blanche enveloppa le capot, étouffant l'incendie.

« Mince alors ! » s'exclama-t-il. Il continuait de pointer l'extincteur vers la voiture, comme s'il craignait que le feu reprenne. « On achète un de ces trucs par simple précaution, mais on s'attend jamais à devoir l'utiliser pour de bon. » Il nous jeta un coup d'œil ; nous étions toujours réfugiés des deux côtés de la rue, maman et Eunice qui se tenaient par la main, moi dans les bras de Sydney. « Tout le monde va bien ? »

Nous nous étions arrêtés dans un quartier résidentiel, désert à part notre famille et le pompier amateur débraillé. Sydney parut s'apercevoir qu'elle me serrait encore et se baissa pour me poser.

« Je pense que ça va », dit maman.

L'homme retourna à son minibus VW, jeta l'extincteur sur son foutoir, referma la porte coulissante, et sauta derrière son volant. « Bonne journée, » nous salua-t-il avec un signe de la main. Il s'éloigna, nous abandonnant dans une rue déserte avec un véhicule hors d'usage.

6

Maman fit remorquer la voiture jusqu'à la maison et appela Rick, un vieil ami de papa et ancien collègue des autoroutes de Fort Worth, m'apprit Eunice. Ce brave type ventripotent en bottes de cow-boy représentait un autre lien ténu avec ma mystérieuse origine. Il venait parfois bricoler dans l'appartement, mais quand je parvenais à attirer son attention, lui aussi refusait de me parler de mon père.

Dès qu'il arriva au volant de sa camionnette, maman avança à sa rencontre et lui offrit une bière. Il souleva le capot noirci de la Torino, tandis que mes sœurs et moi assistions à la scène depuis le porche. À côté de lui, maman se tenait les bras croisés. Il ne farfouilla que peu de temps à l'intérieur avant de se redresser et de s'essuyer les mains avec un chiffon. Après avoir avalé sa bière à grands traits, il livra son diagnostic. Maman baissa la tête.

« Mauvaise nouvelle, apparemment, dit Eunice.

– La voiture était en *feu*, souligna Sydney.

– Ça arrive souvent ? demandai-je.

– Pratiquement jamais », répondit Eunice.

Maman et Rick se serrèrent la main. Il nous salua et remonta dans sa camionnette. Elle le regarda s'éloigner, donna un coup de pied dans le gravier, puis revint vers nous d'un pas traînant.

« Alors ? fit Sydney.

– Je dois passer quelques coups de fil », annonça maman.

Elle emporta le téléphone dans sa chambre où elle resta des heures. Pour le dîner, Eunice prépara des steaks hachés et des macaronis au fromage, tandis que je me tenais sur le tabouret à côté d'elle pour lui tendre ce qu'elle me demandait. Au moment du repas, maman ne s'était toujours pas manifestée. Nous lui gardâmes une portion à réchauffer au micro-ondes et mangeâmes sans elle.

Elle ne réapparut que beaucoup plus tard, peu avant l'heure d'aller me coucher, et s'assit à la table, tandis que nous nous installions autour d'elle. Elle avala la moitié de son assiette avant de prendre la parole :

« Le moteur de la voiture est mort. Pour le réparer, Rick serait obligé de partir de zéro.

– Qu'est-ce qui s'est passé ? » s'enquit Sydney.

Maman but une longue gorgée d'eau dans son verre. « On ne saura jamais avec certitude ; le feu a tout détruit.

– Mais il *peut* le réparer, insista Eunice.

– Retaper complètement un moteur coûte beaucoup d'argent.

– Combien ? demandai-je.

– Plus que nous n'en avons les moyens en ce moment. » Elle serra les poings. « Je venais juste de faire la vidange.

– Comment on va s'arranger ? s'inquiéta Eunice.

– Sally peut vous conduire à l'école, toi et Noah ; elle viendra me chercher pour aller au travail et me ramènera le soir. Toi, Sydney, tu vas devoir trouver des amis qui te déposeront au lycée ou à tes répétitions. »

Cela ne représentait pas un changement important pour Sydney, qui se débrouillait déjà ainsi la plupart du temps.

« Pour combien de temps ? demanda-t-elle tout de même.

– Un moment, répondit maman. Notre budget est serré et je ne prévois pas d'amélioration de si tôt.

– Ce n'est pas une fatalité.

– Sydney... » Maman pressa les paumes de ses mains contre les orbites de ses yeux. « J'ai eu une rude journée. Alors, juste pour cette fois, tu veux bien te montrer un peu coopérative, au lieu de m'asticoter ?

– Je ne fais que ça, répondit Sydney, d'un ton à la frustration presque calquée sur celle de maman. Tu dois faire abstraction de tes sentiments maintenant. On a tous accepté de vivre dans un appartement pourri, de bouffer des steaks hachés au rabais avec des pâtes dégueulasses, et de rouler dans cette vieille guimbarde qui vient de nous claquer entre les pattes. Tu n'en as fait qu'à ta tête, et regarde où ça nous a menés. Alors, cette fois, pourquoi ne pas au moins envisager une approche différente ? »

Maman planta les coudes sur la table et posa son menton sur ses mains jointes. Elle contempla le contenu de son assiette, encore à moitié pleine, puis la pièce autour d'elle. Ses yeux s'arrêtèrent sur moi et son front se rida.

Je tressaillis ; en général, lorsqu'elle me fixait ainsi, j'allais en prendre pour mon grade. Par conséquent, je n'ai jamais aimé qu'on me regarde.

Elle soupira. « Dis à M. Ransom que je suis prête à avoir une conversation avec lui à propos de ce projet de maison hantée. »

Sydney se leva pour téléphoner.

« Une conversation, c'est tout, précisa maman. Je ne promets rien. »

Mais Sydney ne parut pas l'entendre.

7

Le samedi soir, Sally nous conduisit chez M. Ransom pour le dîner. Il habitait toujours notre ancien quartier, un autre fragment de l'histoire familiale dont j'avais beaucoup entendu parler sans l'avoir jamais vu. J'insistai pour m'asseoir à la fenêtre derrière le conducteur, pour ne pas en perdre une miette à notre arrivée. Parfois, en voiture, j'observais des maisons au hasard en ville ; j'imaginais mes sœurs en train de jouer dans la cour, papa qui tondait le gazon et maman qui lisait dans un bow-window. Dans mon esprit, ils jouissaient d'une surface presque illimitée qui leur permettait, s'ils le souhaitaient, de ne pas se croiser de la journée.

Alors que nous nous arrêtions chez M. Ransom, Eunice me montra du doigt notre ancienne maison. La réalité me déçut : une construction en brique ; un arbre planté au milieu d'un jardin envahi par les mauvaises herbes ; une camionnette rouillée garée devant.

« C'est ça ? demandai-je.

– Le gazon était mieux entretenu à notre époque », observa maman.

Sydney, assise à l'arrière du côté passager, détournait résolument le regard. « C'était un chouette endroit où vivre, dit-elle, beaucoup plus agréable que là où on habite maintenant. »

La maison de M. Ransom n'avait pas fière allure non plus. Dans l'allée bordée d'herbes en bataille, nous enjambâmes des journaux imbibés d'eau et dûmes nous baisser sous une branche basse avant d'atteindre enfin la porte. Maman sonna, M. Ransom vint ouvrir ; des lambeaux de papier-toilette sanglants lui collaient au cou, là où il s'était coupé en se rasant. Le col de sa chemise boutonnée était de travers ; il nous invita à entrer.

L'intérieur semblait plus accueillant, avec les reproductions encadrées sur les murs, les lampes drapées de foulards décoratifs, les fauteuils et le canapé en tissu d'un blanc virginal, protégé par des housses transparentes. Mais ça sentait le renfermé et la poussière, comme si personne n'avait vécu ici depuis longtemps.

« J'ai commandé des pizzas », expliqua M. Ransom. La table de la cuisine disparaissait sous les boîtes à pizza, les assiettes en carton, les gobelets et les couverts en plastique. Il ne manquait que les chapeaux pointus et la nappe multicolore pour parachever cette ambiance de fête d'anniversaire calamiteuse.

« C'est… un vrai festin, commenta maman.

– On m'a livré beaucoup plus tôt que prévu. Alors, c'est peut-être froid, s'excusa-t-il.

– Ça peut vite se réchauffer », intervint Sally. Elle ouvrit une des boîtes, toucha la croûte, puis prit les choses en main, comme si elle était chez elle.

« Vous avez des toilettes ? demandai-je.

– Quelle maison n'en a pas ? répondit M. Ransom, qui sourit pour montrer qu'il plaisantait. Au bout du couloir à gauche. »

Je traversai le salon poussiéreux, trop timide pour admettre que je ne distinguais pas encore ma gauche de ma droite.

Je trouvai trois portes, et ouvris l'une d'elles. Dès que j'eus appuyé sur l'interrupteur, je sus que je venais d'entrer dans la chambre d'un garçon. La literie Maîtres de l'Univers, les rideaux Superman, et la Batcave posée au centre de la pièce ne permettaient pas d'en douter. La figurine de Batman gisait devant la Batcave, retournée face contre terre, comme abandonnée en pleine action.

Lorsque la vague de nouveautés Batman avait envahi les rayons cette année-là, j'avais dû me contenter de les admirer dans les magasins, à cause de nos difficultés financières. La Batcave représentait le Graal : un moulage en plastique gris qui avait l'apparence de la pierre, avec des marches rouges et des avancées bleues pour accueillir Batman quand il broyait du noir ; un Batcomputer doté d'un écran immense pour résoudre des énigmes ; à l'arrière, une cellule pour enfermer les criminels, et une trappe qui permettait de plonger un méchant (ou un héros) dans une fosse profonde.

Je me penchai sur la Batcave, la bouche sèche de désir, et ramassai la figurine. Je fourrai ma main libre dans ma poche afin d'estimer l'espace disponible. Quelqu'un remarquerait-il la bosse ? Ce n'était pas vraiment du vol ; la famille de M. Ransom était partie, alors à qui manquerait ce jouet ?

« Tu t'es perdu ? »

Je faillis laisser tomber Batman. M. Ransom était entré derrière moi. Je joignis les mains dans mon dos. « Je ne distingue pas encore ma gauche de ma droite. Et j'ai vu tous les jouets.

– C'est la chambre de mon fils Kyle, expliqua-t-il.

– Je croyais qu'il n'habitait plus ici.

– J'espère bien qu'il reviendra un jour, au moins pour me rendre visite. Alors, je tiens à ce que tout reste exactement comme dans son souvenir.

– C'est très gentil de votre part, monsieur Ransom, dis-je, le visage brûlant de honte.

– Les toilettes sont de l'autre côté du couloir. » Il me fit sortir et il ferma derrière nous. Alors que j'ouvrais la porte des toilettes, il ajouta : « Ta gauche, c'est le côté où se trouve ton cœur ». Il posa la main sur sa poitrine. Je l'imitai, et nous nous tînmes face à face pendant un moment, comme si nous prêtions le serment d'allégeance.

J'ai beaucoup repensé à ce moment au cours des années écoulées depuis. Autrefois, la gauche était considérée comme le côté mauvais, menaçant. Être gaucher indiquait une faute morale. Le personnel enseignant frappait à coups de règle les élèves surpris en train d'écrire de la main gauche. Alors, que le cœur, symbole de l'amour, l'organe censé guider les décisions majeures de nos vies, batte du côté gauche de notre corps me semble approprié.

À mon retour dans la cuisine, tout le monde était déjà attablé autour de la pizza réchauffée.

« Voilà le topo, dit M. Ransom, alors que je grimpais sur une chaise à côté d'Eunice. La section d'art dramatique a trop dépensé pour monter *La Mélodie du bonheur* cet été ; le budget qui nous reste ne permet d'envisager qu'un ou deux spectacles supplémentaires cette année. Or, nous devons en proposer *quatre*.

– Nous avons donc tous les deux des problèmes d'argent », résuma maman.

M. Ransom frotta son bouc. « Votre famille a déjà fait preuve d'un talent pour une production d'un genre particulier ; de mon côté, je dispose d'une queue de budget et d'une armée de gamines et de gamins qui ne demandent qu'à jouer devant un public. Alors, nous avons pensé » – il indiqua Sydney d'un geste de la main – « à une collaboration entre la section d'art dramatique et votre famille pour la création d'une maison hantée. On partagerait moitié-

moitié. Si ça marche, j'espère réunir une somme suffisante pour financer une autre année de spectacles, et vous aurez les moyens de réparer votre voiture, ou peut-être même d'en acheter une neuve. »

L'air songeur, maman suivit le bord de son verre à vin du bout du doigt. « Vous avez l'argent et les enfants. Vous ne semblez pas avoir besoin de mon aide.

– Si. Sans la vision de votre famille, ce sera juste une maison hantée de plus, un truc merdique.

– Cette "vision", répéta maman, mimant les guillemets, était celle de mon mari. Je me suis contentée de créer les costumes.

– Eunice et moi avons participé, intervint Sydney. Papa n'était pas seul.

– Vous avez fait vos petits crobards et votre père s'est prêté au jeu, répliqua maman.

– N'importe quoi.

– Sydney, dit Sally.

– Va te faire voir, Sally.

– *Sydney*, dit maman.

– Quoi qu'il en soit, reprit M. Ransom en élevant la voix, je crois savoir que Harry a laissé de nombreux plans qui n'ont jamais servi ?

– Ils n'entrent pas dans le cadre de cette discussion, trancha maman.

– Ce n'est pas à toi d'en décider, ils ne t'appartiennent pas, protesta Sydney.

– Au contraire. » Sydney parut sur le point de bondir par-dessus la table. Maman la défia du regard. « Je peux les brûler dès ce soir, si tu ne me crois pas. »

Je fourrai de la pizza dans ma bouche. Je n'avais pas faim, j'avais un peu mal au ventre, en fait, mais j'avais besoin de *m'occuper*.

« C'était peut-être une mauvaise idée, concéda M. Ransom. Je n'avais pas l'intention de semer la discorde. Je suis sûr que vous trouverez une autre solution pour remonter la pente. »

Maman mordit à belles dents dans la pizza. Après avoir avalé, elle vida son verre d'un trait. « Dans ce cas, je ne serais pas là. Sally, on a la somme nécessaire ? »

Sally versa le fond de la bouteille de vin dans le verre de maman. « On se débrouillera.

– Ça coûtera moins que vous ne le pensez, dit M. Ransom. Le lycée dispose de son propre atelier ; nous pouvons donc fournir des matériaux de construction. Vous n'aurez pas à payer les élèves, puisqu'ils travailleront pour obtenir des crédits en classe. Et nous vendrons des billets au lycée, auprès d'un public captif. Vous garderez les décors, les accessoires et les costumes, ainsi que la moitié des bénéfices.

– Vous pensez vraiment qu'on dégagera un bénéfice ? demanda maman.

– J'en suis persuadé. »

8

Ce soir-là, je m'assis à même le sol dans la chambre de mes sœurs, adossé à leur commode, les jambes tendues contre le pied du lit d'Eunice. Avec leurs deux lits, la pièce paraissait plus petite que ma chambre, ce qui ne correspondait pas à la réalité. Les affiches des spectacles de Sydney et un immense poster de Paula Abdul ornaient les murs. Eunice, elle, avait juste accroché une photo d'Ursula K. Le Guin directement au-dessus de son lit, comme un crucifix ou un attrape-rêves. Elles allaient et venaient dans un foisonnement de pyjamas, de démaquillants, de laits hydratants, de crèmes pour le visage et de brosses à dents.

« Pourquoi la famille de M. Ransom est partie ? » demandai-je. J'avais eu vent de la séparation, mais ne pensais aux Ransom comme à des personnes, une famille, que depuis ma visite de leur maison vide et silencieuse. À cette occasion, j'avais senti chez M. Ransom, un homme qui se coupait en se rasant et n'était même pas fichu de présenter des pizzas chaudes à ses invités, le déchirement de l'absence.

« Ça ne te regarde pas, répondit Sydney, qui me chassa de la commode. Pousse-toi, j'ai besoin du tiroir du bas. »

Je me réfugiai sur le lit d'Eunice et feuilletai son épais manuel d'algèbre. Les séries de lettres et de chiffres incroyablement complexes imprimées sur les pages ressemblaient à un langage extra-terrestre vertigineux. Je refermai le livre.

« D'accord, mais pourquoi ? » insistai-je.

De retour de la salle de bain, Eunice me rejoignit. Elle saisit le réveil sur la table de chevet et le posa sur ses genoux pour le régler. « Parfois, les gens n'épousent pas la bonne personne. Alors, soit ils restent ensemble et ils se détestent, soit ils prennent la sage décision de se séparer.

– Ne cherche pas d'excuses à cette femme », cracha Sydney. Elle sortit un débardeur de son tiroir.

« C'est ce qui s'est passé entre papa et maman ? C'est pour ça qu'elle refuse d'aborder le sujet ?

– Ne t'avise plus jamais de parler de papa ainsi », me lança Sydney qui quitta la chambre en trombe et claqua la porte de la salle de bain.

9

Plus tard, après avoir rêvassé pendant dix pages de *Kadath* avant de m'endormir, je demandai à Eunice : « C'est comment, une maison hantée ?

– Je ne connais que celle qu'on a fabriquée quand j'avais ton âge, répondit-elle.

– C'était effrayant ?

– Pas pour moi, puisque j'avais participé à sa conception ; je savais donc à quoi m'attendre. Mais je pense que le public a eu peur.

– Et maman et papa ?

– La plupart du temps, ils semblaient en colère, préoccupés. Ils se disputaient souvent.

– Alors pourquoi maman remettrait ça ? »

Elle grimaça. « Elle ne veut pas, Noah. Elle est obligée. C'est Sydney qui en meurt d'envie.

– Mais pourquoi ? Et pourquoi maman refuse d'utiliser les anciens plans de papa ?

– Je l'ignore. » Pour la première fois de ma vie, je ne la crus pas.

10

Je n'entendis aucun grattement contre ma fenêtre cette nuit-là, juste une détonation sonore qui me réveilla en sursaut. Les yeux ouverts, je m'assis dans mon lit. L'appartement était sombre et silencieux, tout le monde était donc couché. Soit j'avais rêvé, soit le bruit provenait de la cour intérieure.

Je me levai pour écarter les rideaux. Comme je ne voyais rien, je pressai mon visage contre le carreau. Quelques jouets gisaient çà et là ; je devinai une forme, petite et noire, sur une chaise de jardin rouillée, presque invisible dans l'obscurité. Encore à moitié endormi, je déverrouillai la fenêtre et fis coulisser le panneau vitré aussi discrètement que possible.

Le béton était froid et rugueux sous mes pieds nus, l'air humide empestait les gaz d'échappement. J'avançai vers la chaise et ramassai l'objet : une figurine de Batman, flambant neuve, comme à peine déballée. Le jouet que j'avais failli voler chez M. Ransom. Lentement, je décrivis un cercle sur moi-même, mais ne vis aucune silhouette tapie dans la pénombre.

11

Maman et Sydney s'installèrent dans un vieil entrepôt à l'autre bout de la ville. Maman vendit une série rare de *The Amazing Spider-Man* pour payer la location. Une semaine après la signature, tout le monde monta dans la voiture de Sally pour retrouver M. Ransom et quelques élèves de la section d'art dramatique à notre box chez U-Haul. J'assistai au grand déballage des accessoires, des costumes et des décors de la Tombe avec un mélange d'émerveillement et de déception – émerveillement devant un pan longtemps resté obscur de notre histoire familiale ; déception, parce que sous la lumière impitoyable des néons, l'ensemble semblait terriblement ringard. Les panneaux de bois fragiles peints pour leur donner l'apparence de briques en calcaire dans la chambre funéraire d'une momie n'étaient guère convaincants ; les masques de monstre en papier mâché s'écaillaient ; les costumes avaient l'air de guenilles qui auraient fait hurler de rire un héros lovecraftien. Dans mon imagination j'avais érigé de vastes cryptes cauchemardesques, mais, comme pour l'ancienne maison familiale, la réalité n'était pas à la hauteur de mes espérances. En revanche, maman, Sydney et Eunice semblèrent troublées.

Une fois le tout chargé et arrimé à l'aide de sangles sur les plateaux de deux pick-up, notre convoi prit la direction de l'entrepôt. En arrivant, Sydney descendit de voiture au bout d'une allée étroite bordée d'arbres pour ouvrir la grille. Puis tout le monde se gara sur l'immense parking devant un parallélépipède aussi gris et quelconque qu'un parpaing. Derrière une porte vitrée, un grand bureau et quelques chaises poussées contre le mur prenaient la poussière. Une porte à double battant menait de l'accueil à l'entrepôt lui-même, un vaste espace dégagé avec un sol en béton et des chevrons apparents, des toilettes reléguées dans un coin. Le long du mur face au parking, une série de portes à enroulement desservaient les quais de chargement. De la poussière s'élevait en tourbillon sous nos pieds, et l'air chaud et étouffant me piquait le nez.

Ils ouvrirent deux des quais et portèrent notre cargaison à l'intérieur, étalant les différents éléments sur le sol nu. Pendant que les élèves de la section d'art dramatique buvaient du soda à l'extérieur, maman, Eunice, Sydney et M. Ransom passèrent tout en revue. Ils s'aperçurent rapidement que l'idée initiale de maman, c'est-à-dire reconstruire la Tombe, rafraîchir la peinture et ajouter quelques salles, était vouée à l'échec. D'abord, une bonne partie du bois récupéré par papa à l'époque avait pourri ou s'était fendu, ce qui le rendait inutilisable. Ensuite, disposé ainsi dans un espace vaste et bien éclairé, l'ensemble évoquait une attraction au rabais.

« On ne peut pas demander aux gens de se déplacer pour ça, dit M. Ransom, avec un geste qui englobait les éléments posés à plat sur le sol. Ils auront l'impression de se faire arnaquer.

– Ça ne va pas aller du tout, renchérit maman.

– Alors, on a quelques semaines pour imaginer un nouveau projet, en repartant de zéro. » Il se passa les mains dans les cheveux.

« Pas nécessairement », intervint Sydney. Ouvrant la fermeture Éclair du sac à dos dont Eunice ne se séparait jamais, elle en tira un petit carton à dessins. Elle en sortit une liasse de papier, des feuilles qu'elle fit circuler autour d'elle. La page qui m'échut représentait un groupe de jeunes blottis les uns contre les autres dans une chambre ;

ils braquaient une lampe de poche sous le lit tandis que quelque chose les observait, caché dans la penderie. Nous nous échangions les dessins, quand je m'aperçus que tous mettaient en scène les mêmes protagonistes. Ici, ils traversaient une morgue, alors que, derrière eux, un cadavre, toujours drapé dans son linceul, se redressait dans son tiroir. Là, ils franchissaient à gué un petit étang, d'une pierre affleurant à la surface à la suivante, et une main écailleuse et palmée surgissait de l'eau pour se refermer sur la cheville d'une malheureuse. Ailleurs, dans le bureau d'un homme riche, aux murs couverts de têtes d'animaux naturalisées, le monstre entraînait sa proie, la même fille, loin de ses amis pétrifiés de terreur. Dans chaque scène, les jeunes se partageaient l'unique lampe de poche.

« C'est toi qui as fait ça ? » demanda maman.

Sydney hocha la tête.

« J'ignorais que tu savais dessiner.

– Ils n'ont toujours qu'une lampe de poche, remarquai-je. Pourquoi ?

– C'est l'idée centrale, répondit Sydney, visiblement soulagée de changer de sujet. On se concentre sur la création de salles banales, faciles à réaliser en quelques semaines d'un point de vue pratique, mais en y ajoutant cet aspect poursuite. En plus des frayeurs auxquelles s'attend le public, un monstre traque les visiteurs qui tentent de lui échapper. On les fait entrer par quatre, avec pour seule source de lumière cette lampe de poche. On peut même infiltrer l'un de nous au sein d'un groupe de temps à autre, une proie qui se laisserait "attraper" par le monstre. Ça ne reviendra pas cher et on n'aura pas besoin de réinventer la roue en quelques semaines. »

Tout le monde rendit ses dessins à Sydney, sauf maman qui garda le sien. Son visage semblait crispé, comme si on lui avait tiré la peau sur les os.

« Comment t'est venue cette idée ? » demanda-t-elle.

Sydney tripota ses papiers. « M. Ransom nous rappelle toujours que la nécessité est la mère de l'invention. J'ai juste réfléchi à ce qui nous faciliterait la tâche. » Elle tendit la main pour récupérer sa feuille.

« Ces dessins sont bons, constata maman d'un air malheureux. Mieux que ça, en fait. » À contrecœur, elle rendit son œuvre à Sydney. « C'est *vraiment* ce que tu veux ? »

Un moment de silence suivit, uniquement interrompu par un grognement de M. Ransom. « Bon sang, Sydney, je n'aimerais pas me trouver dans ta tête au moment où tu t'endors le soir. » Il nous regarda tour à tour, avec un petit sourire qui disparut quand aucun de nous ne rit.

« À ce propos, Noah ne devrait peut-être pas assister à cette conversation ? dit Eunice.

– Hein ? Qu'est-ce que j'ai fait ?

– Rien, me rassura-t-elle. Je cherche seulement à t'éviter des cauchemars. »

Maman pointa du doigt au-dessus de nos épaules. « Eunice, emmène ton frère à l'accueil pendant qu'on discute.

– Je veux aider, protestai-je.

– Va jouer avec Eunice.

– Je le conduis devant, mais je ne reste pas avec lui, prévint Eunice. Ça me concerne aussi. »

Maman réfléchit. « D'accord. Et, Noah, ne touche à rien ! » me lança-t-elle, alors qu'on m'entraînait déjà.

12

« C'est pas juste, dis-je ce soir-là à Eunice qui me bordait.

– La vie est injuste, mon bonhomme.

– Si tu n'avais rien dit, maman m'aurait laissé participer.

– Elle n'est pas assez attentive. Moi, oui. Fais-moi

confiance. Ce sera trop effrayant pour toi. » Elle se pencha pour m'embrasser sur le front. « Qui j'aime le plus fort ? »

La question arrivait trop tôt. « Attends… tu ne me lis pas d'histoire ?

– Désolée, mais je dois plancher sur le scénario. M. Ransom m'a demandé de collaborer avec une de ses élèves du cours de dramaturgie. On a rendez-vous demain, et j'aimerais lui présenter quelques idées. On reprendra la lecture d'ici un jour ou deux peut-être ? » Elle se hâta vers la porte de ma chambre et appuya sur l'interrupteur. « Bonne nuit, petit prince. »

Allongé dans le noir, j'étais furieux. Pourquoi ma famille m'excluait-elle ? Pourquoi ne m'associait-on jamais à rien ?

Quand j'entendis gratter à ma fenêtre, je n'éprouvai pas ma peur habituelle, mais je sentis une boule de colère durcir au creux de mon estomac. Je sortis de mon lit et écartai brusquement un des rideaux. Ma fureur se mua immédiatement en étonnement.

À première vue, un bloc de pierre obscur se dressait entre moi et la cour intérieure. Ce monolithe imposant semblait agité de sombres remous, comme des volutes de fumée. Alors que je me penchais en avant pour tenter d'estimer sa taille, son sommet bougea et descendit rapidement vers moi. Un visage se porta à ma hauteur, allongé et poilu, son museau contre la vitre embuée. Ses yeux étaient orange vif.

J'eus d'abord un mouvement de recul, une réaction dictée par ce que la télévision et le cinéma m'avaient appris du comportement à adopter face à un monstre. Mais je n'avais pas vraiment peur. Je voulais voir cette créature.

Elle se tint immobile, comme si elle comprenait mon désir et entendait le satisfaire. Mon regard s'attarda sur les touffes de fourrure brune, les yeux orange et le museau saillant, les griffes contre le carreau. Son habit réfractait la lumière, s'y dérobait en oscillant entre le rouge et le noir, telle une ombre animée d'une vie propre.

Je pressai ma paume contre la vitre froide en écartant les doigts. La créature inclina la tête de côté, puis elle m'imita et posa sa patte face à ma main. Elle les observa, puis reporta son attention sur moi. Elle me faisait décidément penser à une sorte de chien ; je ne pus retenir un petit rire. Elle respira avec force, couvrant la fenêtre de buée. Surpris, je reculai d'un pas. Un chien, certes, mais tout de même capable de mordre.

Je me déplaçai vers une partie de la vitre épargnée par son souffle. Enveloppée dans sa cape, la créature ne laissait voir que son museau. Elle me jeta un coup d'œil furtif, une lueur orange brillait dans ses orbites.

Je me penchai en avant, levai un doigt. « Attends une minute. Tu comprends ? »

Elle leva à son tour un doigt, puis hocha lentement la tête, comme si ce geste était nouveau pour elle. Je posai mon doigt sur mes lèvres pour lui intimer le silence. À nouveau, elle m'imita.

Je laissai retomber le rideau et traversai ma chambre jusqu'à mon coffre à jouets. Soulevant le couvercle aussi discrètement que possible, j'y plongeai mon bras, qui frôla au passage toutes sortes d'arêtes en plastique. Tout au fond, je trouvai la figurine de Batman. Puis, j'empoignai ma lampe de poche Kermit La Grenouille sur ma table de nuit. J'ouvris ensuite suffisamment ma fenêtre pour pouvoir me tortiller à l'extérieur.

J'étais pieds nus sur le béton. La créature garda ses distances. Dressée de toute sa hauteur, elle semblait mesurer plus de deux mètres, une taille considérable en majeure partie voilée par cette cape aux contours indistincts. J'allumai ma lampe de poche pour mieux l'observer, mais elle leva ses griffes et se détourna.

« Tu n'aimes pas ça. »

Elle secoua la tête. *Non.*

« Désolé », m'excusai-je en éteignant.

Elle me fit face à nouveau, le souffle lourd et humide. Peu à peu, la fixité de son regard brillant me mit mal à l'aise. Je n'avais pas l'habitude qu'on m'étudie ainsi, ni même qu'on me remarque. Je levai la figurine de Batman.

« C'est toi qui m'as apporté ça ? » demandai-je.

Elle hocha la tête.

« Pourquoi ? »

La créature s'accroupit et ramassa un morceau de craie. Lentement, d'une main mal assurée, elle traça plusieurs marques sur le sol. Je braquai ma lampe à cet endroit et déchiffrai un mot, un seul, écrit en lettres irrégulières, à peine lisibles : AMIS.

« Amis, dis-je. Tu veux qu'on devienne amis ? »

La créature hocha la tête.

« Pourquoi ? »

Toujours assise à croupetons devant moi, elle ne répondit pas.

Je lui montrai de nouveau Batman. « Tu ne l'as pas volé, j'espère ? »

Elle secoua la tête. *Non.*

Derrière elle, on alluma au salon. Nous avait-on entendus ? La créature recula, mais sans se retourner, comme si même cet éclairage indirect lui faisait du mal.

« Je dois rentrer, chuchotai-je. Au revoir. »

J'allai me glisser de nouveau à l'intérieur, quand une griffe se posa sur mon épaule. Une sensation de flottement m'envahit, comparable à ce qu'on éprouve dans les moments qui précèdent le sommeil, une impression de douceur, de confort, comme au contact d'une couverture…

Ma tête cogna contre la vitre et je me retrouvai dans la cour, accroupi devant ma chambre avec la patte d'un monstre sur mon dos. Je me dégageai, gêné, comme si on m'avait surpris nu.

« Qu'est-ce que tu veux ? » demandai-je.

La créature griffonna un nouveau message à la craie ; je braquai ma lampe vers le sol pour le lire : ENTRER ?

Si elle avait formulé sa requête avant de me toucher, j'aurais probablement acquiescé, mais maintenant, arraché à cette brume de douceur, je refusai.

« Je pourrais avoir des ennuis », expliquai-je. Puis, à l'issue d'un débat intérieur d'une seconde, j'ajoutai : « Mais tu peux revenir demain, si tu veux. »

Cette fois, elle ne tenta pas de me retenir, mais se contenta de fixer le panneau vitré qui se refermait en coulissant entre nous.

« Bonne nuit », chuchotai-je en posant ma main sur la fenêtre. La créature – mon monstre, mon Ami – plaqua sa patte face à la mienne et gratta le verre, gémissant légèrement.

13

Ayant choisi un thème, ma famille et la section d'art dramatique du lycée se mirent sérieusement au travail. On ne m'autorisa pas à revenir dans l'entrepôt, je n'assistai donc à rien. Je passai mes après-midi et mes soirées dans l'arrière-boutique de Chair de poule, à faire mes devoirs et à m'amuser. Sally venait me chercher à l'école et me ramenait à la maison en fin de journée. Elle vérifiait mes devoirs, me couchait et attendait le retour de maman, Sydney et Eunice.

Pendant cette période, je ne croisai ma famille que le matin, alors que tout le monde se préparait d'un air assoupi. Eunice me manquait, mais mon Ami me rendait visite chaque nuit. Il arrivait parfois entre le moment où Sally me souhaitait gentiment, mais machinalement, de beaux rêves, et cet intervalle fluctuant entre veille et sommeil, son grattement à ma fenêtre aussi léger qu'un tapotement sur l'épaule. Si j'avais été plus âgé, un peu plus prudent, ou si les adultes de mon entourage m'avaient accordé plus d'attention, j'aurais pu m'inquiéter davantage. Mais j'avais l'habitude d'être invisible, et de toute façon, dès que mon Ami était là, j'oubliais tous mes soucis. D'abord, nous nous amusâmes avec mes figurines, mais ses pattes puissantes et maladroites avaient tendance à arracher les têtes et les bras. Il semblait aussi rencontrer des difficultés à mémoriser les règles des jeux de société, et je me lassai rapidement de gagner tout le temps. Nous nous intéressâmes alors à ma collection de livres. Je commençais par lui lire le texte, et ensuite nous recopiions les phrases et les illustrations. Son écriture resta épouvantable, mais quand nous tentâmes de reproduire les images de *Danny et le dinosaure*, ses croquis s'approchèrent vraiment des originaux.

« Tu es doué », constatai-je avec frustration, alors que je comparais nos travaux sur le béton au bouquin. Mes propres réalisations se résumaient à de gros pâtés de couleurs. « J'aimerais savoir dessiner comme toi. »

La créature me tendit un bâton de craie bleu que je saisis. Puis elle se plaça derrière moi, posa une patte sur mon épaule droite, l'autre autour de mon poignet gauche, et se mit à guider ma main sur le sol. De nouveau, cette divine sensation de flottement m'envahit, un incroyable mélange de chaleur, de confort et de désir satisfait. J'avais vaguement conscience du béton devant moi, comme on devine la présence de la route à travers un parebrise sillonné de crasse.

Quand la créature me relâcha, la sensation reflua ; frustré et désorienté, je me retournai vers mon Ami, le bâton de craie levé dans une main, comme pour frapper. Lui aussi parut un peu étourdi, il dodelina de la tête et me lança un regard interrogateur.

« Désolé. Je ne voulais pas... »

Il montra du doigt quelque chose derrière mon épaule. Ramassant ma lampe de poche, je la braquai à l'endroit indiqué. C'était la représentation en miniature d'une vaste cité tentaculaire, vue du sommet d'une colline avoisinante ; elle s'étendait en cercles concentriques de gratte-ciel imposants. Au centre, le noyau de cette étrange cellule, une tour s'élevait vers les cieux. Ce lieu me parut familier, comme si j'y étais déjà allé.

« C'est moi qui ai fait ça ? » demandai-je.

La créature nous désigna tour à tour, avant d'entrelacer les doigts de ses pattes. Nous avions travaillé ensemble. Se penchant en avant, elle griffonna la question rituelle : ENTRER ?

Je lui donnai ma réponse habituelle : « Pas ce soir. »

Je ne parlai d'elle à personne. La raison de mon silence n'était pas très claire dans mon esprit à l'époque. Appelons ça de l'instinct. Avec le recul, je ne m'inquiétais pas de passer pour fou, j'étais surtout content de détenir quelque chose qui n'appartenait qu'à moi, que ma famille ne pouvait ni me cacher ni m'enlever.

14

La construction de la maison hantée (baptisée Promenade au cœur des ténèbres) s'acheva à la mi-septembre, mais M. Ransom et les élèves de la section d'art dramatique restèrent de plus en plus tard pour les répétitions. Dorénavant, je me couchais à l'heure où Sydney rentrait, à l'apparition de la lumière derrière le rideau de la cour intérieure. Je veillais donc longuement en compagnie du monstre. Mes résultats scolaires au cours préparatoire, qui n'avaient jamais été brillants, s'en ressentirent. Sally s'assurait que je fasse et que je rende mes devoirs, mais j'échouais aux interrogations écrites et je m'assoupissais en classe. Comme je ne dérangeais personne, mon institutrice, Mme Column, ne consacra que peu d'énergie à tenter de m'empêcher de dormir. Je passais mes journées dans la lune, elles me semblaient quelque peu irréelles, comme si je regardais un film long et ennuyeux, mal projeté et difficile à comprendre. Un seul sujet monopolisait l'attention de mon entourage : Promenade au cœur des ténèbres ; et on évitait de l'aborder directement en ma présence. Même Eunice se montrait distante. Elle me manquait, et j'étais jaloux de l'entreprise qui me l'avait ravie.

Lors d'une des visites du monstre, ne supportant plus d'être tenu à l'écart, je lui demandai : « Comment tu viens jusqu'ici chaque soir ? »

La créature pencha la tête, mais ne répondit pas.

« Tu voles ? »

Soit elle ne comprenait pas, soit elle refusait de répondre.

Me passant une main dans les cheveux, je soupirai. « Tu peux m'emmener ailleurs ? »

Elle se pencha pour ramasser le bâton de craie et gratta une question sur le béton : OÙ ?

« Je veux voir la maison hantée. Le Cœur des ténèbres. »

Mon Ami se redressa et recula d'un pas. Il me tendit les griffes de sa patte droite, évoquant davantage une main humaine qu'une quelconque horreur innommable. Alors qu'il m'accueillait dans son étreinte, j'éprouvai une sensation de chaleur et de vigueur. Me serrant contre sa taille, il referma sa cape sur nous. En dessous, il portait une tunique ample et rêche qui me gratta la figure.

Il se ramassa, les muscles de ses jambes se contractèrent, puis le sol disparut sous mes pieds, remplacé par le vide. Entre deux ondulations de tissu, j'aperçus notre cour intérieure qui s'éloignait et les sept appartements de notre résidence. Puis nous changeâmes de cap et je ne vis bientôt plus que la pollution lumineuse violette du ciel nocturne de Vandergriff. J'avais abandonné toute inquiétude derrière moi, comme un signal radio qui perd de sa puissance à mesure qu'augmente la distance avec son point d'émission. Serré tout contre la créature, je me laissais emporter ; j'avais un peu froid, mais je me sentais apaisé, soulagé et loin du monde. Elle possédait une odeur caractéristique, à la fois parfumée et terreuse, comme le rayon jardinage chez Walmart. L'image d'un immense champ de fleurs sous un ciel lourd et sombre envahit mon esprit ; au-delà se dessinaient sur l'horizon des flèches, des tours et des amphithéâtres monumentaux qui semblaient n'exister qu'en silhouettes.

Notre atterrissage me tira de ma rêverie, alors que mon Ami écartait sa cape pour me libérer. Je trébuchai, les jambes flageolantes ; la tête me tournait. Je tombai en avant et m'écorchai les mains. La douleur m'éclaircit les idées. Nous nous trouvions devant l'entrepôt. Le pick-up de M. Ransom était garé près d'une des portes à enroulement ; un crâne en polystyrène expansé encadrait l'entrée à présent. À la lumière des lampes du parking, il me parut d'un réalisme inquiétant. La créature approcha, mais je l'écartai d'un geste.

« Ça va », la rassurai-je. Le temps de respirer un peu d'air frais, je sentis mes vertiges passer. J'avançai vers le crâne. Mon Ami resta à l'endroit où nous étions arrivés.

« Tu ne viens pas ? » demandai-je.

Il secoua la tête. Je tirai sur la poignée qui ne voulut rien savoir. J'allais renoncer et me résoudre à rentrer, quand la porte céda. Je n'entendis pas de déclic, ne vis pas d'étincelle magique. Un instant plus tôt, elle refusait de bouger, et maintenant elle s'ouvrait sans aucune difficulté.

L'accueil était plongé dans l'obscurité. J'ignorai l'interrupteur, préférant allumer ma lampe de poche. La couche de poussière avait disparu : on avait nettoyé, depuis ma dernière visite. On avait également enlevé le bureau et les chaises ; un mur noir masquait la porte à double battant qui menait à l'entrepôt ; en son centre on avait percé une porte blanche munie d'une poignée en cuivre terne et usé. Elle tourna aisément dans ma main, et j'entrai sans un bruit dans un couloir obscur qui, après un coude à droite, donnait sur un cabinet de travail. C'était le genre de pièce où on s'attendait à trouver des médecins et des professeurs devisant entre eux, comme dans les vieux films. Un tapis rouge et or couvrait le sol, et un canapé en cuir craquelé faisait face à un immense bureau à l'ancienne. Derrière le canapé se dressait une fausse cheminée, sombre et vide. Des têtes d'animaux naturalisées ornaient les murs – des cerfs, pour l'essentiel, quelques orignaux – et même des poissons montés sur des supports.

Au-dessus du foyer, un emplacement avec un trou au milieu semblait attendre quelque chose. Je regardai dedans, mais les ténèbres impénétrables gardèrent leur mystère. Je me rappelai l'idée de Sydney : un monstre qui traquerait ses proies dans un labyrinthe plongé dans l'obscurité, chaque groupe de visiteurs armé d'une seule lampe de poche pour chercher la sortie. Une mascarade, conçue pour s'amuser. Je le savais, bien sûr, mais ça ne m'était pas d'un grand secours au beau milieu de l'attraction elle-même, avec un monstre bien réel qui m'attendait sur le parking et refusait d'ailleurs de s'aventurer à l'intérieur. Alors qui pouvait se targuer de connaître encore les règles ? Je continuai d'avancer, m'enfonçant davantage dans les entrailles de Promenade au cœur des ténèbres.

Après le cabinet de travail, j'entrai dans une longue pièce rectangulaire, bordée de ce qui m'apparut comme des classeurs à tiroirs. Des rigoles traversaient le sol carrelé bleu à intervalles réguliers. Deux lits-tables d'examen métalliques disposés l'un contre l'autre occupaient le milieu de la salle ; ils étaient vides. Au fond, une porte en bois dotée d'une vitre en verre dépoli portait une inscription que je ne compris pas : BUREAU DU CORONER. Une plante verte se dressait à sa droite.

J'approchai d'un des grands tiroirs sur le mur. Au centre figurait un petit carton blanc, une étiquette avec un nom : RANSOM J. Je tirai sur la poignée en métal froide, mais elle refusa de bouger. Je n'insistai pas et braquai ma lampe sur les autres tiroirs : Vogler, Goldman, Daniels, Price. Aucun de ces noms ne m'évoquait grand-chose, mais je les lus à haute voix, aussi discrètement que possible, savourant le son qu'ils produisaient : Sangalli, Smith, Stephens, Turner.

Le dernier retint suffisamment mon attention pour interrompre ma récitation machinale. Turner, H. Comme dans Harry Turner ? Je saisis la poignée et je tirai. Cette fois, le tiroir s'ouvrit.

Ma lampe révéla un espace rectangulaire d'environ deux mètres de longueur, qui contenait un lit étroit sur roulettes occupé par une forme vaguement humaine, dissimulée sous un drap blanc. Je tendis la main.

Un éclat de rire retentit à travers le bâtiment, tapageur et joyeux. J'en oubliai la masse sous le drap. Laissant le tiroir ouvert, je passai à côté de la plante verte, franchis la porte marquée BUREAU DU CORONER et débouchai sur une vaste salle relativement bien éclairée avec un parquet et une scène couverte d'instruments. Un microphone solitaire attendait dans le feu d'un projecteur, sous une banderole qui souhaitait la BIENVENUE À TOUS ! en rouge, blanc et bleu. Deux silhouettes s'enlaçaient sur une chaise pliante au milieu de la pièce parmi les ballons éparpillés au sol. Même de dos, j'identifiai M. Ransom, ses bras costauds enroulés autour de l'adolescente assise sur ses genoux, sans son T-shirt. Il enfouit son visage dans son décolleté, tandis qu'elle renversait la tête, les yeux clos et la bouche grande ouverte. Elle aussi, je la reconnus : Sydney.

« Dis-le », exigea-t-elle.

M. Ransom gémit, émettant des bruits affamés comparables à ceux d'un porc dans son auge. Elle l'attrapa par les cheveux et tira si fort qu'il dut la regarder. Dans un film cochon, elle aurait souri d'un air provocant. Mais là, son expression semblait blessée et vulnérable.

« Dis-le, répéta-t-elle.

– Je t'aime », haleta-t-il d'une voix rauque.

Elle renforça sa prise sur ses cheveux. « Encore », l'implora-t-elle, mais peut-être était-ce un ordre dans son esprit. Elle paraissait au bord des larmes.

« Je t'aime, Sydney », dit M. Ransom.

De sa main libre, elle dégrafa son soutien-gorge dans son dos. Les bretelles glissèrent de ses épaules et sur ses bras. Il étouffa un autre son avide contre sa poitrine, et elle poussa un cri, comme si elle avait mal. Surpris, je laissai échapper ma lampe de poche qui tomba bruyamment sur le sol. Sydney ouvrit brusquement les yeux, l'air effrayée.

Elle desserra son étreinte sur la tête de M. Ransom, alors que son regard croisait le mien. « Noah ? »

M. Ransom se retourna, mais j'avais déjà pris mes jambes à mon cou. Ne perdant pas de temps à me rhabiller, je pris de l'avance dans le dédale de salles. Ma taille joua aussi en ma faveur, sans oublier ma peur. Je surgis sur le parking sans qu'ils m'aient rattrapé, indemne. Mon Ami m'attendait là où je l'avais laissé, et je courus me réfugier entre ses bras.

« Ramène-moi. » La chaleur m'enveloppa alors que la créature refermait sa cape, et mes pieds quittèrent le sol.

Quelques secondes plus tard, nous étions arrivés ; telle fut mon impression en tout cas. Elle écarta les pans de son vêtement et je retrouvai le décor familier de notre cour intérieure. Je titubai, à peine conscient de la créature qui, accroupie à côté de moi, écrivait à la craie sur le béton. Ma tête cessa de tourner et je tendis le bras vers ma fenêtre, mais une patte se posa sur mon épaule. Immédiatement, la confusion s'empara de mon esprit. Je me dégageai.

« Quoi ? demandai-je. Qu'est-ce qu'il y a ? »

Elle pointa le sol du doigt et je plissai les yeux pour lire ce qu'elle avait griffonné dans le noir : ENTRER ?

« Non. »

Elle souffla et ajouta deux mots avant de regarder de nouveau vers moi :

AMI
AIDER

Elle souligna le second mot trois fois, et le bâton de craie se brisa au troisième trait. Mon Ami adopta une posture avachie, le cou raidi, une attitude presque plaintive.

« *Non* », répétai-je, secouant la tête avec plus de conviction.

Alors que j'ouvrais la fenêtre pour me hisser à l'intérieur, il n'essaya pas de me retenir. Quand je me retournai pour la refermer, il n'était plus là.

Plus tard, Sydney rentra. Elle s'arrêta devant ma chambre, l'ombre de ses pieds visible dans l'espace sous ma porte, sa respiration étrangement bruyante et laborieuse. Elle donnait l'impression d'avoir juste franchi la ligne d'arrivée d'un marathon, inspirant l'air à grandes goulées sifflantes, et expirant par à-coups, de manière saccadée. Finalement, elle s'éloigna.

15

Le lendemain, je marchai au radar toute la journée, absent pendant et après l'école. Je passais l'après-midi dans l'arrière-boutique de Chair de poule, à lire un vieil *Archie Double Digest* avec les yeux troubles, quand j'entendis Sally parler à quelqu'un dans le magasin. Dès que son interlocuteur se mit à rire, je reconnus immédiatement M. Ransom. Je regardai autour de moi, à la recherche d'une issue, mais restai cloué sur ma chaise jusqu'à ce que Sally dise : « Bien sûr, allez-y, il est derrière. »

M. Ransom entra en titubant dans la salle de pause, un gros carton entre les mains. « Voilà mon champion ! » dit-il d'une voix retentissante, avec une bonne humeur théâtrale. La boîte semblait assez grande pour y faire tenir un gamin, pour peu qu'on fasse preuve d'un peu de créativité dans la manière d'emballer le corps. Planté devant moi, il m'empêchait de voir la porte. « Je suis content que tu sois là. Je t'ai apporté quelque chose. » Il posa le carton sur la table et recula d'un pas. « Vas-y, ouvre. »

J'abandonnai ma bande dessinée et me levai de ma chaise. Alors que je tendais les bras vers la boîte, j'hésitai.

« Ça ne mord pas », ajouta M. Ransom, une pointe d'agacement dans la voix.

Mes mains soulevèrent les rabats. Le souffle coupé, je découvris le jouet dont je rêvais depuis des semaines, posé là, juste devant moi.

« Ça te plaît ?

– C'est génial, répondis-je. Mais c'est celui de votre fils, non ?

– Plus maintenant. Kyle est assez gâté, et j'ai bien vu comme il te faisait envie l'autre soir. » Il haussa les sourcils, comme s'il attendait quelque chose en retour.

Je retirai mes mains du carton. « C'est très gentil à vous, monsieur Ransom, mais de toute façon, il me manque la figurine. » C'était un mensonge, mais quelle explication plausible aurais-je pu offrir pour justifier le Batman déjà en ma possession ? « Je ne pourrais pas vraiment jouer avec. »

Il soupira. « Je t'aurais bien apporté celle de Kyle, mais j'ai eu beau chercher partout, pas moyen de mettre la main dessus. Il ne l'a pourtant pas emportée, et personne ne m'a rendu visite depuis ta famille, l'autre soir. Tu es sûr de ne pas savoir où est cette figurine ?

– Je n'ai pas volé le Batman de Kyle.

– Je sais garder un secret, Noah. Et toi ? »

Je regardai le nouveau jouet, sans rien dire.

« Ce que tu as vu la nuit dernière, reprit-il, entre moi et Sydney, c'était personnel, un truc d'adultes. Si tu en parles, tu risques de créer de gros problèmes entre ta famille et moi. » Il contourna la table et serra mon épaule dans sa main puissante. « Tu ne voudrais pas tout gâcher, n'est-ce pas ? Pas juste au moment où les Turner se lancent dans une nouvelle activité ?

– Non. » J'aurais tout accepté, pourvu qu'il arrête de me toucher.

Il s'éloigna vers la porte, puis marqua une pause et se retourna. « Noah ?

– Oui, monsieur Ransom ?

– Comment tu es allé à l'entrepôt ? »

Comme nous n'avions plus de secrets l'un pour l'autre, je ne vis aucune raison de lui mentir. « En volant », répondis-je.

Il me lança un regard curieux, inquisiteur, puis il partit.

16

À la maison, je me terrai dans ma chambre, la tête sous ma couverture. Je dis à Sally que je ne me sentais pas bien et elle me laissa tranquille. Quand Eunice rentra enfin, elle vint s'asseoir au bord de mon lit et me posa une main sur l'épaule.

« Qu'est-ce qui ne va pas ? demanda-t-elle.

– Rien.

– Tu ne m'as jamais menti. »

Songeant aux secrets qui me pesaient, celui de Sydney et de M. Ransom, le mien, je me mis à pleurer.

« Noah, murmura Eunice, qui me frotta le dos. Noah,

Noah, Noah. Ce n'est pas grave. Quel que soit le problème, ce n'est pas grave. »

Je ne me livrai tout de même pas à elle. Aussi, malgré le rituel des « je t'aime » échangés à l'heure du coucher, un fossé invisible se creusa entre nous. L'expression de son affection me parut manquer de conviction, j'étais devenu un menteur.

Allongé dans mon lit, je regrettai que ma famille ait décidé de bâtir cette maison hantée. Je me moquais bien de la pauvreté, si tout pouvait rester comme avant. Quand j'entendis le grattement à ma fenêtre, je repoussai ma couverture et ramassai la figurine de Batman sur le sol. Mon Ami m'attendait dehors, labourant la vitre de ses griffes. Je lui fis signe de reculer, et il m'obéit. Après avoir soulevé le loquet, je grimpai dans la cour.

Alors que je me redressais, la créature voulut combler la distance qui nous séparait, mais je l'arrêtai en brandissant Batman. « Tu l'as volé chez M. Ransom ? »

Elle secoua la tête. *Non.*

« Tu ne me mens pas, j'espère ? »

Elle baissa la tête.

« Pourquoi ? »

Elle saisit un bâton de craie et traça un cadre autour des mots griffonnés la veille : AMI. AIDER.

« Aider ? dis-je. Tu penses m'avoir aidé ? En quoi ça arrange quoi que ce soit ? » L'injustice de la situation me fit bouillir. J'étais coincé avec un secret qui m'accablait. « Je pourrais avoir de gros ennuis à cause de toi. Va-t'en. »

La créature resta immobile, tenant toujours la craie entre ses griffes avec une étrange délicatesse. Elle inclina la tête, apparemment perplexe.

« Je sais que tu me comprends. Va-t'en. » Je la chassai d'un geste, mais elle ne bougea pas. Je lui lançai la figurine qui l'atteignit au-dessus de l'œil gauche. Elle renversa brusquement la tête et laissa tomber la craie. La lueur orange dans son regard brilla plus fort. Un grondement grave monta de sa gorge. Dans son dos, la porte coulissante s'éclaira alors qu'on allumait au salon. Elle se retourna, le remarqua à son tour. Je m'esquivai par ma fenêtre que je refermai juste au moment où j'entendis le déclic de l'ouverture suivi du roulement familier du panneau vitré. Pétrifié derrière les rideaux, j'attendis les hurlements de surprise, ou même les bruits de violence. Mais seuls les pas feutrés de ma mère s'arrêtèrent devant ma chambre avant de rentrer. Si elle vit les inscriptions sur le sol, elle ne m'en parla jamais.

J'étais réveillé quand Sydney arriva vers minuit. Elle alla directement dans la salle de bain. Elle ferma la porte et ouvrit le robinet, mais le grondement de l'eau ne parvint pas à couvrir le son discordant de sa voix altérée. Le souffle court, elle pleurait, complètement seule au milieu de la nuit.

17

Deux jours avant l'ouverture au public de Promenade au cœur des ténèbres, M. Ransom nous convia de nouveau à dîner, nous promettant « un repas fait maison, sans chichi ». Sally ne nous accompagna pas cette fois, mais elle nous prêta sa voiture. À notre arrivée, une Ford Fiesta était garée à côté du pick-up de M. Ransom dans l'allée.

« Quelqu'un d'autre est invité ? demanda Eunice.

– Il ne m'en a pas parlé », répondit maman.

À l'avant, Sydney regardait droit devant elle en silence. Je tentai de deviner ses pensées en observant sa nuque. Depuis que je l'avais surprise en compagnie de M. Ransom, nous avions plus ou moins réussi à nous éviter ; pour la première fois en plus d'une semaine, nous nous retrouvions ensemble au même endroit pendant plus de quelques minutes.

On avait tondu la pelouse, ramassé les journaux qui traînaient et coupé la branche basse en travers du chemin. En réponse à notre coup de sonnette, une femme menue vint ouvrir, à peine plus grande qu'Eunice. Sans les rides d'expression autour de sa bouche, j'aurais pu confondre Janet Ransom avec une jeune fille. Elle serra maman dans ses bras.

« Je suis si contente de vous revoir, Margaret ! »

Maman lui rendit son étreinte avec une seconde de décalage, sa posture masquant mal sa surprise et sa gêne. Mme Ransom la relâcha, puis nous attira, Eunice et moi, entre ses bras maigres et nerveux.

« Eunice, tu es devenue une vraie jeune femme. Et toi, Noah, tu ressembles terriblement à une version miniature de ton père. C'en est troublant. »

Personne ne m'avait jamais dit ça. Je digérais encore cette révélation quand Mme Ransom écrasa Sydney contre elle. Leur étreinte fut la plus longue et la plus intense de toutes.

« Oh, Sydney », dit-elle, tenant ma sœur par la nuque comme un bébé dont elle aurait cherché à protéger la tête.

Comme maman, Sydney réagit avec un temps de retard. « Oui, pauvre de moi… »

M. Ransom apparut dans l'embrasure de la porte, s'essuyant les mains sur un torchon de cuisine. « Surprise ! fit-il d'une voix faible.

– Ne lui en voulez pas, c'était mon idée, expliqua Mme Ransom. Mais entrez donc ! »

À l'intérieur, on avait aéré depuis notre dernière visite, et l'air embaumait. La couche de poussière avait disparu des meubles, les lampes brillaient. Assis au salon à même le sol, un garçon jouait avec une console Nintendo flambant neuve.

« Kyle, viens dire bonjour ! » lui lança M. Ransom.

Son fils se leva avec un soupir. Il serra la main à tout le monde.

« Noah », dit-il en arrivant à ma hauteur. Son ennui

se mua en franche hostilité. « C'est toi qui as pris mon Batman et ma Batcave.

– Noah, tu n'as pas volé les jouets de Kyle, j'espère ? » intervint maman. La Batcave se trouvait dans ma chambre depuis plus d'une semaine, dans son carton, et elle ne l'avait pas remarquée.

« M. Ransom me les a donnés, répondis-je.

– Vraiment ? » Elle regarda en direction de la cuisine où M. Ransom s'activait, un œil sur le four, une main en train de remuer le contenu d'une grande casserole.

« Daniel s'est pris d'affection pour Noah, dit Mme Ransom. Je suppose qu'il se sentait d'humeur généreuse. » Son sourire me sembla trop large, comme si, en dépit des mots qui sortaient de sa bouche, elle ne doutait pas un instant de ma culpabilité.

Maman fronça les sourcils. « Peu importe. Si Kyle veut récupérer ses jouets, je suis certaine que Noah ne verra aucun inconvénient à les lui rendre.

– Il n'en est pas question, protesta Mme Ransom. Un cadeau est un cadeau, n'est-ce pas, Kyle ?

– Oui, grommela le garçon d'un air abattu.

– Et si tu montrais ta chambre à Noah ? proposa-t-elle.

– Viens », dit-il, et je le suivis dans le couloir.

La pièce n'avait guère changé depuis ma précédente visite, hormis l'absence de la Batcave, et moins de poussière. De nombreuses figurines Ghostbusters jonchaient la moquette.

« Tu aimes les Ghostbusters ? demandai-je.

– Je préfère Batman.

– Je te le rendrai. »

Apparemment, rien n'aurait pu lui faire plus plaisir, mais il ne pouvait pas accepter. « Je me ferais gronder. C'est trop bête. Maman s'est vraiment mise en colère quand elle a appris pour la Batcave, mais elle ne me permettra pas de la récupérer. Papa m'a acheté une Nintendo pour s'excuser. Maman s'est aussi mise en colère pour ça.

– Elle est souvent en colère ? »

Il eut un petit sourire. « Tout le temps. »

À ce moment-là, M. Ransom nous appela à table. On nous plaça, Kyle et moi, l'un à côté de l'autre ; entre nous, l'atmosphère n'était plus à l'hostilité. Les adultes discutèrent, pendant que nous mangions dans un silence complice.

Maman attendit que tout le monde s'acquitte des compliments d'usage sur le repas auprès du maître et de la maîtresse de maison pour prendre la parole.

« Pour une surprise, c'est une surprise », dit-elle, avec un geste en direction de M. et Mme Ransom, chacun à un bout de table.

« Ça fait longtemps que ça dure ? s'enquit Sydney.

– Sydney, enfin !

– Un mois environ, répondit Mme Ransom.

– Un *mois* ? » Sydney lança un regard furieux à M. Ransom. Il jeta un coup d'œil vers elle, puis reporta son attention sur moi. Kyle sembla déconcerté par la tension soudaine. Je m'empiffrai, feignant l'indifférence.

« Sydney, qu'est-ce qui ne va pas ? » demanda maman.

Sydney serra dans son poing une serviette roulée en boule, à laquelle elle arrachait entre le pouce et l'index de son autre main de minuscules fragments de papier qu'elle laissait tomber sur la table. Sa respiration sembla aussi un peu difficile, mais je pense qu'aucun adulte ne remarqua le changement à peine perceptible dans le mouvement de ses épaules, de sa poitrine et de son dos. Elle était bonne comédienne. Seuls un frère ou une sœur pouvaient repérer ce genre de détails.

« On se voit tous les jours, monsieur Ransom, dit-elle. Vous ne m'en avez jamais parlé.

– M. Ransom n'a pas à te confier quoi que ce soit sur sa vie privée, intervint maman. C'est ton professeur, pas ton ami. »

M. Ransom but une gorgée de vin. « Ça ne m'a pas paru opportun, Sydney, répondit-il.

– Daniel m'a dit le plus grand bien de ta chorégraphie pour le dancing dans la maison hantée, dit Mme Ransom. Je serais ravie d'y jeter un coup d'œil, et peut-être de te donner quelques conseils. »

La gorge de Sydney se serra, elle contrôlait de nouveau sa respiration. « Bien sûr. Avec plaisir. » Avant que son regard se durcisse, quelque chose dans l'aspect vitreux du bord de ses yeux me toucha au plus profond de moi.

18

À notre retour à la maison, Sydney resta sur le seuil, pendant que tout le monde enlevait vestes et chaussures au salon. Sa silhouette se détachait dans l'embrasure de la porte, les bras serrés autour de la taille.

« Sydney ? fit maman, les mains au-dessus des lacets de ses baskets.

– J'en ai ma claque.

– Qu'est-ce que tu veux dire ? »

Sydney secoua légèrement la tête. « Je laisse tomber. »

Maman marqua une pause, alors qu'elle retirait une de ses chaussures. « Qu'est-ce que tu laisses tomber ?

– Le Cœur des ténèbres, répondit Sydney. Je démissionne. C'est fini. Ça ne marche pas et je ne veux plus y participer.

– L'ouverture a lieu après-demain.

– C'est pas mon problème, répliqua Sydney, qui partit en trombe vers sa chambre.

– Pas ton problème ? » Maman se leva pour se précipiter derrière elle, mais trébucha sur ses lacets dénoués. Elle se rattrapa de justesse contre le mur du couloir et continua d'avancer plus prudemment, à grandes enjambées. Comme elle ne ferma pas la porte, Eunice et moi pûmes entendre la conversation suivante :

« C'est toi qui nous as tous entraînés dans cette folie, ce projet aussi consternant qu'*irresponsable*. C'est ton bébé, ton idée, ton rêve. Tu n'as pas le droit d'abandonner.

– Tu nous as mis des bâtons dans les roues dès le début ! répliqua Sydney. C'est de ma faute, peut-être, si tu as gardé les plans de papa pour toi ? Tu as tout gâché !

– Ces plans *n'existent pas*. Ils n'ont jamais existé ! Ce ne sont que les délires absurdes d'un homme qui meurt d'une tumeur au cerveau. Des dessins sans queue ni tête. Une manière de passer le temps en attendant la fin. Rien d'exploitable. »

Le silence qui suivit se prolongea suffisamment pour qu'Eunice et moi échangions un regard.

« Tu mens, l'accusa enfin Sydney, d'une petite voix.

– Non. » Maman avait baissé d'un ton pour parler avec la douceur d'une mère qui cherche à réconforter son enfant. J'éprouvai un pincement de cœur, un sincère désir de tendresse. Elle n'utilisait presque jamais cette voix.

« Alors, pourquoi les avoir gardés ? Pourquoi n'avoir permis à personne de les voir ?

– Je n'ai pas à répondre à ces questions », dit maman, sans se départir de sa douceur, mais avec une pointe de fermeté familière.

« Et moi, je n'ai pas à participer à ce projet merdique. C'est terminé, répliqua Sydney. Amusez-vous bien, toi et M. Ransom. »

J'ignore qui claqua la porte, mais en revenant de la chambre de Sydney, maman trébucha de nouveau sur ses lacets. Cette fois, elle s'étala de tout son long sur le linoléum. Elle se redressa à quatre pattes en jurant, s'assit et arracha ses baskets pour les lancer au salon. Peu après, elle arriva en fulminant. Je reculai lorsque son regard furieux se posa sur moi, puis sur Eunice.

« Quelqu'un peut m'expliquer ce qui se passe ? demanda-t-elle.

– Pas moi », répondit Eunice, sincèrement surprise.

Je faillis craquer et révéler ce que j'avais vu. J'avais besoin de me confier à un adulte qui saurait gérer cette histoire, mais j'avais promis. J'avais même accepté un paiement en échange de mon silence.

19

Maman et M. Ransom remplacèrent Sydney par une autre élève de la section d'art dramatique. Sydney resta cloîtrée dans sa chambre en pyjama pendant la majeure partie des deux jours qui précédèrent l'ouverture. Elle ne posa aucune question à propos de Promenade au cœur des ténèbres et mit fin à toute dispute avec maman, lui obéissant sans protester.

Bien qu'elle fût devenue de facto ma baby-sitter, nous nous évitions. Je n'entrais pas dans la chambre de mes sœurs, où elle semblait parler des heures d'affilée, mais pas assez fort pour me permettre de l'espionner. J'ignorais si elle téléphonait ou lisait à voix haute ses pièces préférées, et je gardais mes distances. Quand elle émergeait pour regarder la télévision, je me réfugiais dans ma chambre. Je tentai plusieurs fois de jouer avec ma nouvelle Batcave, mais l'expérience me laissa un goût amer, triste. J'appris à cette occasion qu'un objet convoité, mais acquis de façon discutable, perdait presque tout son attrait.

Le soir de l'ouverture, maman et Eunice m'embrassèrent et m'arrachèrent la promesse d'être sage. Sydney leur souhaita bonne chance. Maman lui lança un regard curieux, inquisiteur, comme si elle savait que quelque chose n'allait pas ; peut-être soupçonnait-elle même la nature du problème, mais craignait-elle d'aborder le sujet.

Après leur départ, Sydney s'assit à côté de moi sur le canapé, devant la télévision. Alors que je me levais pour la laisser seule, elle posa la main sur mon épaule et me demanda de rester. Le silence se prolongea un moment, et je m'absorbai tellement dans l'émission que je sursautai quand ma sœur prit enfin la parole.

« Explique-moi une chose. Comment es-tu arrivé à l'entrepôt ? Je ne comprends pas. »

Comme je ne répondais pas, elle leva les yeux au ciel avec un bruit écœuré. Puis elle se mit debout d'un bond et se dirigea vers sa chambre, alors qu'on frappait à la porte d'entrée.

« Va ouvrir, tu veux ? » me demanda-t-elle.

Trouvant le porche désert, je sortis pour jeter un coup d'œil, mais ne vis que des voitures inoccupées, garées sous la lumière vacillante des réverbères. Tout le quartier semblait profondément endormi. D'habitude, on entendait la circulation ou les bruits du voisinage. Ce soir, c'était comme une télévision avec le son coupé.

« Y'a quelqu'un ? » dis-je, ma voix forte dans ce silence anormal.

À l'intérieur, Sydney cria.

Je courus dans l'appartement sans fermer la porte. Dans la chambre des filles, tout était en désordre : tiroirs béants, vêtements entassés pêle-mêle, lits défaits, livres retournés. J'étais seul. Les rideaux ondulaient légèrement devant la fenêtre qui donnait en façade. Était-elle déjà ouverte quand j'étais allé répondre ? Je ne m'en souvenais pas, mais il ne me semblait pas.

Je ressortis. À part le fait qu'elle soit ouverte, la fenêtre avait l'air parfaitement normale. Ni trace de sang, ni objet tombé à l'extérieur, ni éclats de verre.

« Sydney ? » appelai-je.

Dans l'appartement, la lumière s'éteignit. Un nouveau bruit commença, si faible que je l'entendis d'abord à peine, malgré le silence qui régnait dans la rue : *scritch-scritch-scritch*.

Je retournai dans ma chambre. *Scritch-scritch-scritch* contre la fenêtre, léger et hésitant. Alors que j'approchais, le grattement gagna en volume et parut s'impatienter. J'écartai les rideaux. Mon Ami se tenait dans la cour intérieure, courbé, les paumes contre la vitre. Il semblait effrayé, j'eus l'impression de lire une lueur d'inquiétude dans ses yeux orange. Je posai à mon tour ma main contre l'obstacle qui nous séparait, face à la sienne, et sentis sa chaleur incroyable.

Soulevant le loquet, j'ouvris complètement la fenêtre. Puis je m'écartai et lui fis signe d'entrer.

« Ami, dis-je. Aider. »

Les Turner – Séquence 3 : Eunice

Quand Eunice arrive dans la Cité, on la met au travail derrière un bureau. Dans son esprit, il correspond à plusieurs bureaux. D'abord, celui de sa chambre, dans la maison où elle habitait du vivant de son père. Il est tard, mais elle n'est pas couchée ; elle pianote sur le clavier de son Commodore 64. Elle aime le bruit de ses doigts sur les touches, ce claquement musical qui accompagne ses pensées. Parfois, elle ferme les yeux, parce que les mots viennent plus facilement dans le noir complet, à l'abri de son regard critique. À d'autres moments, elle se détourne de l'écran pour se protéger de son éclat aveuglant. Maintenant, dans cette reproduction de son ancienne chambre, elle tourne la tête vers la droite où, depuis une fenêtre étroite, un visage l'observe.

Dans la vie réelle, elle a hurlé et s'est réfugiée dans son lit, mais là, elle se lève et approche pour mieux voir. Pourtant, peu importe la distance qui les sépare, la forme reste une tache d'encre noire derrière la vitre, une vague suggestion. Elle semble osciller entre deux positions, comme l'image d'une cassette VHS en pause. Elle est coincée, d'une certaine manière. Eunice devrait éprouver du soulagement, mais elle a le cœur gros. Elle se sent déprimée, en proie à un malaise qu'elle peine à identifier, malade, mais sans symptômes – ni fièvre, ni nausées, ni maux de tête, mais ça ne va pas fort pour autant. Une impression qui croît, alors qu'elle fixe la forme à sa fenêtre.

Déconcertée, elle retourne à son bureau. Au moment de s'asseoir, elle se retrouve dans un vaste espace bien éclairé. Un fauteuil pliant en métal a remplacé la chaise en bois dur ; au lieu d'utiliser son ordinateur, elle tape à la machine, sur un monstre brun très laid posé sur une table de jeu. Elle écrit le scénario de Promenade au cœur des ténèbres dans l'entrepôt familial, à la fin de l'été 1989.

Elle aurait préféré s'installer à l'accueil, à l'avant du bâtiment. On y est plus au calme. Mais Merrin Price, avec qui elle collabore sur le texte, lui a soutenu qu'elles obtiendront un meilleur résultat avec le reste de l'équipe autour d'elles pour les inspirer. Comme Merrin est plus âgée, Eunice la laisse mener la barque, bien qu'elle ne soit pas entièrement convaincue.

Elle qui a toujours été l'écrivaine de la famille s'est d'abord insurgée quand M. Ransom a insisté pour lui associer Merrin. Elle ne peut s'empêcher de penser qu'il a voulu s'en débarrasser. Un peu corpulente, Merrin ne peut prétendre à des rôles principaux ; par ailleurs, sa voix, crispée, devient cassante dès qu'on la pousse à bout. Sur scène, ses émotions la submergent, et tout ce qu'elle pourrait avoir d'unique et de spécial tombe à plat. Elle ne peut pas rivaliser avec Sydney.

Sur ce dernier point, Eunice ressent une certaine solidarité. Sa vie durant, elle a vu le monde s'écarter devant sa sœur, telle la mer Rouge pour le peuple élu, tandis qu'elle se hâtait derrière elle en espérant ne pas se noyer. Néanmoins, elle ne tient pas à avoir Merrin sur le dos pendant qu'elle écrit. Elle ne se plaint pas, parce que ce n'est pas dans ses habitudes. Avec maman et Sydney qui se livrent une guerre perpétuelle, il lui appartient de maintenir la paix, indépendamment de ses propres sentiments.

Eunice remue sur sa chaise ; à côté d'elle, Merrin lui sourit, et quelque chose se débloque dans la poitrine d'Eunice, elle respire plus facilement. La forme sombre à la fenêtre de sa chambre s'efface de ses pensées. Son souvenir s'effiloche, il adopte l'apparence un peu passée d'une mauvaise photocopie crachée par un copieur qui va bientôt manquer d'encre.

Par quoi veux-tu commencer ? demande Merrin.

Face à la machine à écrire, Eunice pose ses doigts sur les touches, prend une profonde inspiration, ferme les yeux et se met à taper. Chaque frappe ressemble à une petite détonation, et le chariot sonne dès qu'elle atteint la fin d'une ligne :

Vous, les visiteurs, êtes accueillis dans un entrepôt par une sorte de videur. Si, après comptage, il s'aperçoit que l'effectif de votre groupe constitue un nombre premier (trois, cinq ou sept), il porte son talkie-walkie à sa bouche et prononce un seul mot : Innsmouth. Alors que vous franchissez le seuil, une jeune fille vous attend dans l'entrée.

« Il y avait trop de monde dans mon groupe, explique-t-elle. Je peux venir avec vous ? Je m'appelle Katie. » Elle sourit. Personne n'aurait l'idée de refuser.

Vous pénétrez dans une pièce sombre. Le videur ferme la porte derrière vous, vous plongeant dans le noir complet. Vous restez ainsi assez longtemps pour remarquer que règne un silence inquiétant. La respiration de vos amis devient bruyante. Vous vous demandez si on ne vous a pas oubliés, ou si vous devriez avancer à l'aveuglette. Vous entendez un déclic ; un unique rayon de lumière perce les ténèbres, braqué sur votre visage, aveuglant.

« Vous n'avez rien à faire ici », dit une voix. Vous avez l'impression que quelqu'un a glissé un glaçon sous votre T-shirt dans votre dos. C'est LE GUIDE.

La sonnerie de la machine à écrire signale la fin d'une autre ligne. Eunice frappe sur la touche Retour, et le chariot revient à sa position de départ. Elle secoue ses doigts raides et regarde Merrin par-dessus son épaule. Les yeux de son aînée quittent la page pour s'attarder sur le visage d'Eunice.

J'en ai des frissons, dit-elle. Pour la première fois, Eunice remarque que Merrin a les yeux bleus.

Le décor change encore. Eunice est chez elle, assise à la table du petit déjeuner face à son frère cadet, Noah. En ce moment, elle ne le voit plus que le matin. Elle le réveille pour l'école, elle s'assure qu'il est correctement habillé, qu'il a mangé. Mais elle n'a plus le temps de lui faire la lecture, ou de répondre à ses litanies de questions sur le monde. D'ailleurs, pour une raison quelconque, sa curiosité semble s'être éteinte. Il n'est plus qu'une présence silencieuse au visage blême, avec des poches noires sous ses yeux aux paupières tombantes. C'est étrange. Eunice, elle, se sent comblée, pleinement satisfaite. Elle se demande brièvement si sa propre progression et la régression apparente de son petit frère sont liées.

Cette idée lui déplaît. Elle se détourne de lui et se retrouve de nouveau dans l'entrepôt, devant la machine à écrire. Pendant que Merrin et elle écrivent, les plaintes stridentes des scies et des perceuses et le fracas des marteaux envahissent le bâtiment. Bientôt, le cliquetis des machines à coudre et le sifflement métallique des ciseaux qui coupent le tissu se joignent au concert. L'ossature de la production prend forme autour des deux auteures : la morgue, le cabinet de travail, le dancing, et un dédale de couloirs. Eunice a l'impression que sa poitrine est éclairée de l'intérieur, la lumière est si forte qu'elle doit briller entre ses dents. Elle ignorait qu'on pouvait ressentir cela. Assise à côté de Merrin, elle invente frayeurs et enchantements. Elle comprend qu'elle peut échapper à la vie terne et ennuyeuse qui est la sienne, que sa tristesse et son mal-être ne sont pas irrémédiables.

En fait, c'est pour Merrin qu'elle lâche la bride à son imagination. Si son amie réagit à une idée ou une ligne, si elle rit, retient son souffle ou lui donne une tape dans le dos, Eunice sait que c'est bon. La première fois que Merrin la touche, Eunice sursaute et imprime une série de lettres sans queue ni tête sur la page.

Désolée, s'excuse Merrin en reculant.

Hormis des bousculades accidentelles en public, Eunice n'a pas eu de contact physique avec une personne différente de Noah depuis des années.

Il n'y a pas de mal, la rassure Eunice, alors qu'une sensation de chaleur se propage de son épaule à ses joues et ses oreilles. *Tu m'as surprise en pleine concentration, c'est tout.*

Désolée, ça ne se reproduira plus, dit Merrin.

Non, sérieusement, il n'y a pas de mal, répète Eunice. Elle s'installe confortablement devant sa machine. *Voilà. Maintenant, essaie de nouveau. Réagis comme si je venais de taper quelque chose d'excellent.*

Pendant une seconde, rien ne se produit, et elle s'inquiète d'avoir rendu la situation irrévocablement bizarre. Puis la main de Merrin se pose sur son épaule.

Super boulot, Eunice, lui glisse-t-elle à l'oreille. Eunice s'embrase.

Elles prennent leur pause déjeuner autour de

la machine à écrire, tirant leur repas de sacs en papier brun. La climatisation fonctionne, mais l'air lourd et immobile s'invite par les portes des quais de chargement restées ouvertes. De la sueur brille au creux de la gorge de Merrin, et Eunice s'inquiète de savoir si elle est assise trop près ou trop loin à son goût.

Tu as un petit ami ? demande Merrin.

Eunice secoue la tête. *Pas encore.*

Quel âge as-tu ?

Treize ans.

Merrin hoche la tête, mâche un grain de raisin.

Et toi ? Je parie que tu en as eu plein.

Merrin rit, un son rauque, qui exprime la surprise. *Je suis trop grosse ; les garçons ne s'intéressent pas à moi.*

Tu n'es pas grosse, proteste Eunice, parce que c'est ce qu'on est censé dire à quelqu'un qui se dénigre soi-même.

Merrin écarte sa remarque d'un geste. *Ne te fatigue pas. Je me suis faite à cette idée. Mais toi… tu es mince, alors j'imagine que ce n'est qu'une question de temps.*

Eunice baisse la tête pour regarder son corps. Elle est maigre, n'a pas de poitrine, pas de fesses ; ses hanches sont étroites. Au même âge, Sydney a changé de silhouette, acquis ses premières rondeurs sur la voie de la féminité. Eunice continue de ressembler à un garçon manqué.

Elle reporte son attention sur Merrin, sur sa bouche qui se contracte autour du fruit. Merrin tient la prochaine bouchée dans une main, son autre bras passé en travers de sa taille, comme si elle cherchait à se cacher. Elle porte un T-shirt noir et un jean qui moule son corps plantureux. Elle se peint les ongles en rouge, mais son vernis s'écaille. Ses yeux sont bleu vif, ses joues rondes et roses ; ses cheveux châtain foncé coupés court encadrent son visage. Eunice s'absorbe dans la contemplation de la pente douce de ses épaules, de son large derrière rebondi ; elle trouve le physique de Merrin terriblement féminin, presque de manière agressive, tout le contraire du sien.

Merrin remarque son regard et s'arrête de mâcher. *Quoi ?* dit-elle la bouche pleine.

Si j'étais un garçon, je voudrais sortir avec toi, répond Eunice. Son visage s'embrase et elle baisse la tête, mais le décor a de nouveau changé. Elle est toujours assise à une table, mais la machine à écrire a disparu ; d'autres gens l'entourent. C'est le jour des auditions ; Sydney et M. Ransom doivent distribuer les rôles qu'Eunice et Merrin ont créés.

Eunice, qui n'a jamais eu à écouter quelqu'un jouer son travail, ne peut s'empêcher de frémir en entendant bon nombre de postulantes et de postulants. Elle multiplie les notes pour corriger ses défauts en tant qu'auteure (et en tant qu'être humain). Quand vient le tour du Guide, Eunice lève les yeux de son bloc ; tous les regards sont fixés sur elle.

Quoi ? dit-elle.

Merrin dit que tu aimerais tenter ta chance pour ce rôle, répond M. Ransom.

Quand Eunice ouvre la bouche pour protester, Merrin la pousse gentiment en avant. Elle marche jusqu'au milieu de la salle, au centre de l'attention. Elle veut fuir, se sauver en hurlant ; elle est furieuse contre Merrin : comment son amie a-t-elle pu lui jouer un tour aussi pendable ? Mais à ce moment-là, leurs regards se croisent et Merrin lui adresse un clin d'œil.

Dès que tu te sentiras prête, l'encourage M. Ransom.

Eunice s'éclaircit la voix, baisse la tête vers son exemplaire du texte et se met à lire.

Vous n'êtes pas censés vous trouver là. Elle

a l'impression d'avoir un chat dans la gorge. *Comment êtes-vous entrés ? Ici, les murs perdent de leur épaisseur, de leur solidité. Des portes apparaissent, les ténèbres gagnent du terrain sur la lumière. La seule issue est de l'autre côté. Vous devez traverser. Je ne peux pas vous accompagner, mais je peux vous offrir mon aide.* On croirait entendre du mauvais Tolkien. Qui a écrit ça ? Comment peut-on demander à quelqu'un de dire ce texte à voix haute ? *Cet unique rayon de lumière vous ouvrira la voie. Utilisez-le à bon escient.* Elle fait un geste vague, comme si elle tendait une lampe de poche à quelqu'un. *Oh, un dernier avertissement. Un grand mal, jadis enchaîné, hante de nouveau ces couloirs en liberté. Il se joue des murs et des portes. Alors, un conseil : peu importe ce que vous verrez ou entendrez, faites le moins de bruit possible pour éviter d'attirer cette créature. Bonne chance.*

Eunice relève la tête vers la foule de visages qui l'entourent, elle a envie de disparaître.

Merci, dit-elle, impatiente de céder la place.

M. Ransom et Sydney échangent un regard, puis se tournent de nouveau vers elle.

Eunice, dit M. Ransom. *Tu veux ce rôle ?*

Derrière lui, elle aperçoit les élèves de la section d'art dramatique, et Merrin qui lève le pouce en signe de victoire.

Oui, je crois, répond-elle.

Alors, c'est décidé, conclut M. Ransom.

Eunice retourne à la table. Merrin lui donne une tape sur le bras, le visage épanoui en un large sourire. Que faudrait-il, se demande Eunice, pour ressentir ça chaque jour ?

Elle se tourne vers Merrin pour lui parler, mais le décor change encore. Cette fois, elle se tient dans un petit espace sombre et confiné où règne une chaleur étouffante ; à côté d'elle se dresse une table avec des lampes de poche ; en dessous, des bouteilles d'eau sont posées sur le sol. Elle baisse les yeux et voit une robe blanche à capuchon. C'est l'entrée de Promenade au cœur des ténèbres, le soir de l'ouverture ; elle joue le Guide.

Les derniers jours ont été tendus. Le désistement de Sydney à la dernière minute a entraîné un remaniement de la distribution. Merrin a donc hérité du grand numéro jazzy dans le dancing. Noah a toujours mauvaise mine ; elle s'inquiète, mais pas outre mesure. Eunice est distraite par les rires et les cris des visiteurs ; elle sait que Promenade au cœur des ténèbres est une réussite. Les gens s'amusent. Dans son esprit, elle est l'auteure qui, cachée dans le foyer du théâtre, écoute sa pièce derrière les portes closes. Elle salue son public dans l'obscurité, face au centre du bâtiment. Elle regrette que son père ne soit plus en vie pour voir ça.

Regarde, pense-t-elle. *C'est pour toi.* Elle se demande comment s'en tire Merrin au dancing.

Plus tard, alors que tout le monde enlève son maquillage et se change, Eunice repère sa machine à écrire dans un coin de la loge. Elle marque un temps d'arrêt pour poser une main dessus. Merrin approche et l'étreint par-derrière.

Tu as trouvé ta machine ? dit-elle.

On devrait la faire couler dans le bronze, répond Eunice, qui se laisse aller contre son amie. *Tu as entendu les réactions du public ce soir ? C'est toujours comme ça quand on monte une pièce ?*

Seulement les bons jours, tempère Merrin, avant de la relâcher. *Écoute. Tu as prévu quelque chose maintenant ?*

Non, dit Eunice d'un ton qu'elle veut désinvolte, alors que son cœur bat la chamade. *Pourquoi, qu'est-ce que tu proposes ?*

Merrin se lèche les lèvres. *Brian Smith m'a invitée à finir la soirée chez lui. Comme il a un frère plus jeune, j'ai pensé à toi.*

Eunice fait de son mieux pour masquer sa déception. *Oh, super. C'est vraiment sympa.*

Qu'est-ce qui ne va pas ? demande Merrin.

À sa grande honte, Eunice s'empêtre dans ses explications. *Rien. Mais j'ai promis à Noah de le border ce soir. Ça fait longtemps, tu comprends ?*

Qu'est-ce que j'ai dit ? insiste Merrin.

Eunice n'a pas fini de se démaquiller, mais elle se dirige vers le portemanteau où elle a suspendu ses vêtements de ville. Merrin la suit.

J'ai gaffé ou quoi ? dit-elle encore.

Non, je t'assure, mais j'ai promis à Noah. Eunice retire sa robe, la met sur un cintre et s'habille.

Une autre fois, alors ?

D'accord. Eunice sent sur elle le regard de Merrin, mais elle ne se retourne pas. Elle attend qu'elle se décide à partir.

Soudain, Eunice ne tient plus sur ses jambes. Elle va s'asseoir devant sa machine à écrire. Elle ne pleure pas. Pas ici. Elle ferme les yeux et tente de chasser Merrin de son esprit. Son amie ne pensait pas à mal. Elle croyait lui rendre service. Eunice attendait juste autre chose. Elle voulait l'entendre prononcer les mots interdits, ceux qui la laveraient de la corruption qui la ronge au plus profond d'elle-même, de ce qui lui fait honte et peur à la fois.

Quand elle lève la tête, elle a de nouveau changé de décor. D'abord, elle ne comprend pas vraiment ce qu'elle voit. Elle a l'impression d'une vaste salle aux plafonds voûtés et d'un large sol en marbre qui reflète le clair de lune. Le matériau noir utilisé pour les murs semble animé d'une vie propre, comme des tentacules qui s'agitent et se tordent. Mais ensuite, elle est de retour dans sa chambre, dans leur ancienne maison. Elle a six ans, la machine à écrire a cédé la place à son vieux Commodore 64. Elle lit les mots à l'écran : *Un grand mal, jadis enchaîné, hante à nouveau ces couloirs en liberté. Il se joue des murs et des portes.*

Elle se tourne vers la fenêtre ; derrière la vitre flotte une masse indistincte, deux yeux orange vif regardent à l'intérieur.

Elle reporte son attention sur l'écran. Ses mains restent sur ses genoux, alors qu'une autre ligne de texte apparaît :

Peu importe ce que vous verrez ou entendrez, faites le moins de bruit possible pour éviter d'attirer cette créature.

Quelque part à proximité, un rire éclate, et ici dans la Cité, où elle existe à la fois dans et hors du temps, elle reconnaît Noah, son petit frère, qui devrait pourtant déjà dormir. Elle regarde en direction de la fenêtre, pour voir si la silhouette a, elle aussi, entendu. Mais elle n'est plus là.

Elle sent une vive douleur à la poitrine. Dans son esprit, le visage de Noah remplace celui de Merrin. *Un grand mal, jadis enchaîné, hante à nouveau ces couloirs en liberté.* Qu'ai-je libéré ? se demande Eunice.

Noah rit encore. Eunice se dit qu'elle devrait aller voir. Qui sait ce qu'elle risque de trouver à sa fenêtre ? Mais un sentiment de torpeur s'abat sur elle – une maladie sans symptômes, une lassitude qu'aucun repos ne peut chasser. Elle sent son visage s'affaisser vers le bureau. Elle lève les mains pour tenter de se redresser, et ses doigts tombent sur les touches du clavier d'ordinateur. Ils se mettent à taper sans sa permission, alors que son visage approche de plus en plus de l'écran :

En liberté.

En liberté.

En liberté.

QUATRIÈME PARTIE

CELUI QUI CHUCHOTAIT DANS LE NOIR

1

« Tu es sûr de toi ? » chuchotai-je d'une voix pressante.

En cette mi-août de 1999, j'avais seize ans ; accroupi sur le toit familial, j'étais trempé de sueur, les cheveux collés au front. De mon poste d'observation, je voyais l'arrière de trois autres maisons du voisinage : le bleu vif d'une piscine sur ma gauche ; une pelouse jonchée de jouets sur ma droite ; une gloriette et une véranda prétentieuses en face.

En suspension dans le vide à quelques dizaines de centimètres du bord, mon Ami écarta les bras.

« Je te fais confiance », dis-je.

Il tapa deux fois dans ses pattes, puis répéta son geste, comme un père qui tenterait de convaincre son fils de se jeter dans le grand bassin. Je reculai de trois pas, essuyai la sueur sur mon visage avec mon T-shirt et pris mon élan. Les bras déployés comme les ailes d'un oiseau, je m'élevai brièvement, quand la créature interrompit brusquement ma course en me cueillant sous les aisselles.

Alors que nous étions serrés l'un contre l'autre en vol stationnaire, sa bouche s'ouvrit en un sourire niais ; je la caressai derrière l'oreille et elle inclina la tête pour accompagner le mouvement.

« Bravo, dis-je. Mais plus en douceur la prochaine fois, d'accord ? Sinon, je vais avoir le dessous des bras couvert de bleus. »

Mon Ami me déposa sur le toit. Puis il reprit position, frappa deux fois dans les pattes et écarta les bras. *Vas-y.*

Je secouai les bras afin de soulager mes épaules douloureuses, respirai à fond et fermai les yeux. Même à une altitude aussi ridicule – à peine deux étages – je ne parvenais pas à chasser de mon esprit les visions d'os fracturés ou de nuque brisée. Si je voulais recommencer souvent, j'allais devoir m'endurcir.

Je reculai vers le haut du toit, puis je me lançai. Cette fois, je fléchis légèrement les jambes en bout de course et poussai davantage au moment de sauter. De nouveau, je m'élevai, les bras déployés, et de nouveau, je tombai immédiatement. Pour lutter contre la panique naissante, je m'imaginai en figure mythologique ; j'étais Dédale, qui échappe à son île-prison de Crète sur ses ailes de plumes et de cire, les bras écartés, la tête dressée, se découpant contre la lune. Au lieu d'une halte brutale, j'éprouvai une sensation paisible de transfert de poids, un peu comme dans l'eau. La créature m'attrapa en douceur et nous fit lentement décrire un cercle. J'ouvris les yeux, avec l'intention de parler, mais me ravisai en voyant son expression. L'espace d'un instant, probablement moins d'une seconde, j'eus l'impression de regarder un visage humain, pas celui d'un animal. Quand ça m'arrivait, c'était comme si j'apercevais fugacement quelque chose du coin de l'œil, qui s'évanouissait dès que je tentais de me concentrer sur un détail en particulier.

« Bravo, dis-je, la caressant de nouveau derrière l'oreille. Restons-en là pour ce soir. »

Les ressorts de mon matelas protestèrent sous le poids de la créature quand, rentrée par la fenêtre de ma chambre, elle se posa sur mon lit. Je descendis me préparer un sandwich à la cuisine. À mon retour, je trouvai une enveloppe glissée sous ma porte. Je la ramassai et m'installai à mon bureau pour lire en mangeant :

Cher Noah,

Aujourd'hui, en cours de géologie, je regardais par la fenêtre quand je me suis mise à penser à toutes les couches de la Terre. Nous creusons, fouillons, etc. à la recherche de choses nouvelles pour nous, mais en fait très anciennes. Je me demande si les êtres humains ne sont pas pareils. Si chaque trait de personnalité, talent ou défaut n'est pas d'ores et déjà présent, dans l'attente d'être découvert. Mon goût de l'écriture, par exemple : existait-il à ma naissance ? Ou ne s'est-il développé qu'après l'achat par papa de mon premier ordinateur ? J'aime à penser qu'il était déjà là et que papa a juste eu l'intelligence de savoir où creuser.

Malheureusement, tous les prospecteurs ne sont pas aussi altruistes. Dans la vie, la plupart des membres de ton entourage ne s'intéressent à toi que pour obtenir quelque chose : sexe, attention, un sourire, déboîter sur la route. Ils prennent sans jamais donner.

C'est en comprenant ça que j'ai commencé à me sentir déprimée. Combien de temps avant que le monde ne me vide complètement de ma substance ?

Je sais que je n'ai pas été au mieux ces dernières années. Je suis allée chez le médecin et j'ai avalé mon Paxil comme une fille obéissante, et le plus souvent, je suis capable de sortir de mon lit et de fonctionner au quotidien. Mais que reste-t-il de moi, Noah ? Je suis moins souvent triste, mais je ne suis jamais réellement heureuse non plus. Peut-être suis-je déjà vide ?

Bien à toi (bien qu'hébétée),

Eunice

Chacun de nous réagit à ce qui était arrivé à Sydney à sa manière. Pendant un moment, nous avions été au cœur d'un cirque médiatique. Maman avait signalé sa disparition, elle avait même fidèlement rapporté mon histoire à la police (les cris, la lumière qui s'éteint, la chambre mise sens dessus dessous). Peu après, des camionnettes de la télévision s'installèrent à demeure devant chez nous. Nous cessâmes d'ailleurs de regarder les informations, parce que nos visages n'arrêtaient pas d'apparaître sur les chaînes locales (et nationales, fugacement). Mais après des semaines, puis des mois sans nouvelle piste ou indice, l'intérêt du public diminua. La presse s'en alla chasser le scoop ailleurs. Pour la police, l'enquête était toujours « en cours », mais je n'eus pas le sentiment qu'elle constituait une priorité.

Eunice connut sa première dépression grave à peu près à cette époque. Maman la fit hospitaliser brièvement, elle fut mise sous traitement. Mais malgré des ajustements dans les médicaments ou les dosages, Eunice continua d'éprouver des difficultés au quotidien. Incapable de conserver un emploi plus de quelques semaines, elle ne parvenait plus à se concentrer. Elle obtint tout de même son diplôme de fin d'études secondaires, mais un an plus tard que prévu. Puis elle s'effondra au bout d'un semestre à l'Université du Texas, à Austin, qui lui avait pourtant accordé une bourse. Depuis, elle occupait son ancienne chambre à la maison, et tentait de décrocher un *associate's degree*[1] du Community College de Vandergriff, à raison d'un ou deux cours par semestre. Elle travaillait à temps partiel à Chair de poule et à Promenade au cœur des ténèbres quand elle avait besoin d'argent.

1. Diplôme américain attribué aux étudiants qui ont validé avec succès un cursus d'études supérieures d'une durée de deux ans. Suivant l'établissement qui l'attribue, il peut être considéré comme l'équivalent en France d'un DEUG, d'un BTS ou d'un DUT. (*N. D. T.*)

Ses premières « lettres de suicide » apparurent au cours de ces années. J'ignore pourquoi je les conservai. Je suppose que la compagnie d'Eunice me manquait, ne serait-ce que par écrit. De temps à autre, elle lançait l'idée du suicide, comme une possibilité qu'elle gardait sous le coude. Mais je n'imaginais pas la sœur drôle et généreuse que je connaissais faire du mal à qui que ce soit, et certainement pas à elle-même.

Je lus cette dernière note à deux reprises avant de la glisser dans son enveloppe, que je rangeai avec les précédentes dans une boîte à chaussures sous mon lit. Ma main s'attarda sur le petit tas, une sensation sèche et souple qui me réconforta. Puis je refermai la boîte. Mon Ami grommela, alors que je me couchais à côté de lui, mais se décala pour moi.

« Merci mille fois », dis-je d'un ton sarcastique. En réponse, la créature se tortilla vers moi jusqu'à coller son dos contre mon ventre. Sa chaleur à travers sa cape et mes vêtements n'arrangea rien à la moiteur générale, mais ce contact était néanmoins source de douceur et de bien-être, je me sentais chez moi. Je m'endormis rapidement, songeant à ne pas oublier de prendre des nouvelles d'Eunice dans la matinée.

2

Prix de consolation cruel pour notre perte, la situation financière de ma famille connut une amélioration considérable à la suite de la disparition de Sydney. Le Cœur des ténèbres attira un public de plus en plus nombreux dans ses deux premières années d'existence et Chair de poule, regonflée par la vogue des *comics* du début des années 1990, généra enfin des bénéfices. Cela nous permit de quitter notre appartement pour une maison avec quatre chambres. Sally White se servit de ce qui lui revenait dans le succès de la boutique pour aller encore plus loin. Après avoir tenté de maintenir son amitié-association avec ma mère, elle finit par se lasser de servir de défouloir et vendit sa moitié de Chair de poule pour déménager dans l'Indiana avec son fiancé en 1993. Bien qu'invitée au mariage, ma famille ne s'y rendit pas.

À défaut du bonheur, nous avions retrouvé la solvabilité, ce qui, après une petite enfance dans la pauvreté, revenait à peu près au même. En 1999, maman accepta enfin de m'embaucher, avec Kyle Ransom, à Promenade au cœur des ténèbres. Notre première mission consista à assister aux *Sorcières de Salem*, une production du père de Kyle pour le lycée de Vandergriff, afin de repérer de nouveaux talents. Maman nous donna des prospectus et nous expédia littéralement, pour qu'on aille les remettre le soir de la première aux membres de la distribution intéressés par une audition.

Je n'ai jamais aimé *Les Sorcières de Salem*. Je trouve cette pièce interminable et déprimante ; la meilleure idée – la sorcellerie à l'œuvre à Salem – est réduite à une métaphore sur le maccarthysme. Par ailleurs, ça peut paraître dingue, mais je déteste ces histoires où un brave type soi-disant innocent est accusé à tort par une jeune femme sexy.

M. Ransom avait imaginé un décor original, installant les juges dans les branches d'un arbre immense qui dominait la scène. Malheureusement, les actrices et les acteurs semblaient perdus. Ils tournaient en rond, le visage sans expression, en se lançant des accusations. Une blonde aux cheveux presque argentés sous le feu des projecteurs jouait Abigail. Elle me fit vaguement penser à Sue Lyon. Quand un John Proctor acnéique choisit enfin d'être pendu plutôt que de signer de faux aveux, Kyle et moi appelions le baisser de rideau de nos vœux depuis déjà un moment.

Après la pièce, M. Ransom serra les mains d'admirateurs et d'admiratrices au pied de la scène. Il avait eu une crise cardiaque peu après la disparition de Sydney, et à la suite de l'intervention chirurgicale et de sévères changements de régime, il avait perdu beaucoup de poids. Pourtant, il semblait en moins bonne santé qu'avant. Sa peau pendait sur son visage et s'accumulait autour de sa taille comme une bougie à moitié fondue ; la pâleur qui avait remplacé son teint rougeaud lui donnait l'air plus fongique qu'humain. Après la première saison en 1989, il était le seul participant de Promenade au cœur des ténèbres à n'avoir pas été rappelé.

Alors que nous approchions avec nos prospectus, je ne vis Mme Ransom nulle part. Quand j'en fis part à Kyle, il parut mal à l'aise.

« Elle donne des cours le mercredi, expliqua-t-il. Elle viendra à la représentation de samedi. »

« C'est une œuvre importante, disait M. Ransom à un spectateur assez âgé pour être grand-père.

– Absolument, mais les jeunes d'aujourd'hui partageront-ils cet avis ? » Le vieil homme jeta un coup d'œil par-dessus son épaule en direction de l'auditorium à moitié vide.

M. Ransom eut un sourire crispé. « Merci d'être venu. » Il se tourna vers nous, se forçant à adopter un air avenant. « Alors, les garçons, ça vous a plu ?

– C'était intense, répondis-je.

– Très sombre, renchérit Kyle.

– Très fidèle au texte, ajoutai-je.

– C'est une des pièces majeures du répertoire américain, dit M. Ransom. Je ne me permettrais pas d'y toucher. »

La fille qui avait joué Abigail émergea des coulisses, sans son costume, mais toujours avec son maquillage. De près, elle était *vraiment* jolie, avec des cheveux lumineux et des yeux bleu vif. Elle s'immobilisa en nous voyant, Kyle et moi.

« Salut, Kyle. » Elle me salua de la tête. « Salut, Noah.

– On se connaît ? » demandai-je, pris au dépourvu.

Elle me donna un coup de poing sur le bras. « Arrête ton char.

– Hein ? »

L'incrédulité agrandit légèrement ses yeux. « On a passé toute une année dans la même classe, à deux rangées d'écart. En quatrième, le cours d'anglais de Mme Thurston ! » Elle posa ses mains sur sa poitrine. « Donna Hart ?

– Ah, ouais, dis-je, d'un ton pas vraiment convaincant. Désolé, je suis un peu tête en l'air. »

Un silence gêné s'installa, puis Kyle prit l'initiative :

« La pièce était intense.

– Très sombre, ajoutai-je.

– Et super fidèle au texte, dit Kyle. Tu étais formidable !

– Au top », insistai-je, soucieux de me rattraper.

Elle me donna de nouveau un coup de poing sur le bras. « Arrête, dit-elle, visiblement contente.

– Hé, tu devrais venir participer aux auditions de Promenade au cœur des ténèbres, reprit Kyle, qui lui tendit un prospectus. C'est dans une quinzaine de jours.

– C'est cette maison hantée gérée par ma famille, expliquai-je.

– Je connais, répondit-elle, qu'est-ce que tu crois ? » Elle étudia le papier.

« On a toujours besoin d'acteurs », dis-je.

Kyle me tira par le bras. « Il faut qu'on y aille. »

Je compris le message. « À bientôt, Donna Hart.

– Oui. Et qui sait, la prochaine fois, tu te souviendras peut-être même de moi. »

Dans les marches qui menaient à la scène, Kyle m'arrêta dès qu'il m'eut entraîné hors de portée de voix.

« Tu la connaissais ? me demanda-t-il.

– Bien sûr. Je ne me rappelais pas son nom, c'est tout.

– Comment c'est possible ? Tu l'as vue ? Une fille comme elle, ça ne s'oublie pas. »

C'était une bonne question. Elle était charmante et jolie, mais s'effaçait pourtant déjà de mon esprit.

« J'ai été pas mal occupé.

– Par quoi ? » Comme je ne répondais pas immédiatement, il poursuivit d'un ton moqueur. « Je ne te comprends vraiment pas. Si j'étais en classe avec cette fille, je ne penserais à rien d'autre. En fait, dorénavant, je ne penserai plus à rien d'autre. » Il ferma les yeux.

« Kyle ?

– Chut. » Il me tendit la liasse de prospectus sans ouvrir les yeux. « Va méditer sur ce qui t'occupe autant et continue la distribution. Pendant ce temps, je penserai à Donna pour nous deux. »

3

À notre retour à la maison, une Honda CR-X que Kyle et moi ne connaissions pas était garée dans l'allée derrière le break d'Eunice. Le hayon arrière était couvert d'autocollants de groupes comme AFI, Bikini Kill, MxPx et les Misfists ; sur un autre, on pouvait lire : LA PORNOGRAPHIE EST UN VIOL DE L'ESPRIT. Depuis l'entrée, j'entendis un son si rare que je ne l'identifiai pas immédiatement : Eunice riait.

Elle était assise à la table de salle à manger, à côté d'une fille trapue aux cheveux bleus hérissés, qui portait un sweat à capuche rapiécé aux manches avec des épingles à nourrice. Elles levèrent la tête de leur manuel scolaire. La punk avait un petit sourire, mais Eunice riait aux larmes.

« Noah, m'accueillit-elle d'une voix rauque. Comment ça va ?

– Bien. J'ai presque tout distribué. » Je posai ce qui me restait sur la table.

Eunice désigna l'inconnue. « Je te présente Brin. On suit le même cours d'anglais. »

Je la saluai et lui tendis un prospectus.

« Une maison hantée ?

– C'est l'entreprise familiale », expliquai-je. Eunice parut mal à l'aise, comme si elle eût préféré que je ne dise rien.

Brin fouilla dans son sac. « Tant qu'on en est à s'échanger des infos… » Elle me donna un quart de page chiffonné. À cause de son aspect de photocopie délavée, je crus d'abord à une annonce pour un concert punk. En travers d'une étoile nautique géante, on pouvait lire sur une bannière la mention ÉGLISE BIBLIQUE DE LA RÉDEMPTION. En dessous, en caractères blancs presque indéchiffrables, au lieu d'une liste de groupes, figuraient les horaires des services.

« Tu vas là-bas ? demandai-je.

– Vous aussi, vous pouvez venir, si vous voulez, proposa-t-elle en nous regardant, tour à tour, Eunice et moi. Ça vous fera peut-être réfléchir à votre source de revenus. »

La gêne sur le visage d'Eunice s'accrut, mais elle sourit. « Oui, peut-être. »

Avant que je puisse donner une réponse (probablement grossière) à cette invitation, maman entra dans la pièce, la bouche crispée, plus pâle qu'à l'accoutumée.

« Maman, je te présente Brin…, commença Eunice.

– On a presque tout distribué, dis-je, mais elle nous coupa tous les deux d'un geste.

– Noah, il est tard. Kyle, tu devrais rentrer directement chez toi. Ta mère t'attend sans doute. Brin, peut-être vaut-il mieux que tu partes aussi.

– Qu'est-ce qui se passe ? » demanda Eunice.

La bouche de maman se contracta un moment, et quand elle parla enfin, sa voix se brisa. « Une petite fille a disparu aujourd'hui. »

Dès le lendemain, tous les médias locaux et nationaux s'en feraient l'écho, mais elle nous rapporta les faits essentiels. Plus tôt dans la matinée, Maria Davis, neuf ans, et son frère Bobby, cinq ans, s'étaient rendus à vélo au vieux supermarché Winn-Dixie fermé à quelques pâtés de maisons de leur domicile. Bobby avait fait demi-tour vingt minutes plus tard, mais à l'heure du dîner, Maria n'était toujours pas rentrée. Quand ses parents avaient pris leur voiture jusqu'au magasin, ils avaient découvert sa bicyclette abandonnée sur le parking, mais n'avaient trouvé aucune trace de Maria elle-même. Ils avaient prévenu la police, qui avait appelé le FBI.

Maman nous raconta tout ça, debout derrière une chaise en bout de table, serrant le dossier entre ses articulations blanchies. À la fin de son récit, tout le monde observa un silence stupéfait, y compris Brin et Kyle.

Je parlai le premier. « Ils ne pensent pas que ça a un rapport avec Sydney, n'est-ce pas ?

– Il est trop tôt pour le dire. Mais la police ne m'aurait pas appelée si elle écartait cette possibilité. »

Kyle et Brin prirent congé. Brin et Eunice échangèrent un long sourire que je ne sus comment interpréter, mais j'avais des soucis plus pressants.

Maman, Eunice et moi restâmes assis au salon pendant près de deux heures après ça, les yeux rivés sur la télévision, sans un mot. À mon avis, aucun de nous ne savait quoi dire, ou même penser. Nous n'avions jamais réellement perdu espoir que Sydney eût simplement fugué. Les cris entendus la nuit de sa disparition avaient pu n'être qu'une sorte de farce élaborée. Ça n'aurait rien eu d'étonnant de la part d'une adolescente en colère avec un penchant pour les maisons hantées. J'avais secrètement rêvé qu'elle traînait quelque part à Los Angeles, qu'un jour en allant au cinéma je la verrais à l'écran ou je lirais son nom au générique. Mais à présent, avec cette nouvelle disparition, j'avais beaucoup plus de mal à me bercer de cette illusion.

Quand maman m'envoya me coucher, Eunice me suivit à l'étage, jusque dans ma chambre, ce qui ne lui arrivait pratiquement plus. Elle s'assit sur mon lit et me regarda retirer mes chaussures.

« Ça va ? me demanda-t-elle.

– Oui. »

Elle resta ainsi un moment, sa main exécutant un mouvement de va-et-vient sur la couverture.

« Et de ton côté, ça va ? »

Elle réfléchit. « Qu'est-ce que tu penses de Brin ? »

Je ne m'attendais pas à cette question. « La fille de tout à l'heure ? Je ne sais pas. Elle a l'air sympa. Branchée religion, aussi.

– Elle dit qu'elle va surtout à l'église pour le plaisir en ce moment. Elle y retrouve de vieilles connaissances du lycée. Un groupe punk anime les services, je crois.

– Tu aimes le punk rock, toi, maintenant ? »

Eunice sourit, le regard fixé sur le sol, puis elle se leva. « Tu as besoin de te reposer. Bonne nuit, Noah. » Elle m'embrassa rapidement sur la joue, puis elle me laissa.

J'attendis d'entendre la porte de sa chambre se fermer au bout du couloir avant d'appeler le monstre.

« Tu es là-dedans ? » En général, ça suffisait à faire sortir mon Ami du placard ou de sous mon lit, mais je n'obtins aucune réponse.

Plus rarement, la créature arrivait tard, juste avant que je m'endorme ; parfois, elle ne venait pas du tout. Mais ce soir-là, sa compagnie m'aurait réconforté, j'avais besoin de quelqu'un qui ne souffre pas, contrairement au reste de ma famille. Je m'assoupis assis à côté de ma fenêtre, attendant le retour de mon Ami.

4

Dans les jours qui suivirent la disparition de Maria Davis, tous les médias nationaux s'emparèrent de cette affaire, avec pour effet une évolution notable du climat émotionnel à Vandergriff. La ville n'avait jamais été une de ces communautés idylliques où tout le monde se sourit, mais à présent, mâchoires crispées et fronts plissés étaient de mise. L'après-midi, moins d'enfants jouaient dans les parcs ou devant chez eux, et notre rue était plus calme la nuit. J'entendis moins de rires en ville, mais plus dans les couloirs du lycée. Nous étions tous tendus et submergés d'hormones, bien trop jeunes pour prendre quoi que ce soit au sérieux. Une policière vint expliquer aux élèves réunis dans l'auditorium que nous verrions plus de flics dans l'établissement et sur le parking, pour assurer notre sécurité. Elle nous rappela également de ne jamais accepter de nourriture de la part d'un inconnu ni de monter à bord de son véhicule, comme si elle s'adressait à des gamins encore à l'école primaire. Elle nous montra une affiche avec un numéro de téléphone et nous supplia de contacter ce numéro si nous étions témoins de quelque chose de suspect.

« Même dans le doute, n'hésitez pas : votre appel peut sauver des vies – *votre* vie. »

Dans son ensemble, cette présentation était gaguesque. D'ailleurs, la policière semblait en avoir conscience. Ça ne ramènerait pas Maria chez elle, ça n'éviterait pas non plus une nouvelle disparition. Après que Sydney s'était volatilisée, tous les établissements scolaires avaient organisé des réunions similaires, et la couverture médiatique avait été aussi importante.

Vu les circonstances, la question de l'ouverture de Promenade au cœur des ténèbres cette année-là se posa. Pour ma part, j'y étais favorable, mais pour des raisons purement égoïstes. Je devais bien reconnaître que les arguments contre, tout à fait valables, ne manquaient pas. Lycéennes et lycéens composaient l'essentiel de la troupe et de l'équipe technique. Si leurs parents ne les autorisaient pas à sortir tard le soir pendant six semaines d'affilée, nous aurions toutes les peines du monde à les remplacer. Chaque fois que maman, Eunice et moi abordions le sujet, la conversation tournait en rond et nous ajournions la décision, mais je sentais les chances d'une saison 1999 s'amenuiser.

À part pour le travail, nous nous parlions peu. Dans notre grande maison, chacun se cantonnait à son lieu de prédilection ; maman au rez-de-chaussée devant la télévision, Eunice dans sa chambre, moi dans la mienne. Le monstre me manquait terriblement. J'avais presque perdu espoir de le revoir quand, une semaine après sa dernière apparition, un grattement à la fenêtre me tira brusquement du sommeil. Une griffe raclait la vitre.

Je soulevai le loquet pour ouvrir, puis je reculai et m'efforçai d'adopter une expression sévère, alors que la créature grimpait dans ma chambre depuis le toit. J'avais l'intention de la houspiller, de lui demander des comptes : où était-elle passée toute cette semaine ? Mais au lieu de m'emporter, je lui tombai dans les bras et lui serrai la taille. Elle me rendit mon étreinte, et une sensation familière de chaleur et de bien-être m'envahit, mêlée à l'odeur de moisi que dégageaient sa cape et sa fourrure. Ma colère se dissipa, au profit d'un immense soulagement.

« Tu m'as tellement manqué, dis-je, le visage enfoui dans sa poitrine. Je m'inquiétais. » Je voulus en dire davantage, mais mon Ami raffermit sa prise sur moi et mes pieds quittèrent la moquette. Nous étions dans les airs, la tête de la créature à quelques centimètres du plafond.

En manœuvrant avec précaution, elle nous fit sortir par la fenêtre dans la douce nuit d'été. Je crus d'abord qu'elle avait l'intention de poursuivre notre jeu de « saute que je t'attrape », mais elle changea de position et me serra contre son flanc, avant de monter en trombe vers le ciel. Le vent sifflait dans mes oreilles et me décoiffait. La ville s'éloigna peu à peu en dessous de nous, jusqu'à se réduire à une constellation de lumières. L'air devint plus frais et se raréfia, m'obligeant à respirer plus profondément pour remplir mes poumons.

Le monstre stoppa notre ascension dans le ciel nocturne pour décrire lentement un cercle. Au loin en direction de Dallas j'aperçus Reunion Tower ; vers Fort Worth, le solide rectangle de Burnett Plaza. Nous nous trouvions à la verticale de Fun Mountain à Vandergriff. La tour de chute libre était éclairée, bien que le parc d'attractions soit fermé la nuit.

Sans prévenir, la créature me lâcha. Le parc monta à ma rencontre comme à travers le zoom d'un photographe. Je dégringolai vers la tour de chute libre qui approchait, telle une épée dont la pointe s'enfonçait dans le ciel depuis la terre. Un cri surgit de ma gorge, et je battis des bras comme si j'espérais trouver quelque chose à quoi me retenir.

Oh, mon Dieu. Oh, mon Dieu. Bon sang, ça y est, j'allais mourir, et le pire, ça allait faire *mal*...

Mais avant que chaque os de mon corps ne se fracture en mille morceaux, la créature me saisit par la taille et m'entraîna autour de la tour. L'éclairage au néon généra un brouillard lumineux stroboscopique à la périphérie de ma vision. Mon vagissement de terreur se mua en cri de joie. Une prodigieuse énergie déferla en moi. Je hurlai. J'éclatai de rire. Mon Ami raffermit sa prise et sa chaleur me fouetta le sang. Le monde adopta une nuance dorée et mon cœur se mit à battre la chamade. Puis il me lâcha de nouveau.

Je ne plongeai pas cette fois. Je m'élevai. Je n'allais pas particulièrement vite, mais je m'aperçus que je décrivais vaguement une spirale ascensionnelle, sans aide. Mon Ami, resté derrière moi en contrebas, suivait ma progression, mais sans intervenir. Je volais de mes propres forces. Je me retournai vers la créature.

« Comment est-ce possible ? demandai-je. C'est incroyable ! »

Comme d'habitude, elle ne répondit pas. Je m'éloignai

de la tour de chute libre, vers la grande route. J'avançais plus lentement et plus maladroitement que mon mentor, mais l'apprentissage du vol ne me paraissait pas si différent de celui de la natation. Je parvins à me maintenir en l'air et à me propulser dans la bonne direction. Soudain, j'oubliai tous mes soucis et toutes mes angoisses de la semaine écoulée. Seules comptaient cette ascension et la sensation de puissance et de liberté totale qui l'accompagnait.

Mon euphorie finit par passer, remplacée par un épuisement délicieux. À notre retour, ma capacité temporaire à voler se dissipa. Je tanguai dans les airs comme un insecte ivre, et trébuchai sur notre toit en me recevant sur les mains et les genoux. Je sentis plus que j'entendis la créature atterrir à côté de moi, aussi légère qu'un souffle de vent. « On étouffe ! Tu n'as pas chaud ? »

Je n'attendis pas sa réponse pour rentrer dans ma chambre et me déshabiller. Je ne gardai que mon caleçon, mais même nue, ma peau fourmillait d'une chaleur anormale. J'avais les joues en feu, et je remarquai qu'une tumescence tendait le tissu de mon caleçon. Je m'arc-boutai sur mon bureau et pris plusieurs inspirations profondes, mais rien n'y fit. Je n'arrivais pas à me rafraîchir. Lorsque je me retournai, je m'aperçus que la créature m'avait suivi à l'intérieur.

« Je crois que tu as forcé la dose sur la poudre de fée, je me sens… » La tête me tourna.

Visiblement inquiète, elle me toucha la figure, puis sa patte s'attarda sur ma poitrine. Mon cœur continua de battre la chamade, tandis qu'une chaleur lancinante me consumait le visage. Elle ramassa un stylo et une feuille de papier sur mon bureau et écrivit :

AIDER ?

« Tu peux ? » demandai-je. Ma voix me sembla lointaine, et déformée, comme traitée par un synthétiseur.

La créature posa le stylo et la feuille. Elle planta une patte sur mon épaule et, de l'autre, guida ma main vers mon entrejambe. La chambre vibrait autour de nous, et mon estomac se noua de nouveau. Le monde perdit en netteté, en *présence* d'une certaine manière.

« Tu es sûr de vouloir rester là pour… pour ça ? » dis-je, à la fois gêné et excité par cette perspective.

La créature enfonça son museau humide contre mon visage, frottant sa fourrure sur ma joue en feu. Je laissai tomber mon caleçon sur mes chevilles, empoignai mon érection et me mis à décrire un mouvement de va-et-vient. J'eus la sensation d'être simultanément dans et hors de mon corps. Je n'eus pas à attendre longtemps. Alors que je me préparais à jouir, mon Ami m'étreignit l'épaule. En proie à une succession rapide d'émotions variées, je sentis mon âme exploser en dizaines de fragments de lumière dorée, chacun une version de moi-même déformée par l'extase.

Puis je tombai en avant ; je me serais effondré si mon Ami ne m'avait pas rattrapé et serré contre sa cape à l'odeur de moisi. Il m'étendit sur le lit et se coucha derrière moi, un bras passé autour de ma taille. Il me sembla que je ne retenais plus la chaleur, mais qu'elle circulait librement entre nous, tel un fardeau individuel transformé en bien-être partagé par la grâce de ce contact.

« Merci », dis-je. Je me laissai emporter par les ultimes frémissements de mon orgasme vers l'océan du sommeil. Avant de sombrer, j'eus la sensation furtive que des lèvres humaines m'embrassaient avec douceur sur la joue.

5

Le lendemain matin, je me réveillai avec une idée pour ouvrir Promenade au cœur des ténèbres tout en assurant la sécurité de notre équipe. Je proposai d'instituer un système par lequel tout mineur aurait l'obligation d'appeler au moment de se rendre à l'entrepôt ou de rentrer chez lui. Maman donna son approbation, les affaires pouvaient reprendre. Les travaux de préparation pour la saison 1999 débutèrent dans la semaine.

Notre maison hantée s'était considérablement développée depuis 1989, passant de six à quinze salles. Parmi les nouvelles, quatre se situaient sur un premier « étage » construit en 1995. Ainsi, même en comptant la salle de pause, l'atelier de costumes, les loges, les toilettes, le local de surveillance pour la sécurité, et le labyrinthe du monstre, notre attraction n'occupait toujours que deux tiers de la surface disponible. J'avais déjà ébauché quelques idées pour le tiers restant – titre provisoire : Chasse à la tronçonneuse. J'étais d'autant plus enthousiaste que maman n'avait pas encore opposé son veto.

Kyle et moi passions nos après-midi et nos soirées à balayer et à dépoussiérer, à tester les éclairages et les pièces mécaniques (comme le tunnel à vertige). Eunice, dans une de ses phases les plus énergiques, accepta de nous épauler, à condition que Brin puisse venir aussi.

« On a conclu un marché, expliqua-t-elle. Elle est d'accord pour jeter un coup d'œil à la maison hantée, à condition que je l'accompagne à l'église un de ces jours.

– À l'église ? m'étonnai-je. Et punk en plus ? Deux choses que tu détestes.

– Je tente quelque chose de nouveau. Et si tu faisais pareil en étant gentil pour une fois ? »

Dès que Brin entra dans l'entrepôt, elle grimaça d'un air un peu dégoûté.

« Et vous n'avez aucun scrupule à prendre l'argent des gens pour ça ? demanda-t-elle.

– Si ça ne te plaît pas, personne ne te retient, répliquai-je.

– Viens, lui proposa Eunice. Je vais te faire visiter. »

Brin la suivit dans le labyrinthe. Pour maman, Kyle et

moi, le travail continua, malgré les échos des éclats de rire hystériques de ma sœur qui nous déconcentraient constamment. L'humour de Brin semblait irrésistible.

« Merde, qu'est-ce qui lui prend ? m'emportai-je au bout d'une heure de ce cirque.

– Surveille ton langage », dit maman d'un ton léger, notant quelque chose sur son bloc. Nous nous trouvions dans le cabinet de travail du professeur, où Kyle s'assurait du bon fonctionnement des ampoules électriques orange installées dans la cheminée. « Eunice n'a jamais eu beaucoup d'amies. Laisse-la profiter de celle-là, même si elle est un peu mal élevée.

– Quelqu'un s'intéresse à mes remarquables effets de lumière ? demanda Kyle, accroupi devant le foyer.

– Oui, bon boulot, répondit maman, sans même un regard. Maintenant, taisez-vous tous les deux, j'essaie de me concentrer. »

Les auditions débutèrent la semaine après la fin des travaux d'entretien. Maman et moi étions assis à une table dans le dancing, tandis que Kyle faisait entrer le cortège habituel d'apprentis comédiens pleins d'espoir. Donna Hart se présenta la première. Elle interpréta un monologue d'Abigail extrait des *Sorcières de Salem* et chanta un couplet de « I Don't Know How to Love Him », tiré de *Jesus Christ Superstar*. Elle y mit tout son cœur, comme si sa voix devait porter jusqu'au dernier gradin de l'auditorium du lycée, à l'autre bout de la ville.

Maman garda les yeux baissés et continua à prendre des notes dix ou quinze bonnes secondes après que Donna eut terminé. Quand elle leva enfin la tête, elle se frotta le nez du dos de la main et demanda :

« Tu sais crier ?

– Je suppose que oui », répondit Donna en lissant les plis dans sa jupe.

Maman fit un petit geste. « Vas-y, je t'écoute. »

Donna s'éclaircit la voix et poussa un cri d'une pureté cristalline.

Maman retourna à son bloc. « Merci, Donna. On te contactera. »

Donna me sourit en sortant. Je lui rendis la pareille – simple courtoisie – et après m'être assuré que maman ne regardait pas, je levai le pouce en signe de victoire.

À la fin des auditions, Kyle, maman et moi nous assîmes en cercle dans le dancing pour comparer nos notes.

« Commençons par décider de vos rôles, les garçons », proposa maman.

Kyle se pencha en arrière. « Oh, bon sang. J'attends ce moment depuis si longtemps. » Il ferma les yeux. « Le professeur. Je veux être le professeur. Et je veux être titulaire.

– Voyons déjà comment tu t'en tires cette année. Et toi, Noah ? »

Moi aussi j'avais une réponse toute prête, mais ça me fit bizarre de l'admettre à voix haute. J'en avais terriblement envie et je craignais d'essuyer un refus. Je m'inquiétais également des réactions au sein de ma famille. Qu'allait-on penser de moi ?

« Le monstre, dis-je. Je veux jouer le monstre. »

Kyle prit une expression compatissante. « Je te plains. Avec ton physique ingrat, tu ne peux pas espérer mieux. »

Personne ne rit. Les joues en feu, je fixai le sol du regard.

« Va pour le monstre », conclut maman d'un ton neutre.

6

Plus tard dans sa Pinto, Kyle revint à son sujet favori : Donna Hart.

« T'es vraiment trop con, dit-il. Tu lui plais.

– N'importe quoi. »

Soudain sérieux, il me lança un regard en coin. « Qu'est-ce qui ne va pas chez toi ?

– Comment ça ?

– Tu es timide, d'accord ; mais tu vas bien devoir finir par sortir avec *quelqu'un*. Tu n'es pas gay, au moins ?

– Va te faire foutre. » À Vandergriff en 1999, on pouvait difficilement émettre une suggestion plus effrayante. Moins d'un an plus tôt, Matthew Devries, un homosexuel d'une vingtaine d'années, avait été attaché à l'arrière d'une camionnette et traîné sur des kilomètres le long d'une route. Ça s'était produit à Artemis, à vingt minutes de notre ville.

« Écoute, capitulai-je. Si je te promets de tenter ma chance avec cette fille, tu jures de me lâcher avec ça ? »

Il leva les bras en applaudissant, comme s'il venait de marquer un but.

« Les mains à dix heures dix, Super Dave », dis-je.

Je voulais en parler à Eunice, mais en rentrant, je trouvai sa chambre vide. Elle était probablement sortie avec Brin. Sans y réfléchir, mes pas me conduisirent alors dans la pièce au bout du couloir.

La quatrième chambre de la maison ou le « bureau », comme l'appelait maman. Le mobilier comportait une armoire de rangement métallique, une table, un ordinateur et une plante artificielle dans un coin. Maman avait aménagé cet endroit pour son usage personnel, mais je pouvais compter sur les doigts d'une main le nombre de fois où je l'avais vue ici. Eunice ou moi nous servions de l'ordinateur pour notre travail scolaire ou pour jouer, mais la plupart du temps, la pièce restait vide. Nous connaissions tous sa véritable destination et attendions la première occasion pour la débarrasser de ses meubles et faire place à sa légitime occupante.

C'était aussi le seul endroit dans la maison où nous gardions une photo de Sydney, un portrait au format 20 × 25 dans un cadre doré, sur l'armoire de rangement. Sydney y posait en robe bain de soleil, les cheveux gonflés par la laque, gratifiant l'objectif d'un sourire de théâtre éclatant. J'ignorais pourquoi maman avait choisi d'exposer cette photo, prise au début de l'année de terminale de Sydney, à peine deux mois avant sa disparition. Elle avait inévitablement accompagné tous les articles de presse ou les reportages à la télévision, jusqu'à devenir le symbole de son absence.

Je soulevai le cadre, prenant soin de ne pas laisser de traces de doigts sur le verre. Qu'éprouvaient les parents de Maria Davis en ce moment même ? Possédaient-ils également une photo de leur fille qui incarnerait à la perfection leur perte, leurs regrets, leur douleur, peut-être ce qu'ils percevaient comme leur échec en tant que parents ?

Je chassai ces pensées de mon esprit. Maria était peut-être encore en vie. Et Sydney aussi. Dans un cas comme dans l'autre, je ne *savais* rien. Pas réellement. Je reposai le portrait et regagnai ma chambre en passant de nouveau devant celle d'Eunice. Mon Ami m'attendait, assis à même le sol ; il lisait un magazine de BD ouvert sur ses genoux en fronçant les sourcils. Lorsque j'entrai, il marqua sa page à l'aide d'une de ses griffes, et pointa du doigt le ciel nocturne. *Dehors ?*

« Pas ce soir. J'ai du travail. » Je pris mes crayons et du papier sur mon bureau. La créature me lança un regard curieux. « Je dois concevoir un nouveau costume de monstre pour la maison hantée. J'ai pensé m'inspirer de toi. »

Ses yeux se voilèrent un instant, elle parut troublée. Posant la BD, elle tendit la main vers mes crayons ; je lui en donnai un. Elle écrivit : TU VEUX ME RESSEMBLER ?

« Bien sûr. Je te trouve super. Pas toi ? »

Elle réfléchit à la question un moment, mais ne parvint visiblement pas à une réponse satisfaisante. Toujours un peu confuse, elle me rendit papier et crayons. Je m'assis face à la créature sur le sol, le dos à ma commode. Elle se replongea dans sa lecture, et je me mis à dessiner. Je travaillai pendant plusieurs heures, à peine conscient des autres bruits dans la maison. Maman s'affairait dans la cuisine au rez-de-chaussée, avant de s'installer devant la télévision.

Comme je n'ai jamais été un artiste de talent, je dus m'y reprendre plusieurs fois avant de parvenir à un résultat qui présente une ressemblance, même approximative, avec la créature. Je voulais rendre sa corpulence, sa fourrure emmêlée, la lueur menaçante, mais aussi pathétique de ses yeux. Malheureusement, tout ce que je dessinais avait l'air d'un chien coiffé d'un capuchon. Je peinais toujours sur mon bloc quand on frappa à ma porte, et Eunice entra sans y être invitée.

« Hé, dit-elle en voyant mon expression. Tout va bien ? »

Je regardai l'endroit qu'avait occupé la créature – personne ! – puis reportai mon attention sur Eunice. La gorge serrée, je léchai mes lèvres sèches.

« Tu m'as surpris, c'est tout. »

Elle alla s'asseoir sur mon lit. « Ton lit est rudement chaud, remarqua-t-elle.

– Oui, d'ailleurs j'ai préféré m'installer par terre. »

Elle passa la main sur les couvertures, l'air inquiet. « Tu as de la fièvre ? On dirait que tu as laissé une brique sortie du four là-dessous.

– Je vais bien. »

Elle jeta un coup d'œil vers la fenêtre ouverte, et l'espace d'une seconde, elle sembla sur le point d'ajouter quelque chose, mais elle fronça les sourcils d'un air légèrement peiné.

« Tu voulais quelque chose de particulier ? » demandai-je.

Elle cligna des yeux plusieurs fois et se leva. « Non, tu as raison. Il est tard.

– Tu n'as pas besoin de partir, la retins-je. Où étais-tu ce soir ? »

Elle resta immobile, son visage continuant d'afficher cette curieuse expression de concentration vaguement attristée. Avec un petit sourire incertain, elle détourna le regard, comme si elle espérait trouver la réponse dans un coin de ma chambre.

« J'étais à l'église, avec Brin, dit-elle en se rasseyant sur le lit.

– Un vendredi ?

– Ils organisent un service ou une animation presque quotidiennement. Brin pense que c'est pour attirer les gens dont l'emploi du temps ne leur permet peut-être pas de se libérer le dimanche matin ou le mercredi soir. »

Je m'adossai à mon bureau. « Comment c'était ? »

De nouveau cette attitude fuyante, ce refus de me regarder. « C'était… bizarre. D'abord, l'église occupe un local dans un centre commercial qui ne paie pas de mine, coincée entre une onglerie et un conseiller fiscal. Ils ont opacifié la devanture avec de la peinture noire ; l'intérieur a des allures de salle de concert punk, avec quelques chaises pliantes placées face à une petite scène éclairée par des ampoules de couleur, et un mur noir au fond.

« Celles et ceux qui sont venus ce soir ressemblaient à Brin – tatouages, cheveux hérissés, blousons rapiécés, bible à la main. J'ai eu l'impression de me retrouver dans un épisode de *La Quatrième Dimension*. Tout le monde a tenu à me souhaiter la bienvenue "dans la congrégation". Un groupe punk remplaçait la chorale ; il a joué très vite et très fort des morceaux dont je n'ai pas compris les paroles. Les gens se sont précipités vers la scène pour pogoter…

– Toi aussi ? » m'étonnai-je, n'imaginant pas Eunice, si maigre, si fragile, dans un pogo sans qu'elle vole en éclats.

« Non, répondit-elle. Je suis restée sur ma chaise, mais

Brin a dansé. Ensuite, le pasteur est apparu et le calme est revenu. Il a parlé posément, d'une voix vraiment apaisante, comme quelqu'un qui chercherait à convaincre un candidat au suicide de ne pas sauter. Il a commencé en disant qu'il était très heureux de nous accueillir, et a rappelé la chance que nous avions de pouvoir nous retrouver dans cet endroit pour louer le Seigneur. À partir de là, c'est devenu un peu bizarre. Il s'est moqué gentiment de ceux qui ne s'étaient pas levés pour danser, malgré le coup de pouce de l'Esprit saint, et je te jure qu'il me regardait *droit dans les yeux*.

« "J'espère qu'à l'avenir vous trouverez en vous la force de laisser l'Esprit saint prendre les commandes", a-t-il dit. J'ai d'abord préféré en sourire. J'ai pensé qu'il se montrait juste amical, tu comprends ? Pour m'encourager à participer.

« Mais il n'en est pas resté là ; il s'est lancé dans une diatribe sur les fidèles qui ont quitté son église, leur reprochant leur manque de loyauté. Il a cité leurs noms, l'un après l'autre, revenant sur tous les bienfaits qu'ils lui devaient. Par exemple : "Jane Dunlop, qui a rencontré son mari dans cette église, et qui a fait baptiser son bébé ici – j'annule ton mariage et le salut de ton enfant. Tu es damnée." Il a remis ça pour une vingtaine de personnes différentes. Et ça n'a semblé choquer personne ! Tout le monde criait "Amen !" et "Loué soit le Seigneur".

– Brin aussi ?

– Non, pas elle. Elle est juste restée assise, sans réagir. Mais après, je lui ai dit que le sermon m'avait paru curieux, un peu limite. Elle m'a répondu : "Maintenant, tu sais ce que je ressens quand je vois comment toi et ta famille gagnez votre vie." Alors, on a passé un marché. Concernant la maison hantée, je prends un peu de recul cette année, et de son côté, elle tâche de se trouver une église différente. Moins… hostile et bizarre. Et dans l'intervalle,

elle et moi, on pourra continuer à se fréquenter sans que ça nous mette mal à l'aise.
– Attends un peu. Comment ça, "un peu de recul" ?
– De toute façon, je ne me suis pas beaucoup impliquée cette saison. J'ai connu un semestre difficile, et je pense n'avoir pas volé une année de repos.
– D'accord, mais de là à te laisser dicter ta conduite par une folle de Jésus ? Tu es plus futée que ça, Eunice. »
Elle refusait toujours de croiser mon regard. « Je n'abandonne pas. C'est juste… une pause. » Elle se leva. « Il est tard. Bonne nuit, frangin. Ne reste pas debout trop longtemps. » Elle m'embrassa sur la joue et sortit.
Je patientai, mais mon Ami ne revint pas.

7

Le lendemain matin, au petit déjeuner, je montrai à maman mon croquis pour le nouveau costume. Au lieu d'une approbation presque machinale, d'une quasi-absence de réaction, je vis son expression préoccupée se muer en franche inquiétude.
« Comment t'est venue cette idée ? » demanda-t-elle.
Je feignis d'étudier le dessin. « Je ne sais pas. J'ai laissé parler mon imagination. Pourquoi ? »
Elle sembla sur le point de dire quelque chose. « Quoi ? insistai-je.
– Rien.
– Maman, visiblement, ce n'est pas "rien". » Pourquoi paniquait-elle ainsi ?
Ses doigts effleurèrent le croquis, puis elle leva les yeux vers moi. « Tu… tu n'as jamais vu cette chose auparavant ? »
Sa question piqua ma curiosité. « Et *toi* ? »
La ligne crispée de sa bouche adopta différentes formes

avant qu'elle secoue la tête. « Non. Bien sûr que non. Je suis un peu à cran à cause de cette histoire avec Maria Davis. »

Je ne sus comment réagir. Quel rapport entre un costume de monstre et Maria Davis ?

« Désolée, ajouta-t-elle encore. Ce truc me donne la chair de poule. »

Comme elle ne semblait pas vouloir s'opposer à mon idée, je laissai donc tomber le sujet.

« C'est le but », dis-je.

8

Je refusai de participer aux répétitions avant que mon costume soit prêt. Tenter d'emmener des gens de force dans mes vêtements de ville m'aurait paru stupide. Et une fois cette image gravée dans leur esprit, comment mes collègues auraient-ils pu me prendre au sérieux par la suite ? Quelle que soit la qualité du produit fini, mes victimes se souviendraient toujours de ce bon vieux Noah, en nage. Quand ils croiseraient sa route pour la première fois, je voulais que le monstre *soit* le monstre.

Ainsi, pendant que les autres acteurs apprenaient leur texte et travaillaient à la mise en place, je mémorisai mon labyrinthe. Ce réseau de passages qui longeaient l'attraction permettait de suivre les visiteurs sans être vu et de surgir au hasard pour terrifier et/ou enlever nos « infiltrés », des personnages invariablement prénommés Brad ou Katie. Je parcourais mon domaine à toute allure, mes pieds résonnant sur le sol en béton et les marches en bois, faisant trembler au passage les murs des décors les plus légers. Je devais être capable de me mouvoir dans cet espace, dans l'obscurité et sous un costume lourd, avec un masque qui occulterait ma vision. Alors je courais d'un bout à l'autre, avant de remettre ça. À la fin de la première semaine, je connaissais ce dédale comme ma poche.

Aux pauses, j'allais m'asseoir à la porte ouverte d'un quai de chargement, où j'engloutissais des litres d'eau et tâchais de profiter du moindre souffle d'air. Parfois, Donna (qui avait rejoint la troupe dans le rôle d'une Katie) et Kyle me tenaient compagnie. Kyle jouait l'« ami loufoque » dans ces petites scènes où il s'efforçait de me mettre en valeur aux yeux de Donna. De mon côté, je faisais de mon mieux pour incarner le personnage du « gars ordinaire et intéressé ».

À la fin de la deuxième semaine, le costume terminé fut enfin intégré aux répétitions. Dès ce vendredi-là, sans le présenter à la troupe ni même les informer de ce que nous avions en tête, maman annonça que nous allions dorénavant travailler dans l'obscurité. Les Brad et les Katie qui composeraient le « groupe de visiteurs » se verraient octroyer une seule et unique lampe de poche pour s'orienter dans l'entrepôt.

Pour cette première répétition en conditions réelles, j'eus carte blanche pour apparaître où et quand bon me semblerait. Alors que les Brad et les Katie traversaient l'attraction, je me maintins silencieusement à leur hauteur. En pleine lumière, ils s'étaient déplacés avec assurance, et l'ennui avait fait naître une certaine arrogance. Maintenant, dans le calme et la pénombre, une pointe d'inquiétude se glissa dans leurs rires.

« Bon sang, dit l'un des Brad, alors que je regardais dans le cabinet de travail du professeur. Je sais que c'est juste un décor, mais merde... »

Donna balaya les lieux du faisceau de sa lampe, mais je ne me manifestai pas. Je les suivis dans la morgue, puis dans le dancing, où l'orchestre se mit à jouer son air entraînant. Les Brad et les Katie durent se frayer un passage dans une mer de figurants en train de danser. La salle, avec son éclairage tamisé et sa grande piste, aurait dû offrir un soulagement après la tension insupportable des petites pièces sombres qui l'avaient précédée. Mais mes victimes étaient à cran, vulnérables. Véritable concentré d'énergie nerveuse, le groupe atteignit la porte à double battant marquée SORTIE au fond. Franchissant le seuil, il fut de nouveau plongé dans l'obscurité.

« Donna, siffla une des Katie. La lampe de poche. »

Donna ralluma et se retrouva le nez à quelques centimètres de mon museau.

« Bouh », dis-je.

Heureusement pour moi, mon masque étouffa en partie son cri. L'ensemble du groupe hurla de terreur. Je m'éclipsai par une issue dérobée et regagnai mon labyrinthe.

« Noah, espèce de connard ! » lança quelqu'un.

9

Ce cri, ce moment de terreur que j'avais inspiré, me grisa au point de me décider, dans un accès d'euphorie, à tenter ma chance avec Donna. Quand mon Ami arriva après le coucher du soleil, je lui dis : « J'ai besoin de la plus belle fleur que tu connais. Quelque chose de rare. »

La créature saisit mon stylo et mon bloc sur mon bureau. POURQUOI ? écrivit-elle.

« Peu importe. Je peux compter sur toi ? »

Elle soupira. AIDER, écrivit-elle encore. REVIENS BIENTÔT. Elle marcha en traînant les pieds vers la fenêtre ouverte et s'envola dans la nuit.

J'arpentai ma chambre, et patientai. Environ une demi-heure plus tard, mon Ami réapparut avec une fleur noire à longue tige. Le cœur de la plante luisait légèrement, comme une bougie de chauffe-plat en train de vaciller. Des épines entouraient la partie lumineuse.

NE TOUCHE PAS LE MILIEU, écrivit la créature. NE LE FIXE PAS NON PLUS. TU POURRAIS TOMBER DEDANS. Elle pointa la fleur du doigt. POUR QUOI FAIRE ?

J'éprouvai une certaine réticence à l'admettre. « Une fille. » Je me sentis rougir, mais poursuivis tout de même. « J'ai besoin d'un autre service. Je veux que tu me fasses de nouveau voler. »

La créature me dévisagea.

« Qu'est-ce qui ne va pas ? » demandai-je.

RIEN, écrivit-elle. AIDER AMI.

Un moment plus tard, après qu'elle m'eut aidé à recharger mes batteries, je m'élevai dans le ciel, la fleur noire serrée contre ma poitrine. Le monstre me suivit à distance, pour s'assurer que je ne plonge pas brusquement vers une mort certaine. J'avais relevé l'adresse de Donna sur son formulaire de candidature. Mais comme je venais à peine de passer mon permis de conduire, j'avais encore un peu de mal à m'orienter en ville, ce qui m'obligeait à voler à basse altitude pour lire les noms des rues. J'arrivai enfin à la verticale d'une maison à un étage, presque identique à toutes celles du quartier. La créature s'arrêta à côté de moi.

« J'ignore quelle est sa fenêtre », expliquai-je.

Elle se laissa dériver et pointa du doigt le côté gauche du bâtiment, juste derrière la clôture.

« Tu es sûr ? » demandai-je.

Elle hocha la tête.

Je la suivis et me posai en douceur. « Reste dans le coin, mais ne te montre pas, d'accord ? »

En vol stationnaire au-dessus de moi, elle me lança un regard mauvais, avant de s'éloigner en direction du jardin derrière la maison. Je frappai au carreau, reculai et levai ma fleur. Les rideaux ondulèrent et s'écartèrent de quelques centimètres. J'eus l'impression que j'allais vomir. Quelle idée ! Aucune fille ne trouverait ça romantique. J'allais passer pour un cinglé.

Le visage de Donna apparut entre les tentures, les yeux voilés par le sommeil, les cheveux relevés sur la tête en un chignon doré. Elle portait un T-shirt et un bas de pyjama. Sa bouche articula mon nom en silence, comme une question : *Noah ?*

« Désolé, chuchotai-je. Je m'en vais. »

Elle leva un doigt pour dire *Une minute*, puis disparut à l'intérieur. À son retour, elle mâchait quelque chose. Un chewing-gum. Elle souleva le loquet de sa fenêtre et l'ouvrit lentement. Quand elle l'eut relevée à mi-hauteur, elle se pencha et glissa la tête à l'extérieur.

« Qu'est-ce que tu fais là ? chuchota-t-elle.

– Je suis venu, parce que… » Je m'interrompis pour m'éclaircir la voix. Un peu d'eau n'aurait pas été de refus. « Tu t'es surpassée aux répétitions et je voulais te remercier. »

Elle sourit. Au moins, elle semblait contente de me voir. « Au milieu de la nuit ?

– On travaille pour une maison hantée, après tout », soulignai-je.

Elle pointa du doigt ma poitrine. « Qu'est-ce que c'est ? »

Je me rappelai mon cadeau. « C'est pour toi, répondis-je, baissant les yeux un instant vers la faible lumière qui émanait de la plante. Ma façon de te dire… peu importe.

– Tu vas juste la regarder ou tu as l'intention de me la donner ? » Je m'arrachai à ma contemplation hypnotique et lui tendis la fleur. Elle se pencha vers ses pétales, le visage baigné d'une lueur orange. J'avais oublié à quel point elle était jolie. Pourquoi ses traits ne restaient-ils pas gravés dans mon esprit ?

« Elle est magnifique, murmura-t-elle. Qu'est-ce que c'est ?

– Une grâce d'ébène, dis-je, ravi de ma propre créativité spontanée. Conçue en laboratoire par la NASA dans le cadre de recherches sur les plantes susceptibles de survivre à bord d'un engin spatial, ou d'être cultivées sur des astéroïdes pour entretenir des atmosphères respirables. »

Me rendre mon regard sembla exiger un effort de sa part. « Tu te moques de moi.

– Je n'oserais jamais. Mais sérieusement, ne touche pas aux épines du milieu, elles sont empoisonnées.

– Et tu offres des fleurs à tous les Brad et toutes les Katie ?

– Seulement à toi. »

Elle m'attrapa par le devant de mon T-shirt et m'attira vers elle. Mon premier baiser fut rapide, ferme, et se termina avant que j'aie une chance de réagir. Donna me relâcha, et je reculai d'un pas en titubant.

« On se voit au boulot ? demanda-t-elle.

– Ouais, super, dis-je en passant ma main dans mes cheveux battus par le vent. De toute façon, je dois rentrer. Même en volant, c'est pas la porte à côté. »

Elle rit. « T'es trop bizarre. » Elle ferma la fenêtre et tira les rideaux. Je regardai la lueur orange de la grâce d'ébène s'évanouir peu à peu. Un curieux souvenir me revint en mémoire : les religieuses de *La Mélodie du bonheur*, remontant les allées du théâtre, cierge à la main, dans la production de M. Ransom en 1989. Cette pensée chassa immédiatement l'allégresse de la minute précédente, et je me sentis de nouveau déprimé. Je traversai le jardin envahi par les mauvaises herbes jusqu'à me trouver pratiquement sous mon Ami.

« Un coup de main ? » demandai-je.

Avec un profond soupir, il vola vers le sol et m'attrapa par les épaules. Je perçus son énergie en moi, mon estomac se contracta, mon cœur se mit à battre plus fort. Quand il me lâcha, je fléchis les jambes, et d'une poussée, je me lançai dans les airs. Pendant le trajet du retour, la créature garda ses distances, détournant les yeux dès que j'essayais de croiser son regard. À notre arrivée, j'entrai directement par ma fenêtre laissée ouverte, mais mon Ami resta dehors.

« Tu es fâché ? »

Il hésita, puis secoua la tête.

« Tu n'es pas fâché. »

Il secoua la tête.

« Alors, tu viens ? »

Il secoua de nouveau la tête et, me tournant le dos, s'envola dans la nuit.

Je fermai la fenêtre et me dirigeai vers la chambre d'Eunice. Je voulais lui parler de Donna, partager ma satisfaction avec elle, mais quand je frappai à sa porte, un visage enflammé apparut, celui de Brin, complètement décoiffée.

« Tu désires ? demanda-t-elle.

– C'est censé être drôle ? » répliquai-je. Je me penchai sur le côté, mais elle se déplaça pour me boucher la vue.

« Une seconde, Noah », me lança Eunice, quelque part hors de mon champ de vision. Elle semblait essoufflée ; je compris alors ce qu'elles faisaient probablement avant que je les interrompe. Cette prise de conscience dut se lire sur mon visage, parce que Brin inclina la tête et haussa les sourcils.

« Laisse tomber », dis-je, et je retournai dans ma chambre, où je me déshabillai et me couchai. Je me repassai le baiser de Donna, tentant d'extraire davantage de détails de ma mémoire, mais malgré mes efforts, je n'obtins qu'un instant aussi confus que saisissant. À la surprise se mêlait du plaisir, mais plus sur un plan intellectuel – la satisfaction d'avoir embrassé une fille – que physique ; je ne semblais pas non plus ressentir de désir particulier pour la personne en question.

Des rires étouffés me parvinrent depuis le couloir – Eunice et Brin, en train de s'amuser derrière une porte close. Leur marché – ni église ni maison hantée – paraissait porter ses fruits. Je plaçai mon oreiller sur ma tête pour m'isoler du bruit, et finis par m'endormir.

Quand je me réveillai le lendemain matin et descendis

pour prendre le petit déjeuner, je trouvai maman et Eunice sur le canapé du salon ; le visage blême elles fixaient l'écran de télévision presque sans ciller. Elles regardaient les informations.

« Qu'est-ce qui se passe ? » demandai-je.

Eunice se détourna lentement du poste. « Ça a recommencé. »

10

La deuxième victime d'enlèvement à l'automne 1999 était un garçon âgé de douze ans nommé Brandon Hawthorne. La veille, Brandon s'était couché comme d'habitude, et ses parents avaient regardé la télévision avant de monter à leur tour. Tout le monde s'était endormi normalement. Vers trois heures du matin, le père s'était réveillé, était allé aux toilettes et avait décidé de jeter un coup d'œil dans la chambre de son fils. Il avait trouvé la fenêtre de Brandon ouverte et son lit vide. La famille avait prévenu la police, mais pour l'instant, les recherches n'avaient rien donné. Le garçon s'était simplement volatilisé.

Comment ignorer les similitudes entre cette disparition et celle de Sydney dix ans plus tôt ? Le nom et la photo de ma sœur refirent surface dans les bulletins d'information, et des journalistes appelèrent ma mère à la maison et au travail pour des demandes d'interview ou de commentaire. Elle ne m'en parla pas, mais j'entendis les messages laissés sur notre répondeur. Je partageais l'opinion de la presse. Il se passait un truc bizarre.

Dix jours s'écoulèrent sans visite du monstre. L'enlèvement de Maria Davis datait d'un mois. Aucun témoin ne s'était manifesté, et si la police explorait de nouvelles pistes, elle n'en avait pas informé les médias. Je rêvai que je volais par-dessus les toits de Vandergriff, les cheveux battus par le vent ; je rêvai d'une lumière dorée, d'un désir qui montait avant d'être satisfait ; je rêvai que Sydney hurlait à n'en plus finir ; je rêvai de fenêtres ouvertes. Mais jamais de Donna.

Au travail, les acteurs se mirent à répéter en costumes. Les Brad et les Katie se relayèrent pour jouer mes victimes. Je me sentais de mieux en mieux dans mon costume, m'adaptant à leurs types de comportements défensifs, à leurs façons de s'écrouler. Personne ne bougeait comme Donna. Elle se tortillait et se débattait contre moi, alors que je l'entraînais hors de vue. Dans la pénombre du labyrinthe, elle restait collée à moi, même après que je l'avais relâchée.

Parfois, elle essayait de me parler. « Alors, voilà la tanière du monstre. Franchement, je suis un peu déçue. J'imaginais quelque chose qui ressemble plus à *Buffy* ou *Aliens*. » Une autre fois : « Tu te rappelles la fleur que tu m'as donnée ? J'ai oublié de la mettre dans l'eau pendant au moins deux jours, et elle n'est toujours pas fanée. »

Je ne mordais jamais à l'hameçon. Ses paroles me semblaient provenir de très loin, tout au bout d'un long corridor. Si Donna trouva mon attitude étrange, elle n'en laissa rien paraître. Nous déjeunions ensemble au lycée et marchions main dans la main dans le couloir entre les cours. L'après-midi, elle se rendait aux répétitions avec Kyle et moi. En apparence, nous formions probablement un couple de lycéens des plus ordinaires.

Je voulais en parler à Eunice, mais dès que je m'arrêtais devant la porte de sa chambre, Brin était là. Je les entendais, et je n'étais pas assez stupide pour les interrompre une deuxième fois. J'attendis donc qu'Eunice vienne me trouver. Elle se décida enfin la veille de l'ouverture.

D'habitude, j'allais chez Donna pour regarder un film le vendredi soir, mais je lui téléphonai pour annuler, prétextant que je ne me sentais pas bien. Eunice et moi montâmes à bord de son break, en direction du lycée, où elle me laisserait conduire maintenant que j'avais passé mon permis. Après, nous nous arrêtâmes dans un *diner* ouvert toute la nuit pour boire un soda (pour moi) et un café (pour elle). Elle versa un succédané de lait dans sa tasse et remua le liquide noir jusqu'à obtenir du brun clair.

« Alors, dit-elle, j'ai appris que tu vis une idylle avec une Katie nommée Donna. »

Je souris un peu et mordis ma paille. Son humour, quand elle était d'humeur taquine, m'avait manqué.

« Possible…

– Tu n'as pas à te sentir gêné. Je suis contente que tu sortes de ta coquille. Je commençais à m'inquiéter que tu aies hérité de mes tendances asociales.

– Ce n'est pas de la gêne, expliquai-je. Donna est sympa, mais… ces derniers temps, les disparitions de Maria Davis et Brandon Hawthorne m'obsèdent. »

Eunice cessa de jouer avec son café pour me fixer du regard. Elle sembla réellement voir mon visage pour la première fois de la soirée.

« À cause de Sydney ? »

Je haussai les épaules. « Je suppose. Tu penses que c'est la même personne qui enlève ces gosses aujourd'hui ? »

Elle but une gorgée de café. « Je l'ignore. Je n'y ai pas beaucoup réfléchi.

– Tu es sérieuse ?

– C'est égoïste de ma part, je sais. Je souhaite de tout cœur que la police retrouve ces enfants, sains et saufs. Et j'espère qu'on parviendra à tourner la page en ce qui concerne Sydney. Mais je ne peux rien y faire. J'ai ma vie maintenant.

– Qu'est-ce que… » J'hésitais à aborder ouvertement un sujet aussi intime. « Tu veux parler de Brin ? »

Ses joues rosirent et elle fixa le fond de sa tasse, mais elle hocha la tête.

« Où est-elle ce soir, d'ailleurs ?

– À un séminaire, avec l'église, répondit Eunice.

– Je croyais que vous aviez passé un marché.

– C'est son dernier "tour de piste" en quelque sorte. Elle fréquente certains membres de cette communauté depuis des années, et ils l'ont pratiquement suppliée de les accompagner ce week-end. C'est l'occasion de se dire au revoir. » Puis, sans remarquer mon expression sceptique, ou choisissant de l'ignorer, elle poursuivit. « Tu sais, je n'ai pris conscience de ma solitude que depuis que j'ai enfin quelqu'un. C'est curieux. Elle me comprend. Et je suppose que la réciproque est vraie. »

Je ravalai l'antipathie que j'éprouvais à l'égard de Brin. « Je suis content que tu aies trouvé une amie. »

Les mains serrées autour de son café, elle rayonnait de bonheur, elle en semblait presque gênée. Je poussai lentement mon soda vers sa tasse pour trinquer.

« Santé. »

11

Dès son ouverture, Promenade au cœur des ténèbres attira un public nombreux, malgré le couvre-feu et les cauchemars bien réels qui hantaient notre ville. Je traquais des inconnus, cognais contre les murs, faisais trembler les portes et récoltais pour ma peine une moisson de cris et de hurlements épouvantés. Parfois, je laissais passer les Brad et les Katie sans me manifester, parfois je les capturais, semant la terreur parmi les groupes. Ainsi, même nos « infiltrés » restaient sur leurs gardes, et l'angoisse des participants atteignait des sommets. La catharsis au moment de déboucher sur le parking où les attendaient nos agents de sécurité n'en était que plus douce. J'étais bon dans mon rôle. J'adorais être un monstre. Sous ce costume, séparé du monde par une barrière de fourrure, de tissu et de plastique, plus rien n'avait d'importance.

Mon anxiété et ma confusion ne reprenaient le dessus

qu'en fin de soirée, au moment de retirer ma seconde peau pour redevenir Noah Turner. Donna et moi continuions de nous tenir par la main, nous échangions même à l'occasion un baiser en public, mais je ne ressentais rien. Je pensais beaucoup à la lettre de suicide d'Eunice, celle où elle parlait de ces gens qui pompaient la substance des autres dans l'espoir de satisfaire leurs désirs et leurs besoins. J'avais la sensation d'être une coquille vide exploitée à distance. J'étais surtout la proie d'une terrible appréhension, comme si quelque événement horrible allait se produire, contre lequel je serais impuissant.

En fait, cela prit la forme d'une série de choses, pas d'un incident unique.

Le lundi après notre ouverture, je rentrai du lycée et trouvai la porte de la chambre d'Eunice fermée. Mais au lieu des rires étouffés et du bruissement des draps auxquels je m'attendais, je n'entendis que le silence. Je retournai donc au rez-de-chaussée pour me préparer un casse-croûte. À la cuisine, je remarquai une enveloppe blanche sur la table. Une nouvelle lettre de la part d'Eunice ? Je m'assis pour la lire en mangeant mon sandwich au beurre de cacahouète et à la confiture. L'enveloppe contenait plusieurs feuilles, mais je ne reconnus pas l'écriture sur la première page :

« C'est pourquoi Dieu les a livrés à des passions infâmes : car leurs femmes ont changé l'usage naturel en celui qui est contre nature ; et de même les hommes, abandonnant l'usage naturel de la femme, se sont enflammés dans leurs désirs les uns pour les autres, commettant homme avec homme des choses infâmes, et recevant en eux-mêmes le salaire que méritait leur égarement.

Comme ils ne se sont pas souciés de connaître Dieu, Dieu les a livrés à leur sens réprouvé, pour commettre des choses indignes. » – Romains 1:26-28.

Je me suis repentie de mes péchés. Si tu attaches de l'im-

portance au monde après celui-là, tu suivras mon exemple. Ne m'appelle plus, s'il te plaît.

Ta sœur dans le Christ,

Brin

Le billet d'Eunice commençait juste après.

Cher Noah,

L'amour est ridicule, n'est-ce pas ? Un déséquilibre chimique, une maladie. Tu l'attrapes, tu perds la tête quelque temps ; quand ça te passe, avec de la « chance », tu te retrouves coincée dans un mariage imparfait, avec un emprunt immobilier sur le dos et une tripotée de gosses odieux qui réclament ton attention. Nos ambitions et nos rêves, notre aspiration à la grandeur sont soufflés par notre besoin d'un peu de chaleur humaine et de quelques orgasmes (ces contractions physiques éphémères ne nécessitent pourtant pas de partenaire). Et les artistes consacrent 99 % de leurs œuvres – musicales, littéraires, cinématographiques, etc. – à l'amour. Le monde continue de tourner comme s'il n'y avait rien de plus naturel, de plus souhaitable. Nous fredonnons, à n'en plus finir, des airs à la gloire d'une maladie et des cicatrices complexes qu'elle laisse derrière elle.

Mais il y a pire. Tu veux savoir quoi ? C'est quand l'objet de ton affection ne répond pas à ce sentiment. L'entendre te dire « Non, merci » quand tu te déclares. Et avoir la conviction, en ton for intérieur, que ce n'est pas réellement ce qu'il ressent, mais qu'un pauvre type a réussi à l'effrayer. Pourquoi les tordus de ce monde ont-ils autant de pouvoir ? Je l'ignore.

La lettre s'arrêtait brusquement, sans touche humoristique ni formule rassurante. Je retournai à la chambre d'Eunice et frappai à la porte. Elle m'ouvrit, échevelée, le visage gonflé.

« Qu'est-ce que tu veux, Noah ? »

Alors que je jetais un coup d'œil dans la pénombre derrière elle, j'eus l'impression de contempler un espace plus vaste, plus profond – une immense salle de bal de conte de fées, avec des fenêtres qui grimpaient jusqu'au plafond et laissaient entrer le clair de lune. Je reportai mon attention sur le visage fatigué et impatient d'Eunice. Quand je regardais de nouveau dans la chambre, elle ressemblait bien à celle de ma sœur – bien rangée, pleine de livres, et avec le petit poste de télévision posé sur la commode qui diffusait une lumière bleu pâle.

Je lui montrai sa lettre. « Je voulais m'assurer que tu allais bien.

– Ça va.

– Ça n'en a pas l'air.

– *Ça va*, je te dis, répéta-t-elle en insistant sur chaque mot. Je pensais que tu aimais lire ce qui me passait par la tête, mais si c'est trop pour toi… » Elle tendit la main vers la feuille.

« Non, non, protestai-je en reculant. Je ne voulais pas dramatiser. Désolé de t'avoir dérangée. Et désolé pour… tu sais… »

Elle grimaça. « On se parle plus tard. »

12

Le lendemain, après le départ des derniers visiteurs, je laissai Kyle et Donna aller dîner sans moi, et restai avec maman pour la fermeture. Je la trouvai à son bureau, en train de faire la caisse.

« Je m'inquiète pour Eunice, dis-je.

– Ah bon ? » répondit-elle, sans lever la tête.

Quand je lui expliquai mes raisons (en omettant la sexualité d'Eunice), elle se pencha en arrière sur sa chaise et se frotta les yeux avec les paumes des mains. Je remarquai la présence de mèches grises dans ses cheveux, et de rides d'expression figées autour de sa bouche. Elle avait eu cinquante et un ans cette année, mais je m'apercevais seulement maintenant qu'elle vieillissait.

« Eunice a toujours été comme ça, dit-elle. Cette dispute avec son amie peut aggraver son état, mais ça passera. Tant qu'elle continue de prendre ses médicaments, la patience est de mise. Elle ira mieux quand elle sera prête.

– Ça semble différent cette fois. »

Elle haussa les sourcils. « En quoi ? »

Était-elle à ce point aveugle ? N'avait-elle pas remarqué le changement chez Eunice quand Brin était entrée dans nos vies ? N'avait-elle eu aucun soupçon ?

« Tu ne sais pas ? Vraiment pas ? » insistai-je.

Elle me lança un long regard froid, comme si elle me défiait d'en dire davantage. Comme je n'étais pas prêt à franchir cette frontière entre nous, à traverser le no man's land de la disparition de Sydney et à commencer à admettre un certain nombre de choses, elle reprit ses comptes. « Je comprends que tu t'inquiètes pour ta sœur, mais fais-moi confiance, elle se remettra. »

Mais à notre retour à la maison, je trouvai une note griffonnée de la main d'Eunice dans la salle de bain à l'étage :

Plus il se retirait du monde, plus ses rêves devenaient merveilleux ; et c'est en vain que l'on aurait essayé de les retranscrire[1]. *– H. P. Lovecraft, « Celephaïs ».*

J'ignore si elle m'était destinée.

---

1. H. P. Lovecraft, *Les Contrées du rêve*, trad. David Camus, Mnémos, 2010.

13

La semaine se déroula presque sans incident. Mon Ami n'ayant pas réapparu, j'occupai mes loisirs à lire et à regarder la télévision en sourdine, attentif à Eunice. Pour l'essentiel, elle limitait ses déplacements à des allers-retours entre sa chambre et la salle de bain ou la cuisine. Elle avait les cheveux gras et ébouriffés, et les yeux gonflés à cause du manque ou de l'excès de sommeil. Je suivis les conseils de maman : je la laissai tranquille.

Le lundi d'après, Kyle ne vint pas en cours, il était malade. Donna et moi déjeunâmes donc tous les deux à la cantine sans notre médiateur habituel, mangeant en silence notre pizza caoutchouteuse et froide. Même préoccupé à propos d'Eunice et de mon Ami, je sentis que Donna avait quelque chose à me dire.

« Tu te souviens, l'autre soir, quand tu es resté pour aider ta mère et que Kyle m'a ramenée chez moi ? dit-elle. Quelque chose s'est passé, et je ne sais pas comment tu vas le prendre.

– Quoi ?

– On s'est un peu embrassés.

– Un peu ? » Comme si seuls ces deux mots posaient problème.

« Ce n'était pas prémédité. » Elle me regarda enfin. « Je l'ai invité à l'intérieur pour lui montrer la grâce d'ébène – qui n'est toujours pas fanée, d'ailleurs – et ensuite... » Sa phrase resta en suspens, elle haussa les épaules. « J'étais ailleurs, et quand j'ai repris mes esprits, on était en train de s'embrasser. Ça ressemble à une excuse foireuse, j'en ai conscience, mais l'espace d'une minute, c'est comme si j'avais oublié jusqu'à l'existence de mon petit ami. En fait, j'ai eu pas mal de trous de mémoire récemment. »

Je ne savais pas quoi dire ni même quoi ressentir. J'eus d'abord la tentation de puiser dans la trousse à outils fournie par toutes les scènes de rupture similaires auxquelles j'avais pu assister au cinéma ou à la télévision. Mais je m'aperçus que ça n'aurait pas de sens, d'autant plus que j'accueillais l'aveu de Donna avec un immense sentiment de soulagement. Je pouvais enfin mettre un terme à cette comédie, et ce ne serait pas de ma faute.

« T'inquiète, dis-je. Ça va aller. » Je jouai avec ma pizza. Je n'avais plus très faim.

« Tu es sûr ?

– Oui. Sérieux. Je ne t'en veux pas. » Je laissai mon assiette sur la table et sortis de la cantine ; j'avais déjà l'esprit ailleurs.

14

Cette nuit-là, je me postai au bord de mon toit et lançai à voix basse : « Tu es là ? J'ai besoin de toi. »

Mon appel finit par être entendu. Quelques instants plus tard, le monstre descendit à travers les airs et s'arrêta devant moi.

« Merci d'être venu. Entre. »

Je retournai dans ma chambre, et la créature me suivit. Plutôt que de s'asseoir à l'endroit habituel, sur mon lit, elle resta à côté de la fenêtre, comme prête à prendre son envol.

« Tu m'as manqué », dis-je. Quelque chose s'adoucit dans sa posture. « Où étais-tu passé ? »

Elle ramassa le bloc et le stylo sur mon bureau et écrivit TU VOULAIS QUELQUE CHOSE ?

Je notai sa réticence à me faire part de ses activités, mais décidai de ne pas m'y attarder. « Je ne sais pas si tu es au courant, mais deux enfants ont disparu ces dernières semaines. Toute la ville se ronge les sangs, y compris ma famille. Alors, j'ai pensé à toi, mon meilleur ami. Tu es capable de voler, tu as des sortes de pouvoirs magiques.

Tu pourrais peut-être m'aider à retrouver ces enfants. À les ramener à leurs parents. »

La créature se pencha de nouveau sur le bloc et griffonna un seul mot, en quelques coups de stylo décidés : NON.

« Non ? » Elle ne m'avait jamais rien refusé auparavant. « Mais ces gamins ont besoin de nous. Même si tu m'en veux, pense à ce qui risque de leur arriver ! »

Elle souligna son NON de trois traits. Puis elle ajouta : DEMANDE À DONNA.

« Donna ? C'est fini entre nous. C'est à toi que je m'adresse. »

Mon Ami me dévisagea un moment, et pour la première fois depuis des années, l'intensité de son regard, le mouvement de ses épaules qui se soulevaient en accompagnant sa respiration me mirent mal à l'aise. Enfin, elle soupira et écrivit : QU'EST-CE QUE JE PEUX FAIRE ?

À ma demande, nous volâmes jusqu'au Winn-Dixie fermé où la bicyclette de Maria Davis avait été retrouvée. Après avoir décrit des cercles dans le ciel pour nous assurer qu'aucune voiture de police ne surveillait les lieux, nous nous posâmes sur le parking. Les réverbères qui le bordaient avaient apparemment rendu l'âme, à moins que le propriétaire actuel n'ait décidé de les éteindre. Le seul éclairage provenait de la rue, à une vingtaine de mètres. Les yeux de la créature luisirent dans la pénombre, alors qu'elle me lançait un regard interrogateur.

« Allons voir, dis-je. Crie si tu trouves quelque chose. »

J'allumai ma lampe de poche et partis dans une direction, tandis qu'elle allait en explorer une autre. Le parking balayé par l'arc de lumière se révéla d'une propreté presque surnaturelle. Une armée d'experts de la police scientifique fédérale l'avait déjà passé au peigne fin. En arrivant au bout de la surface bétonnée, j'éteignis ma lampe et me retournai pour regarder mon Ami, penché en avant, qui reniflait, le nez au ras du sol.

Je tentai d'imaginer la scène, le jour où Maria avait disparu. Le ciel en partie couvert, le soleil surgissant de temps à autre entre les amoncellements de nuages. L'excitation de rouler à vélo sur le parking vide, une vaste étendue lisse rien qu'à elle – presque un frisson d'interdit. Peut-être une brise légère qui soulevait ses cheveux dès qu'elle prenait de la vitesse. Sa curiosité, au moment où une voiture avait approché. Connaissait-elle la personne au volant ? Non ? L'avait-on persuadée de monter à bord ? L'avait-on forcée ? L'itinéraire du ravisseur avait-il permis à Maria d'apercevoir sa maison une dernière fois ?

À l'autre bout de l'aire bétonnée, la silhouette massive de la créature se détachait sur l'obscurité, flairant le sol. Puis ses reniflements cessèrent brusquement. Mon Ami marqua un temps d'arrêt.

« Qu'est-ce qui se passe ? demandai-je. Tu as trouvé quelque chose ? »

Il se baissa, et quelques reniflements plus tard, me regarda et secoua la tête : *Non*.

« Tu ne ressens rien de bizarre ? Pas d'ondes négatives ? »

La créature inclina, puis secoua de nouveau la tête – *Non*. Je compris alors ce que j'aurais dû savoir, ou au moins soupçonner des semaines plus tôt. Elle me mentait.

« Vous vous connaissez, toi et ma mère ? » demandai-je.

Elle ne répondit pas, mais je crus lire une sorte de surprise dans le relâchement de ses épaules voûtées, comme si elle rentrait légèrement la tête.

« Ce dessin de mon costume, inspiré de toi, poursuivis-je. Quand je le lui ai montré, elle a réagi de manière vraiment bizarre. Elle t'a déjà vu, c'est ça ? »

Non.

« Juste après, elle s'est mise à parler de Maria Davis. Quel rapport avec toi ? À moins que, pour une raison ou pour une autre, elle t'associe à la disparition de Sydney ? »

Un grondement naquit dans sa gorge, et elle se détourna.

J'aurais dû avoir l'intelligence de ne pas insister, mais j'étais en colère ; pour la première fois depuis des semaines, je ressentais enfin *pleinement* quelque chose, et j'étais prêt à aller jusqu'au bout. Poursuivant le monstre, je le poussai. Pris au dépourvu, il tomba en avant, sur les genoux.

« Tu peux voler ! dis-je en courant derrière lui. Tu as des pouvoirs magiques ! Tu sais comment trouver des jouets Batman, et où se situe la fenêtre de Donna. Tu disparais chaque fois qu'un de ces gosses disparaît. Tu me caches quelque chose. Je suis sûr que tu sais ce qui est arrivé à Sydney, Maria et Brandon. Alors, arrête de me mentir, et parle ! » Je tendis la main vers son épaule, mais il m'écarta d'une claque. Cette fois, je tombai sur le cul.

Il gronda d'un air féroce, de la salive dégoulinant entre ses dents serrées, alors qu'il me fixait de son regard orange vif. Je fermai les yeux et levai mes avant-bras, pleinement conscient de la défense pitoyable qu'ils m'offraient face à la promesse d'un carnage. Me demandant comment m'était venue l'idée saugrenue d'emmener la créature si loin de chez moi, où j'aurais au moins pu appeler à l'aide, j'attendis la mort.

J'attendis.

Quand je rouvris les yeux, j'étais seul sur ce parking au milieu de nulle part.

15

Je marchai jusqu'à la station-service la plus proche d'où j'appelai la maison depuis une cabine. Une demi-heure plus tard, la voiture de maman s'arrêta sur le parking. Derrière le parebrise, elle avait l'air furieuse, la mâchoire contractée, les narines dilatées. Elle était toujours en pyjama.

Je me hâtai dans sa direction et m'écroulai sur le siège passager. En dépit de son regard aussi inquisiteur qu'insistant, je gardai le mien fixé droit devant moi.

« Je ne sais même pas par où commencer, dit-elle.
– Je suis désolé.
– Mais qu'est-ce que tu *fichais* là, bon sang ? Et seul en plus ?
– Je suis sorti pour une balade en voiture avec des amis qui sont repartis sans moi, expliquai-je.
– Quels amis ? C'est Kyle qui t'a abandonné ici ? » C'était curieux, cette façon de manifester son inquiétude maternelle uniquement quand elle était en colère contre moi. Néanmoins, je mentirais en disant que ça rendait sa fureur plus agréable. Je me sentais vraiment minable.

« Non, maman. Kyle n'y est pour rien. Il est avec Donna ce soir. » Je n'en savais rien, mais je ne prenais pas grand risque à le supposer. Comme il était « malade », elle lui apporterait peut-être du bouillon de poule et en profiterait pour lui faire part de ma bénédiction-indifférence.

« Kyle est avec Donna ? » Sa voix s'adoucit. Je croisai les bras sur ma poitrine et baissai la tête. Qu'elle en tire ses propres conclusions.

« Je suis désolée », ajouta-t-elle. Puis, comme pour elle-même : « Tu n'avais pas le moral, alors tu es sorti et tu t'es comporté comme un idiot.
– Je voulais voir où Maria Davis a disparu », expliquai-je. Une petite dose de vérité ne pouvait pas faire de mal. « Je pensais peut-être trouver un indice qui avait échappé à la police et… » Je laissai ma phrase en suspens et haussai les épaules.

« C'était vraiment idiot, dit-elle, son ton retrouvant sa fermeté coutumière. Qu'est-ce que tu espérais, bon sang ? Faire la une, comme ta sœur ou les deux autres ? Tu as eu de la chance, tu sais ?
– Oui. » Sans doute plus qu'elle l'imaginait. Alors que je tentais de croiser son regard, je lus dans ses yeux une inquiétude bien réelle mêlée à la colère.

« Je devrais te virer. T'obliger à rester à la maison

jusqu'à la fin de la saison. C'est peut-être la seule chose qui t'aiderait à comprendre la gravité de tes actes. Et si Sydney n'avait pas disparu juste après avoir laissé tomber en 1989, je ne me gênerais pas. Mais je préfère t'avoir là où je peux te surveiller. À partir de maintenant, tu vas au lycée, au travail, et tu rentres. Et c'est à ça que se résume ta vie jusqu'à ce que j'en décide autrement. »

Après la journée que j'avais eue, je ne m'en tirais pas trop mal. Je hochai la tête, tâchant d'afficher un air penaud.

16

Privé de sortie, sans petite amie, en hiatus avec mon meilleur ami, et mortellement effrayé par le monstre, je passai plus de temps chez moi, mais ne vis pas beaucoup Eunice. Quand elle ne se terrait pas dans sa chambre, elle monopolisait l'ordinateur familial. Elle tapait sur son clavier à toute vitesse pendant des heures, et semblait rarement s'interrompre pour réfléchir. Maman dit que nous devions la laisser tranquille, qu'Eunice traverserait le pays de la dépression à son propre rythme, mais vivre avec une personne déprimée n'est pas facile. La dépression occupe un espace physique, elle enfle et se glisse sous les portes closes. Elle flotte d'une pièce à l'autre, comme un gaz toxique, un brouillard qui finit par envahir toute la maison.

Par instinct de conservation, je décidai de tenter de remonter le moral d'Eunice. Au troisième jour de mon assignation à résidence, je frappai à sa porte à mon retour du lycée. Sans réponse de sa part, j'entrai tout de même. Eunice était au lit, enchevêtrée dans ses draps en désordre. Elle avait tendu une couverture devant la fenêtre, occultant la lumière du soleil. La pièce empestait la chair humaine pas lavée. Du linge sale jonchait le sol, des assiettes avec des restes de nourriture séchés s'amoncelaient sur le bureau.

Je la bousculai par l'épaule ; elle se réveilla en sursaut. « Ça va, la rassurai-je d'une voix douce. C'est moi. »

Son halètement paniqué se transforma en un long soupir d'exaspération. Elle ouvrit et ferma la bouche en produisant un claquement. À en juger par sa moue écœurée, ce qu'elle sentit n'était pas à son goût.

« Quelle heure est-il ? demanda-t-elle.

– Quatre heures, environ. »

Elle gémit, s'étira et donna un coup de pied dans un livre qui se trouvait sur le lit. Il atterrit sur le sol en s'ouvrant, le recto vers le bas, avec quelques pages de travers. *Le Cycle du rêve de H. P. Lovecraft : Rêves de terreur et de mort*. Elle leva la tête, sembla estimer que cela exigeait trop d'effort, et se laissa retomber sur l'oreiller.

« Je ne travaille pas ce soir, expliquai-je. Je sais que je suis privé de sortie, mais maman ne verra sans doute pas d'inconvénient à ce qu'on se loue quelques films.

– Pas envie, répondit-elle.

– Et si on mangeait quelque chose ? J'ai de l'argent. Je peux nous commander une pizza.

– Invite Donna.

– On a rompu. »

Elle leva les yeux au plafond. « Noah, je ne sais pas comment être plus claire : je veux qu'on me laisse seule. Tu ne peux pas me demander de devenir brusquement ta meilleure amie parce que tu viens de te faire larguer.

– C'est pas du tout ça, protestai-je.

– Je comprends, poursuivit-elle. Comme maman t'ignorait quand tu étais petit, j'ai pris la relève. Je t'ai nourri, je t'ai aimé, j'ai fait preuve d'enthousiasme dès que tu rentrais à la maison avec un bon point, je me suis extasiée devant tes dessins. Mais tu n'es plus un gamin, alors lâche-moi, tu veux ?

– Ce n'est pas que pour moi, m'efforçai-je de répondre posément. J'ai pensé que passer un peu de temps hors de ta chambre – et arrêter de broyer du noir – te ferait du bien.

– Je ne peux pas quitter cette pièce. Mon cerveau est de la taille de Saturne, mais à cause d'un déséquilibre chimique, je croupis ici. Et voilà qu'en plus, j'ai à me justifier auprès d'un narcissique médiocre incapable de gérer ses problèmes avec sa maman. Alors, avant de me balancer d'autres âneries sur mon bien-être, ouvre grand tes oreilles : j'irais encore mieux si tu voulais bien dégager de ma chambre et me foutre la paix !

– Eunice.

– Va. Te. Faire. Foutre. »

J'allais sortir, mais ma colère fut la plus forte. Me retournant, je lâchai : « Non, toi, va te faire foutre. J'essayais simplement de t'aider à oublier cette salope, cette folle de Jésus que tu… » Me creusant les méninges pour trouver les mots qui la blesseraient autant qu'elle m'avait blessé, je sombrai dans l'ignoble. « J'espère que Brin a raison et que tu iras pourrir en enfer. »

Je claquai la porte derrière moi, tout mon corps tremblait. J'aurais pu tuer quelqu'un. J'avais des envies de meurtre. Plutôt que d'y céder, je descendis comme un ouragan et attrapai ses clés au crochet dans l'entrée.

Je volai la voiture d'Eunice aussi discrètement que possible, sans faire crisser les pneus ni mettre la radio à fond. Piquer la bagnole et violer mon assignation à résidence suffirent à ma vengeance. Rouler avait des vertus apaisantes pour le jeune conducteur encore peu sûr de lui que j'étais. Je traversai la ville sans but, dans une circulation de plus en plus fluide à mesure qu'approchaient la fin des heures de pointe et le coucher du soleil. Je retournai au Winn-Dixie, lieu de ma dernière violente dispute avec mon Ami.

Une fois sur le parking, je regardai par le pare-brise, tentant à nouveau de m'imaginer ce qui avait pu se produire, le monstre empoignant Maria Davis sur son vélo pour la cacher… où ? Et en plein jour ? Brandon Hawthorne avait été enlevé la nuit, mais pas Maria. Arrivait-il à mon

Ami d'apparaître dans la journée ? Comme cette question m'en apportait de nouveau la preuve, je savais bien peu de choses de la créature.

Le soleil s'était couché, et malgré l'angoisse qui me rongeait, je commençais à avoir faim et à me sentir nerveux. Je voulais m'excuser auprès d'Eunice pour les horreurs que j'avais proférées. Je démarrai et décidai de rentrer, roulant légèrement sous la limite de vitesse, réfléchissant à ce que j'allais dire à ma sœur. Comment retirer l'attaque haineuse que je lui avais lancée ? À environ trois kilomètres de la maison, j'étais tellement absorbé qu'engagé dans la voie de virage à gauche avec la flèche allumée, je ne prêtai pas attention à un autre véhicule. Quand la lumière de ses phares inonda ma vitre du côté passager, il était trop tard. Le monde se transforma en une masse confuse et tourbillonnante de béton et de réverbères.

17

Je m'immobilisai dans un crissement de métal, les mains sur le volant, à bout de souffle. Je n'avais mal nulle part, mais mon corps étincelait et brillait comme de l'eau au soleil. Des éclats de verre. J'en étais couvert. À travers les vestiges du pare-brise, je vis l'autre véhicule, un minibus VW, également à l'arrêt, mais à contresens. L'un de ses phares était fracassé, et la porte latérale coulissante s'était ouverte sous le choc.

Je dus m'y reprendre à trois fois pour détacher ma ceinture de sécurité. Quand je parvins à m'extraire de ma voiture, je trébuchai sur le béton, mais je le sentis à peine. Je me relevai sur des jambes flageolantes et titubai en direction du minibus. Le conducteur était affaissé sur le volant. Tout tournait. J'avais des élancements dans la tête.

« Ça va ? » demandai-je.

Il gémit et remua un peu. Par la porte latérale ouverte s'échappait la lumière apaisante diffusée par la veilleuse. Je m'arrêtai au milieu de la rue, ravi de sa chaleur rassurante, mais dus me protéger la bouche et le nez avec les mains, alors qu'une odeur putride et douceâtre déferlait sur moi. Je retins ma respiration et jetai un coup d'œil au contenu du minibus : boîtes de bière vides, emballages et restes de fast-food, un extincteur sur le flanc et, au centre, une masse noire brillante. Un sac-poubelle ; non, plusieurs, en fait ; un tas aux formes irrégulières et mystérieuses.

Quelqu'un m'attrapa par l'avant-bras et me tira en arrière. Je me retrouvai face à un grand barbu crasseux aux cheveux gras. Il portait des fripes mal assorties et sentait vraiment mauvais. Une estafilade saignait sur son front. J'eus l'impression de le connaître.

« Qu'est-ce que vous faites ? demanda-t-il.

– Vous êtes sûr que ça va ? Vous saignez.

– Pourquoi vous fouinez dans mon véhicule ? C'est pas vos affaires.

– Je ne… Je ne voulais pas… Je suis désolé. » Son odeur nauséabonde ne m'aidait pas à avoir les idées claires. Je ne pouvais pas m'empêcher de jeter un coup d'œil par la porte latérale restée ouverte.

Sa main se resserra sur mon bras. « C'est pas vos affaires », répéta-t-il.

Alors que je me détournais, quelque chose remua à l'arrière du minibus. L'un des sacs, déséquilibré par quelque effet de la pesanteur, roula en avant, dégringola hors de la cabine et tomba lourdement dans la rue. Comme il n'était pas fermé correctement, une forme pâle s'en échappa, se détachant nettement sur le plastique noir et la chaussée grise : une petite main.

Il s'aperçut que je l'avais vue. J'eus à peine le temps de distinguer un reflet qu'une lame en dents de scie fendait l'air entre nous, décrivant un arc d'une étrange beauté.

Je m'interrogeais encore sur cette beauté quand un grand poids me percuta ; le monde se remit à tourner, et je m'écroulai. Le couteau cliqueta sur le sol un peu plus loin.

Je m'assis, palpant mon corps à la recherche de blessures, mais j'étais indemne. Une silhouette encapuchonnée, accroupie entre moi et l'autre homme, me bouchait la vue. Elle se dressa de toute sa hauteur. Un grondement sourd monta de la gorge de mon Ami. Sa robe cramoisie semblait flotter autour de lui, comme libérée de l'attraction terrestre.

Alors que la créature avançait sur lui, mon agresseur inclina la tête d'un air songeur, vaguement absent. Il ouvrit la bouche, mais avant qu'un mot en sorte, quelque chose d'autre tomba du ciel et s'interposa entre eux. Cette créature-là ressemblait à mon Ami, à quelques différences près : sa fourrure tirait davantage sur le gris, et une balafre lui labourait le côté du visage. Par ailleurs, sa cape était bleue, pas rouge.

Mon monstre n'était pas unique. J'avais devant moi un représentant de la même espèce, à l'air plus féroce. Il gronda et montra les dents, protégeant le type crasseux. Mon Ami écarta les bras et recula d'un pas. L'homme cria de nouveau : « Pas vos affaires ! », et le Monstre gris rugit et fit un mouvement brusque en avant. Mon Ami se laissa tomber sur le sol et se couvrit la tête de ses pattes. Le Monstre gris trébucha sur lui, se prit les jambes dans les capes qui s'enchevêtraient et s'écroula dans la rue.

Mon Ami roula à quatre pattes, alors que le Monstre gris l'imitait. À présent, ce dernier se trouvait entre mon Ami et moi. Les deux créatures parurent s'apercevoir de l'interversion au même moment, mais le Monstre gris fut le plus prompt à réagir. Toujours à quatre pattes, il galopa vers moi, la gueule grande ouverte sur ses dents acérées. Ses mâchoires semblèrent s'écarter jusqu'à occuper un espace impossible, un ciel étoilé de crocs.

Je reculai tant bien que mal en levant le bras, mais pas

assez vite. Je fermai les yeux. Un jaillissement humide m'éclaboussa la figure et mon Ami se mit à hurler comme un chien blessé. Quand j'ouvris les yeux, son visage se trouvait à côté du mien, déformé par une expression de douleur et de crainte. Il avait coincé son bras entre les mâchoires du Monstre. J'étais couvert du sang noir de mon Ami.

Les coups qu'il assénait au Monstre de son bras libre me semblaient manquer de force. Contournant le Monstre, je me relevai et me jetai sur son dos. J'enroulai mes bras autour de sa gorge comme un catcheur de la télévision. J'eus l'impression d'étrangler un tuyau de poêle. Il ouvrit l'étau dans lequel ses mâchoires tenaient mon Ami et tourna sur lui-même, cherchant à me frapper à toute volée. J'enserrai sa taille entre mes jambes, mais ne parvins pas à trouver de prise. Ses griffes tentèrent de me saisir, d'abord à gauche, puis à droite. Comme je ne pouvais pas lâcher des deux côtés en même temps, l'une d'elles s'enfonça dans ma joue gauche. Je hurlai, alors que la vision de mon œil gauche virait au rouge, puis au gris.

Arraché au dos du Monstre, je me balançai dans les airs avant de me retrouver contre la poitrine de mon Ami, ma chemise imbibée du sang de son bras affaibli. Le Monstre gris fonça de nouveau vers nous ; mon Ami me lâcha et se ramassa, les genoux fléchis ; puis il attrapa son adversaire par les mâchoires. Il hurla, alors que ses pattes s'empalaient sur les crocs du Monstre, mais il tint bon. La longue langue violette du Monstre s'agita de manière presque comique dans sa bouche maintenue ouverte de force, claquant contre les pattes de mon Ami, comme si elle espérait lui faire lâcher prise.

Mon Ami se pencha en avant et se redressa, obligeant le Monstre à plier les genoux. Celui-ci multipliait vainement les coups, à mesure que l'écartement de ses mâchoires approchait le point de rupture. J'aurais dû détourner les yeux à ce moment-là. Ça m'aurait épargné le spectacle de mon

Ami qui séparait la partie inférieure du reste de son crâne. Ensuite, il jeta les morceaux de chaque côté. L'un d'eux alla rejoindre le couteau de mon agresseur dans l'obscurité, tandis que le corps du Monstre gris s'écroulait, en une masse de tissu et de sang noir, et que ses yeux orange s'éteignaient.

Mon Ami poussa un cri de douleur et de victoire plein de fureur. Le verre encore intact dans la voiture d'Eunice et le minibus VW vola en éclats, ainsi que celui des réverbères, plongeant le voisinage dans les ténèbres.

« Nom d'un chien. C'est pas vos affaires, dit une petite voix, celle du conducteur du minibus, choqué. Nom d'un chien. C'est pas comme ça que ça se passe. Je veux une deuxième chance. »

Je reconnus enfin mon assassin en puissance. Je ne l'avais vu qu'une fois auparavant, le jour où la voiture de maman avait pris feu en 1989. Il avait éteint l'incendie. Nom d'un chien. Merde, le monde était petit !

Mon Ami avança, probablement pour en finir. Tout près, des sirènes hurlèrent. Des véhicules avec des gyrophares approchaient, avec à leur bord des gens payés pour rétablir l'illusion de l'ordre dans notre quotidien si terre à terre.

« Arrête, ordonnai-je à mon Ami, qui m'obéit. Laisse-le. » Qu'il explique l'accident, la bagarre entre les monstres et le tas de sacs-poubelle à l'arrière de son minibus. Ça lui ferait les pieds.

Mon Ami s'agenouilla pour me soulever. Il grimaça et me lança un regard interrogateur. *Où on va ?*

« Loin. Pas à la maison. »

18

D'abord, le vent nous freina, puis il retomba. L'air prit une odeur sulfureuse. Je tentai de lever la tête, mais mon Ami repoussa doucement mon visage contre sa poitrine.

J'étais presque endormi quand il se posa dans une petite clairière. La forêt alentour, touffue, ne laissait voir que les ténèbres entre les troncs. Les arbres, l'herbe, tout était d'un noir d'encre ; le ciel verdâtre et sombre me sembla familier. Un monticule herbu avec une entrée sur le côté se dressait au centre de la clairière, entouré de grâces d'ébène, identiques à la fleur que j'avais offerte à Donna.

« Où sommes-nous ? » demandai-je.

Mon Ami me fit franchir le seuil et me porta dans un escalier en colimaçon qui descendait de quelques marches. La porte se referma derrière nous. Des bougies s'allumèrent, nous éclairant jusqu'à une grande pièce unique, avec un sol et des murs en bois. La créature m'étendit sur un grand lit garni d'épaisses couvertures qui ressemblaient à de la fourrure et entra dans une sorte de petite cuisine. Des tableaux décoraient les murs, d'abord de simples représentations de voitures, de bâtiments et de gens, auxquelles succédaient des œuvres abstraites plus complexes, des jeux d'ombres et de couleurs avec des silhouettes floues. Un chevalet en bois dégrossi et un tabouret se trouvaient dans un coin, et une palette tachée était posée sur le tabouret, à côté d'une chope pleine de pinceaux. Des toiles s'empilaient l'une contre l'autre derrière le chevalet. Sur celle du dessus, deux visages aux traits horriblement déformés donnaient une impression de relief saisissante.

« C'est là que tu habites ? » demandai-je.

La créature ne répondit pas. Elle s'affairait, écrasant quelque chose pour le mélanger à une tasse remplie d'eau. Quand elle se tourna de nouveau vers moi, elle tenait deux tasses dans une patte, son bras blessé ramené contre son corps. Elle traversa la pièce et m'offrit une des tasses. Je tendis une main tremblante.

La créature posa les tasses sur le sol et m'enveloppa dans une couverture prise sur le lit. Elle ramassa une des tisanes qu'elle porta à mes lèvres. Son contenu me parut aussi sec et amer que de la terre. Je tentai de me détourner, mais croisai le regard de mon Ami où je lus un mélange de détermination et de colère. Je me forçai donc à avaler le breuvage terreux. Peu à peu, mes tremblements diminuèrent, une chaleur agréable m'engourdit et se répandit dans mon corps.

Quand j'eus vidé ma tasse, la créature fit de même avec la sienne. Elle tendit son bras blessé et remonta sa manche. Il manquait de la fourrure par endroits, mais les plaies formaient déjà des cicatrices rose pâle. Une bonne partie de ma propre douleur s'était estompée, mais mon œil gauche ne me montrait toujours que du gris.

« Mon œil, m'inquiétai-je. Je vais le récupérer ? »

Mon Ami secoua la tête.

Je me mis à pleurer, à cause de la perte de mon œil, bien sûr, mais aussi de tout le reste : ma dispute avec Eunice et les horreurs que j'avais proférées, mon accident, les sacs-poubelle entassés dans le minibus, et l'autre monstre.

« C'étaient eux dans le minibus, n'est-ce pas ? Les enfants disparus. »

La créature hocha la tête.

« Alors, ils sont morts. Tous les deux. »

Nouveau hochement de tête.

« L'homme qui les a tués. Peut-être qu'il a tué Sydney. Et il avait l'intention de me tuer, moi aussi. Et malgré mes accusations, tu m'as sauvé la vie. »

La créature toucha mon visage, me fit tourner le menton pour que nos regards se croisent. Puis elle rentra la tête dans les épaules et fronça les sourcils. L'espace de quelques secondes, son corps se resserra et diminua de taille, les larges épaules descendirent à ma hauteur, le museau se rétracta, l'orange vif de ses yeux privés de pupille se transforma en vert doux. La fourrure disparut en dernier, absorbée par une chair rosée pour révéler une femme pâle aux pommettes saillantes, avec un menton volontaire et une petite bouche déterminée. Ses longs cheveux roux étaient noués dans une queue de cheval.

Elle s'éclaircit la voix. « Je t'aime, dit-elle. Jamais je ne pourrais te faire de mal. » Elle avait la voix rauque, et un accent que je ne parvins pas à identifier.

Peut-être était-ce le choc de cette soirée, ou la simple déclaration d'amour après notre brouille, la joie d'être réunis après avoir frôlé la mort. Quelle que soit la raison, je me penchai et posai mes lèvres sur les siennes. Son baiser fut vigoureux, plein d'assurance, je sentis le contact frais et calleux de ses mains sur mes joues. Elle me poussa sur le dos et enleva la couverture pour que je sois libre de mes mouvements. Je saisis son visage, ses hanches, ses cuisses qui disparaissaient dans les plis de vêtements devenus beaucoup trop grands, mes mains trop excitées, trop avides pour rester en place. Elle m'enfourcha et se pressa contre mon entrejambe. Mon corps réagit naturellement, débordant d'un désir brutal.

Elle ouvrit sa robe et la laissa tomber de ses épaules, révélant sa peau d'albâtre, ses seins ronds, son buisson roux de poils pubiens. Elle rua contre moi, poussant contre mon érection avec un sourire bienveillant.

Elle déboucla ma ceinture, déboutonna mon jean et tira sur la fermeture Éclair. Je soulevai mon cul et me tortillai, avec son aide, pour faire glisser mon pantalon autour de mes genoux. Puis elle m'empoigna, serra, et se laissa descendre sur moi.

Comme mon premier baiser, ma première expérience sexuelle se termina avant d'avoir vraiment commencé. Malgré ma gêne, à aucun moment elle ne se départit de son expression de douceur et de gentillesse. Elle sut me ménager, atténuant mon humiliation par des vagues de plaisir. Quand j'eus fini de me convulser et que mon membre ramolli se mit à glisser hors d'elle, elle posa ses paumes sur ma poitrine, et dit : « Encore. » Une lumière dorée se répandit dans mon esprit, j'étais prêt ; fort de ma soudaine érection, j'entrai de nouveau en elle. Elle haleta un peu.

La deuxième fois dura beaucoup plus longtemps. Elle me chevaucha avec vigueur, se caressant avec la main, les yeux fermés et la tête renversée. Au moment de jouir, elle cria des mots que je ne comprenais pas, les répétant jusqu'à ce qu'elle s'écroule sur ma poitrine et m'arrache un second orgasme, d'une violence presque douloureuse.

Après, elle s'allongea à côté de moi, un bras et une jambe en travers de mon corps, et enfouit son visage dans mon cou.

« Tu peux prendre une autre apparence, constatai-je, caressant sa cuisse laiteuse.

– Oui, dit-elle, ses lèvres me chatouillant les oreilles.

– N'importe laquelle ? N'importe qui ?

– Non, juste celle-là.

– Pourquoi tu ne m'as jamais montré avant ? »

Elle ne répondit pas, mais me serra plus fort, comme si elle craignait de me voir partir. J'étais trop épuisé pour bouger, et rester là, loin des ennuis et des complications du monde réel, me convenait tout à fait.

19

La petite maison n'avait pas de fenêtres ; j'ignorais donc s'il faisait jour ou nuit quand je me réveillai et la trouvai en train de me regarder, caressant mon visage.

« Comment te sens-tu ? demanda-t-elle.

– J'ai faim. Tu as quelque chose à manger ?

– Rien qui te plairait. Mais je peux t'apporter tout ce que tu veux.

– Pas la peine. De toute façon, je devrais probablement rentrer. Eunice ne me pardonnera jamais d'avoir eu un accident avec sa voiture. Et puis, j'ai besoin d'un médecin. Et de me changer. » À contrecœur, je me levai pour m'habiller.

Elle s'assit dans le lit et s'adossa contre le mur, décoiffée et ravissante. « Tu n'es pas *obligé* de partir.

– Bien sûr que si.

– Tu peux rester aussi longtemps que tu le voudras.

– Quoi, et simplement renoncer à ma vie ? »

Elle inclina la tête. « Je peux t'apporter tout ce que tu désires ou tout ce dont tu as besoin.

– Où est-ce qu'on est, exactement ? »

Elle fit semblant de ne pas m'avoir entendu et me regarda m'habiller en silence.

« Je te préfère sans tes vêtements, dit-elle.

– Tu peux me renvoyer chez moi ? »

Elle se leva et traversa la cabane, allant s'agenouiller devant l'un des meubles de rangement. Observer son corps nu exécuter ces gestes simples relança mon excitation ; j'étais sur le point de remettre ça une troisième fois quand elle revint vers moi avec entre les mains une petite pierre noire accrochée à une fine cordelette de cuir.

« C'est pour toi », dit-elle, me la passant par-dessus la tête. Sentant son contact froid contre ma poitrine, je la soulevai pour l'examiner. Elle était parfaitement lisse, sans le moindre défaut.

« Dès que tu as envie de venir me voir, serre-la dans ton poing en pensant à moi, expliqua-t-elle. Où que tu sois, elle te conduira sur le pas de ma porte. Et pour t'en aller, tu n'as qu'à refaire la même chose en imaginant ta destination. Elle t'y emmènera.

– Merci. »

Elle sourit, l'air un peu peiné. « Je regrette que tu doives partir.

– Moi aussi.

– Tu promets de revenir ? » Elle inclina la tête et leva vers moi ses yeux verts aux paupières lourdes.

« Dès que possible. »

20

Pour mon premier voyage, la pierre noire me déposa sur le perron de la maison familiale sous un soleil matinal radieux. Les chiens du voisinage aboyaient, les enfants riaient. Je cherchai mes clés, avant de me rappeler que je les avais laissées dans la voiture d'Eunice. Sans trop y croire, je tournai la poignée de la porte. À ma grande surprise, elle s'ouvrit.

J'entrai. « Y'a quelqu'un ? »

La question resta en suspens dans le vestibule, avant de s'évanouir dans l'air immobile. Sur la table de la cuisine, je trouvai un bol de Cheerios à moitié plein, abandonné là depuis des heures, à en juger par la bouillie de céréales. D'autres détails curieux attirèrent mon attention : un cadre, d'ordinaire accroché au pied de l'escalier, gisant sur le sol, cassé, le verre fêlé ; une goutte de sang solitaire se détachant sur le tapis couleur crème ; le combiné du téléphone, renversé sur le côté devant le canapé.

Je découvris la lettre d'Eunice dans l'escalier, probablement là où maman l'avait laissée tomber, alors qu'elle se ruait pour enfoncer la porte de la salle de bain verrouillée de l'intérieur. Dans la baignoire, la porcelaine au-dessus du niveau de l'eau rosie était tachée de rouge, le rasoir négligemment jeté sur le tapis de bain.

Je m'assis sur la cuvette des cabinets. Mon œil gauche palpita, tout tournait autour de moi.

En bas, le téléphone sonna. Le bruit, strident, remplit la maison. Il me sembla incroyablement distant, tel un cri de détresse auquel je ne pourrais jamais répondre à temps.

La dernière lettre d'Eunice

Cher Noah,

Commence par reposer cette lettre, et ne reprends ta lecture qu'après m'avoir pardonnée. Je suis sérieuse. Je t'attends.

Bien. Il s'est peut-être écoulé six mois ; tu es étendu sur ton lit, le temps d'une pause dans tes devoirs ; maman regarde la télévision dans la pièce d'à côté. À moins que tu sois assis dans un fauteuil à bascule, des années plus tard, sur la terrasse d'une maison de retraite idyllique, dont les grandes fenêtres donnent sur un beau parc verdoyant. Tes cheveux ont-ils blanchi ? Le temps a-t-il marqué ta peau tavelée ? Je l'ignore ; je ne suis plus là pour le voir, et c'est le problème. Je ne peux plus te voir. Je ne peux plus rien voir, sauf ici, maintenant.

Nous sommes le 28 octobre, et je suis dans le « bureau ». Je n'ai pas allumé ; la nuit est claire, et un réverbère glisse un doigt d'un vert nauséeux entre les stores. Sur le sol derrière moi, il se dispute mon ombre avec l'éclat de l'écran d'ordinateur. J'ai rangé tous mes livres, mes CD et mes habits dans des cartons identifiés selon leur contenu. Une dernière corvée m'attend. Après avoir envisagé plusieurs possibilités tentantes, j'ai choisi la méthode traditionnelle. Je veux semer un peu la pagaille, mais pas trop. Quand les gémissements et les grincements de dents se seront tus, tu pourras vider et rincer la baignoire, puis laver la porcelaine avec un nettoyant ménager.

J'ai fait ce que j'ai fait parce que je t'aime.

Ne va pas penser que c'est de ta faute. Je regrette ce que je t'ai dit, et je ne t'en veux pas d'avoir pris la voiture. C'est important de le préciser, parce que, dans ce type de situations, un seul mot compte : Pourquoi ? Si tu n'exposes pas ta (ou tes) réponse(s) avec la rigueur d'un as du barreau, les personnes que tu laisses derrière toi se sentent responsables. C'est leur côté égoïste et nombriliste, on n'y peut rien.

Quand je me réveille le matin, j'ai mal partout. C'est comme la grippe, mais sans la fièvre et les vomissements. Juste une douleur insoutenable et l'immense tristesse d'avoir survécu à une nuit de plus. Je sais ce que tu penses : Eunice, c'est la dépression qui parle, ce n'est pas nouveau, ça fait des années que ça dure. Voilà pourquoi tu dois impérativement et régulièrement prendre tes médicaments. Le problème, c'est qu'ils ne sont plus efficaces. Je suis mon traitement quotidiennement et j'ai quand même mal. Quand je me regarde dans la glace, je ne vois plus mon visage, mais une chose en lente désintégration, avec des cercles sombres sous des yeux troubles, perdus dans le vague ; des lèvres gercées qui saignent si elles tentent un sourire. Parfois, je n'entends pas les gens qui me parlent, ou alors, je ne sais pas quoi leur répondre. En général, je suis complètement à côté de la plaque. Comme l'a encore démontré mon comportement ce soir.

Ce n'est pas volontaire de ma part. J'ai essayé de me soigner, mais je ne serai jamais normale. Quelque chose cloche chez moi. Malgré tous mes efforts, j'aurai beau faire, je suis condamnée à l'échec. Je ne serai jamais jolie ou athlétique, les garçons ne s'intéresseront jamais à moi. Pire, ils ne m'intéresseront jamais. D'ailleurs, si tu croises Brin à l'occasion, et que vous en venez naturellement à aborder le sujet, dis-lui que je suis désolée de ne pas être née autre. Non pas que j'aie particulièrement envie d'être un homme, mais j'aurais volontiers sacrifié mon identité pour qu'elle se sente le droit de m'aimer.

Je n'arrête pas de m'interrompre dès que j'entends le bruit d'une portière qui claque. Je me lève et j'avance vers la fenêtre en espérant que c'est toi, calmé et prêt à tenter de reprendre notre discussion. Je nous imagine en train de marmonner nos excuses respectives, je lis l'inquiétude sur ton visage franc et ouvert ; à mesure que nous travaillons à reconstruire maladroitement un pont entre nous, je sens mon courage et ma détermination faiblir. Ton désir que tout aille bien est si fort que j'envisage de renoncer, de tenir encore un jour, une semaine ou un mois, envers et contre tout. Peut-être toute une vie, dans ton intérêt. Mais je regarde par la fenêtre, et ce n'est pas toi.

À mes obsèques, qui ne devraient plus tarder à présent, quelqu'un montera en chaire, à côté de mon cercueil, pour se lancer, la larme à l'œil, dans un laïus sur mon égoïsme. Comment ai-je pu oser ? Quel droit avais-je ? À cette personne, je réponds (et je compte sur toi pour faire passer le message) : vous devriez avoir honte ! Je crois me souvenir que, pour Kierkegaard, le tabou qui frappe le suicide dans notre société tient au fait qu'un individu qui met fin à ses jours incite les membres de son entourage à s'interroger sur la valeur de leur propre existence, une perspective peu réjouissante. Pose-toi la question : qu'est-ce qui rend ta vie si formidable ?

En ce qui me concerne, j'ai la réponse : l'ondulation des hanches de Brin ; son rire ; tes grimaces à l'époque où je te faisais la lecture ; voir maman se tordre, quand papa la faisait rire ; regarder Sydney danser, ses mouve-

ments semblaient la libérer, elle était enfin elle-même ; la sensation éprouvée en tapant si vite sur le clavier que mon Commodore 64 avait du mal à suivre ; la bouche de Brin sur la mienne.

Je suis coincée ici, dans la pièce qui sert de bureau familial, loin de toutes ces choses (sauf du clavier, bien sûr). Prisonnière de ce corps, dans l'impasse du temps linéaire.

Récemment, j'ai fait un rêve intéressant, différent des trucs ennuyeux habituels, du genre perdre ses clés ou oublier de réviser pour un examen. Brin est venue me chercher à la maison pour me proposer une balade en voiture. Il faisait noir. On a traversé d'étranges paysages montagneux. Le similicuir déchiré de mon siège me grattait la nuque. Le moteur tournait gentiment à une allure de retraité, tandis que Brin fixait la route, un sourire de madone énigmatique sur les lèvres. On ne s'est pas arrêtées pour acheter à manger, faire le plein ou une pause pipi. Ça n'a pas été nécessaire.

Enfin, on est arrivées sur un parking au sommet d'une colline.

« Ne bouge pas, a dit Brin. Et ferme les yeux. »

J'ai obéi. Elle est descendue du véhicule, m'a ouvert la portière, puis m'a prise par les mains pour m'aider à sortir à mon tour. Je l'ai laissée me guider, d'abord sur la surface gravillonnée, puis sur l'herbe.

« Maintenant, tu peux regarder », a-t-elle dit.

Je me tenais en haut d'une colline, sous un ciel brillamment étoilé, avec un croissant de lune enveloppé dans un halo. Une souche d'arbre brune se trouvait à ma droite. Alors que je tendais le bras vers elle, je me suis aperçue que mon corps ressemblait à un tableau impressionniste vivant. Les grands traits vibrants faisaient peu de cas de choses aussi simples et ennuyeuses que la consistance. Curieusement, l'effet obtenu était assez plaisant. J'ai levé la tête vers le ciel et j'ai vu un magnifique jardin d'étoiles, comme des pissenlits agités par un vent visible. Elles pulsaient en suivant un certain ordre, comme si elles communiquaient un message codé.

Le vent décrivait de lents et voluptueux rouleaux, au même rythme que mes poumons. Je me suis tournée vers Brin, qui s'était changée ; elle ne portait plus ses fringues punk, mais une robe noir et vert qui épousait sa silhouette et relevait le haut de ses seins vers son menton. Ses cheveux encadraient librement son visage, une confédération peu structurée de boucles brunes suggérées par de larges traits de pinceau qui dansaient autour de sa tête, renouvelant leur configuration d'une seconde à la suivante.

« Viens, a-t-elle dit en désignant un village au bas de la colline. Je vais te faire visiter. »

Je lui ai emboîté le pas sur le sentier. Les constructions nichées parmi les arbres et le clocher imposant de l'église se sont précisées à mesure que j'approchais, et j'ai remarqué des lumières chaudes aux fenêtres, des silhouettes qui s'affairaient dehors malgré l'heure tardive. J'ai entendu le bourdonnement des conversations, des rires sporadiques, de la musique.

Elle m'a conduite à l'intérieur du village, dans une rue bordée de portes closes et de vitres couvertes de givre et nimbées d'un halo orange. L'une des portes s'est ouverte, et une petite forme en a surgi – un enfant, vêtu d'une cape noire et d'un capuchon. Il est passé devant nous en courant, la cape au vent, avant de disparaître au coin d'une rue.

« C'était… ? ai-je dit, pointant du doigt dans sa direction, certaine de l'avoir reconnu.

– Viens, a répondu Brin, qui m'entraînait déjà plus loin. Tu verras. »

La rue sinueuse donnait sur une sorte de place, large et pavée, avec un puits en son centre. Des gens se pressaient devant des étals pour acheter des fruits, du pois-

son et du pain, des enfants couraient, et un accordéoniste faisait guincher de jeunes couples. Les notes qu'il jouait étaient aussi visibles que le vent, telle une aurore boréale étincelante qui s'élevait de son instrument. J'ai reconnu M. Ransom, bedonnant et rougeaud, derrière un étal de poissonnier ; Sydney dansait avec un bel inconnu, sa robe de paysanne tournoyait autour d'elle avec la connivence du vent. Progressivement, j'ai identifié d'autres personnes : Merrin Price, ma complice en écriture, vendait des fruits ; Hubert Sangalli, mon copain d'école primaire, choisissait un chapeau. Rick, le collègue de papa aux autoroutes, montait une scène. Alors que je le regardais enfoncer un piquet à coups de marteau, je me suis aperçue que le vent ne calquait plus ses mouvements sur ma respiration ; à présent, le monde calquait les siens sur la musique, et le vent ondoyait avec la mélodie de l'accordéon, exécutant une sorte de danse interprétative. Et, à peine audibles, les claquements de touches d'une vieille machine à écrire donnaient leur tempo à la chanson.

« Où… », ai-je demandé, scrutant la place à la recherche de la source de ce bruit. Mais avant que je puisse aller au bout de ma question, Brin a collé son corps tout contre le mien, sa main droite sur ma hanche.

« Danse avec moi », a-t-elle dit en m'entraînant. Le monde s'est mis à tourner autour de moi, d'abord lentement, puis plus vite. Les formes visibles – les gens, les maisons, le puits, les étals – ont perdu leurs contours pour se muer en un flot de peintures pressées hors de leurs tubes et se fondant en un tourbillon bariolé. Seule Brin a gardé sa netteté, centre de gravité me retenant dans son orbite. Je ne sais pas comment, mais je connaissais les pas de cette danse ; ma gaucherie quotidienne a disparu, éliminée dans le déferlement de couleurs, le claquement de mes pieds sur les pavés. J'ai continué à fixer Brin. Au moment où la chanson a atteint son point culminant, elle

m'a fait pivoter dans son étreinte et m'a embrassée. Je me suis attardée sur sa bouche, alors qu'elle éloignait ses lèvres des miennes. Elle semblait sur le point d'ajouter quelque chose quand le petit garçon à la cape a traversé la place en courant. C'était toi, Noah, à l'âge de six ans, encore obsédé par Batman. Tu te faufilais entre les gens, en direction de l'église au clocher impressionnant. Tu as saisi l'une des poignées de la porte à double battant et tu as tiré. Elle a d'abord refusé de bouger ; alors, tu t'es penché en arrière pour y mettre tout ton poids. Avec une réticence évidente, la porte a grincé, répandant sur la place une lumière d'un blanc si pur qu'elle en était presque aveuglante.

J'ai lâché Brin pour courir derrière toi, au moment où tu entrais dans l'église, mais je me suis arrêtée sur le seuil, perturbée par le spectacle qui m'attendait. Essaie d'imaginer deux ou trois films projetés simultanément sur un même écran, un méli-mélo d'images contradictoires, aucune d'elles ne correspondant à une église. J'ai vu papa me pousser sur une balançoire dans un parc ; maman qui appliquait une poche de glace après que je m'étais cogné la tête dans la cour de récréation ; Merrin et moi, écrivant ensemble à l'entrepôt ; Brin et moi, dans ma chambre assombrie, nez contre nez et couvertes de sueur, enchevêtrées dans un drap. J'ai vu la Tombe et Promenade au cœur des ténèbres se superposer, la première faisant en quelque sorte office de fondation pour la seconde. J'ai vu le monstre capturer et entraîner les Katie et les Brad, tandis que je le regardais faire dans ma robe blanche. Puis la projection a cessé, et ce que j'ai vu ressemblait à l'intérieur d'un musée : une galerie large et mal éclairée, des tableaux accrochés aux murs blancs. Au centre de cet espace se tenait une femme rousse en robe rouge que je ne connaissais pas. Tu as couru vers elle, elle a posé un bras autour de toi et la porte s'est fermée en claquant.

Je me suis précipitée et j'ai tiré sur la poignée, mais elle n'a rien voulu savoir.

Je me suis tournée vers Brin à côté de moi, les mains croisées devant elle.

« Où sommes-nous ? » ai-je demandé.

Brin a ouvert la bouche, comme pour répondre, mais à ce moment-là, je me suis réveillée.

J'ai tenté de retourner là-bas depuis, mais en dépit de mes efforts, mes rêves se limitent de nouveau à de vagues craintes concernant mes clés de voiture ou mes examens. Je ne parviens pas à me sortir ce village de l'esprit, toutes ces personnes que je connais qui rient et sourient, figées dans une sorte de perfection. Cette église – la galerie de musée avec toi, la femme rousse et toute l'éternité à l'intérieur. La Brin du rêve, sur le point de répondre à ma question – la question qui pourrait répondre à toutes les autres. Après une telle expérience, comment puis-je continuer à m'imposer l'épreuve qu'est ma vie, prisonnière de ce corps qui me répugne ? Que me réserve l'avenir ? La poursuite d'études minables ? Continuer à avancer dans le temps à la vitesse d'un escargot et dans la mauvaise direction ?

Assise à mon clavier, je pense enfin comprendre. Papa m'a dit un jour que toutes les histoires d'horreur connaissaient un dénouement heureux, mais il se trompait. Regarde comment il a fini. Noah, un dénouement heureux, ça n'existe pas. Les chansons, les livres et les films qui se « terminent bien » s'arrêtent tous au « bon » moment. Ils ne racontent pas toute l'histoire. Seules les anciennes tragédies disent la vérité. Beowulf triomphe de Grendel et de sa mère, mais uniquement pour périr en combattant un dragon. Gilgamesh perd son meilleur ami. Achille aussi. Dans Hamlet, *tout le monde meurt. C'est la seule vérité.*

Mais on peut connaître de belles escales en cours de

route. J'ai commis l'erreur de rater la mienne, c'est tout. Je suis comme du lait tourné resté trop longtemps dans le pot. Le moment est venu de vider le pot et de passer à autre chose. J'ai besoin d'être libre de me mouvoir à travers l'éternité et l'infini. Je veux pouvoir poser ma tête contre la poitrine de Brin pendant un siècle pour écouter battre son cœur, consacrer un éon à te border, à croiser tes yeux brillants d'amour et de confiance. Je passerai une décennie à regarder Sydney danser, papa faire rire maman. Mes meilleurs moments, à perpétuité. C'est forcément ce qui se trouve à l'intérieur de cette église. C'est à coup sûr la réponse. Après un certain stade, nous ne pouvons plus créer de nouveaux bonheurs, mais rien ne nous empêche de nous attarder sur nos joies d'autrefois, enregistrées à la perfection par notre mémoire.

Rappelle-toi de moi, Noah, des soirs où je t'ai bordé avant de te souhaiter bonne nuit. Rappelle-toi les histoires que je t'ai racontées. On se reverra.

Avec tout mon amour,

Eunice

CINQUIÈME PARTIE

LA CITÉ SANS NOM

1

À l'automne 2002, je m'absentai de Promenade au cœur des ténèbres une soirée pour visiter Inferno, une sorte de « maison hantée » d'inspiration chrétienne située à Mansfield au Texas. Invoquant d'autres projets avec Donna, Kyle se défila au dernier moment. J'emportai donc un roman d'Anne Rice pour me tenir compagnie. Le livre se révéla une bonne idée, parce que la queue à l'entrée d'Inferno s'étendait des portes de l'église jusqu'à un grand champ herbeux. Dès mon arrivée, les visiteurs qui patientaient déjà se mirent à me dévisager.

Leur attention n'aurait pas dû me surprendre. Mon bandeau était nettement moins discret qu'un œil de verre. Mais, même sans cela, presque tout le monde connaissait le jeune limier de Vandergriff qui, par inadvertance, avait mis fin aux agissements du ravisseur d'enfants en 1999. Aussi longtemps que je vivrais dans les environs, ces regards appartiendraient à mon quotidien, mais ils continuaient de me mettre mal à l'aise. Je n'aimais pas qu'on me fixe ainsi, sauf quand j'enfilais mon costume de monstre au travail.

Ignorant les curieux, je lus à la lumière défaillante du jour jusqu'à ce que j'atteigne le début de la file. Un employé vêtu d'un polo INFERNO me rattacha à un groupe paroissial en nombre impair arrivé juste avant moi. Les adolescents et leur chaperon d'une trentaine d'années me lancèrent des regards pesants, alors que nous franchissions tous ensemble le rabat en caoutchouc de l'entrée.

Une silhouette menue, drapée dans une robe noire, vint à notre rencontre, tête baissée. Peu à peu, les lumières dissipèrent la pénombre autour de nous et notre hôte leva la tête, révélant le visage squelettique d'un démon. Dans les orbites de son masque, les yeux lourdement maquillés de noir brillaient d'une joie mauvaise.

« Bienvenue ! » La voix, déformée et forcée pour porter à travers le caoutchouc, appartenait à une adolescente. « Je suis ravi de vous accueillir pour cette petite opération portes ouvertes. J'espère que la visite vous plaira au point d'envisager de rester définitivement parmi nous. Mais n'anticipons pas et commençons par jeter un coup d'œil, d'accord ? »

Elle nous mena dans un long couloir ; des lumières rouges brillaient au plafond, tandis qu'un éclairage de couleur bleue affleurait du sol en plastique transparent. Du brouillard, bleu également, tourbillonnait sous la surface, hypnotique et paisible, quand une main fendit soudain les volutes, les doigts écartés, et vint griffer le revêtement. Devant moi, l'une des filles sursauta en hurlant. D'autres mains surgirent, leurs mouvements dissipant peu à peu la brume pour révéler des visages qui, bouche bée, appelaient à l'aide.

« Ne faites pas attention à eux, dit notre guide. Ce ne sont que quelques-uns de nos nouveaux venus. » Elle gloussa et poursuivit son chemin, mais je m'attardai un peu, impressionné par la qualité du travail.

Je rattrapai le groupe dans un décor de soirée entre jeunes. Un gamin boutonneux au visage allongé jouait au DJ, ses mains s'activant sur deux platines vides, alors que des effets de lumière stroboscopique multicolores baignaient des adolescents étonnamment raides sur la piste de danse. À proximité des visiteurs, deux filles buvaient dans des gobelets en plastique rouge. L'une d'elles avait de longs cheveux blonds lisses, un gros nez et de grands yeux marron. La tignasse verte de sa copine lui donnait davantage l'allure d'une habituée des clubs.

« Miranda et Ashley, les présenta notre guide. Miranda a récemment déménagé du Connecticut ; elle vient de s'installer en ville. Coupée de son ancienne église et de ses amis chrétiens, elle s'est mise à avoir de mauvaises fréquentations. Ashley a grandi auprès de parents athées et lit Harry Potter pour le plaisir. Elle ne voit rien de mal à faire la fête et à boire le vendredi soir. »

« On s'éclate, hein, Miranda ? » dit Ashley, la fille aux cheveux verts.

Après un coup d'œil méfiant à son gobelet, Miranda avala une gorgée. « Oui, répondit-elle avec une grimace. Mais c'est encore un peu nouveau pour moi, tu comprends ?

– Regarde ! » l'interrompit Ashley. Elle pointa du doigt deux garçons qui les lorgnaient de l'autre côté de la piste ; ils remuaient la tête au rythme de la musique. « Trent et Evan. Oh, mon Dieu, ils viennent vers nous.

– On prend du bon temps, les filles ? dit l'un d'eux.

– Et comment, dit Miranda.

– Je connais un moyen de rendre cette soirée encore meilleure, intervint le second garçon. *Ça.* » Il leva entre ses doigts une petite pilule blanche qu'il montra aux visiteurs. « Tu vas te sentir super bien.

– J'en ai déjà pris deux, renchérit l'autre.

– Ça me branche », dit Ashley. Elle accepta la pilule qu'elle fit descendre en buvant un coup.

« Et toi, ma jolie ? demanda le second garçon à Miranda.

– J'hésite. » Tenaillée par le doute, elle regarda Ashley.

Profitant de son inattention, il laissa tomber la pilule dans son gobelet. Inconsciente du danger, Miranda finit son verre.

Les garçons se rapprochèrent des filles, tandis que notre guide s'interposait entre la scène et notre groupe.

« Miranda ignore qu'elle vient d'avaler une dose de la drogue du viol, expliqua-t-elle d'une voix rauque et perçante, tel un Gardien de la Crypte de pacotille. Pour l'instant, elle va bien, mais dans une demi-heure, elle ne sentira plus rien. »

Les salles se succédèrent, avec comme point commun le même genre de récits édifiants : une fusillade dans une école ; un accident de la circulation provoqué par l'alcool ; la violence associée à l'achat et à la consommation de stupéfiants ; la participation à une messe noire ; la lecture de littérature fantastique (hormis les œuvres de C. S. Lewis) ; la violence domestique, etc. Progressivement, les scènes devinrent plus viscéralement perturbantes, la plupart se concluant par la mort épouvantable du protagoniste. Mon malaise s'accrut, ce qui correspondait à l'effet recherché, jusqu'à ce que notre groupe arrive dans un décor censé représenter une chambre d'adolescente. Miranda, la fille qui avait pris la drogue du viol, entra dans la pièce, les cheveux en bataille et l'air hagard, les bras autour de la taille comme si elle ne se sentait pas bien.

« Vous n'avez sûrement pas oublié Miranda, dit notre guide. Prête à tout pour trouver de nouveaux amis. Bien sûr, maintenant, elle ne garde aucun souvenir de ses actes. N'est-ce pas, Miranda ? »

Miranda s'assit sur le lit et regarda à mi-distance. Je me demandai comment l'actrice passait d'un décor à l'autre sans perturber le flux des visiteurs. Était-il difficile de la coiffer et de la décoiffer, et de refaire sans arrêt son maquillage ?

« Qu'est-ce qui ne va pas, Miranda ? insista notre guide. Tu t'es amusée, c'est bien ce que tu voulais, non ?

– La ferme, répondit doucement Miranda, d'une voix peinée.

– C'est une question simple. Mais peut-être as-tu oublié ?

– La ferme, répéta Miranda, plus fort cette fois, en se balançant.

– Rappelle-toi le jour où tu as signé ton serment d'abstinence à ton ancienne église. Tu étais si fière. Tu étais persuadée que Dieu te protégerait. »

Miranda s'effondra sur le sol. Elle ouvrit un tiroir de sa table de chevet pour en extraire une peinture du Christ dans un cadre.

« Le voilà ! s'exclama notre guide. Qu'espérais-tu en le reléguant au fond d'un tiroir ?

– Tu n'as rien fait pour l'empêcher, pourquoi ? » demanda Miranda, s'adressant à l'effigie. Elle la laissa tomber et tendit de nouveau la main dans le tiroir. Cette fois, elle en sortit un pistolet. Décidément, le contenu de sa table de nuit avait de quoi surprendre.

« Oh, mais qu'est-ce que c'est ? dit la guide.

– Je te déteste », lança Miranda au portrait de Jésus. Elle porta le canon à sa tempe, arma le chien et appuya sur la gâchette. Un *bang !* sonore retentit, et les lumières jaune pâle virèrent au rouge. La guide s'agenouilla à côté d'elle et la rattrapa au moment où elle s'écroulait.

« C'est bien, ma fille, murmura-t-elle. C'est bien. »

Je crus que j'allais vomir.

Puis vint un décor de salle des urgences, où une femme couverte de sang à cause d'une « pilule abortive » suppliait Dieu de lui accorder sa grâce et son pardon juste au moment de rendre l'âme. Je n'écoutai que d'une oreille distraite, m'adjurant intérieurement de ne pas me sentir mal au beau milieu de l'attraction. Je ne me repris qu'une fois passé à l'étape suivante, une pièce tapissée de papier alu doré, où des haut-parleurs cachés derrière une croix immense diffusaient une musique aérienne.

Des personnages des scènes précédentes entrèrent, le visage émerveillé.

« C'est magnifique, s'extasia la fille à la pilule abortive. Plus beau que dans tous mes rêves. » Elle se tenait si près de moi que je pouvais sentir la peinture rouge sur son pantalon.

« C'est le paradis ? demanda Miranda.

– Oui, mon enfant, répondit une grosse voix dans les haut-parleurs. Dis-moi, as-tu obéi à mes commandements et accueilli mon Fils dans ton cœur ? L'as-tu gardé dans ton cœur toute ta vie durant et te repens-tu de tes péchés ? »

Miranda et les autres bafouillèrent des excuses. Elles avaient commis des erreurs, mais la faute en incombait à leur incertitude, leur confusion. Tout le monde se tut et s'écarta pour laisser la fille à la pilule abortive s'approcher de la croix.

« Quand j'étais petite, j'allais à l'église, expliqua-t-elle, mais j'ai arrêté le jour où mes parents ne m'ont plus obligée. J'ai grandi en dehors de ta grâce et de ton amour, et je me suis moquée des braves gens qui me tendaient une main secourable. Ensuite, j'ai eu des rapports sexuels non protégés avec un inconnu, j'ai pris une pilule pour éviter de tomber enceinte, et à partir de là, tout a mal tourné. Je n'ai pas pu arrêter l'hémorragie, et le nom de ton Fils est le seul qui m'est venu à l'esprit quand j'ai eu besoin d'aide.

– Bienvenue, mon enfant », grommela la voix grave. Une porte s'ouvrit sous la croix et elle la franchit. Toutefois, quand les autres voulurent lui emboîter le pas, elle se referma en claquant.

« Et nous ? dit Miranda.

– Vous m'avez renié pendant votre vie, dit la voix désincarnée. À mon tour, je vous rejette dans la mort. Partez ! » La pièce fut plongée dans les ténèbres.

« Enfin ! pavoisa notre guide quelque part derrière moi. L'heure du châtiment a sonné ! »

De la lumière rouge s'éleva des plinthes. Les personnages qui venaient de se voir refuser l'accès au paradis se mirent à tourner lentement sur eux-mêmes.

« Qu'est-ce qui se passe ? demanda Miranda.

– Il est temps de rentrer au bercail, ma chérie, répondit la guide. Attrapez-les ! »

Une horde de silhouettes monstrueuses surgirent de derrière les tentures murales. Les damnés se débattirent et appelèrent à l'aide, alors qu'on les entraînait. Miranda opposa la plus farouche résistance, un brusque mouvement en avant lui fit perdre l'équilibre. À quatre pattes juste devant moi, elle croisa mon regard. La panique et la peur disparurent de son visage, remplacées par une franche surprise. Elle me fixa, bouche bée, tandis que les démons la saisissaient par les bras et la tiraient hors de vue.

« Eh bien, c'était amusant, dit notre guide, mais c'est là que nos chemins se séparent. J'espère tous vous revoir bientôt ! » Après un ultime gloussement, elle sortit rejoindre ses créatures. Une porte s'ouvrit et une femme en jean et T-shirt apparut sur le seuil, nimbée de lumière fluorescente.

« Par ici, je vous prie », nous accueillit-elle d'une voix chaude et douce, un soulagement après tous ces cris.

Le groupe entra en traînant les pieds dans une dernière salle lambrissée de bois et au sol couvert d'une moquette grise. Un homme grand et sombre se tenait entre deux portes à l'autre bout de la pièce.

« Comment ça va ? » demanda-t-il.

Les jeunes échangèrent des regards furtifs, avant qu'une cascade de rires nerveux ne traverse la petite bande.

L'homme à l'air grave nous lança un regard qui se voulait probablement compatissant. « J'ai vu la même expression sur tous les visages ce soir, et croyez-moi, maintenant que vous êtes sorti d'Inferno, j'aimerais pouvoir vous offrir des paroles de réconfort. Mais ce dont vous avez été témoins ici est la vérité absolue et éternelle sur l'univers. Le mal est partout. Des gens sont blessés. Ils meurent. Et s'ils meurent sans le Christ dans leur cœur, ils sont condamnés à un enfer de souffrances interminables. » Il marqua un temps d'arrêt, croisant les mains et étudiant nos visages. « En rentrant, vous pourriez être impliqués dans un accident causé par un conducteur en état d'ébriété. Un toxicomane pourrait entrer chez vous par effraction cette nuit et vous assassiner pour le contenu de votre tirelire. Le Christ pourrait revenir demain matin et emporter les fidèles au paradis avant que sonne votre réveil. Vous n'avez aucun moyen de le savoir. Alors vous devez vous demander la chose suivante : si l'une de ces choses se produisait, seriez-vous prêts ? Pourriez-vous regarder le Christ droit dans les yeux le jour de votre jugement et affirmer en toute bonne foi que vous avez vécu et que vous êtes morts dans sa grâce ? » Il marqua de nouveau une pause. « Vous voyez ces deux portes derrière moi ? Celle de droite mène à une pièce où de braves gens vous attendent pour prier avec vous ; elle vous sera accessible pendant les soixante prochaines secondes. » La femme à la voix agréable qui nous avait accueillis ouvrit la porte qui donnait sur la salle de prière et s'écarta, les mains jointes devant elle.

J'en avais plus qu'assez. Laissant le groupe derrière moi, je me dirigeai vers la porte de gauche qui débouchait à l'extérieur. Elle se referma sans que j'entende le mot de la fin. Une charrette de foin assurait la navette jusqu'au parking, mais malgré la fraîcheur de l'air, je décidai de marcher. Les mains dans les poches et la tête rentrée dans les épaules, je traversai le champ plongé dans l'obscurité.

Pourquoi m'étais-je imposé la visite d'un endroit pareil ? Parce que Promenade au cœur des ténèbres connaissait des difficultés. Ces deux dernières années, les ventes de billets avaient baissé ; notre parking était rarement à moitié plein, même le samedi soir. Notre clientèle se composait essentiellement de familles, avec de jeunes enfants ; les quelques adolescents et adultes qui venaient semblaient hébétés et guère convaincus, comme un public sous Thorazine. Maman envisageait de fermer, elle avait d'ailleurs reçu des offres d'acheteurs intéressés, mais je lui avais demandé de m'accorder quelques jours pour étudier la concurrence. Je voulais voir ce qui attirait nos clients potentiels, et comprendre ce qui pourrait les pousser à revenir.

J'avais visité trois attractions au cours de la semaine écoulée : le Bain de Sang, à Dallas, sur une thématique gore-horreur ; le Manoir de l'Effroi, sorte de minigolf de la peur orienté « famille » ; et maintenant, Inferno, une maison hantée d'inspiration chrétienne gérée par une grosse église à Mansfield, et à mon avis un travestissement du concept de base à des fins religieuses. J'aurais dû pouvoir en rire, mais ça m'avait secoué, perturbé. Je ne parvenais pas à me sortir de la tête l'image de Miranda, la suicidée victime de la drogue du viol, qui m'implorait alors qu'on la traînait en enfer.

2

À mon retour, maman était déjà couchée. Une fois dans ma chambre, j'empoignai immédiatement la pierre noire pendue autour de mon cou, fermai mon œil et me concentrai. Je le rouvris dans la clairière, au cœur de la forêt noire. L'air était lourd et fétide, les arbres très foncés et aussi denses que les coups de pinceau d'un impressionniste.

Je n'eus pas le temps de frapper. Elle apparut à la porte, sa robe entrebâillée révélant la bande de chair qui allait du creux de sa gorge à la touffe de poils roux sur son mont de Vénus.

« *Leannon si* », dit-elle.

Leannon si. Prononcé *lihannan shee*. Un surnom, une

blague entre nous tirée d'un livre de contes celtiques où une belle femme du petit peuple prend un humain pour amant. J'avais suggéré Leannon pour lui donner un nom quand je m'adressais à elle, pour penser à elle en d'autres termes que « le monstre », « la créature » ou « mon Ami ». Je voulais que nos rapports aient une dimension différente de celle de *Danny et le dinosaure* ou *E.T.*. *Leannon si*, pour que le moment où je la porte de l'escalier à son lit me semble moins bizarre. *Leannon si*, alors que je la laissais tomber sur les couvertures et que je m'agenouillais devant elle en lui écartant les jambes. *Leannon si*, épelé avec ma langue, alors qu'elle me tirait les cheveux. *Leannon si*, avec ses cuisses en étau autour de ma tête, mon nez écrasé contre elle, alors que son corps se bloquait et qu'elle poussait un cri. *Leannon si*, alors que je la rejoignais sur le lit en haletant, peinais à me débarrasser de mon pantalon et entrais en elle. *Leannon si*, ses dents sur mon oreille, ses chevilles croisées au creux de mes reins. *Leannon si*, me serrant contre elle et chuchotant « C'est bien », alors que le kaléidoscope doré m'explosait en dizaines de minuscules étoiles. *Leannon si*.

Nos corps enchevêtrés ruisselaient de sueur dans l'humidité. Trois ans déjà. Trois ans que je visitais régulièrement la chaumière dans cette petite clairière d'un autre monde. Trois ans que je m'attardais dans ce lit avec elle. Trouvais-je cela bizarre ? Je ne brûlais pas vraiment d'annoncer notre relation à qui que ce soit. Et maintenant, environ un an après avoir terminé le lycée, je commençais à m'interroger sur la viabilité de notre arrangement à long terme. Mais seulement un peu. La plupart du temps, je m'amusais, et ma passion pour Leannon ne faiblissait pas, contrairement aux sentiments que m'inspiraient les êtres humains.

La tête couchée sur son ventre pâle, j'étudiai la toile posée sur son chevalet. Le tableau représentait deux silhouettes sur une colline, sous un ciel où se mêlaient jaunes, bordeaux, bleus et noirs. Un croissant de lune et une étoile anormalement oblongue étaient suspendus dans le ciel, une deuxième étoile gisait sur le sol. Je ne parvenais pas à identifier les deux silhouettes. Celle de droite évoquait un animal, recroquevillé et drapé de jaune, avec une tête violet cendré en forme d'apostrophe. Son œil n'avait rien d'humain ; uniquement muni d'une paupière inférieure, il fixait le ciel avec une absence apparente d'expression. Celle de gauche ressemblait à une fleur, avec une tige épaisse et deux branches qui se terminaient par deux bulbes, l'un avec des ailes, l'autre une vulve violette. Derrière la vulve, presque cachée dans le tableau, se détachait la silhouette d'une femme, ses hanches montant vers des seins ronds. Je songeai à Miranda, la fille d'Inferno. Pulpeuse, comme elle.

« Qu'est-ce que tu en penses ? » demanda Leannon, qui me fit sursauter.

Je me redressai, comme pour mieux examiner l'œuvre. « Je ne suis pas sûr de comprendre. »

Elle s'assit elle aussi et posa son menton sur mon épaule. « Ce n'est pas un codex à déchiffrer. Face à une peinture, chacun est libre de penser et ressentir ce qu'il veut.

– Et toi, qu'est-ce que ça t'inspire ? »

Elle parut songeuse et ne répondit pas immédiatement. « Je pense à toi », dit-elle, apparemment sincère, au moins en partie. J'avais déjà remarqué chez elle ce penchant pour une sorte d'équilibre. Quand elle m'avait parlé pour la première fois, j'avais supposé qu'elle dissiperait progressivement les mystères qui l'entouraient. Pourtant, je ne me sentais pas plus proche du cœur des choses qu'en 1999. Je ne connaissais ni son vrai nom ni son âge, et je ne savais toujours pas ce qu'elle était. J'ignorais où se trouvait cette maison, et comment la pierre que je portais autour du cou m'aidait à parcourir la distance qui séparait ma chambre du pas de sa porte.

Comme la conversation prenait un tour qui lui déplaisait, elle se leva et se dirigea vers l'un des placards de la cuisine.

« Tu as faim ? demanda-t-elle. J'ai à manger. » Elle apporta un saladier rempli de pommes qu'elle déposa devant moi.

En mordant dans un des fruits, je m'aperçus que j'étais affamé. J'en engloutis deux pendant qu'elle me regardait. Quand j'eus terminé, elle rangea les trognons et les pommes dans le placard. Je ne savais pas comment elle se débarrassait des restes de nourriture. Elle remettait toujours tout dans le placard, et à ma visite suivante ça n'y était plus. Encore un mystère à ajouter à la liste.

Alors qu'elle cachait les trognons, un grondement sourd retentit quelque part dans le lointain. Leannon se raidit. Elle ramassa sa robe qui traînait par terre et la ferma autour de sa taille.

« Qu'est-ce que… », commençai-je, mais elle claqua des doigts pour me faire taire. Le bruit gagna en volume et devint plus grave. Le sol se mit à vibrer, puis la maison à trembler. Le chevalet dansa sur ses pieds, la toile s'inclina. L'intérieur de mon crâne résonna. Leannon sauta sur le lit et enroula ses bras et ses jambes autour de moi. Elle me parut fébrile, brûlante, ses membres étaient comme des câbles métalliques. La vibration constante, exaspérante continua jusqu'à ce qu'un son différent se joigne à elle, quatre notes lentes, comme un chant de baleine indolent et monotone. Le grondement baissa, puis cessa. Elle mit ses mains sur mes joues et me permit de retirer ma tête de sa gorge.

« Ça va ? demanda-t-elle.

– Oui, je crois. »

Elle m'obligea à tourner le visage dans un sens puis dans l'autre, regardant dans mon œil valide. « Tu es sûr ? Rien de… différent ? Rien de cassé ?

– Je vais bien. »

Elle me lâcha. La maison semblait avoir été retournée et

secouée. Les portes des placards pendaient ouvertes, tels les témoins d'un incident restés bouche bée ; le sol disparaissait sous une couche de vaisselle brisée, de chiffons, de racines séchées, de blocs d'argile, de carnets à dessin et de crayons. Le tableau gisait à côté du lit, intact, mais cabossé d'un côté.

« Merde », dis-je.

Elle soupira, mais eut un geste dédaigneux. « Ce n'est pas grave.

– Laisse-moi au moins t'aider à remettre de l'ordre. » J'allais me lever, mais elle retint mon bras.

« Merci, mais ce n'est pas nécessaire. » Elle resta assise, sa main me serrant de manière presque douloureuse. Elle semblait bouleversée. Effrayée.

« Qu'est-ce qui s'est passé ? demandai-je.

– Je ne sais pas. » Cette fois, aucun doute, c'était un pur mensonge.

3

De retour dans mon lit, je dormis mal, poursuivi par un léviathan invisible dans un sommeil émaillé de cauchemars. Quand j'ouvris l'œil, le soleil était déjà haut dans le ciel. Mon réveil sur la table de chevet indiquait 11:30. Je jurai. Eunice m'attendait à midi pour déjeuner.

J'arrivai au café avec dix minutes de retard ; elle lisait en terrasse, un roman de Tami Hoag, tout en buvant un mimosa. Elle me lança des regards noirs, alors que je prenais place.

« Je sais, je sais, dis-je, levant les mains en geste de capitulation. Panne d'oreiller.

– Heureusement que tu n'as pas besoin de travailler dans un bureau, dit-elle, vidant son mimosa. Enfin, merci d'être venu.

– C'est normal. » Je ne me sentais pas capable d'une réponse plus positive. *Content d'être là* ou *Je n'aurais pas voulu manquer ça* étaient au-dessus de mes forces. En principe, Eunice et moi étions en bons termes. Néanmoins, depuis la nuit de sa tentative de suicide où j'avais volé sa voiture, nos relations étaient quelque peu tendues. Après deux mois dans un établissement psychiatrique sous une dose massive de Prozac, elle avait laissé tomber ses études, obtenu un certificat d'assistante juridique et un poste dans un cabinet de Fort Worth. Elle avait quitté la maison pour emménager dans un appartement proche de son lieu de travail, et bien qu'elle nous rende visite toutes les deux ou trois semaines, nos conversations restaient cordiales, mais sans chaleur. Elle se plaignait souvent de son patron, un monsieur Je-sais-tout arrogant, et n'arrêtait pas de consulter sa montre, comme si maman et moi représentions à ses yeux une obligation chronophage de plus. Elle apportait toujours le dessert – une tarte, des petits gâteaux, des cupcakes –, un cadeau pour maman qu'elle finissait par manger elle-même, jusqu'à la dernière miette. Je ne la juge pas, j'estime simplement important de signaler que cette fringale permanente coïncida avec le moment où elle cessa d'écrire. Pendant ses visites, je lui demandais généralement si elle travaillait sur quelque chose ; au début, elle répondait par de vagues excuses à mes tentatives d'aborder le sujet, mais elle se contenta bientôt d'un « non » à la désinvolture un peu forcée, comme si nous échangions des banalités.

« Les voix ne me parlent plus, m'expliqua-t-elle. Je m'efforce de passer à autre chose. »

Environ un an après son séjour à l'hôpital, elle se remit à sortir. J'aurais dû être aux anges, sauf qu'elle décida de fréquenter des hommes, et qu'après quelques mois, elle jeta son dévolu sur un individu en particulier : Hubert Sangalli, un camarade perdu de vue depuis l'école primaire.

La rencontre avait eu lieu lors d'un rendez-vous arrangé ; passé la surprise initiale, ils avaient brûlé les étapes : au bout d'à peine deux semaines, Eunice avait emmené Hubert en pèlerinage à la maison pour nous le présenter. Grand et maigre, il avait les yeux bleu pâle et rabattait une vilaine mèche blonde sur un crâne chauve. Il semblait défiguré, comme si quelqu'un l'avait poussé dans une de ces machines à estamper les pièces de monnaie, mais que l'image d'Hubert n'avait pas vraiment pris.

Le jour où je fis sa connaissance, il parla à voix basse de la chance et du destin. Assise à côté de lui, Eunice lui tenait la main et arborait un petit sourire affecté que j'interprétais plus comme un signe d'indulgence que d'accord sur le sujet. Six mois après, ils se fiancèrent. La noce avait lieu dans à peine un mois et notre déjeuner portait sur l'enterrement de vie de garçon d'Hubert, une responsabilité échue au témoin réticent que j'étais.

« Hubert est au courant de cette rencontre ? demandai-je. Normalement, le futur marié et son témoin s'occupent de ça sans l'intervention de sa promise.

– Ne sois pas con. Tu sais qu'il est réservé. Il t'aime bien, mais tu l'intimides. » Eunice chercha à attirer l'attention de notre serveur d'un geste de la main.

« N'importe quoi. »

Elle ne poursuivit pas la discussion. Notre serveur arriva, et une fois de plus, je sentis un inconnu me reconnaître et me juger. Si Eunice s'en aperçut, elle ne dit rien. Elle commanda un autre mimosa.

« Qu'est-ce que Hubert envisage ? » demandai-je, pensant *Qu'est-ce que tu envisages ?*.

« Comme il ne boit pas, le fait que tu sois encore mineur ne sera pas un problème », répondit-elle. Au comptoir, je vis notre serveur parler à un de ses collègues. Tous deux regardèrent dans ma direction, avant de se détourner quand ils s'aperçurent que je les observais.

« Et pour les autres grands classiques ? poursuivis-je, recentrant mon attention. Un club de strip-tease, peut-être ? » Je n'avais jamais eu l'occasion d'en visiter et j'étais curieux.

« Il est nerveux quand un inconnu lui coupe les cheveux. J'ose à peine imaginer sa réaction face à une salle remplie de femmes nues qui tentent de le toucher.

– Ta prévenance t'honore.

– Va te faire foutre.

– D'accord : ni alcool ni strip-teaseuses, récapitulai-je. Qu'est-ce qui lui ferait plaisir ?

– Une journée à Fun Mountain. Minigolf, attractions, karts, et ensuite, un dîner sympa. Peut-être un cinéma, si vous trouvez un bon film.

– Il rêve de l'anniversaire d'un gamin de dix ans ?

– Cet homme deviendra ton frère dans un mois. Tu veux bien lui faire plaisir en évitant de te foutre de sa gueule ? C'est important pour moi.

– Entendu, dis-je, bien que je ne puisse pas me résoudre à lui présenter des excuses. Je m'en charge.

– Super. » Elle me remit une liste de connaissances d'Hubert – pas nécessairement des amis – susceptibles de se laisser convaincre d'assister à son enterrement de vie de garçon. Après en avoir terminé avec le principal élément de l'ordre du jour, elle prit de mes nouvelles et s'intéressa à l'activité de Promenade au cœur des ténèbres. Je lui parlai de mon étude de la concurrence.

« Tu as vu des choses exploitables ?

– Pas encore, admis-je. En tout cas, rien qu'on n'ait pas déjà fait en mieux. En fait, le seul avantage de ces autres attractions, c'est qu'elles ne sont pas nous. Si on a l'intention d'innover, on va devoir trouver par nous-mêmes.

– Des idées ?

– J'aimerais créer une expérience plus immersive. Plus qu'une simple succession de salles qui offrent des frissons de pacotille. Un endroit où les gens pourraient passer la nuit, une maison hantée façon chambre d'hôtes, ou un motel théâtre d'événements bizarres. Et en fonction d'un choix effectué au moment de l'inscription, tu pourrais éprouver différents niveaux de frayeur : de "chair de poule" ou "légèrement perturbant" à "la peur de ta vie". »

Eunice inclina la tête, impénétrable derrière ses lunettes de soleil.

« Quoi ? demandai-je.

– Rien. » Elle pinça les lèvres. « Papa avait eu une idée similaire, juste avant sa mort. »

Personne ne m'avait parlé de mon père depuis des années.

« J'ignore jusqu'où maman et lui ont poussé la réflexion, poursuivit-elle. Ils travaillaient dessus pour passer le temps, mais il était déjà très mal en point à ce moment-là. Elle a toujours affirmé qu'elle ne s'était prêtée au jeu que pour lui faire plaisir, mais que le résultat n'avait ni queue ni tête. »

4

Je retrouvai maman plus tard dans l'après-midi à l'atelier. Elle continua de travailler pendant que nous parlions, rapiéçant la dernière version en date de mon costume de monstre. D'épais fils noirs et rouges maintenaient les bandes de fourrure de différentes couleurs, du noir presque total au brun passé tirant sur le jaune. Les cheveux de maman grisonnaient, et des poches s'étaient installées à demeure sous ses yeux verts. Elle avait cinquante-quatre ans cette année, mais les lunettes à double foyer perchées sur son nez lui donnaient plus que son âge.

Arpentant la pièce, je lui rapportai ma conversation avec Eunice, en particulier ma théorie selon laquelle l'absence de surprise constituait notre plus gros problème.

« Ça se tient. Imagine devoir faire marcher un cinéma qui ne jouerait qu'un film par jour, toujours le même, depuis treize ans. » Elle lança un regard furieux au déguisement. « De toute façon, cet endroit tombe en ruine. Même les costumes s'usent plus vite qu'avant, je t'assure.

– Et si on en profitait pour tout changer ? » proposai-je. Elle posa son ouvrage et se pencha en arrière. « J'ai eu cette idée d'un hôtel hanté ; Eunice m'a appris que papa et toi aviez déjà envisagé quelque chose de similaire à peu près au moment de ma naissance, alors j'ai pensé que peut-être, si tu me permettais de consulter vos notes de l'époque… »

Elle se mit à secouer la tête avant que je finisse ma phrase. Je m'étais préparé à une discussion, mais pas à la réponse qu'elle me donna : « J'ai jeté tout ça il y a des années. »

J'arrêtai de marcher de long en large. « Mais pourquoi ? »

Elle retira ses lunettes et se frotta les yeux. « Imagine un carton chez toi qui n'existe que pour te rappeler le pire épisode de ta vie, le plus douloureux. Tu voudrais vraiment le garder ?

– Tu aurais pu le cacher au grenier et le refiler à Eunice quand elle a déménagé. Tu aurais pu me le donner. »

Elle remit ses lunettes. « Ce qui est fait est fait. Je ne peux pas revenir en arrière.

– Je n'ai même jamais vu une photo de papa. » Et j'attendrais encore onze ans.

« Regarde-toi dans la glace, tu sauras en gros à quoi t'en tenir. Et même si ce carton était toujours en ma possession, ça ne changerait rien. Tu m'as promis des idées pour sauver cet endroit, et tu reviens en me suggérant de créer une attraction complètement différente, qui nous coûterait une fortune, sans même parler des autorisations nécessaires. Mais laissons de côté la question de l'argent un instant : tu pars du principe que la construction de quelque chose de nouveau pourrait m'intéresser. J'ai monté cette affaire en 1989 pour que notre famille échappe à un naufrage financier. Elle est devenue lucrative, et l'est restée un moment. Eunice et toi y teniez beaucoup, et d'une certaine manière, ça a aussi été un bel hommage à Sydney. Mais maintenant, elle n'est plus rentable, et tu ne sembles pas avoir d'idées solides pour y remédier. Alors, suis mon conseil : profite bien de tes dernières semaines ici. Et prépare-toi à dire adieu à cette aventure. »

5

Je cessai mon espionnage industriel pour me concentrer de nouveau sur mon rôle dans Promenade au cœur des ténèbres. Mon plaisir se teintait de tristesse, parce que la fin était proche. Quant à ma situation avec Leannon, je m'efforçais d'éviter de trop me projeter sur le long terme. Mais j'éprouvais d'autant plus de difficulté que mes jours dans la peau d'un monstre terrifiant étaient comptés.

Un soir, environ une semaine après avoir repris le boulot, alors que je glissais la tête par un « hublot », j'aperçus « Miranda », l'actrice d'Inferno, parmi un groupe de visiteurs dans le cabinet de travail du professeur. À mon apparition, tous sursautèrent et poussèrent des cris perçants. Tous, sauf Miranda. Elle se pencha légèrement et plissa les yeux, comme pour mieux voir. Surpris par sa réaction, je reculai et m'éclipsai dans mon labyrinthe. Plus tard, quand je surgis dans le dancing avec l'intention de capturer un Brad, je marquai un temps d'arrêt à côté d'elle. Je lui reniflai le coude, puis je glissai mon museau le long de son bras, remontai jusqu'à l'épaule et au cou, et tins mon visage juste devant le sien. Sa respiration demeura calme et régulière. Elle n'avait pas peur de moi. Pas du tout.

« Hé ! bredouilla le Brad, qui semblait déconcerté, mais s'efforça de rester dans son personnage. Laisse-la tranquille ! »

Jimmy, de son vrai nom, était un gamin maigre au menton fuyant, à qui on n'aurait jamais dû attribuer ce rôle. Il posa une main sur mon épaule, comme s'il avait l'intention de me pousser, et entre nous s'engagea une lutte entièrement chorégraphiée. En réponse à sa tentative de coup de poing, je l'étranglai, avant de repartir dans mon labyrinthe avec ma victime inconsciente.

Une fois entre nous, j'aidai Jimmy à se relever. « Je croyais que tu n'étais pas censé approcher les visiteurs d'aussi près », s'étonna-t-il.

Je ne parlais jamais quand j'étais le monstre, je n'allais pas commencer maintenant.

« Tu leur as flanqué une belle frayeur, mais je me demande si ce n'était pas un peu limite... »

Plus tard, à l'heure de la fermeture, je l'aperçus qui discutait avec deux figurantes dans la salle de pause. Il s'interrompit en me voyant, et les deux filles jetèrent un coup d'œil dans ma direction avant de se détourner. Je me rappelai mon déjeuner avec Eunice, et mon attente dans la file d'Inferno. En 1999, on m'avait d'abord traité en héros, mais ça n'avait pas duré. La gêne et les regards fuyants avaient rapidement succédé au prestige associé à mon exploit. J'éprouvais une nette sensation d'altérité, de ne pas faire partie du groupe. J'étais devenu le paratonnerre à tragédies que personne n'avait envie d'approcher de trop près.

Je me demandai si *je* n'étais pas la cause de la banqueroute familiale. Peut-être que ma présence suffisait à mettre mal à l'aise nos clients potentiels.

Après avoir attendu que tous les jeunes soient partis pour fermer, j'eus la surprise de trouver Miranda, seule sur le parking. Elle gigotait, visiblement nerveuse.

« Noah Turner ?

7

Au cours des jours suivants, l'attitude calme et les yeux attentifs de Megan occupèrent mes pensées. Enfin quelqu'un qui ne me regardait pas comme une bête curieuse. À cette occasion, je m'aperçus combien j'avais soif de chaleur humaine. J'écoutai le répondeur de Promenade au cœur des ténèbres et consultai ma propre boîte mail, dans l'espoir qu'elle reprendrait contact, mais je ne pouvais pas m'empêcher de me sentir coupable. Après tout, j'étais avec Leannon (quelle que soit la nature réelle de nos rapports). L'unique repas que j'avais partagé avec Megan ne constituait pas en soi une infidélité, pourtant, cela suffisait à me mettre mal à l'aise.

Sans nouvelles de sa part, je fis de mon mieux pour l'oublier. Je changeai les piles de toutes les lampes de poche de Promenade au cœur des ténèbres, remplaçai les ampoules au néon grillées, ainsi que les câbles défectueux de la sono – tout ce qui pouvait m'occuper les mains et m'empêcher de penser que nous étions au bord de la faillite. J'entrepris les démarches nécessaires pour obtenir les dossiers d'inscription de plusieurs universités. Peut-être qu'avec un diplôme, j'aurais la possibilité de lancer un nouveau projet dans une autre ville. Je pris également contact avec les hommes de la liste d'Hubert pour son enterrement de vie de garçon. Je suppliai Kyle d'être des nôtres, pour que je me sente moins seul, et il accepta. Bien qu'il en parlât peu, ces temps-ci, le moindre prétexte suffisait à le sortir de chez lui, loin de ses parents. Quand je tentais d'aborder le sujet, il se contentait de secouer la tête et disait : « Je ne les comprends vraiment pas. »

Après une absence de près d'une semaine, je retournai enfin chez Leannon. Elle ouvrit sa porte avant que je frappe.

« *Leannon si*, dit-elle. Je commençais à m'inquiéter. »

Je la suivis à l'intérieur, enlevai mes chaussures et m'assis sur le lit. Je mordis dans un burger que j'avais apporté dans un sac de fast-food.

« Tu n'as pas besoin de m'attendre. Tu peux venir me voir quand tu veux. »

Elle s'installa à côté de moi. « C'est la période de l'année la plus chargée pour toi.

– Ça ne t'a jamais arrêtée, répondis-je, la bouche pleine.

– C'était avant que je te montre comment utiliser ça, expliqua-t-elle en touchant la pierre noire que je portais autour du cou. Et je ne suis pas restée inactive en ton absence. » Elle désigna une toile sur son chevalet, analogue à celle aperçue lors de ma précédente visite. Plusieurs silhouettes en robe se détachaient sur fond de noirs et de jaunes crasseux, sous un croissant de lune. Blotties les unes contre les autres, elles semblaient effrayées, mais également complices d'une conspiration.

« C'est troublant », dis-je.

Leannon avait fait le ménage. Elle avait jeté la vaisselle cassée, et les racines avaient retrouvé leur place sur leurs crochets à la cuisine ; sur le sol lavé ne subsistait aucune tache de couleur. Seul le tableau de la dernière fois gardait les traces du tremblement de terre. Elle l'avait posé derrière le chevalet ; une saignée dans la peinture partait du coin supérieur gauche.

« C'est dommage, commentai-je, montrant la toile d'un signe de la tête.

– Certaines choses ne sont pas réparables, même pour moi. »

Dans son orbite, mon œil mort me causait des élancements. « Il y a eu d'autres tremblements de terre depuis ? demandai-je.

– Non.

– Qu'est-ce qui a pu le provoquer ? Tu as une idée ? »

Debout devant le chevalet, elle se pencha en avant

jusqu'à ce que son nez touche presque la toile. « Ce qui est à l'origine de n'importe quel tremblement de terre, je suppose. Un mouvement des plaques tectoniques, c'est ça ?

– Et pour les sonorités musicales qu'on a entendues à la fin, tu as une explication ?

– Je suis aussi perplexe que toi. » Elle tira sur la large ceinture à nœud de sa robe qui tomba à ses pieds, puis elle me regarda par-dessus son épaule. « Tu as envie de faire l'amour ? »

Curieusement, j'accueillis sa proposition avec réticence. « Leannon, qu'est-ce qu'on est, tous les deux ?

– Qu'est-ce que tu veux dire ?

– Tu sais bien. Est-ce qu'on forme un couple ? Est-ce qu'on est mariés ? Où ça nous mène, cette histoire, sur le long terme ?

– Je ne suis pas sûre de comprendre.

– Comment vois-tu les choses évoluer à horizon de dix, ou vingt ans ? »

Elle se retourna, et je ne pus m'empêcher de me laisser distraire par les courbes de son corps. « Pourquoi devraient-elles être différentes d'aujourd'hui ?

– Je ne pourrai pas continuer à vivre éternellement chez ma mère. Déjà maintenant, on me regarde d'un drôle d'air en ville. Les gens vont se demander pourquoi je ne fréquente personne. Ils vont jaser.

– Quelle importance ?

– Il n'y a pas que ça. Tôt ou tard, je vieillirai. Peut-être que je commencerai à perdre mes cheveux ou à prendre du poids. Ma vie suivra son cours, que ça me plaise ou non. »

Elle se tourna de nouveau face au tableau et baissa la tête, comme si elle examinait son corps dénudé. « Qu'est-ce que tu veux ? demanda-t-elle. Une existence normale ? »

Je n'aurais pas dû venir ici pour tenter d'y voir clair dans mes sentiments. J'étais plus confus que jamais. Jetant mon burger dans le sac, je me levai.

« Je t'ai blessée. Je vais te laisser. »

Se hâtant de remettre sa robe, elle m'arrêta avant que je parvienne à l'escalier. « Tu n'as pas besoin de partir. On peut passer du temps ensemble *sans* faire l'amour.

– Je sais. » Je voulais repousser sa main, mais je me retins. « Je préfère être seul. »

Elle me lâcha. « Mais toi et moi... tout va bien entre nous ? »

Je ne pus me résoudre à croiser son regard. « Pourquoi ça n'irait pas ? »

8

Le lendemain matin, maman entra dans ma chambre sans frapper et grimaça en voyant la pagaille qui y régnait. « Loin de moi l'idée de t'interrompre en pleine activité, mais j'ai des courses à faire et je voulais te donner ça avant d'oublier. » Elle me tendit un bout de papier plié. « Un message pour toi, laissé au guichet hier soir.

– Merci », lançai-je dans son dos, alors qu'elle se retirait déjà. Je dépliai le billet.

Noah,

Je suis passée en espérant qu'on pourrait se revoir. Malheureusement, c'était ton jour de repos. Tant pis. Si tu veux, on se retrouve avec quelques amis demain soir ; tu es le bienvenu. Je pense qu'on a encore beaucoup de choses à se dire.

xoxo Megan

Je passai mon pouce sur la marque d'affection et la signature et mon cœur battit un peu plus fort.

Ce soir-là, je remplaçai mes habituels T-shirt et sweat à capuche par une chemise à col boutonné et une veste sport. Puis je me rendis à l'adresse qu'elle m'avait indiquée, dans une banlieue pavillonnaire de Vandergriff. Dans leur conformisme renvoyant à une sorte d'idéal de la classe moyenne, toutes les maisons se ressemblaient. Megan se tenait dans l'allée ; elle portait un jean et une chemise pour homme aux manches retroussées et au col grand ouvert.

« Tu m'attendais ? » demandai-je en sortant de ma voiture.

Elle enfonça les mains dans ses poches arrière. « Je craignais que tu te perdes.

– Ça te va bien, cette tenue.

– Merci. » Elle glissa une mèche de cheveux rebelle derrière son oreille.

Dans nos positions respectives, la pente de l'allée la rendait momentanément plus grande que moi. Je me creusai la tête pour trouver quelque chose à dire.

Elle passa ses lèvres sur ses dents, de cette manière qui me plaisait. « Tu seras sage, j'espère ? Je peux compter sur toi ?

– Quand je ne suis pas dans mon costume, je suis un ange. »

Elle ne sembla pas totalement rassurée, mais elle m'invita tout de même à la suivre. Avec son mobilier tapissé de motifs démodés, ses jetés étendus sur le canapé et le fauteuil, ses napperons sur presque toutes les surfaces disponibles, l'intérieur donnait l'impression qu'une grand-mère habitait cette maison. Un groupe d'adolescents et d'adultes (et une femme aux cheveux blancs : la propriétaire, supposai-je) formait un cercle de chaises au salon et disposait des amuse-gueules sur la table basse. Notre arrivée provoqua un temps d'arrêt et tous les regards se tournèrent vers nous.

« Bonsoir, tout le monde, dit Megan, sa voix résonnant avec force dans le silence soudain. Je vous présente Noah Turner. » Elle m'empoigna l'épaule au moment de prononcer mon nom.

La pièce ne retrouva pas son énergie et sa bonne humeur, mais une petite femme aux cheveux châtains crépus porta sa main sous son œil gauche, comme si elle ressentait une douleur fantôme à ma place.

Un barbu blond et large d'épaules avec une casquette de routier croisa les bras sur sa poitrine. « Megan, tu connais les règles.

– Allez, Josh, plaida Megan. C'est un cas particulier. »

Il passa la main dans sa barbe, pendant que tous semblaient attendre son verdict. Apparemment, c'était le chef du petit groupe.

« J'aimerais qu'il reste, intervint la femme âgée.

– Ellen, dit Josh.

– Il est déjà là, répondit-elle, et au cas où tu l'aurais oublié, vous êtes ici *chez moi*. Alors, si tu ne souhaites pas passer la suite de cette réunion dans la rue, va lui trouver une chaise. »

Il perdit un peu de sa superbe. « D'accord. » Puis il me pointa du doigt et ajouta : « Mais tu ne parles pas sans qu'on t'adresse la parole, et pas un mot à qui que ce soit de ce que tu verras ou entendras. C'est compris ? »

Megan prit la mouche. « C'est bon, Josh. » Elle me guida jusqu'à une chaise vide. « Ne fais pas attention à lui, dit-elle en s'asseyant à côté de moi. Josh est soucieux de protéger notre groupe. Il tient à créer une atmosphère de confiance pour tous, lui compris. Surtout lui.

– Quel groupe ? » demandai-je, mais je n'obtins aucune réponse. Une panique sourde naquit au creux de mon estomac. Dans quel pétrin m'étais-je fourré ?

Tout le monde prit sa place dans le cercle. Avec moi, je comptai huit personnes au total. Tous les regards se tournèrent vers Josh qui ferma les yeux. Quand il les rouvrit, il semblait calme et sérieux. Il posa un dictaphone à microcassette sur la table basse et appuya sur le bouton d'enregistrement.

« Bienvenue dans la branche texane de l'Association des disparus, un groupe d'entraide destiné aux gens qui ont eu à souffrir d'une perte mystérieuse ou inexplicable, dit-il. En général, nos réunions sont réservées à nos membres, mais ce soir, nous accueillons un invité. Noah, puisque tu n'appartiens pas à l'association, je te prie de ne pas prendre la parole sans y être convié. »

Je levai le pouce pour le rassurer. Sérieusement, qu'il aille se faire foutre.

« Nous nous présenterons uniquement en utilisant notre prénom. Bonsoir, je suis Josh, de Denton, et j'ai connu une perte inexplicable.

– Bonsoir, Josh », répondit la pièce. Chacun déclina son identité de la même manière : Ellen, de Fort Worth ; Sarah, de Rusk (la petite femme qui avait laissé échapper une exclamation en voyant mon œil) ; Laura, d'Athens (le visage étroit, de longs cheveux raides) ; Hector, de Paris (un type d'à peu près mon âge) ; Eli, de Houston (un ado avec un hérisson vert sur la tête) ; et Megan, de Mansfield. Tous affirmaient avoir perdu quelqu'un dans des circonstances inexplicables.

« L'Association des disparus réunit des hommes et des femmes qui partagent leurs expériences, et mettent en commun leurs forces et leurs espoirs, comme n'importe quel groupe d'entraide, poursuivit Josh. Toutefois, à la différence des organisations qui se donnent pour mission d'aider les gens à accepter un deuil, une dépendance ou un diagnostic médical, nous ne prêchons pas la catharsis par la conversation. Nous n'échangeons pas nos vécus respectifs uniquement pour susciter la compassion. Nous croyons que nul ne peut parvenir à la catharsis sans avoir au préalable découvert la cause et affronté la source de sa perte. Nous partageons nos histoires pour que nos membres puissent y trouver des indices, des détails qui nous permettront peut-être de résoudre notre problème commun une bonne fois pour toutes. » Il s'adressa de nouveau à moi. « N'oublie pas ta promesse de confidentialité : ce que tu entendras ici ne doit pas sortir de cette maison. Et aussi : ni bavardage ni interruption. » Il consulta un porte-bloc posé sur ses genoux. « Sarah, ce soir, tu as la parole. »

Tout le monde se tourna vers elle. Eli, l'ado aux cheveux verts, la gratifia d'un petit sourire encourageant.

« Vous connaissez déjà mon histoire, mais je ferai de mon mieux pour la raconter comme si c'était la première fois. » Elle s'éclaircit la voix, un son curieusement enfantin. « Mon frère Stephen a disparu quand j'étais en troisième. Lui allait au lycée, en première. C'était un gentil garçon – tout le monde l'appréciait. Il n'était pas sportif, mais ça ne l'empêchait pas de sortir avec des pom-pom girls. Il lisait beaucoup. Il voulait devenir professeur d'histoire. » Alors qu'elle parlait, tous les participants prirent des notes. Les mains croisées sur les genoux, j'étais le seul à l'écouter avec une attention imperturbable.

La nuit de sa disparition, Stephen avait rendez-vous avec une fille, Daisy. Il avait emprunté la voiture de leur père et quitté la maison vers dix-huit heures. Sarah regardait la télévision dans sa chambre à ce moment-là, elle n'avait donc pas dit au revoir à son frère. Elle n'avait plus pensé à lui jusqu'au lendemain matin, quand Daisy était revenue seule, au volant de la voiture. Le véhicule n'avait rien, mais Daisy était dans un état épouvantable, avec toutes sortes de débris de la forêt dans les cheveux, le visage sillonné de larmes et maculé de traînées de maquillage. Les parents de Sarah durent s'y reprendre à plusieurs fois pour tirer de la jeune fille un récit cohérent ; cachée au pied de l'escalier, Sarah avait discrètement écouté Daisy raconter son histoire.

Stephen était passé chez elle, comme prévu, pour l'emmener dîner. Après, au lieu d'aller au cinéma, ils s'étaient garés près du parc pour y trouver un peu d'intimité. Au bout de vingt minutes, Stephen avait commencé à se comporter de manière étrange, distraite. Il n'arrêtait pas d'interrompre leurs baisers pour demander à Daisy si elle avait entendu quelque chose de bizarre. Mais elle n'entendait rien. Il avait porté plusieurs fois les mains à ses tempes en grimaçant, se plaignant d'un son qui s'enfonçait comme une dague dans son esprit. Puis, malgré les objections de Daisy, il était sorti de la voiture pour jeter un coup d'œil aux alentours. Il avait traversé le parking en chancelant et franchi la ligne des arbres, les mains toujours plaquées sur les côtés de sa tête.

Daisy avait patienté près d'une heure avant de se décider à partir à sa recherche. Elle avait erré sur des sentiers boisés dans le noir, appelant Stephen sans obtenir de réponse. Bien qu'elle connaisse bien le parc, elle avait fini par s'y perdre à force de tourner en rond et n'avait retrouvé la voiture qu'à l'aube.

La suite de l'histoire me parut un peu trop familière. Les parents de Sarah avaient prévenu la police, mais une fouille minutieuse du parc n'avait rien donné. Seule Daisy semblait avoir laissé des traces derrière elle dans les bois. Daisy, la famille de Sarah et le voisinage firent l'objet d'une enquête de grande envergure pour des résultats décevants. Stephen avait disparu, mais l'histoire connut une postface à glacer le sang : deux ans plus tard, un client d'une épicerie de Topeka au Kansas retrouva son portefeuille dans un carton de lait. Il contenait toujours le permis de conduire du jeune homme, sa carte d'étudiant, l'addition de son dîner avec Daisy, vingt dollars en liquide, et un bout de papier avec deux mots griffonnés dessus : *FAIT MAL.*

J'eus peur de regarder Megan, je craignais que mon visage me trahisse. Pourquoi m'avait-on convié ?

« Merci, Sarah, murmura Josh, alors qu'il finissait d'écrire sur son bloc. Est-ce qu'à ta connaissance tout ce que tu viens de nous dire est vrai ?

– Oui, répondit Sarah.

– Tu n'as pas brodé ni changé le moindre détail pour essayer de nous présenter ton histoire d'une manière particulière ?

– Non », dit Sarah, après avoir marqué un temps d'arrêt.

Josh s'adossa à sa chaise et fit un geste qui englobait le reste des participants. « Dans ce cas, je propose de passer aux questions.

– Ton frère avait-il des antécédents médicaux ? Souffrait-il régulièrement de migraines ? demanda Hector.

– Oui, quand il était petit. Mais presque plus au lycée, répondit Sarah.

– Et Topeka ? dit Laura. A-t-il un jour parlé de Topeka ?

– Jamais », affirma Sarah, plus sûre d'elle sur ce point.

Après un moment de silence, Josh reprit la parole : « D'autres questions ? »

Sarah lança un regard confiant au reste du cercle, comme si l'un d'eux tournait et retournait dans sa tête la question miracle susceptible de résoudre ce mystère. J'eus un peu de peine pour elle, devant tant de vulnérabilité, de volonté d'y croire. Je baissai la tête, à nouveau effrayé par ce que ma propre expression risquait de révéler, par ce que ces inconnus, mis dans une situation particulière par la perte d'un être cher, pourraient en tirer comme conclusion.

« Réfléchissez bien, dit Josh, et si vous pensez à quelque chose, si vous avez une idée, n'hésitez pas à nous en faire part. Bien. Je propose que nous nous intéressions maintenant à l'invité de Megan. »

Comme je m'y attendais, tous les regards se posèrent sur moi.

« Hein, moi ? Pourquoi ? »

Josh tourna l'enregistreur dans ma direction. « Et si tu commençais par nous donner ta version de la nuit où ta sœur a disparu ; ensuite, tu pourras nous parler de ta rencontre avec James O'Neil. »

Je tentai d'attirer l'attention de Megan, mais elle garda les yeux rivés sur son calepin, comme absorbée par un texte d'une complexité inouïe.

« Megan nous a prévenus de votre réticence à aborder ces événements, dit Ellen. Mais croyez-moi, ici, vous pouvez vous exprimer en toute confiance.

– Dis-moi, reprit Josh. Comment une vitre qui vole en éclats peut-elle crever un œil ? »

Je me levai et bousculai Eli et Hector avant de me précipiter vers la sortie. Megan me rattrapa par le bras, alors que j'avais déjà traversé la moitié de la pelouse.

« S'il te plaît, ne pars pas. »

Je me libérai d'une secousse. « Ma sœur n'a pas disparu, répondis-je. James O'Neil l'a enlevée et assassinée. Alors je ne satisfais pas aux conditions requises pour devenir membre de votre petit club. » Je montai dans ma voiture. Elle resta plantée sur le trottoir, tandis que je m'éloignais.

9

Dès que j'arrivai à la maison, je rejoignis Leannon pour lui faire l'amour avec violence et frénésie. En la baisant ainsi, j'espérais oublier ma gêne et ma frustration. Elle sembla se prendre au jeu, et répondit à mes coups de boutoir en se frottant à moi avec une intensité presque douloureuse. Quand elle me poussa au-delà du supportable, je me perdis et ma conscience se désintégra comme du papier de soie dans de l'eau. Elle tint ma tête contre sa poitrine et me caressa les cheveux.

Alors que mon pouls se calmait et que ma respiration ralentissait, je la serrai autour de la taille et déposai un baiser sur un de ses mamelons. Elle manifesta doucement son contentement.

Avec les idées plus claires, je réfléchis à ma réaction. Pourquoi les questions des membres de l'association m'avaient-elles mis dans une telle colère ? L'attitude condescendante de Josh avait certes joué un rôle, et cette manière de me tendre une embuscade. Je m'en voulais également d'avoir mal interprété l'intérêt que me portait Megan. Pourtant, rien de tout ça ne justifiait la panique qui s'était emparée de moi quand avait commencé leur interrogatoire, l'affolement teinté de chagrin éprouvé à la mention de la disparition de Sydney. Comme si j'avais quelque chose à me reprocher. Comme si, pour une raison ou pour une autre, je me sentais en partie responsable de *leurs* souffrances, et que je leur devais des réponses. Bien sûr, je détenais un certain nombre d'informations. Je connaissais l'existence de Leannon et des siens, et je savais que James O'Neil était plus ou moins lié à l'un d'eux. Mais honnêtement, je n'avais jamais songé à interroger Leannon sur la nature exacte de ces liens.

« À quoi penses-tu ? demanda Leannon.

– Combien êtes-vous ? Ton peuple, je veux dire.

– Je l'ignore.

– À vue de nez : plus d'une centaine ?

– Oui.

– Plus d'un milliard ?

– Oh, non, dit-elle avec un petit rire.

– Vous avez un nom que vous vous donnez ?

– Tu es plein de questions ce soir.

– Je veux mieux te connaître.

– Tu sais déjà le plus important. L'endroit où j'habite ; à quoi ressemblent mes deux visages ; et que je t'aime.

– Mais j'ignore jusqu'à ton vrai nom.

– C'est celui que tu m'as donné », répondit-elle. Elle me repoussa, se leva et avança jusqu'au chevalet. Le tableau vu lors de ma dernière visite n'avait pas bougé. Les silhouettes en robes de couleurs vives se blottissaient toujours les unes contre les autres sous un ciel noir et un croissant de lune, dans des attitudes de supplication et de quasi-terreur religieuse.

Je me redressai dans le lit et m'adossai au mur. « Je t'ai contrariée.

– Non, dit-elle, mais sans me regarder. Je ne te cache rien d'important ; je préfère simplement ne pas aborder certains sujets. » Elle se retourna enfin vers moi. « Ce que je garde pour moi, je le fais pour te protéger. Tu peux me faire confiance ?

– Je suis désolé. » Et j'étais sincère. J'aurais dû me montrer plus gentil. Si étrange qu'elle paraisse, notre relation était la seule vraiment solide dans ma vie. « Je suis un peu à cran en ce moment, à cause du mariage d'Eunice. Non content d'organiser son enterrement de vie de garçon, je dois faire semblant d'apprécier son imbécile de fiancé et de me réjouir pour eux. » Bien que ce ne soit pas ma principale préoccupation, j'en concevais tout de même quelques angoisses.

Elle s'adoucit. « Eunice ? Comment va-t-elle ? Je ne l'ai pas vue depuis des années. »

Et mon malaise rappliqua aussi rapidement qu'il avait disparu. « Je ne savais même pas que tu la connaissais.

– J'ai dormi dans ton lit presque toutes les nuits pendant dix ans. Bien sûr que je la connais.

– Mais elle ne t'a jamais vue. Ou elle ne m'en a jamais rien dit.

– Tout le monde n'est pas *capable* de me voir. C'est moi qui décide.

– Alors, la première fois pour moi, c'était ton idée ? »

Elle eut un petit sourire. « Non. Toi, tu m'as vue immédiatement. Tu es unique.

– Mais Eunice… tu ne l'as jamais observée en secret ? Ni moi ni ma mère ?

– Pourquoi le ferais-je ? Tu sais où me trouver, et tu me

rends visite assez souvent. Je ne partirais à ta recherche que si tu disparaissais, ou si je pensais que tu cours un danger. »

Elle ignorait donc l'existence de Megan. Sans doute était-ce préférable.

10

Un soir, quelques jours plus tard, Hubert attendait devant chez lui quand Kyle et moi passâmes le chercher pour son enterrement de vie de garçon. Assis sur le perron, il avait l'air d'un grand gamin dans son pantalon kaki et sa chemise à col boutonné qui, avec son motif à petits carreaux, ressemblait à une feuille de papier millimétré.

« En voilà un qui est né pour être papa, dit Kyle.

– Une vraie caricature », approuvai-je.

Le héros du jour avait préparé un CD, une compilation intitulée *Adieu la liberté*, qu'il décrivait comme « une sorte de concept » retraçant les étapes du voyage émotionnel de son idylle avec Eunice. Pendant le trajet jusqu'à Fun Mountain, les succès *soft rock* les plus pénibles se succédèrent pour culminer avec l'insoutenable « Higher » du groupe Creed. Kyle et moi évitions soigneusement de nous regarder, sous peine de fou rire.

Une partie des invités nous attendait dans l'entrée de la salle de jeux vidéo de Fun Mountain, une caverne bleue et violette pleine de gamins qui glissaient des jetons non-stop dans des machines. Les autres types semblaient tous plus âgés que Hubert, leur bedaine de buveur de bière et leur attitude bon enfant suggéraient des hommes qui s'installaient confortablement dans leurs rôles de pères, de maris et d'employés de bureau. Des hommes qui répondaient à des prénoms mono et dissyllabiques comme Steve, Brian et Jack, tous dotés d'une poigne ferme et de visages interchangeables.

Je les conduisis au golf miniature et comptai les points pendant qu'ils faisaient doucement rouler les balles vers les trous tout en papotant. Voyant Kyle se mêler à la conversation sans effort apparent, je songeai que j'avais perdu l'habitude de passer du temps avec mes semblables. Bien que nous partagions une biologie de base, je n'avais pas le sentiment d'appartenir à la même espèce. Fanfarons, bruyants et exubérants, ces hommes vieillissants et gras restaient fiers et pleins d'assurance, comme s'ils étaient les maîtres du monde. D'où leur venait une telle confiance en soi ? Où trouvaient-ils ce sens inné de la fraternité ?

Au quatrième trou, Hubert les laissa le distancer pour me parler. « Ils sont parfois un peu pénibles, reconnut-il, alors que Steve se penchait pour placer sa balle sur le tapis en caoutchouc prévu pour le coup de départ. Mais ce sont de braves types. Steve fait du bénévolat dans sa paroisse pour aider les SDF, et Jack a adopté sa fille en Russie. »

Je me concentrai sur la carte de parcours aux couleurs criardes. « Ce sont tes amis, Hubert. Je n'ai pas besoin de leur CV. »

Il posa un de ses bras autour de mes épaules. « Je sais. Mais Eunice m'a dit que tu n'avais pas beaucoup d'amis. Si tu lui accordais une chance, notre petit groupe pourrait te surprendre. »

Le contact de sa main me donnait la chair de poule. « Tu as sans doute raison », dis-je.

Mais il ne retira pas son bras. « C'est important qu'on s'entende bien, toi et moi. Ta sœur… elle est tout pour moi. » Derrière ses lunettes, ses yeux étaient baignés de larmes. Il rit et s'essuya la joue. « Désolé, c'est l'émotion. Tu comprends, je m'étais presque résolu à la solitude, alors cette rencontre avec Eunice qui change tout… c'est… » La gorge nouée, il ne parvint pas à terminer sa phrase et se frotta les yeux du dos de la main. J'aurais voulu me sentir écœuré, mais contre toute attente, j'étais touché. Voilà un homme qui pensait à l'avenir. Comparé à moi, qui vivais toujours chez ma mère, avec un monstre pour mes plans cul et un job qui n'existerait plus à la fin du mois, Hubert était un modèle de vie pour n'importe quel adulte.

« Alors, les amoureux, vous venez ? » lança Jack. Tout le monde éclata de rire, même Kyle et Hubert, qui me lâcha enfin l'épaule et partit jouer le trou suivant.

« Noah ? »

La voix m'arrêta net, alors que je m'apprêtais à rejoindre le groupe. Megan se tenait sur ma gauche, le putter à l'épaule comme un fusil, une balle rouge serrée dans la main droite comme une grenade. En dépit d'un certain embarras, elle semblait clairement décidée à tenter sa chance et à faire impression. Une vraie actrice.

« Qu'est-ce que tu fais là ? demandai-je.

– Je n'ai pas aimé la façon dont ça s'est terminé hier soir, répondit-elle. Quand j'ai appelé le numéro qui figure sur ta carte de visite, je suis tombée sur ta mère ; elle m'a dit où te trouver.

– Comme ça ? À une inconnue ?

– Je l'ai convaincue que c'était une urgence. J'ai pu laisser entendre que j'étais enceinte… » Ses joues rosirent. Les miennes me semblèrent un peu chaudes aussi.

« Alors, tu as décidé de t'inviter à un enterrement de vie de garçon.

– Je voulais m'excuser. Je t'ai tendu une embuscade. J'ai eu tort.

– Tu as fait tout ce chemin pour ça ? Dans ce cas, qu'est-ce que tu fabriques avec ce putter ?

– La fille à l'accueil refusait de me laisser entrer si je ne payais pas pour une partie, expliqua-t-elle. Six dollars, voilà ce que m'ont coûté ces excuses – sans compter l'essence.

– Noah ! m'appela Kyle, les mains en porte-voix. C'est à toi de jouer !

– On m'attend, dis-je à Megan.
– Tu vas vraiment me planter là ?
– Noah ! cria Kyle. Qu'est-ce que tu fous, bon sang ? »
Je fis un geste du pouce dans sa direction.
« D'accord, comme tu voudras, soupira-t-elle. Noah, écoute. Donne-moi au moins ton numéro de téléphone personnel. Je ne reste plus en ville très longtemps, et je… J'aimerais avoir l'occasion d'expliquer certaines choses. Et je retournerais bien manger des gaufres avec toi, ou sinon, on pourrait juste se revoir. »
Incroyable. Cette fille avait du charme à en revendre et n'hésitait pas à s'en servir pour parvenir à ses fins – et c'était efficace.
« Attends. » Je courus retrouver le groupe.
« Pas trop tôt, dit Steve.
– Les affaires de cœur n'ont pas leur place dans un enterrement de vie de garçon, renchérit Jack.
– Les copains d'abord, mon pote », se sentit obligé d'ajouter Hubert, nullement effrayé par les clichés. Ce qui lui valut tout de même quelques rires.
« Kyle, compte les points une minute, d'accord ? dis-je en lui tendant la carte de parcours. Je vous rejoins plus tard. » Sous les huées, je pris Megan par la main et l'emmenai à ma voiture. Quand je démarrai, les enceintes se mirent à beugler « Sister Christian » du groupe Night Ranger.
Elle ferma les yeux et fit la grimace. J'éteignis l'autoradio.
« C'est peut-être un détail, mais je tiens à préciser que ce n'est pas ma musique. »
Je la conduisis à Promenade au cœur des ténèbres, la voiture connaissait le chemin. C'était fermé pour la nuit, mais maman avait oublié de verrouiller la grille du parking. J'avançai jusqu'au crâne en polystyrène expansé abîmé et défraîchi qui encadrait l'entrée.

« Je saute dans ta bagnole, je me mets à ta disposition, et parmi tous les endroits où on pourrait aller, tu choisis celui-là ? » s'étonna Megan.

La main posée sur la clé, j'hésitai à couper le moteur. « Je peux t'emmener ailleurs », proposai-je, bien que je n'aie aucune idée. Je passais tout mon temps ici, à la maison ou avec Leannon. Je bossais, je baisais et je dormais. Je n'avais pas de lieu de prédilection, rien à partager dans ce monde à part mon travail. Hubert était réellement meilleur que moi. Lui au moins avait des amis et des hobbies.

« Non, ton instinct t'a poussé à venir ici. Écoutons-le. »

Une fois à l'intérieur, nous traversâmes l'accueil, nu et poussiéreux, avant de pénétrer dans l'entrepôt proprement dit. Dans la salle de pause, je lui proposai de l'eau et des barres de muesli, puis je lui fis visiter les lieux. Au dancing, nous nous assîmes au bord de la scène pour manger nos snacks, les jambes pendantes. Après avoir terminé sa barre, elle froissa l'emballage en papier alu entre ses mains. Le bruit produit envahit l'espace désert et silencieux.

« Je t'ai promis une explication, dit-elle.

– C'est vrai », répondis-je, bien que, soucieux de préserver le calme qui régnait entre nous, je fusse tenté de ne pas l'obliger à tenir cet engagement, tant son malaise semblait évident.

« Ce n'est pas facile pour moi d'en parler, poursuivit-elle. Mais tu as le droit de savoir. » Elle respira à fond. « Tous les membres de l'association ont perdu un être cher, qui a disparu de manière inexplicable. Je suis une exception, puisque je sais précisément où se trouve cette personne. En prison, à West Livingston, dans le couloir de la mort. Son nom est James O'Neil.

– Tu le connais ?

– C'est mon père. » Je dus lui sembler soucieux, parce qu'elle posa une main sur mon genou. « Pas d'inquiétude, je ne suis pas en train de te la jouer *Fille de Dracula*. Je ne suis pas là pour me venger, juste pour tenter de comprendre, comme le reste de mes amis. »

Je levai ma bouteille d'eau pour boire une gorgée. Elle était vide.

« Il n'a jamais eu toute sa raison, poursuivit Megan. Sa vie a été un long combat contre la maladie mentale. Maman l'a quitté quand j'étais petite, je n'ai donc pas grandi avec lui. Il m'envoyait une carte pour mon anniversaire, les années où il n'oubliait pas, et il me rendait visite de temps en temps. Il était toujours gentil, mais triste. Il avait conscience que sa santé ne lui permettait pas de s'occuper de moi comme le ferait un père normal, mais je lui manquais, je crois. Il n'a jamais semblé dangereux, à part pour lui-même. La nouvelle de son arrestation, il y a quelques années, m'a donc surprise. Et quand on l'a accusé de trois meurtres, et condamné pour deux d'entre eux, j'ai encore moins compris. Je suis allée le voir en prison, mais il répétait sans arrêt qu'il voulait une deuxième chance.

– C'est aussi ce qu'il m'a dit. La nuit de l'accident. Il a peut-être fait une crise psychotique ?

– C'est d'abord ce que j'ai pensé. Mais ensuite, il s'est mis à m'écrire des lettres. Il y parlait, de manière très détaillée, de ce démon qui l'avait torturé sa vie durant, l'obligeant à dire ou faire des choses contre sa volonté. Il soutenait qu'il n'avait jamais touché un cheveu de ta sœur, Noah, mais que le démon l'avait forcé à tuer Maria Davis et Brandon Hawthorne. Il m'a écrit que ce monstre était mort à présent, et qu'il se sentait bien mieux depuis. Parfois, il m'envoyait des dessins aussi. » De sa poche, elle tira une feuille de papier qu'elle me tendit. Je la dépliai et découvris une esquisse au fusain du Monstre gris, l'agresseur qui m'avait privé de mon œil gauche. Je tentai de continuer à afficher une expression sceptique, mais compatissante.

« D'abord, j'ai mis ça sur le compte d'une volonté de se justifier de la part d'une personne délirante, et je n'ai répondu à aucun de ses courriers. Mais une nuit, à l'époque où ma mère était mourante, je me suis levée et j'ai commencé à fouiner sur internet. C'est là que j'ai découvert l'existence de l'Association des disparus. Sur son forum, j'ai trouvé des images qui ressemblaient beaucoup à celle-là. Et les membres de ce groupe sont bien réels. Tu peux te renseigner sur Sarah, ou Josh : ce ne sont pas des mythomanes. Ils ont vraiment vécu ce qu'ils racontent. C'est de notoriété publique. Et pourtant, malgré les réunions, les discussions et les conjectures, on n'a pas avancé. On ne détient toujours aucune preuve de l'existence de ces choses » – elle désigna le dessin – « et on n'a pas la moindre idée de leurs motivations. Je voulais te parler depuis des années, Noah. Maman m'a tenue à l'écart du procès et m'a fait jurer de te laisser tranquille. Elle m'a dit que tu n'avais aucune envie d'entendre les justifications de mon père ou ses mensonges à propos de ta sœur. Mais j'ai gardé ta photo, et le jour où je t'ai vu à Inferno… j'ai eu cette sensation d'une étincelle entre nous, comme un lien instantané, et j'ai pensé… » Elle s'interrompit, et cligna des yeux plusieurs fois, une expression que j'apprendrais à bien connaître. Celle qu'elle affichait quand elle refoulait ses larmes, et qui me planta ses crochets dans le cœur dès sa première apparition.

Je lui pris la main ; elle tressaillit, mais ne chercha pas à se dégager. « Je n'ai pas été complètement honnête avec toi, avouai-je. Cette chose sur le dessin ? Je l'ai vue, la nuit de ma rencontre avec ton père. Elle et une autre, elles se ressemblaient comme deux gouttes d'eau. Elles se battaient à propos… à propos de lui, je crois. Je me suis enfui en plein milieu, parce que j'étais terrifié. Et je n'en ai jamais parlé à personne, je craignais de…

– De passer pour un fou », termina-t-elle à ma place.

Cet aveu parut libérer quelque chose en elle. Ses épaules s'affaissèrent un peu, puis elle se mit à pleurer. J'ignore pourquoi je choisis ce moment pour l'embrasser, mais elle ne se déroba pas. Elle se pencha en avant pour me rendre mon baiser. Ses lèvres avaient un goût légèrement sucré, comme une barre de muesli, et salé aussi, comme les larmes.

11

À notre retour, Fun Mountain était désert. Je m'étais presque attendu à un comité d'accueil, le futur marié et ses invités, les bras croisés dans une attitude de désapprobation parentale, mais je ne vis que quelques véhicules sur le parking. Megan se pencha pour m'embrasser avant de me laisser.

Je ne rentrai pas immédiatement, et restai assis dans ma voiture pour étudier à la lumière du plafonnier le dessin qu'elle m'avait donné. La ressemblance était vraiment parfaite. Pourquoi ne m'étais-je pas réellement intéressé à Leannon et aux siens ? Je la connaissais depuis treize ans maintenant. Pourquoi n'avais-je pas manifesté plus de curiosité ? Bien sûr, j'avais posé des questions, mais Leannon avait toujours changé de sujet ou détourné mon attention en m'offrant nourriture ou sexe ; après, mes interrogations ne me semblaient plus aussi essentielles. C'était une explication plausible, au moins en partie. Mais que je la soupçonne, à tort, d'avoir enlevé Maria Davis et Brandon Hawthorne en 1999 avait certainement eu son importance. Comme pour m'excuser de cette terrible erreur de jugement, j'avais depuis pris tout ce qu'elle me disait pour argent comptant. J'avais voulu croire que James O'Neil et le Monstre gris constituaient des exceptions, pas la règle. Mais de quelle preuve disposais-je ? Comment savoir si je ne suivais pas une trajectoire parallèle à celle de James O'Neil ? Peut-être qu'au départ, lui et le Monstre gris avaient eux aussi été des camarades de jeu secrets. Qu'il s'était laissé mener par le bout du nez (ou plutôt par les centres du plaisir de son cerveau), manipuler et entraîner dans une entreprise bien plus funeste. Mais laquelle ? Quelle raison aurait eu le Monstre gris d'exiger de lui qu'il enlève ou assassine des enfants ? Et s'il avait dit la vérité et n'était réellement pas responsable de la disparition de Sydney ? S'il ne l'avait pas tuée, qu'était-elle devenue ? Leannon était-elle impliquée d'une manière ou d'une autre ?

J'avais de nouveau mal à la tête. Je posai l'image sur le siège passager pour me masser les tempes. Comment donner un semblant de cohérence à tout ce fatras ?

Le soleil jetait un coup d'œil furtif par-dessus l'horizon, teintant le ciel d'orange et de rose au moment où j'arrivai à la maison. La voiture d'Eunice était garée dans l'allée, et quand je franchis la porte d'entrée, glissant le dessin dans ma poche de derrière, je la trouvai en compagnie de maman, Kyle et Hubert au salon. Tous me faisaient face, comme s'ils avaient décidé qu'une intervention s'avérait nécessaire.

« Salut, Noah, dit timidement Kyle.

– Où étais-tu passé, bon sang ? demanda Eunice.

– Je suis allé faire un tour. » J'enfonçai les mains dans les poches à l'arrière de mon jean. « J'ai eu un imprévu. »

Hubert hocha la tête. « Nous comprenons, Noah. Tu vas bien, c'est le principal. »

Eunice serra si fort le genou décharné de son fiancé entre ses doigts que sa bague de fiançailles tape-à-l'œil se détacha sur le blanc de ses articulations. « J'espère que tu as une bonne excuse, genre enlèvement ou meurtre, et que ta tête apparaîtra sur les cartons de lait ou aux infos, parce que... »

Je tirai le dessin de ma poche arrière et le dépliai pour que tout le monde puisse le voir. « Est-ce que l'un ou l'une d'entre vous reconnaît ça ? »

La tirade d'Eunice s'interrompit brusquement, et son

visage adopta une expression rêveuse, absente. Maman se laissa aller en arrière dans le canapé, la bouche légèrement ouverte. Kyle et Hubert semblèrent simplement déconcertés.

« Tu sais de quoi je parle, n'est-ce pas ? dis-je en regardant maman.

– Bien sûr, répondit-elle en reprenant ses esprits. On dirait ton costume de monstre.

– *Sérieusement*, insistai-je. Vous ne trouvez pas que ce petit jeu a assez duré ? Combien de temps va-t-on continuer à se mentir, à se comporter comme si tout était normal, alors qu'il n'en est rien ? Qu'est-ce que vous me cachez, toutes les deux ? Que savez-vous ? »

Hubert lança un regard interrogateur à Eunice, qui me fixa avec une expression de haine pure gravée sur le visage. Maman resta de marbre, impassible.

« Je ne comprends pas un traître mot de ce que tu dis, répondit Eunice. Arrête ton cinéma et n'essaie pas de changer de sujet. Tu as abandonné ton beau-frère et ton meilleur ami, et… »

Plutôt que d'écouter la suite, je me précipitai dans ma chambre à l'étage. Puis je fermai mon œil et j'empoignai la pierre noire que je portais autour du cou. Une seconde après, je me retrouvai devant la maison de Leannon.

12

Dans la clairière aussi, le ciel se dégageait, bien qu'il conservât une couleur vert mousse foncé. En l'absence de fenêtres, j'ignorais si Leannon dormait ou pas. Je songeai à frapper, mais j'hésitai. Pour découvrir quoi que ce soit d'utile, j'allais devoir m'y prendre par moi-même, avant qu'elle puisse s'en mêler ou m'embrouiller avec ses explications.

Tournant le dos à la maison, je m'enfonçai dans la forêt. Faute d'un meilleur plan, je marchai droit devant moi. Les arbres et le sous-bois étaient suffisamment clairsemés pour me permettre d'avancer, mais la forêt demeura d'un noir d'encre. Chaque fois que je tentais d'examiner quelque chose de plus près, l'objet de ma curiosité se fondait dans l'obscurité, réduit à l'état de simple suggestion. Je pressai le pas, les bras tendus pour prévenir d'éventuelles collisions. J'évitai ainsi des troncs noirs comme du charbon et me frayai un chemin à travers des broussailles enchevêtrées. Enfin, je distinguai une brèche dans les ténèbres, une lueur d'un vert écœurant entre les arbres.

Passé la lisière de la forêt, je me retrouvai à ciel ouvert. Devant moi, le sol était brusquement interrompu par un escarpement. J'approchai du bord pour observer le terrain en contrebas. La végétation cédait la place à un vaste réseau d'immeubles et de rues, un ensemble de béton, de verre et de pierre noire luisante qui s'étendait sur des kilomètres. Des gratte-ciel se détachaient sur l'horizon comme des dents ; au centre se dressait une colonne de pierre noire cyclopéenne si haute qu'elle s'enfonçait dans la purée de pois des nuages. Rien qu'à la regarder, j'en avais mal à la tête, comme si je portais des lunettes qui ne m'appartenaient pas.

Les constructions, visiblement de conception moderne, semblaient néanmoins anciennes, érodées et délabrées ; un silence inquiétant régnait sur cet endroit apparemment désert. Le sol gronda, d'abord doucement, puis plus violemment. Je reculai pour me cramponner à l'arbre le plus proche. Mes doigts se refermèrent autour d'une écorce collante. La Cité se mit à bouger ; des rues entières se déplacèrent comme les pièces d'un de ces puzzles coulissants pour enfant. Non, pas exactement. La Cité *glissait*, des rues adjacentes frottaient l'une contre l'autre en grinçant dans des directions opposées. La chaussée se dressa telle la tête d'un serpent qui se précipitait vers moi à une allure si folle que je n'eus pas le temps de paniquer ou de réfléchir. Elle s'arrêta au bord de l'escarpement et s'aplatit là, comblant la distance qui nous séparait avec une fioriture musicale de quatre notes lentes et nonchalantes.

J'attendis de voir si la rue allait m'attaquer, mais elle resta immobile. C'était une invitation, pas une menace. J'avançai donc sur la langue d'obsidienne qui me conduisit à l'intérieur de la ville, à travers un canyon de pierre et de verre. La structure des bâtiments semblait saine, les fenêtres d'une infinie propreté émettaient une fluorescence jaune-vert. Abstraction faite de l'absence de circulation et du choix des matériaux, j'aurais pu me trouver dans n'importe quel quartier d'affaires en Amérique. Mais au-delà des apparences, impossible d'ignorer cette sensation : quelque chose d'à peine perceptible se trouvait tapi en embuscade. Je n'aurais su me montrer plus précis, mais j'avais le sentiment que c'était important. Comme la promesse d'une réponse à une question non formulée, si proche.

Je tournai à droite et m'enfonçai dans la Cité. Je longeais une deuxième série de constructions presque identiques quand je sentis une nouvelle secousse. Je m'arrêtai, les bras écartés pour garder l'équilibre, alors que les immeubles esquissant la barre du T d'un croisement devant moi glissaient vers la droite pour révéler une rue différente, bordée de réverbères en fer noir. Des pavés rouges remplaçaient l'obsidienne, et les bâtiments, plus petits et d'allure plus ancienne, accueillaient des restaurants et des cafés avec des terrasses extérieures. Si j'avais eu l'impression de me trouver dans un quartier d'affaires un peu plus tôt, cette fois, le décor rappelait le Vieux Carré français à La Nouvelle-Orléans. Un orchestre de jazz invisible jouait à proximité. À ma gauche, une ardoise promettait de vrais beignets et LE MEILLEUR CAFÉ AU LAIT DE TOUTE LA VILLE. Sur le trottoir d'en face, quelque chose bougea derrière une vitrine sombre. Je traversai pour regarder de plus près, mettant les mains autour des yeux pour lutter contre le reflet.

L'intérieur ressemblait à un salon de coiffure traditionnel, avec de grands miroirs, de confortables fauteuils rouges et un sol carrelé brillant. Un homme à l'épaisse tignasse argentée et au corps en forme de poire occupait le siège du milieu, incliné vers l'arrière, comme s'il attendait qu'on vienne le raser.

Je frappai contre le verre. Il releva lentement la tête, donnant l'impression de s'extraire d'un rêve, les yeux troubles, dans le vague.

« Tout va bien ? » lui lançai-je.

Avant qu'il puisse répondre, les surfaces du fauteuil éclatèrent et des membres noirs charnus surgirent en déchirant le tissu. Ils oscillèrent dans l'air au-dessus de lui, comme des tentacules hérissés de dards aux extrémités, puis ils s'abattirent, perçant ses avant-bras et ses cuisses. Du sang jaillit de ses blessures, alors que les tentacules s'enfonçaient. L'homme renversa la tête pour hurler. Il se débattit, mais ne parvint pas à se libérer.

« Mon Dieu. Oh, mon Dieu. » Le fauteuil allait le tuer. Je courus à l'entrée du salon et tirai sur la porte, mais elle ne voulut rien savoir. Je cherchai autour de moi un objet qui me permettrait de casser la vitrine, mais pendant que j'avais le dos tourné, la rue avait escamoté poubelles et mobilier en terrasse. Je dus me contenter de taper des poings sur le verre, alors que l'homme se tordait de douleur… et entamait sa métamorphose.

D'abord ses membres, par lesquels le fauteuil le retenait. Ses bras et ses jambes s'allongèrent et perdirent de leur épaisseur, comme de la pâte à modeler roulée entre les paumes. Bientôt, ses mains et ses pieds pendirent librement sur le sol. Puis les tentacules se mirent à palpiter, comme si quelque chose circulait à l'intérieur, et les membres de l'homme prirent consistance et gonflèrent. Les manches de sa chemise et les jambes de son pantalon se déchirèrent. Ses chaussures explosèrent sous la pression de ses pieds enflés. Les ongles de ses doigts et de ses orteils s'épaissirent et se recourbèrent, des touffes de poil apparurent sur sa peau pâle et pâteuse, le couvrant de fourrure. Il se cogna la tête en arrière, poussant des cris de plus en plus bestiaux. Son nez et son menton s'allongèrent pour former un museau. Il ferma les yeux ; quand il les rouvrit, ils étaient orange. Il était devenu l'un d'eux. Il appartenait au peuple de Leannon.

Le fauteuil le relâcha, et il roula sur le sol en une boule de fourrure. Je reculai et rencontrai quelque chose de dur. Je les vis reflétés dans les miroirs du salon de coiffure : une rangée de ces monstres en robe se tenait derrière moi. Je me retournai vers celui auquel je m'étais heurté. Il gronda en montrant les dents. Après un nouveau pas en arrière, je me retrouvai plaqué contre la vitrine. La créature-loup leva une de ses pattes, comme pour frapper.

Un aboiement perçant résonna à proximité, coupant court à l'affrontement. Le monstre qui me menaçait baissa son bras, et ses compagnons s'écartèrent devant moi. Leannon m'attendait de l'autre côté de la rue ; je la voyais sous son apparence animale pour la première fois depuis des années. Elle redressa les épaules et déploya ses griffes avec un grognement guttural. Ses congénères se consultèrent du regard et semblèrent décider qu'une bagarre ne s'imposait pas. Leannon tendit une patte vers moi et je la rejoignis sans qu'ils s'y opposent. Elle m'attira contre elle et prit son envol.

Quelques secondes plus tard, nous arrivions dans la clairière, où elle me laissa tomber avant l'atterrissage. Je roulai dans l'herbe, et elle se posa devant moi, de nouveau sous sa forme humaine. Je voulus me lever, mais elle me projeta au sol, le visage blême.

« Tu peux m'expliquer ce que tu fabriquais là-bas ? » demanda-t-elle.

Une fois sur pied, je résistai à la tentation de la pousser à mon tour. « Et toi, tu peux m'expliquer ce que je viens de voir ?

– C'est une cérémonie sacrée, privée, répondit-elle. Tu n'avais aucun droit d'aller t'en mêler.

– La Cité m'a *invité*. Elle voulait que j'assiste à cette scène. »

Elle m'étudia un moment, sa fureur diminuant peu à peu. Elle porta une paume à son front. « Elle t'a vue. Elle est sur ta piste.

– Est-ce que c'est comme ça que toi… que ceux de ton peuple sont créés ? C'est comme ça que tu es devenue ce que tu es ? »

Elle ne répondit pas.

« C'est ça, hein ? Vous enlevez des humains, vous les emmenez ici, et vous les transformez en monstres ? C'était le sort qui attendait James O'Neil ? Celui qu'il était censé faire subir à Maria Davis ? »

Puis je me rappelai Josh à la réunion de l'association, ses questions concernant Sydney. Sydney, disparue à peu près à la même époque, treize ans plus tôt.

« Et Sydney ? Qu'est-ce qu'elle est devenue ? demandai-je. Elle est morte ? Elle est ici ? » Je fis un geste en direction de la Cité, où je venais d'assister à la métamorphose d'un homme. « C'est ça qui lui est arrivé ? C'est ça que *tu* lui as fait ? »

Leannon approcha, tendant la main vers moi. « Je sais que tu te poses des questions, Noah, mais tu dois me faire confiance. » Sa façon d'éluder me fournit la réponse que j'attendais. Elle avait enlevé Sydney en 1989 et, fidèle à elle-même, cherchait à détourner mon attention.

« Ne me touche pas, dis-je, reculant avec horreur. Laisse-moi tranquille. » Je serrai la pierre et fermai les yeux. Leannon protestait encore quand je retrouvai ma chambre.

La maison était silencieuse à présent, ma famille n'était plus là pour me houspiller. Je m'étendis sur mon lit et tentai de maîtriser mes tremblements.

13

J'appelai Megan pour lui donner rendez-vous à Fun Mountain ce soir-là. Quand elle arriva, tout sourire, elle me vit assis en tailleur sur le capot de ma voiture. Je ne devais pas offrir un spectacle particulièrement réjouissant, puisque sa bonne humeur céda immédiatement la place à l'inquiétude.

« Qu'est-ce qui ne va pas ? demanda-t-elle.

– J'ai besoin de ton aide. »

Les Turner – Séquence 4 : Noah

La Cité a vu Noah. Elle est sur sa piste. Ainsi, bien que ses visites soient irrégulières, et généralement brèves, elle continue de le regarder quand il est ailleurs. Sa torture n'est pas de celles dont on se réveille avec des sueurs froides ; le contact rassurant d'une compagne ou un moment passé devant les émissions que propose la télévision la nuit ne suffisent pas à s'en défaire. C'est le cours de sa vie.

Ça commence en 2002, alors qu'il attend Megan sur le parking de Fun Mountain. Dans sa solitude, ce décor de béton éclaboussé de la lumière jaune verdâtre un peu trop familière des lampes à vapeur de sodium le rend nerveux. Une partie de lui regrette la faible lueur violette de la salle de jeux vidéo où il aurait pu patienter. Mais pour une fois, il en a marre de l'obscurité.

Alors, il attend, assis en tailleur sur le capot de sa voiture, les doigts enfoncés dans les anfractuosités à l'endroit où ses mollets se touchent. Avec son bandeau de pirate, il espère donner l'image d'un Peter Pan du XXIe siècle, du genre espiègle et mignon à la fois, venu s'encanailler avec sa Wendy. Il n'arrête pas de chercher la pierre qu'il portait autour du cou, un réflexe nerveux. Son absence ne cesse de le surprendre. Il l'a laissée dans un tiroir de son bureau, dans sa chambre, où elle peut bien pourrir – il s'en fiche. Il aimerait juste ne pas se sentir aussi nu et vulnérable sans elle.

Voilà Megan. Elle descend de sa voiture, il sent les vibrations qui émanent d'elle après une soirée stimulante consacrée au salut de l'âme d'autrui. Avec sa queue de cheval, elle incarne aux yeux de Noah un modèle de normalité, quelqu'un de sensé et de franc. Après la journée qu'il vient de vivre, elle est exactement ce qu'il lui faut.

Quoi de neuf ? demande-t-elle, mais son sourire s'efface dès qu'elle voit son expression.

Il a réfléchi pendant deux heures avant de décider quoi lui dire. Finalement, il opte pour la vérité, tout simplement. *J'ai besoin de ton aide.*

Il lui explique que, jusqu'à présent, il a omis de révéler certains détails de son histoire. Elle le rejoint dans sa voiture et il lui raconte la nuit où Sydney a disparu, le cri et la coupure de courant qui se sont produits simultanément, comme un signal funeste. Il lui parle des bruits étranges contre la fenêtre de sa chambre dans les semaines qui ont précédé le drame ; il lui fait part des réactions curieuses de sa mère et de sa sœur devant la créature-loup dessinée par James O'Neil.

Il ne lui dit pas tout, pourtant. Ainsi, il passe sous silence son amitié avec la créature, le nom qu'il lui a donné, ou le fait que, encore récemment, ils étaient amants. Il cherche à éviter de brouiller ou compliquer les sentiments de Megan à son égard. À ses yeux, il a besoin de rester la victime sympathique qui trouve pour la première fois le courage de parler franchement, et certainement pas le gamin qui, en grandissant, en est venu à baiser le monstre.

Quand s'achève sa confession partielle, Megan lui prend la main ; une heure plus tard, ils arrivent chez Ellen, pour une réunion d'urgence de l'Association des disparus. Le salon semble plus encombré que lors de la première visite de Noah. Il s'avère que, ces dernières semaines, l'ensemble du groupe s'est retrouvé au domicile d'Ellen. La plupart du temps, ils communiquent par l'intermédiaire de leur forum en ligne, mais une fois par an, ils ont pour règle de convoquer une sorte d'assemblée générale pour parler boutique. À en juger par les saladiers de popcorn et l'image figée du *Sixième sens* sur l'écran de télévision, Noah devine qu'il a interrompu une soirée cinéma.

Il livre aux membres réunis une version abrégée de son histoire. Josh lui lance des regards mauvais pendant tout son récit, mais il ne pose aucune question. Il écoute, et prend même des notes.

Megan doit retourner à Chicago pour ses cours à l'université dans seulement une semaine, et le reste de cette branche de l'association se dispersera pour regagner ses pénates. Noah, qui ne se sent pas la force de rentrer chez sa mère, décide de dormir sur un grabat de couvertures au salon, à même le sol. Jour et nuit, lui et le groupe rabâchent son histoire, à la recherche d'indices. Noah ne leur donne pas davantage d'informations, il s'en tient à sa version des événements avec une telle rigueur qu'il finit presque par y croire lui-même. Au sein de l'association, la frustration le dispute à l'excitation. Noah ne partage pas ce dernier sentiment. En savoir *plus* sur les créatures ou la Cité ne l'intéresse guère. Tout ce qu'il désire, c'est échapper à sa vie et à cet endroit. À la fin de la semaine, Megan lui propose de la suivre à Chicago ; il accepte sans hésiter.

Il annonce la nouvelle à sa mère au téléphone. Elle réagit calmement, de manière raisonnable, mais prévient Noah qu'il ne pourra pas éternellement compter sur autrui pour régler ses problèmes.

Il n'en parle pas à Eunice. Ils ne se sont pas adressé la parole depuis le lendemain de l'enterrement de vie de garçon d'Hubert.

Quand Megan quitte la ville au volant de sa voiture, direction Chicago, Noah l'accompagne. Tous deux échangent des regards nerveux, mais encourageants. Il n'emporte qu'une valise de vêtements et un exemplaire de *L'Appel de Cthulhu et autres récits de terreur* que lui a offert Eli, le plus jeune membre de l'association. Il est posé sur ses genoux, tel un talisman, alors que Vandergriff défile à toute allure derrière la vitre. La pluie tambourine sur le toit de la voiture qui grince, le moteur gronde.

Mais dès qu'ils montent sur la grande route, le bruit s'estompe, comme assourdi. Noah se tourne vers Megan, pour voir si elle a également remarqué cette anomalie, et il aperçoit Fun Mountain par sa fenêtre.

Une lueur soudaine fend la grisaille, un éclair qui semble s'abattre sur le parc d'attractions. En cet instant, la tour de chute, d'un noir d'encre, apparaît colossale, aussi lisse que du verre volcanique et tendue vers les cieux provisoirement resplendissants. Sa surface brille comme du goudron frais, huileuse et glissante.

Alors que cette image s'efface, le son revient. Le monde vibre à nouveau avec le grondement de quelque chose de gigantesque, un long sillon tonitruant qui creuse et fait trembler la terre. Les dents serrées, Noah a la sensation de chanceler au bord d'un abîme qui ne demande qu'à l'engloutir, où il se retrouvera seul avec… avec…

Il parvient à jeter un coup d'œil à Megan et s'aperçoit qu'elle lui lance des regards inquiets. Elle a ralenti. Les vibrations diminuent et soudain, le monde redevient audible, comme si quelqu'un venait brusquement de tourner le bouton de volume à fond, trop vite.

Qu'est-ce qui ne va pas ? demande-t-elle, sa voix lui raclant le cerveau. *Tu veux que je m'arrête ?*

Il se rend compte qu'il se presse contre la portière du côté passager, les bras en croix entre le tableau de bord et l'appuie-tête.

Il desserre péniblement sa mâchoire. *Non*, répond-il, *roule. Sors-moi de là.*

À Chicago, il loue un studio au deuxième étage d'un vieil immeuble plein de courants d'air. Il partage une salle de bain sur le palier. C'est affreux, mais ses économies ne lui permettent pas d'envisager mieux tant qu'il n'aura pas trouvé de travail. Megan loge à la résidence universitaire, elle lui rend visite presque quotidiennement, et parfois reste dormir. Un Barnes & Noble à proximité du campus finit par l'embaucher, au départ pour une vingtaine d'heures par semaine. Il y vient même ses jours de repos. L'endroit est bien éclairé, il y fait chaud et il bénéficie d'une remise de cinquante pour cent sur le café. Ces qualités en font un environnement nettement préférable à son appartement de plus en plus glacial. Et surtout, bien que son cache-œil continue d'attirer les regards, ici il n'inspire pas la peur. Pour les habitants de Chicago, Noah est un libraire parmi d'autres.

Pendant quelques mois, rien ne se passe. Noah se débrouille bien à son travail, on lui confie plus d'heures, et il apprend à connaître Megan hors du contexte de perte et de chagrin qui les a réunis au départ. Elle est gentille, mais déjà endurcie ; elle possède la force de quelqu'un qui a subi trop d'épreuves trop tôt dans la vie, une qualité qui manque cruellement à Noah.

Quand ils font l'amour pour la première fois, c'est une expérience plaisante et d'une grande douceur. Ça ne se termine pas dans un déluge de lumière dorée, une déchirure de la conscience ; l'espace et le temps ne s'en trouvent pas transcendés. Après une série de spasmes musculaires très agréables, ils s'effondrent dans une confusion de membres enchevêtrés.

Megan lui touche la joue, alors qu'il roule à côté d'elle ; ses doigts rencontrent ses larmes. *Qu'est-ce qui ne va pas ?* demande-t-elle.

Je suis juste très heureux, répond-il, parce qu'il a envie que ce soit vrai. Il aimerait tant que les choses soient aussi simples pour lui, comme s'il ne venait pas de tromper Leannon. Il tente de la chasser de son esprit. Cette partie de sa vie appartient au passé. Pour sa santé mentale et son âme, c'est nécessaire.

Le lendemain, quelque chose se produit quand il rentre du travail. Il tourne à gauche à l'angle de Blevington et King, mais au lieu de déboucher sur une large artère très fréquentée, il se retrouve dans une ruelle entre deux immeubles en brique qu'il ne reconnaît pas. Une porte en métal s'ouvre en claquant à sa droite, et un barbu tatoué apparaît, qui sort deux sacs-poubelle. Il porte un jean et un T-shirt et se fige en voyant le manteau et l'écharpe de Noah. Noah a soudain trop chaud dans ses vêtements.

Vous êtes perdu ? demande l'homme.

Noah ne répond pas, mais fait demi-tour et repart par là où il est venu. Au bout de la ruelle, il débouche sur une chaussée large, bordée de constructions qui s'affaissent ; les murs en brique semblent désaturés, comme si on s'était servi d'une paille pour en aspirer la couleur. Les fenêtres poussiéreuses sont couvertes de toiles d'araignées, et tout est désert. Il regarde derrière lui, mais l'allée a disparu. Il se tient devant un mur nu.

Il s'arrête sous la plaque de rue et lève la tête pour la lire. Il ne reconnaît pas la langue de l'inscription, et le ciel au-delà est d'un vert purée de pois. Un son étonné, presque un rire, s'échappe de sa gorge. « Hein ? » Le genre d'exclamation qu'on pourrait entendre dans la bouche d'un artisan surpris et impressionné par le travail d'un de ses pairs.

Ohé ! appelle-t-il. Si quoi que ce soit l'écoute, il ne daigne pas répondre. Puis, en à peine un battement de paupières, Noah est de retour au carrefour de Blevington et King ; les arbres nus frissonnent dans le vent glacial, les voitures sont garées pare-chocs contre pare-chocs le long du trottoir. La plaque affiche de nouveau le nom de la rue qu'il connaît bien, et les piétons se hâtent autour de lui en le bousculant.

Il envisage d'en parler à Megan, mais à quoi bon l'inquiéter ? Ou pire, lui donner des raisons de le considérer comme une cause perdue et de vouloir prendre ses distances avec lui ?

Ce jour-là, il préfère donc se taire, tout comme il garde pour lui ces nuits où il se réveille vers trois heures du matin, convaincu d'entendre une femme lui fredonner à l'oreille. Et il se persuade qu'il n'en tire aucun plaisir, que cette étrange tentative de séduction d'un autre monde ne l'intrigue pas.

Au printemps, après les examens de milieu de trimestre, Megan reçoit un coup de téléphone de l'avocat de son père. On a fixé la date de son exécution. Elle et Noah réunissent tant bien que mal assez d'argent pour couvrir les frais d'essence d'un trajet jusqu'au Texas.

À leur arrivée, la prison rappelle à Noah son lycée : mêmes murs en parpaings et éclairage au néon, même sentiment d'indifférence industrielle. N'y manquent que les vitrines aux trophées et les bannières d'encouragement des équipes sportives de l'établissement.

Megan figure sur la liste des visiteurs autorisés de James O'Neil ; elle seule entre pour lui parler. Quand elle ressort, son visage est gonflé, elle ne dit rien. Elle et Noah sont introduits dans une petite pièce qui comprend deux rangées de chaises disposées face à une baie vitrée. Ils s'assoient au premier rang, et le gardien leur explique que le verre est une glace sans tain. Ils pourront donc voir sans être vus. Un journaliste et les parents de Maria Davis les rejoignent bientôt. Aucun représentant de la famille de Brandon Hawthorne n'est présent. Noah sent que tous les yeux sont sur lui, il en a la chair de poule. Il se force à regarder droit devant lui et prend la main de Megan. Elle repose mollement dans la sienne, une chose froide et morte.

James O'Neil est amené, entravé sur un lit à roulettes. On lui a attaché le bras droit à une extension, à l'écart du reste de son corps, comme une sorte de crucifixion bâclée. Il est rasé de près et chauve à présent, le visage irrégulier et grêlé. Ses yeux sont pensifs, soumis, il leur manque l'énergie fébrile dont Noah se souvient.

L'un des responsables de la prison demande à O'Neil s'il a quelques dernières paroles à prononcer, mais le condamné se contente de secouer la tête. La mère de Maria Davis se met à pleurer, tandis qu'on procède aux injections et que James O'Neil détache enfin son regard du plafond. La glace sans tain ne paraît pas constituer un obstacle quand ses yeux absents et remplis de tristesse se posent sur Noah.

Noah se rappelle ce moment, dans la Cité, devant la vitrine du salon de coiffure. Cette fois-là également, il a assisté à la transformation d'un homme en quelque chose d'inhumain. Noah sent à peine Megan retirer sa main, alors que les lèvres d'O'Neil s'écartent. Il semble sur le point de parler, mais un son l'en empêche, un son qu'il a l'air de reconnaître. Noah le reconnaît, lui aussi : *scritch-scritch-scritch. Scritch-scritch-scritch*, comme de longues griffes qui grattent contre le verre. Quand ça s'arrête, O'Neil ferme les yeux et on l'emmène hors de la pièce sur le lit à roulettes. Il n'est peut-être pas mort, mais le spectacle est terminé.

Noah et Megan retournent à la voiture, ils ne se touchent ni ne se parlent. Tous deux restent assis plusieurs minutes, les yeux fixés sur le bâtiment, de l'autre côté du pare-brise, où la vie d'un homme vient de s'achever avec une précision clinique. Noah ne parvient pas à oublier le regard du condamné ; le grattement s'est installé à demeure à la base de son crâne, il lui envoie des frissons dans tout le corps. Il empoigne le volant pour arrêter de trembler. À côté de lui, il ressent l'immense chagrin de Megan. Pire, il sent un vide s'ouvrir devant lui, un trou dans lequel il pourrait bien tomber s'il n'y prend pas garde. Quand se retrouvera-t-il à son tour derrière la vitre, pour recevoir l'injection mortelle ?

Marions-nous, propose-t-il.

Après un long moment, elle tourne la tête vers lui, indiquant qu'elle l'a entendu. *Sérieusement ?*

Sérieusement.

Maintenant ?

Dès que possible.

Ils prolongent leur séjour au Texas le temps d'organiser une petite cérémonie à l'Église du Saint-Esprit ; y assistent, pour l'essentiel, des fidèles et la branche locale de l'Association des disparus. Noah n'invite pas sa famille, il ne les informe même pas qu'il est en ville. Kyle est son témoin. Quand Donna et lui arrivent à l'église, Donna sembla avoir caché un ballon de basket sous sa robe. Elle doit accoucher d'ici deux semaines. Pour une raison quelconque, face à cette image, à cette preuve irréfutable de la fuite des jours,

Noah pense à Eunice. Il a manqué son mariage, et à présent elle est absente du sien.

Noah et Megan passent la nuit dans un hôtel proche des parcs à bestiaux de Fort Worth ; la décoration intérieure consiste en tableaux qui représentent des cactus et des crânes de vaches. Après l'amour, Megan pleure et refuse de lui parler. Il la laisse tranquille et s'endort de son côté du lit.

Il se réveille à trois heures du matin, il meurt de soif. Après avoir récupéré le seau à glaçons dans la salle de bain, il sort dans le couloir bien éclairé à la recherche d'un panneau qui indique l'emplacement du distributeur. Mais à gauche comme à droite, ce ne sont que portes et tableaux ridicules à perte de vue. N'a-t-il pas aperçu une fenêtre à une des extrémités en arrivant ? Il doit se tromper.

Il passe devant plusieurs chambres, saisit au vol le bourdonnement d'une conversation ou d'une télévision, respire une bouffée de marijuana. Quand il tourne au bout du couloir, il tombe sur une porte où figure l'inscription ESCALIER. Peut-être aura-t-il plus de chance à l'étage du dessous.

Ses claquettes produisent des battements sourds sur la moquette, mais aucune sortie ne l'attend au bas de la première volée de marches ni de la deuxième. Il fait une pause avant la cinquième et se penche par-dessus la rampe, tentant de deviner combien il en reste. Impatience et terreur se mêlent pour former une boule qui durcit au creux de son estomac. Il s'aperçoit que cette sensation n'est pas étrange. Elle lui est même aussi familière qu'une couverture bien chaude. C'est généralement ce qu'il éprouve en abordant le meilleur moment d'une histoire fantastique ou d'horreur, ou en explorant les salles d'une nouvelle maison hantée. C'est également ce qu'il a ressenti à sa première visite dans la Cité.

Avec un seul œil et aucune perception de la profondeur, difficile de dire combien d'étages il lui reste à descendre. Il lève la tête, mais une fois encore, son problème de perception semble lui jouer des tours. Cet hôtel ne compte que six étages, alors qu'il a l'impression d'en avoir déjà laissé plusieurs dizaines qui s'éloignent à perte de vue au-dessus de lui.

Quelque chose bouge là-haut, une silhouette noire sur fond gris. Il a un mouvement de recul, oubliant l'impatience qu'il ressentait à peine quelques moments plus tôt, et aussi qu'il se tient sur une surface inégale. Il bat l'air de ses bras pour ne pas perdre l'équilibre, tel un oiseau ridicule, mais il bascule dans le vide, le contact avec chaque marche provoquant une nouvelle explosion de souffrance. Il tombe comme une masse au pied de l'escalier, le souffle court, attendant que la douleur se calme. Il entend des pas lourds derrière lui ; combien sont-ils, il l'ignore, impossible d'avoir une certitude, vu la façon dont résonne la cage d'escalier. *Clomp-clomp-clomp.* Le son va crescendo, et il plaque ses mains sur ses oreilles. Quelque chose se referme sur son bras.

Non ! crie-t-il. *Pitié !*

Tout va bien. Ce n'est que moi. Il entend la voix comme si elle venait de l'intérieur de sa tête. Leannon, douce et apaisante.

Levant les yeux, il voit l'expression peinée de son visage humain. Elle lui offre sa main, mais marque un temps d'arrêt avant de l'aider à se remettre debout. Elle passe son pouce sur l'alliance qu'il ne porte que depuis peu.

Pourquoi avoir fait ça ? demande-t-elle. Elle n'a pas changé de ton, mais une pointe de chagrin s'est glissée dans sa voix.

Pourquoi tu ne me laisses pas tranquille ? réplique-t-il.

Détacher son regard de l'anneau semble exiger un

réel effort de sa part ; elle se lèche les lèvres avant de parler. *Ce n'est pas aussi simple. Tu ignores beaucoup de choses.* Elle tend la main vers son visage, mais il s'écarte brusquement.

Je vais t'aider à comprendre, répond-il. *Je ne veux pas finir comme le père de Megan. Je ne veux pas finir comme Sydney. Je ne veux faire de mal à personne et je ne veux plus jamais te revoir. Je veux oublier jusqu'à ton existence.*

Leannon si, dit-elle.

Va-t'en ! crie-t-il. À ce moment-là, il se retrouve face à une porte ouverte qui donne sur le hall de l'hôtel. Derrière la réception, l'employé se penche vers lui, l'air perplexe.

Tout va bien, monsieur ? demande-t-il.

Noah aperçoit son seau à glaçons, renversé sur le côté à quelques dizaines de centimètres de là, toujours emballé dans son fin plastique protecteur. Après l'avoir ramassé, il l'agite à l'intention du réceptionniste et traverse le hall vers les ascenseurs. De retour au deuxième étage, il trouve immédiatement la niche qui abrite le distributeur. Il remplit son seau et retourne dans sa chambre.

Il boit son eau et se recouche. Il met longtemps à s'endormir ; il pense à Leannon et à la Cité. Il s'efforce de se convaincre qu'en la chassant, il a pris la bonne décision. Qu'il n'a pas eu plaisir à la revoir. Qu'il n'a pas éprouvé un frisson à tomber sous l'emprise de la Cité pendant un moment, et à ignorer ce qui l'attendrait au bas des marches ou au détour d'un couloir.

Pour leur lune de miel, Megan et lui choisissent Ashland, dans l'Oregon, la ville qui accueille l'Oregon Shakespeare Festival. Petite et idyllique, elle ressemble au décor d'un film, avec de larges trottoirs bordés de vitrines ; l'influence de Shakespeare se ressent jusque dans les noms des commerces, du genre CD or Not CD, et dans la présence de pas moins de trois théâtres. Ça semble l'endroit idéal pour remonter le moral d'une jeune mariée accro aux planches. Lors de leur première soirée sur place, ils assistent à une pièce intitulée *La vie est un songe* de Pedro Calderón de la Barca. Du balcon, ils ont l'impression d'espionner des voisins pittoresques depuis leur fenêtre. L'histoire est celle de Sigismond, un prince de Pologne que son père, le roi Basile, a fait enfermer dans une prison à cause d'une prophétie selon laquelle son fils deviendrait un tyran. Basile propose de l'asseoir sur le trône une journée. S'il est un bon souverain, il héritera de la couronne. Sinon, il retournera dans son isolement en croyant que la journée passée n'a été qu'un « songe ».

Après la pièce, alors que Megan et Noah rentrent à leur hôtel, elle feuillette le programme. Elle s'anime pour la première fois depuis des semaines, pointant du doigt les portraits des acteurs, lisant à voix haute certains détails de leurs biographies. Noah savait-il qu'un des soldats de la garde royale a joué Benedict dans *Beaucoup de bruit pour rien* ? Noah avoue son ignorance. Il a du mal à parler. La pièce s'est enfoncée dans son esprit comme un pouce dans un chamallow qui ne retrouve sa forme d'origine que très lentement.

Ça va ? demande-t-elle, sensible à son humeur.

Je pensais à la pièce, c'est tout.

Elle le prend par le bras et s'appuie contre lui. *Je te protégerai, mon beau prince. Tu es à l'abri, prisonnier dans la tour de notre mariage.* Puis elle le pousse, et pour la deuxième fois de la semaine, il perd l'équilibre. Cette fois, il atterrit dans une haie au bord du trottoir.

Mais qui te protégera de moi ? crie-t-elle, et elle s'enfuit en riant.

Le dernier jour de leur lune de miel, après une semaine de représentations théâtrales, de sexe sans larmes et de magie shakespearienne provinciale, ils déjeunent dans une affreuse imitation de pub anglais. Dans leurs assiettes, la nourriture a le goût du malheur. Megan est sombre à nouveau ; Noah craint que le charme de leurs vacances ne soit rompu.

Alors qu'elle grimace en avalant sa cinquième ou sixième bouchée de poulet aux myrtilles, il lui dit : *Tu n'es pas obligée de le finir, si tu n'aimes pas ça.*

Elle pose sa fourchette et porte sa serviette à ses lèvres. Son geste lui semble quelque peu guindé, crispé.

J'ai quelque chose à te demander, dit-elle. *Une question que je remets à plus tard depuis un moment déjà. Et j'ai besoin de la vérité, pas d'être ménagée.*

D'accord. Il se prépare au pire.

Tu as entendu gratter à la fenêtre de ta chambre quand tu étais petit, et ensuite ta sœur a disparu. Puis, dix ans plus tard, tu as vu deux de ces monstres se battre à propos de mon père.

Oui.

Mais pour autant que je sache, c'est tout. Tu n'as jamais mentionné d'autres occasions où tu aurais vu ou rencontré ces créatures ni, plus généralement, été témoin de phénomènes étranges. Alors ma question est la suivante : est-ce que tu m'as vraiment tout dit ? Y a-t-il autre chose que tu aurais omis de rapporter ? N'importe quoi ?

Son visage est marqué par le chagrin. Elle l'a bien caché pendant ces quelques jours, mais il est de retour, peut-être définitivement. Il tend sa main vers la sienne, et l'espace d'une seconde, il craint qu'elle ne se dégage brusquement. Dans ce cas, il sait qu'il lui racontera tout, d'une traite, chaque seconde d'intimité avec le surnaturel qu'il a connue depuis leur départ du Texas. Il lui avouera même la liaison qu'il entretient depuis des années avec Leannon.

Sa main ne se détend pas dans la sienne, mais elle reste en place.

Je t'ai tout dit, je te le jure. Je pense que c'était juste une coïncidence bizarre, ou le destin, appelle ça comme tu veux. Peut-être une intervention divine. Quoi qu'il en soit, tu sais tout ce qu'il y a à savoir.

Elle retire sa main, mais serre la sienne avant. Elle secoue légèrement la tête, avec ce petit sourire honteux qu'elle adopte quand elle se retient pour ne pas pleurer. Il la connaît assez bien pour ne pas s'en mêler. Cette bataille contre ses larmes, elle préfère la livrer seule, chaque fois. Lui se contente de patienter.

Quand elle a repris le contrôle d'elle-même, elle dit : *Si tu n'y vois pas d'inconvénient, j'ai envie de laisser tomber l'Association des disparus.*

Pourquoi ?

Parce que j'ai le sentiment que ces réunions ne m'apporteront rien de plus. Sa gorge se serre. *Et je vais devoir apprendre à me contenter des réponses que j'ai déjà, et tourner la page. Je veux passer à autre chose.*

Avec moi, j'espère, dit Noah.

Bien sûr. Tu es mon mari.

Tous deux marquent une pause. C'est la première fois qu'elle prononce le mot à voix haute depuis la cérémonie, et il a conservé son pouvoir incantatoire initial. Il s'est marié. C'est comme une redécouverte. Il a une *femme*. Indépendamment de tout ce qui s'est produit avant, il a fait son choix. Megan est sa responsabilité.

C'est vrai, dit-il. *Et comme mari, j'ai une demande à formuler.*

Laquelle ?

Après que tu auras obtenu ton diplôme, je ne veux plus vivre à Chicago.

Où, alors ?

Pourquoi pas ici ? Pas dans ce restaurant, bien sûr…

Dieu nous en garde.

Mais ici. À Ashland. La scène théâtrale y est particulièrement dynamique. Je pourrais trouver du travail dans les ateliers ; de ton côté, tu pourrais peut-être décrocher l'un ou l'autre rôle.

Cet endroit semble fait pour nous, n'est-ce pas ? dit-elle.

Au mois de mai suivant, elle obtient son diplôme et ils déménagent dans un appartement au-dessus d'une boutique de bougies à Ashland. Leur nouveau foyer est doucement parfumé à toute heure. À défaut de trouver des rôles, Megan commence à enseigner l'art dramatique dans un lycée local. Noah, lui, travaille dans l'atelier de décors de l'Angus Bowmer Theatre. Pendant un temps, tout va bien. La confusion et la peur qui régnaient en permanence dans son esprit ne sont plus qu'un mauvais souvenir. L'irréalité de sa vie d'avant se fond dans un rêve de couleurs pastel et de senteurs attirantes. Il n'a plus le sentiment d'être constamment surveillé ; son passé lui apparaît de plus en plus comme une série de scènes saisissantes extraites d'un livre qu'il a lu un jour, un cauchemar par procuration. L'amour et une vie simple. Voilà où réside une magie très concrète.

Mais les années défilent à vive allure. Les arbres, nus la veille, semblent retrouver leurs feuilles du jour au lendemain. Ils reverdissent et se régénèrent, tandis que Megan et Noah laissent leur jeunesse derrière eux et embarquent pour une sombre traversée vers l'âge mûr. À un moment, au cours de ces années qui s'accumulent, quelque chose s'esquive. À vingt-neuf ans, l'œsophage de Noah le brûle dès qu'il avale un plat accompagné de sauce tomate. Son dos et ses genoux le font souffrir en permanence, sans raison. Où qu'il aille, il ne se sépare jamais de son rouleau de

Tums et de son flacon d'Advil. Chaque fois qu'il tourne à un coin de rue, il se trouve exactement là où il est censé être. La géographie ne lui réserve ni surprise ni incohérence. Il est tout le temps fatigué, son travail l'épuise. Il lui arrive de lever les yeux, de se demander à quoi ressemblerait Ashland vue du ciel. Aurait-il froid là-haut ? Aurait-il besoin de lunettes de protection pour distinguer son immeuble ? Il a volé sur les ailes des vents nocturnes. Le firmament lui appartenait, et Leannon aussi. À moins que ce ne fût l'inverse. Ce n'est pas bien ; il sait qu'un monstre ne devrait pas lui manquer. Alors il se dit qu'il se trompe.

Ce serait plus facile, si la vie avec Megan était comme avant. Ce n'est pas dramatique. Ils ne se disputent pas. Mais ils ne rient plus ensemble, et n'échangent pas souvent de sourires. Ils ne se parlent guère. À la fin de leur journée, ils s'installent sur le canapé, chacun de son côté, avec une pizza ou un burger, et ils se laissent abrutir par les rires préenregistrés de piètres sitcoms. Ils n'évoquent jamais le père de Megan, l'Association des disparus ou le passé de Noah, et ils ne se touchent que rarement, le plus souvent par hasard.

Parfois, il regarde Megan, si loin à son extrémité du canapé, et il se demande pourquoi elle semble si malheureuse. De temps à autre, il lui pose la question ; elle hausse les épaules et répond en l'interrogeant à son tour.

Et toi, tu es heureux ?

Il se sent engourdi, il a l'impression de ne pas être lui-même et il ne comprend pas pourquoi. Il a été sauvé. Pourquoi ce salut ne lui a-t-il pas suffi ? Pourquoi éprouve-t-il une telle déception chaque fois qu'au coin d'une rue il se trouve exactement à l'endroit où il est censé être ? Pourquoi s'est-il mis à griffonner distraitement la ligne des toits d'une ville sur des bouts de papier ?

Noah a trente ans. Au beau milieu d'une nuit, des grattements sur du verre le réveillent : *scritch-scritch-scritch*, contre la fenêtre de la chambre à coucher. Une partie de lui attend depuis si longtemps. Il se lève, le cœur battant, et traverse la pièce. Mais avant qu'il écarte les rideaux, son téléphone sonne. Il hésite, momentanément désorienté. Megan s'agite dans son sommeil, il tend la main vers son portable posé sur la table de chevet. L'écran affiche un numéro au Texas qu'il ne reconnaît pas.

Allô ?

Qui est-ce ? demande Megan, mal réveillée.

Une voix fragile parle à l'autre bout de la ligne, saturée de parasites, comme un signal radio qui s'affaiblit. Noah ne comprend que les deux derniers mots, prononcés dans un chuchotement paniqué : *petit prince*.

Eunice ? dit-il. *Eunice, allô ?*

Noah ? C'est une voix masculine maintenant, beaucoup plus claire ; elle semble perdue.

Qui est à l'appareil ? demande Noah.

Il marche jusqu'à la fenêtre pour écarter les rideaux, mais ce qui attendait dehors, quoi que ce soit, est parti à présent. Il n'y a plus que lui, Megan, et la voix au téléphone qui dit, *Noah, c'est Hubert. Quelque chose de terrible vient de se produire.*

SIXIÈME PARTIE

LA MAISON MAUDITE

1

Je retournai à Vandergriff un dimanche de mars 2013, par un vol American Airlines, en classe économique. Placé à proximité d'une aile, je vis l'avion plonger sous les nuages, dans la réalité grise, humide et triste de l'aéroport DFW. Des complications liées aux conditions météo nous retinrent sur le tarmac pendant près d'une heure, alors que je serrais mon Kindle pour ne pas crier de frustration. Il pleuvait, bon sang, rien de plus ! Une averse n'empêchait pas les voitures de rouler. Quel impact pouvait-elle avoir sur un foutu zinc *à l'arrêt* sur la piste ?

Assise à côté de moi contre le hublot, Megan posa une main sur mon bras. « Calme-toi, ou tu vas finir par casser ce truc en deux. »

Je la regardai d'un air penaud, et remis le Kindle sur mes genoux. Elle me pressa le bras. Il y avait de la compassion dans ses yeux, mais pas seulement. Je me détournai pour m'intéresser au spectacle de l'autre côté du hublot.

Quand on nous autorisa enfin à débarquer, Kyle nous retrouva au retrait des bagages. Nous avions maintenu le contact par l'intermédiaire des réseaux sociaux, mais je ne l'avais pas revu en personne depuis mon mariage.

Il m'étreignit avec force et me donna deux grandes claques dans le dos.

« C'est bon de te voir, dit-il, malgré les circonstances. »

Puis il serra la main de Megan qui lui adressa un sourire. Je ne parvins pas à me souvenir de la dernière fois où je l'avais vue sourire à autre chose qu'une sitcom. En proie à un cocktail d'émotions contradictoires – jalousie, nostalgie et culpabilité –, j'eus un pincement au cœur.

Kyle insista pour porter son sac de voyage jusqu'au coffre de sa Prius. Il proposa à Megan de s'installer à l'avant, mais elle demeura inflexible sur ce point, préférant se détendre sur la banquette arrière, tandis que j'occupais le siège du passager. Un orage violent qui nuisait à la visibilité nous accueillit à la sortie du parking, et la voiture se glissa dans la circulation bloquée.

Je désignai les véhicules qui, pare-chocs contre pare-chocs, nous cernaient de toute part. « Désolé de t'imposer cette galère.

– Tu plaisantes ? dit Kyle. Donna est à son club de lecture. Alors, rester à la maison pour me coltiner les mômes, non merci. Grâce à toi, j'ai pu les confier à ma mère. C'est comme un jour de congé pour moi. »

À l'arrière, Megan s'étrangla de rire.

« Comment vont tes parents ? » demandai-je.

Il s'éclaircit la voix. « Maman a fichu papa à la porte. Pour de bon, cette fois.

– Pour quelle raison ? » Je tâchai de ne pas laisser entendre que j'avais ma petite idée. Rien ne prouvait que M. Ransom avait continué à courir le jupon après la disparition de Sydney, mais un homme capable de tomber amoureux d'une adolescente me semblait susceptible de remettre le couvert.

« Aucune en particulier, pour autant que je sache. Maman a l'air beaucoup plus heureuse. Elle a entièrement redécoré la maison. Je ne reconnais pratiquement pas l'endroit où j'ai grandi.

– Et ton père ?

– Il habite dans un parc pour mobile homes. »

Par nos questions, Megan et moi l'encourageâmes à poursuivre ses confidences un moment. Il nous parla de son mariage, de ses trois enfants, et enfin de Promenade au cœur des ténèbres. Donna et lui avaient racheté l'entreprise à maman en 2003 ; ils n'avaient gardé que l'ossature de l'attraction et transformé le labyrinthe de cauchemars en un safari au pays des morts-vivants baptisé le Manoir des zombies. Ils avaient involontairement bénéficié de l'engouement provoqué par des films comme *28 jours plus tard* et *Shaun of the Dead*. Pendant un temps, le succès avait été au rendez-vous, mais comme ma famille l'avait appris à ses dépens, dans le commerce de la peur, la familiarité engendre tôt ou tard l'indifférence. Le Manoir des zombies avait fini par fermer ses portes l'an passé. Depuis, Kyle vendait des cartons et des fournitures d'emballage ; Donna répondait au standard dans un bureau.

« On a gardé l'entrepôt et tout ce qu'il contient, dit-il. Je réfléchis à de nouvelles idées. » Cette déclaration sonnait creux, lui-même ne semblait pas y croire. Son travail actuel lui offrait une stabilité qu'il aurait du mal à abandonner. L'âge adulte finit par tous nous rattraper.

Après ça, le silence s'installa dans l'habitacle, uniquement troublé par le frottement aigu et irritant des essuie-glaces lancés à plein régime. Je sentais que nous cherchions tous un sujet de discussion, n'importe lequel, tant qu'il ne porterait pas sur la raison de notre retour à Vandergriff.

Megan décida de se jeter à l'eau. « Dis-moi, Kyle, c'est vrai que mon mari est sorti avec ta femme ?

– Moins d'un mois, précisai-je, entrant dans son jeu. Il n'en a pas fallu davantage à Kyle – *mon meilleur ami* – pour me la voler.

– Te la “voler”, tu y vas un peu fort, protesta Kyle.
– Oui, d’ailleurs “meilleur ami” est aussi une exagération. » Tout le monde éclata de rire, et pendant un moment, je me sentis bien, content d’être de retour au bercail, dans cette voiture avec ma femme et mon meilleur ami, suffisamment complices pour tenter de me dérider. C’était un aperçu de la vie que j’avais espéré connaître un jour, quand Megan et moi avions décidé de nous marier, mais qui ne s’était jamais matérialisée.

Ce sentiment se dissipa à notre arrivée dans le quartier d’Eunice et Hubert. « Quartier » était d’ailleurs un bien grand mot ; la rue dans laquelle se dressait leur maison était la seule et unique rangée de constructions achevées dans le lotissement. Des squelettes incomplets et déserts, des terrains à bâtir envahis de mauvaises herbes bordaient les rues au-delà. Un panneau décoloré promettait MAISON + TERRAIN À PARTIR DE 30 000 $.

« Ce panneau ne date pas d’hier apparemment, remarquai-je en passant devant.
– Il est planté là depuis des années, dit Kyle. Les gens qui finançaient le projet ont fait faillite et les travaux se sont arrêtés du jour au lendemain. Quelqu’un a dû racheter les quelques grues et les chariots élévateurs qui traînaient sur le chantier. Maintenant, tout ce qui reste prend de l’âge. »

Il se gara dans l’allée, derrière un SUV familial qui devait appartenir à Hubert. La Toyota Camry noire d’Eunice, un modèle de 2009 à en croire les journaux, n’était pas là, probablement toujours aux mains de la police. La maison était une structure en brique à un étage, percée de larges fenêtres en façade, avec pelouse en pente et vue sur la zone industrielle située de l’autre côté du lotissement.

Je sortis de la voiture avec Kyle pour récupérer les valises dans le coffre, avant de courir vers l’entrée.

« Appelle-moi si tu as besoin de quoi que ce soit, dit-il. On pourra aller boire une bière. »

Il se précipita vers la Prius, faisant au revoir de la main à Megan qui remontait l'allée, un magazine ouvert au-dessus de la tête en guise de parapluie. Je sonnai, et Hubert vint répondre. Toujours aussi maigre, toujours aussi pâle, mais la mine défaite, les cheveux mal peignés et des poches noires sous les yeux.

« Noah, m'accueillit-il en me serrant fort contre lui, malgré mes vêtements trempés. Dieu merci, tu es là. »

2

Comme l'extérieur, l'intérieur de la maison semblait destiné à véhiculer un message de normalité suburbaine : la salle à manger avec la table en bois laqué et ses chaises à dossier droit ; le vaisselier assorti ; les tableaux de bateaux et de paysages aussi plaisants qu'insignifiants, à côté de portraits de famille de chez Sears ; le tapis crème immaculé et le mobilier blanc du salon. *Ici, tout va bien*, paraissait dire la maison entre ses dents serrées. *Nous sommes normaux et heureux, bon sang !*

Au salon, deux enfants assis à même le sol jouaient aux Lego : Caroline, dix ans, et son frère, Dennis, huit ans. Tous deux levèrent la tête à mon entrée. Dennis ressemblait à une version plus petite et plus ronde de son père ; Caroline était le portrait craché de sa mère : ses cheveux roux, son teint pâle, ses membres maigres et son menton fuyant faisaient douloureusement penser à Eunice. Quand Hubert nous présenta, Dennis m'adressa un signe de tête hébété, mais Caroline me lança un regard furieux, avec l'air de me soupçonner de quelque méfait. Hubert nous proposa de prendre un café dans le coin-repas.

« Qu'est-ce que tu sais ? demanda-t-il.

– Pardon ? » dis-je, parcouru par un frisson glacé, comme si on venait de porter une accusation contre moi.

Je sentis les yeux de Megan sur moi. Plutôt que de croiser son regard, je me concentrai sur le fond de ma tasse. Le silence se prolongea.

« Oh, fis-je sans conviction, prétextant avoir mal compris sa question initiale. Seulement ce que j'ai lu en ligne. »

Megan et moi nous relayâmes pour répéter la version publique de l'histoire : le lundi précédent, Eunice s'était rendue à son travail et avait passé toute la matinée au bureau ; à en croire ses collègues, elle semblait « aller bien ». À midi, elle était sortie déjeuner et n'était jamais revenue. On avait retrouvé sa voiture garée dans le lotissement inachevé, à une rue de son domicile. Son sac à main était posé au milieu d'une des maisons laissées en chantier. Rien ne manquait, pas même l'argent liquide. La police avait cherché à contacter ma mère au téléphone pour lui demander si elle savait où se trouvait Eunice. Ils n'étaient pas parvenus à la joindre, et n'avaient pas obtenu davantage de réaction en allant frapper à sa porte. Après avoir forcé l'entrée, ils avaient découvert la télévision allumée ; la cuisine empestait le café brûlé, mais à part ça, personne. On était sans nouvelles de maman et d'Eunice depuis.

Voilà ce que nous savions. Hubert ajouta : « Eunice travaille souvent tard ; parfois, elle ne consulte pas ses messages sur son téléphone. Je ne me suis inquiété que le lendemain, quand je me suis réveillé et qu'elle n'était toujours pas rentrée. J'ai perdu une journée entière !

– Hubert, je suis désolé, dis-je.

– Non, c'est moi qui suis désolé », répondit-il en tapant sur la table. Ma tasse trembla, un peu de café déborda et forma une petite flaque sur le bois. « J'ai prononcé des vœux quand j'ai épousé ta sœur. J'étais censé prendre soin d'elle. » Je lui tapotai l'épaule et il m'attira de nouveau contre lui, m'étreignant avec encore plus de force que la première fois. Je le laissai m'écraser comme un ours en peluche.

Quand il me relâcha, il s'essuya le visage du dos de la main. « J'aurais dû remarquer certaines choses.

– Comme quoi ? demanda Megan.

– Elle a cessé de prendre ses médicaments. J'ai trouvé au moins trois mois de traitement dans une boîte à chaussures cachée dans l'armoire.

– Et tu n'as noté aucun changement chez elle ? m'étonnai-je.

– Elle semblait… pleine d'entrain. Plus énergique. Parfois, elle ne dormait pas de la nuit. Mais, Noah, je t'assure, j'ai pensé que c'était bon signe, qu'elle était heureuse et se remettrait peut-être même à l'écriture. »

L'arrivée de Caroline et Dennis dans la cuisine coupa court à la conversation. Le reste de la soirée se déroula dans une atmosphère sombre. Megan et moi, qui avions endossé le rôle de la famille inquiète et dans l'ignorance, regardions des dessins animés à la télévision au salon, pendant que les enfants construisaient une maison en Lego.

« Pas mal du tout, les félicita Megan, alors qu'ils terminaient les murs principaux et s'attaquaient au toit.

– C'est juste une bête maison, dit Caroline.

– Quand j'avais ton âge, j'étais nul en Lego, dis-je.

– T'étais idiot ? demanda Dennis.

– Dennis ! intervint son père, mais je ris.

– Ouais, faut croire. »

Vers neuf heures, Hubert envoya les enfants au lit. Ils couchaient tous les deux dans la chambre de Caroline ; Megan et moi dormirions dans celle de Dennis. Clairement, ce gosse était dingue de Lego. Un poster Bionicle était accroché au-dessus de son lit, et une exposition de ses modèles achevés occupait les étagères intégrées aux murs.

Dès que nous eûmes fermé la porte derrière nous, Megan dit : « Je continue de penser qu'on devrait prendre contact avec l'Association. » Elle avait exprimé ce même désir plusieurs fois par jour depuis que nous avions appris la disparition d'Eunice et de maman.

« Je croyais que cette période de notre vie appartenait au passé ; on s'était mis d'accord. Ça remonte à des années.

– C'était en 2003. La situation a changé. Peut-être qu'ils pourront nous aider. »

Je me levai et arpentai la pièce, faisant mine d'admirer les réalisations de Dennis sur les étagères : voitures de course, repaires de super-vilain, aéroports et maisons, autant de notices de montage minutieusement respectées. Il avait dû hériter cette méticulosité de son père. Eunice et moi étions tous deux bordéliques.

« C'est peut-être de leur ressort, je ne dis pas le contraire. Mais ma famille a disparu et je n'ai aucune envie qu'une bande d'inconnus fourre son nez dans la vie d'Hubert et des enfants. Et même si tu as raison : supposons qu'Eunice et maman ont effectivement été enlevées par des monstres. On n'y peut rien. L'Association a toujours été impuissante, comme je l'ai moi-même été pour Sydney. »

Je me désintéressai des jouets de Dennis pour me tourner vers elle. Assise sur le lit, elle avait ramené ses genoux contre sa poitrine.

« Tu aurais préféré que je ne t'accompagne pas ? demanda-t-elle d'une voix faible.

– Mais non, voyons. » Je m'efforçai de continuer à la regarder dans les yeux.

Elle soupira et me tendit la main. « Viens te coucher. »

Mais au lieu de la rejoindre, je sortis mes affaires de toilette de ma valise et allai prendre une douche. À mon retour, elle dormait, mais elle avait laissé la lampe de chevet allumée pour moi. Je m'étendis à côté d'elle, puis j'éteignis.

Elle avait raison : j'aurais préféré qu'elle ne vienne pas au Texas avec moi. Nos rapports étaient devenus étranges, ça ne datait pas d'hier. Elle semblait malheureuse. Ses yeux, inquisiteurs, me rappelaient les regards des habitants de Vandergriff après 1999 – comme s'ils sentaient que je n'étais pas digne de confiance. Et dans le cas présent, elle avait raison. Mon désir de venir sans elle tenait en partie à un besoin d'espace et de temps pour réfléchir ; en sa présence, j'avais en permanence l'impression de me trouver sous un microscope. Mais les circonstances qui entouraient ces disparitions dans ma famille avaient également joué un rôle. Les grattements à la fenêtre de ma chambre, la voix de plus en plus faible au téléphone. À l'époque où Megan et moi habitions Chicago, la Cité attendait généralement que je sois seul pour m'appeler. Avec Megan dans les pattes, en train d'analyser le moindre de mes mouvements, ces moments de solitude risquaient de se raréfier.

Mais bien sûr, je ne pouvais pas dire ça à ma femme sans reconnaître lui avoir caché tout un tas d'autres trucs. Nous étions donc au Texas, où elle voulait impliquer l'Association, et ne comprenait pas vraiment pourquoi je m'y opposais. Ensemble, dans le lit de mon neveu, elle avec les sourcils froncés par ses rêves, moi incapable de fermer l'œil.

Sachant que je ne risquais pas de m'endormir avant un bon moment, je me levai, m'habillai et trouvai mon téléphone. J'envoyai un SMS à Kyle : *Une visite tardive du Manoir des zombies, tu es partant ?*

Sa réponse arriva presque immédiatement. *Donne-moi une demi-heure.*

3

J'attendis Kyle sur la pelouse devant la maison. L'air nocturne était frais et humide, l'herbe encore mouillée. Je pensai à l'humidité permanente du monde de Leannon. Je ne parvenais pas à chasser la sensation qu'on m'observait, comme si toute la rue avait les yeux posés sur moi.

« Tu es là ? lançai-je, sans savoir précisément à qui j'adressais la question. Tu me vois ? »

Mon impression d'être surveillé ne disparut pas avec l'absence de réponse. Lorsque la Prius de Kyle arriva, je me hâtai de monter à bord.

« Tu veux parler ? demanda-t-il.

– Non. »

Il alluma la radio, et traversa la ville jusqu'à l'entrepôt qui avait appartenu à ma famille. Comme il roulait pleins phares, j'eus d'abord un aperçu partiel du bâtiment : une fresque murale élaborée occupait la façade imposante, grise dans mon souvenir. Des zombies à la chair cendreuse erraient sous un ciel orange brûlé dans un paysage post-apocalyptique infernal, parmi les ruines fumantes, les carcasses de voitures et les squelettes d'équipements de cour de récréation. Une forme d'art d'ordinaire réservée à la carrosserie d'un van, mais en beaucoup plus ambitieux.

« Ouah, m'exclamai-je.

– Donna déteste, répondit-il, mais je voulais impressionner les clients dès leur arrivée.

– C'est réussi. »

Nous descendîmes de la Prius, et il sortit un six-pack de Shiner Bock du coffre. Je pris une cannette, tandis qu'il déverrouillait le bâtiment. Le crâne en polystyrène expansé avait disparu, et l'accès des visiteurs avait été déplacé à l'autre bout de l'entrepôt. À l'intérieur, je retrouvai les ateliers, l'accueil et la salle de pause plus ou moins intacts. Il mit le courant depuis la « régie ». Autour de nous, tout s'alluma et j'eus un pincement au cœur. Je me sentais enfin *chez moi*.

Une fois le reste des bières au frigo dans la salle de pause, je suivis de nouveau Kyle à l'extérieur, où il me fit franchir une porte noire en haut d'une rampe. Pendant que nous buvions, Kyle m'expliqua le concept de son attraction.

« Tu appartiens à un groupe de survivants qui tente de traverser une ville envahie par les zombies », dit-il, alors que nous avancions dans une ruelle étroite, entre deux clôtures. Derrière le grillage, des carcasses de voitures gisaient parmi des ébauches de devantures et d'immeubles de bureaux. « Donc, ça grouille d'"infectés" des deux côtés ; ils ne semblent pas s'intéresser à ce qui se passe autour d'eux, quand soudain une femme non infectée se pointe en courant sur ta droite et te supplie de l'aider. Elle attire l'attention des infectés qui grimpent en masse par-dessus la clôture. À ce moment-là, les sirènes se mettent à hurler, et tout peut arriver. Enfin, pas vraiment, mais tu vois ce que je veux dire. »

La suite consistait en une série de rencontres de plus en plus dangereuses avec les morts-vivants. Les visiteurs rampaient à l'intérieur de conduites, ils montaient en haut de réverbères et devaient s'entraider pour traverser de larges brèches dans la chaussée. C'était plus intense que tout ce que j'avais pu imaginer du temps où l'attraction nous appartenait, un véritable parcours du combattant en enfer.

« Donna voulait donner l'occasion aux gens de faire de l'exercice, dit Kyle, alors que nous avancions péniblement à quatre pattes à l'intérieur d'une canalisation rouge, prenant soin de ne pas renverser nos bières. Une manière d'agir pour le bien public. » Au bout, une large rampe montait en pente raide ; des cordes pendaient, attachées au sommet. Nous vidâmes nos cannettes pour entamer notre ascension.

À mesure que nous progressions, les épreuves devinrent plus exigeantes, mettant un terme à la conversation. J'attendais toujours que se manifeste ce sentiment familier, curieux mélange de malaise et d'excitation, qui me signalait le début d'un voyage vers la Cité. Mais rien ne se produisit. À chaque nouveau défi, chaque corridor, je restai à côté de Kyle. Nous nous balançâmes d'une plateforme surélevée à une autre, traversâmes une cage à poules et nous pendîmes à des poutres à une hauteur qui me sembla pour le moins risquée. Quand le toboggan qui marquait la fin du parcours nous recracha enfin à la sortie, j'avais les poumons en feu et un point de côté. Par ailleurs, et pour la première fois depuis longtemps, j'étais au septième ciel. Étendu sur le matelas, je haletais, la tête vide.

Après avoir repris mon souffle, je me levai pour suivre Kyle en salle de pause et finir le six-pack.

« Merci, dis-je, j'en avais besoin. »

Il fit tinter sa bouteille contre la mienne. Dans le silence, en l'absence provisoire de toute angoisse, une pensée me vint à l'esprit.

« Hé, tu as gardé quelque chose de Promenade au cœur des ténèbres ?

– On n'a pas touché à l'ancien labyrinthe du monstre, répondit Kyle. Ça s'est révélé utile pour les déplacements des zombies.

– Et les costumes ?

– On a zombifié la plupart des fringues. On les a découpées pour leur donner l'aspect de loques sanglantes. » Il se leva et je le suivis dans l'atelier où il me montra du doigt des cartons empilés dans un coin. « Tout ce qui n'a pas servi est là. »

Ouvrant le premier carton, j'en sortis un veston froissé, un corsage à fanfreluches avec des épaulettes et des jeans coupés. Je reconnus chaque élément, autant de fragments d'un passé oublié depuis longtemps. Mais ce n'était pas ce que je cherchais.

« Si tu me mettais sur la voie… », proposa Kyle.

Je trouvai mon bonheur au bout du quatrième carton : sous les lumières crues, la fourrure brune, en touffes clairsemées de différentes nuances, avait l'air miteuse, dépossédée de la sombre majesté que lui conférait son habitat naturel. Ma seconde peau. Mon costume de monstre.

« J'aurais dû m'en douter », dit Kyle.

Je l'examinai. « Tu n'y as pas touché.

– Bien sûr que non. Ça t'appartient. J'aurais eu mauvaise conscience. Et puis, un monstre n'a rien à faire parmi les zombies. »

Je posai le costume sur mes genoux pendant le trajet retour, caressant la fourrure ébouriffée et emmêlée. Je me sentais davantage moi-même qu'une heure plus tôt.

« J'ai juste une course à faire, m'informa Kyle en se garant sur le parking d'une pharmacie Walgreens. J'ai promis à mon père de lui rapporter son médicament contre les vers intestinaux. »

Je le suivis à l'intérieur, où il trouva ce qu'il était venu acheter. Comme l'attente à la caisse se prolongeait, apparemment à cause d'un problème d'interprétation des termes d'un coupon de réduction, on nous orienta vers un comptoir ouvert à l'arrière du magasin. Une femme en blouse blanche qui paraissait s'ennuyer ferme enregistra les emplettes des clients qui nous précédaient dans la file. Son visage, l'expression de sa bouche – comme si elle suçait un bonbon acide – me disaient quelque chose, mais je n'arrivais pas à la situer. Je laissai tomber et jouai sur mon téléphone, tandis que nous avancions lentement.

« Noah ? Noah Turner ? »

Je levai les yeux et vis l'esquisse d'un sourire sur ses lèvres.

« Oui ? »

Son visage s'épanouit. « Ça remonte à loin », dit-elle en me montrant le badge sur sa poitrine : BONJOUR, MON NOM EST BRIN. Brin. La première et la seule petite amie de ma sœur. Brin, qui avait brisé le cœur d'Eunice au point de la plonger dans une dépression suicidaire. Cette foutue salope de Brin.

« Je me souviens de toi, Brin. »

Sa gaieté en prit un coup. « J'ai appris… pour Eunice et ta mère. Si je peux faire quoi que ce soit…

– Commence par enregistrer les achats de mon ami, répliquai-je. On est un peu à la bourre. »

Elle baissa les yeux. Cette petite manifestation de cruauté me procura une satisfaction brutale. Qu'elle aille se faire foutre. Kyle s'interrogeait, j'en avais conscience, mais je feignis de m'absorber dans mon téléphone, alors qu'il tendait sa carte bancaire pour payer.

« Qu'est-ce qui t'a pris ? Tu m'expliques ? demanda-t-il, au moment de quitter la pharmacie.

– Je préfère ne pas en parler, d'accord ?

– C'est toi le chef. » Il ouvrit la Prius, mais avant que nous montions à bord, Brin sortit du magasin en courant ; sa blouse se gonflait comme une voile derrière elle.

« Hé ! lança-t-elle.

– Je nous en débarrasse ? proposa Kyle.

– Je m'en occupe. Attends-moi dans la voiture. » Traversant le parking, j'avançai à la rencontre de Brin. « Qu'est-ce que tu veux ?

– Écoute, je comprends tout à fait que tu n'aies pas envie de me parler, répondit-elle. La manière dont j'ai traité Eunice… Je suis impardonnable. Et… » Elle se frotta le visage d'une main. « C'est le plus gros regret de ma vie, et de loin. Échapper à l'emprise de la religion, en particulier dans une église aussi bizarre que la mienne à l'époque, est vraiment difficile. Tu te laisses entraîner, et tu finis par te comporter de façon stupide, cruelle, par avoir peur de ce que tu es. Mais au lieu de prendre les mesures qui s'imposaient, j'en ai fait le problème d'Eunice. » Elle se toucha de nouveau le visage. « Il m'a fallu longtemps pour m'accepter. J'avais l'intention de reprendre contact avec Eunice, mais je n'arrêtais pas de repousser ce moment. Puis j'ai appris qu'elle s'était mariée et avait eu des enfants. C'est bête. J'ai pensé que j'aurais toujours l'occasion d'arranger les choses.

– Moi aussi.

– En tout cas, je suis désolée. Si toi ou ta famille avez besoin de quoi que ce soit… Tiens, laisse-moi te donner mon numéro de téléphone. » Elle sortit un stylo et un bout de papier de la poche du revers de sa blouse et le griffonna dessus. À peine me l'eut-elle remis qu'elle se hâtait déjà vers la pharmacie.

« Brin ? » dis-je.

Elle marqua un temps d'arrêt.

« J'aimerais avoir ton courage. »

Elle me fit au revoir de la main, puis disparut à l'intérieur. Je montai dans la voiture.

« Tout va bien ? dit Kyle.

– Oui. »

Il nous conduisit à Meadow Lake, le parc à mobile homes où vivait son père, une étendue de béton plate et quadrillée, sans la moindre végétation. Kyle me demanda si je souhaitais l'accompagner.

« S'il savait que tu es là, papa aimerait probablement te dire bonjour.

– Non, merci. » Je m'efforçai de ne pas paraître impoli.

Depuis le siège passager, je regardai Kyle gravir les marches en parpaings menant à la baraque en tôle ondulée. Quand Daniel Ransom ouvrit la porte, je restai interloqué un moment. Je ne reconnus pas immédiatement cet homme aux cheveux blancs fins et clairsemés ; hébété, ratatiné et voûté, il nageait dans un pyjama trop grand. La vie ne l'avait pas épargné, et l'espace d'un instant, je ressentis quelque chose qui ressemblait à de la pitié. Pas longtemps.

Je détournai les yeux, me concentrant sur le bout de papier que m'avait donné Brin. J'étais rouge de honte à l'idée de retourner chez Eunice, de dormir dans le lit de son fils, et de prétendre en savoir aussi peu que les autres.

4

Megan dormait encore à mon retour. Épuisé, je m'écroulai dans le lit à côté d'elle et sombrai enfin dans le sommeil. Je ne me réveillai que l'après-midi suivant, quand le soleil par la fenêtre de la chambre de Dennis devint impossible à ignorer. En descendant, je trouvai toute la famille réunie dans la cuisine. Hubert rinçait les assiettes dans l'évier, avant de les tendre à Dennis pour qu'il les mette dans le lave-vaisselle. À table, Megan buvait un café, tandis que Caroline lisait un gros bouquin. Ses cheveux roux cachaient une bonne partie de son visage. Elle ressemblait tellement à Eunice que j'eus un petit pincement au cœur.

« Bonjour, dit Hubert. Le café est encore chaud, si tu en veux.

– Oui, merci, répondis-je en allant me verser une tasse.

– Nuit difficile ? » s'enquit Megan. Les mots me frappèrent comme une balle de baseball entre les omoplates, et je dus prendre sur moi pour ne pas arrondir le dos.

« Oui. J'ai eu du mal à m'endormir.

– Moi aussi, renchérit Hubert. Je n'ai pas passé une seule bonne nuit depuis le début de cette histoire. »

Je m'assis avec Megan et Caroline, les mains autour de ma tasse. « Quel est le programme aujourd'hui ? demandai-je.

– Pas grand-chose pour l'instant, répondit Hubert. On essayait justement de décider comment occuper le reste de l'après-midi et la soirée.

– J'irais bien au zoo », proposa Dennis.

Caroline interrompit sa lecture et leva les yeux. « Tu plaisantes ? Tu veux vraiment visiter une prison pour animaux ?

– Une prison ? » répéta Dennis. Apparemment, il ne lui était jamais venu à l'esprit que les animaux n'avaient peut-être pas envie de vivre en cage.

« On pourrait aller au parc, proposai-je, ou au cinéma. »

Caroline se leva avec son livre, puis elle sortit dans le jardin en claquant la porte.

Hubert s'appuya contre un plan de travail et croisa ses longs bras maigres. « C'est dur pour elle en ce moment. Je lui parlerai.

– Laisse-la un peu tranquille, suggéra Megan. Viens plutôt boire un café avec moi. Repose-toi. »

Hubert obéit, trop heureux qu'on lui dise quoi faire. Dennis continua à ruminer cette idée de prison pour animaux en fronçant les sourcils.

Sous prétexte d'avoir oublié mon téléphone, je remontai en courant dans la chambre de Dennis, juste à temps pour écarter les rideaux et surprendre Caroline qui enjambait la clôture derrière la maison. Elle disparut de l'autre côté, en direction du lotissement resté en chantier.

5

Sorti en catimini par la porte de devant, je fis le tour du pâté de maisons pour suivre Caroline. Je la trouvai assise en tailleur sur les fondations en béton de ce qui serait probablement devenu un salon ou une cuisine. Elle se redressa dès qu'elle m'entendit approcher, prête à se sauver.

« Je viens en ami », dis-je, les mains levées. J'entrai dans la pièce, libérant l'embrasure de la porte, pour éviter qu'elle se sente prise au piège. Mon geste, si symbolique fût-il dans cette maison ouverte aux quatre vents, eut pourtant l'effet escompté. Bien que toujours tendue, elle resta où elle était.

J'arpentai les lieux, jetant un coup d'œil aux constructions inachevées de part et d'autre. « Tu te promènes souvent dans le coin ? demandai-je.

– Maman et papa n'aiment pas que je vienne, répondit-elle. Ils ont peur que je me fasse mal.

– Ça ne m'aurait pas arrêté, à ton âge.

– Je surveille Dennis aussi, quand il joue ici, pour qu'il ne lui arrive rien.

– Tu veilles sur ton frère. »

Elle hocha la tête.

« Comme ta mère avec moi, quand on était petits. Tu sais que vous vous ressemblez comme deux gouttes d'eau ? »

Elle était toujours tendue. « Comment tu m'as trouvée ?

– La chance. Je regardais par la fenêtre à l'étage quand je t'ai vue enjamber la clôture.

– Je n'ai rien fait de mal », me lança-t-elle d'un air de défi. Je ne la contredis pas, préférant attendre la suite. Progressivement, son expression indignée reflua. « Pendant quelque temps, maman a semblé si heureuse – je ne l'avais jamais connue comme ça –, mais du jour au lendemain, elle est devenue méchante. On pouvait dire ou faire ce qu'on voulait, elle n'était jamais contente. Et papa – avec lui, c'était pire. Elle l'accusait d'être un faible, un lâche, elle disait qu'elle n'aurait jamais dû l'épouser. Devant Dennis et moi, comme si elle se moquait qu'on entende ou pas. Et papa rentrait la tête dans les épaules en attendant que ça s'arrête. »

Elle cligna plusieurs fois des yeux et avala sa salive, assez fort pour être audible.

« Je devrais être plus gentille avec lui, dit-elle.

– Moi aussi.

– Ensuite, ça s'est aggravé. Je me réveillais au milieu de la nuit et je la voyais arpenter son bureau, les bras croisés et la tête baissée. J'espérais que ça finirait par s'arranger. Puis maman a commencé à partir pour de longues promenades, seule, la nuit. Je me faufilais dans la chambre de Dennis pour regarder par la fenêtre ; elle marchait de long en large, ici, en secouant la tête. Puis un jour, elle et mamie ont disparu. »

Elle détourna les yeux, avant de poursuivre : « Parfois, quand maman était dans son bureau, j'apercevais quelque chose derrière la vitre, en train de la surveiller.

– Quelque chose ? répétai-je. »

Elle me lança un regard noir. « Un monstre dans une robe. Comme si le grand méchant loup avait enfilé la cape du Petit Chaperon rouge. Maman ne semblait jamais le voir, mais moi si. » Elle m'observa, déchiffra quelque chose dans mon visage, et ajouta : « Toi aussi, tu l'as vu, hein ? »

Je songeai à nier. Mais je me sentais des affinités avec cette gamine. Elle me rappelait Eunice, bien sûr, mais je nous trouvais également des points communs. Intelligente et effrayée, elle tentait de faire le tri parmi les demi-vérités et les mensonges que sa famille lui avait racontés jusqu'à présent.

« Oui, je l'ai vu, répondis-je.

– Tu sais où sont maman et mamie ? »

Je fermai mon œil, j'avais la nausée. Tout était de ma faute. Leannon m'avait prévenu des années plus tôt, au cours de ma nuit de noces. Quand j'avais exigé qu'elle me laisse tranquille, elle m'avait dit que ce n'était pas aussi simple, que j'ignorais certaines choses. Et à présent, elle m'en avait apporté la preuve. Elle avait enlevé toute ma famille.

Quand je rouvris mon œil, Caroline me regardait d'un air profondément inquiet.

« Tu peux les ramener à la maison ? demanda-t-elle.

– Je ne suis même pas sûr que je saurais par où commencer. » Mais ce n'était pas vrai. Je m'en aperçus, à peine avais-je prononcé ces mots. Je n'avais pas besoin d'attendre que la Cité m'invite de nouveau. Je pouvais tenter d'y retourner par mes propres moyens.

6

Je laissai Caroline et refis le tour du pâté de maisons. Chez Eunice, tout le monde se trouvait toujours dans la cuisine, je n'eus donc aucun mal à voler les clés de voiture d'Hubert sur le crochet dans l'entrée, avant de m'éclipser à nouveau. Je réussis à sortir de l'allée et à atteindre la rue sans que personne surgisse pour m'en empêcher. Puis je traversai Vandergriff, mon téléphone en mode silence, sans prêter attention aux appels en absence ou aux SMS.

En début de soirée, je me garai devant chez maman, à l'autre bout de la ville. De gros nuages d'orage cachaient le soleil, anticipant la nuit. La maison me sembla à la fois plus large et plus haute que dans mon souvenir. À croire qu'elle avait poursuivi sa croissance, comme n'importe quelle créature vivante, grâce à un apport régulier de tout ce qui pouvait composer son régime. Ses fenêtres reflétaient la lumière des réverbères, tels les yeux noirs d'un insecte.

Je ne vis aucune voiture de police dans l'allée ou la rue, mais un ruban jaune interdisait l'entrée. Je me baissai pour introduire ma clé dans la serrure ; elle fonctionnait toujours. Une fois à l'intérieur, je restai dans l'obscurité, pour éviter d'attirer l'attention des voisins. J'effaçai donc les notifications de l'écran de mon téléphone pour m'en servir comme lampe de poche et jeter un coup d'œil autour de moi.

La police avait visiblement tout passé au peigne fin à la recherche d'indices, avant d'abandonner les lieux en l'état. Les coussins du canapé traînaient par terre, les portes des placards de la cuisine béaient, leur contenu répandu sur les plans de travail ou à même le sol. Cette vision me rappela la maison de Leannon après le tremblement de terre.

À part la pagaille, je notai peu de changements. Les mêmes rideaux pendaient aux fenêtres, et la table de la salle à manger était fidèle au poste. Ça sentait le renfermé, comme si les habitants avaient dépassé leur date de péremption. Je montai dans mon ancienne chambre. Avec la literie en désordre et le linge éparpillé un peu partout, la pièce donnait l'impression que le Noah âgé de dix-neuf ans pouvait rentrer à tout moment. Mes posters n'avaient pas quitté les murs, et les mêmes livres s'entassaient sur la table de chevet : *La Compagnie des loups*, *Ghost Story*, *The Ceremonies* et *Memnoch le démon*.

Je trouvai un bout de papier qui prenait la poussière sur mon bureau depuis plus d'une décennie :

Noah,

Je suis passée en espérant qu'on pourrait se revoir. Malheureusement, c'était ton jour de repos. Tant pis. Si tu veux, on se retrouve avec quelques amis demain soir ; tu es le bienvenu. Je pense qu'on a encore beaucoup de choses à se dire.

xoxo Megan

Me sentant un peu coupable, je faillis consulter mes notifications sur l'écran de mon téléphone, mais je m'arrêtai à temps. Je ne pouvais pas me soucier de Megan, pas avant d'être allé au bout de ma démarche. M'accroupissant devant le bureau, j'ouvris le tiroir du bas. Il débordait de vieux projets pour le lycée, de cahiers à spirale et de *comics*. J'enfonçai ma main derrière toute la paperasse et tâtonnai jusqu'à ce que mes doigts trouvent l'objet que je cherchais. Je le sortis pour le regarder dans la pénombre : une petite pierre, noire et lisse. Ma clé du monde de Leannon, abandonnée des années plus tôt, qui m'attendait exactement là où je l'avais laissée.

Je la serrai dans mon poing et fermai mon œil, me représentant la maison au sein de la forêt noire, le ciel miasmatique et l'air lourd et humide.

En rouvrant mon œil, je découvris que je n'avais pas quitté ma chambre. Ça n'avait pas marché. Pourquoi ? Après des années de négligence de ma part, s'était-elle vidée de son pouvoir, avait-elle épuisé ses réserves d'énergie ? Je la retournai dans ma main. Elle ne me semblait pas différente de mon souvenir.

Ma grande idée. Ma seule idée. Envolée. Mais je n'étais pas encore prêt à renoncer et à retrouver Hubert, Megan et les enfants.

Glissant la pierre dans ma poche, je continuai à fouiller la pièce, sans succès. Idem pour la chambre d'Eunice et le « bureau » au bout du couloir, où la photo de lycée de Sydney se dressait toujours au sommet d'une armoire de rangement.

Je descendis pour explorer le rez-de-chaussée. Rien d'inhabituel n'attira mon attention dans la cuisine ou au salon. Dans la chambre de maman, on avait arraché la literie ; ses vêtements et ses chaussures jonchaient le sol de la penderie. J'étais sur le point de mettre un terme à mes recherches quand la lumière de mon téléphone s'arrêta sur un petit objet brun, coincé contre le mur du fond. Je m'agenouillai face à un vieux carton dont j'écartai les rabats. Il contenait un épais classeur à anneaux, un seul, rempli de feuilles jaunies par le temps. Sur la couverture, une page glissée dans une chemise en plastique transparent portait un titre écrit au crayon, avec le même style de calligraphie que pour les *comics* de *Superman* ou des *X-Men* :

La Cité sans nom
Par Harry et Margaret Turner

Ça ressemblait à ce qu'un gamin aurait pu dessiner en salle d'étude, et ça m'en disait long sur mes parents : le père que je ne connaîtrais jamais, et la version de ma mère morte en même temps que lui. Des gens pleins d'entrain, marrants.

Une photo avait été scotchée sous le titre, celle décrite, oh, tant de pages plus tôt : mes parents, accroupis à côté de la pancarte MAISON HANTÉE, ENTRÉE GRATUITE, souriants et fiers de leur création. (C'était, et ça reste, la seule photo de mon père que je possède ; elle m'est chère et je continue de la conserver dans sa chemise en plastique transparent.)

Je portai le classeur jusqu'au lit, où je l'ouvris. Comme promis par la couverture, il contenait les plans que maman et papa avaient dessinés avant sa mort, ceux sur lesquels Sydney et moi avions tant voulu mettre la main. Maman prétendait les avoir jetés, mais ils étaient bien là, suggérant un projet d'une immense ambition. Une attraction qui s'organiserait autour de trois hôtels : le Gilman, inspiré par le village côtier d'Innsmouth dans la novella de H. P. Lovecraft ; le Glitz, un hôtel dans le style de l'Overlook, avec un labyrinthe de haies et des installations en cuivre ; et Ma's, un bed and breakfast ceint d'une clôture en fer forgé, avec un cimetière dans le jardin de derrière.

D'après le peu que je pouvais en voir, une ville entière rayonnait à partir de ce noyau d'hôtels, avec des immeubles de bureaux, des commerces, des restaurants, tous représentés avec un luxe de détails. De page en page pourtant, le plan changeait. En l'absence d'un point d'ancrage stable, la possibilité d'une carte définitive semblait se dérober. Je feuilletai le classeur, revenant parfois en arrière, mais plus je regardais, plus tout me paraissait aléatoire, exactement comme la disposition de la Cité lors des visites que j'y avais moi-même effectuées.

Je n'eus que peu de temps pour réfléchir à ma découverte, et à la manière dont elle pourrait m'aider à retourner dans le monde de Leannon. J'entendis la porte d'entrée s'ouvrir, puis des voix sourdes. Quelqu'un était venu.

« Noah ? appela Megan. Montre-toi. On est là. »

7

Megan m'attendait dans le vestibule, en compagnie de Josh, Eli, Hector, Laura et Sarah. Malgré mes réserves, elle avait appelé l'Association en renfort. Ils avaient allumé.

« Comment tu as su où me trouver ? demandai-je.

– Je ne connaissais que deux endroits où tu pourrais aller, répondit-elle. J'ai deviné juste du premier coup.

– Je t'ai pourtant dit que je ne voulais pas de leur aide.

– C'est possible, mais moi, j'ai besoin d'explications. »

Megan parlait d'une voix calme et raisonnable, un peu triste également. Je sentis quelque chose de froid et de menaçant en elle. Cette fois, elle ne me laisserait pas me dérober.

« Pourquoi ne pas nous installer au salon ? » proposa Sarah.

Tout le monde prit place sur le canapé et dans les fauteuils, sauf Megan et moi qui restâmes debout devant la télévision. Alors que le groupe me fixait, j'éprouvai de nouveau cette sensation qui me donnait la chair de poule quand j'étais ado ; je me sentais vulnérable, suspect. J'étais redevenu l'autre, l'intrus parmi les gens normaux.

« Que voulez-vous savoir ? demandai-je.

– Fais comme si tu intervenais lors d'une de nos réunions, suggéra gentiment Sarah. Commence par l'événement le plus récent, et dis-nous ce qui s'est passé. »

J'étais coincé ; ravalant ma rage, je me lançai dans l'histoire du mystérieux coup de téléphone et des grattements à ma fenêtre la nuit où Eunice et maman avaient disparu. Je leur parlai de Caroline, qui m'avait révélé avoir aperçu une de ces créatures. Je leur expliquai que j'avais décidé de voir si je pouvais tenter quoi que ce soit à propos de ces disparitions, mais reconnus mon échec. Je leur montrai le classeur trouvé dans la penderie, mais pas la pierre noire. J'omis de préciser ce dernier détail.

À la fin, personne ne parla pendant un moment. Certains

membres du groupe s'entreregardèrent, tandis que d'autres gardaient les yeux rivés sur leurs genoux. Ce fut Josh qui rompit le silence.

« Quel tas de foutaises !

– Des foutaises ? » répétai-je.

Aucun d'eux n'osait me regarder en face. Même Megan, debout à côté de moi, sembla soudain terriblement intéressée par le tapis.

« Ma mère a disparu quand j'avais huit ans, poursuivit Josh. Elle était journaliste indépendante à San Antonio ; elle a enquêté sur la communauté clandestine des vampires – pas de vrais vampires, bien sûr, simplement des fanatiques d'Anne Rice un peu craignos qui aiment se déguiser et boire du sang. Elle commençait à se faire connaître, on lui prédisait une belle carrière. Tu sais sur quoi elle travaillait juste avant qu'elle disparaisse ?

– Pas la moindre idée, répondis-je.

– Sur les disparitions inexpliquées. » Il marqua une pause, comme s'il attendait un commentaire de ma part. Je lui fis signe de continuer.

« Dans de nombreux cas, on n'a pas à chercher bien loin. Parfois, un conjoint ou un ex violent est responsable, même si aucune preuve ne permet d'obtenir une mise en accusation ou une condamnation. Ou alors, la personne disparue a des antécédents en matière de toxicomanie, d'alcoolisme ou de troubles psychiatriques. Ma mère ne s'intéressait pas à ces affaires-là, uniquement aux plus étranges. Par exemple, ce gosse entré dans un simulateur de force gravitationnelle à Huntsville, dans l'Alabama – une chambre close avec une seule issue – et qui n'en est jamais ressorti. Ou cet homme, en prison dans le Maine, qui s'est volatilisé de sa cellule au milieu de la nuit.

– Je suppose qu'elle avait son idée sur la question, une hypothèse de travail ? dis-je, incapable de retenir une pointe d'irritation.

– Je l'ignore. Elle n'en était qu'au début de son enquête, elle passait des coups de fil, suivait différentes pistes. Comme on nous avait coupé le téléphone à l'époque, elle se rendait à la cabine au bout de la rue dès qu'elle avait besoin d'appeler, jusqu'à deux ou trois allers-retours dans la même soirée. Un jour, elle est partie, mais n'est jamais rentrée. La police a cherché partout. On a parlé d'elle aux informations et dans des émissions sur les mystères non résolus. Sans résultat à ce jour. Elle s'est juste volatilisée. La plupart des gens pensent que ces vampires de pacotille lui ont réglé son compte, mais pas moi.

– Qu'est-ce que j'ai à voir avec tout ça ? demandai-je.

– Après que le reste de ta famille a disparu la semaine dernière, j'ai eu une intuition. Ton nom me disait quelque chose. Alors, j'ai parcouru les notes de ma mère pour cet article qu'elle n'a pas eu l'occasion de terminer. Et tu sais ce que j'ai trouvé ?

– Pas la moindre idée.

– Des informations à propos d'une certaine Deborah Turner. Tu la connais ? »

Je secouai la tête.

« Schizophrène paranoïde, poursuivit Josh. Veuve, mari tué en Corée. La police l'a ramassée au bord de la route, en chemise de nuit. Elle leur a d'abord résisté, elle cherchait une “Cité”, elle n'avait que ce mot-là à la bouche, apparemment. Son fils s'appelait Harry. Comme ton père, sauf erreur de ma part. »

Je hochai la tête. « Il est mort juste après ma naissance. Et sa mère peu après lui. Maman n'a jamais parlé d'eux. »

Josh retira sa casquette de routier et passa sa main dans ses cheveux blonds clairsemés. « C'est tout de même curieux que l'histoire de ta famille et celle de ces créatures soient si intimement mêlées. Les autres cas étudiés par l'Association semblent tous être des incidents isolés, sans aucun caractère héréditaire.

– Tu me l'apprends. » Et c'était en partie vrai. Ma grand-mère, retrouvée au bord de la route ? Qui parlait d'une Cité ? Devais-je en déduire qu'on l'avait enlevée, que d'une manière ou d'une autre, elle avait réussi à s'échapper ? Que c'était possible, après tout ?

« Nous t'avons accueilli au sein de notre groupe, dit Josh. Nous avons partagé nos histoires avec toi. La plupart d'entre nous ont assisté à ton mariage. Nous avons accepté ce que tu nous as raconté sur la disparition de ta sœur aînée. Tout comme ta version des faits à propos de l'arrestation du père de Megan. Nous t'avons fait confiance, parce que nous avions soif d'informations. Mais tu avoueras, c'est tout de même *bizarre*, ces liens que semble entretenir ta famille avec ces créatures. Ça fait déjà un moment qu'on est tous d'avis qu'il y a quelque chose de pas net chez toi. Tu es venu ici en douce, sans en parler à Megan et en lui demandant expressément de nous tenir à l'écart. Alors, pour une fois, tu veux bien garder tes salades et nous dire la vérité ? »

J'enfonçai les mains dans mes poches et tentai d'imaginer une nouvelle tactique, un moyen de détourner leur attention. Les doigts de ma main droite jouaient avec les bords d'un bout de papier que je sortis de ma poche. C'était le numéro de téléphone de Brin. Les rouages de mon esprit se grippèrent un instant.

Quand je détachai mon regard du petit mot, ils attendaient tous ma réponse.

« Je... » Je m'interrompis pour m'éclaircir la voix. Fermant mon œil, je revis Brin sur le parking, le visage sillonné par des années de chagrin. Brin, avec son courage et sa franchise, qui avait accepté sa part de responsabilité pour ses actes.

« Tout ce que je vous ai raconté est vrai, repris-je en rouvrant l'œil. Mais vous avez raison : ce n'est pas *toute* la vérité. La première fois que j'ai vu une de ces créatures, j'avais six ans. Elle a gratté à ma fenêtre chaque nuit, jusqu'à ce que je me décide enfin à l'affronter.

– Alors, pourquoi es-tu toujours là ? demanda Josh.

– Je l'ignore. Mais pendant les douze années qui ont suivi, cette créature a été ma camarade de jeu, ma protectrice, et nous avons fini par avoir une liaison. »

Le scepticisme du groupe se mua en répulsion. Megan fronça le nez, comme si elle venait de sentir une odeur nauséabonde.

« Je ne savais rien de ces créatures et de leurs agissements, ajoutai-je. Celle que je connaissais m'a caché toutes ces informations. J'étais un enfant solitaire avec un meilleur ami aux pouvoirs magiques. Après avoir rencontré Megan, et vous tous, mes sentiments ont commencé à changer. J'ai voyagé dans le monde du monstre en me servant de cette pierre » – je sortis la pierre noire de ma poche gauche pour la leur montrer – « et j'ai vu comment ils s'y prenaient pour métamorphoser un homme en l'un des leurs. J'ai aussi entendu l'histoire du père de Megan, rendu fou et réduit en esclavage par une de ces créatures. Je ne voulais pas subir le même sort. J'ai banni ce monstre de ma vie, et j'en ai commencé une nouvelle avec Megan.

– Si cette chose cherchait à gagner ta confiance, le sexe n'était qu'un outil pour elle, dit Sarah d'une voix douce. Elle t'a manipulé. Ce n'est pas de ta faute.

– Pourquoi ne m'avoir rien dit ? » demanda Megan, les poings serrés, avec un regard d'une intensité terrible.

« À cause de l'expression que tu as eue à l'instant, répondis-je. Et aussi, parce que je venais de te rencontrer. Ce n'est pas le meilleur moment pour se mettre à tout déballer sur ses ex, tu ne crois pas ? » Mais je m'aperçus avec un pincement au cœur que je mentais encore. Même maintenant. Je soupirai et comprimai la pierre noire dans ma main.

« Oh, bon sang, ce n'est pas tout. Oui, la créature et

moi étions ensemble, et oui, je l'ai chassée de ma vie. Et je ne t'en ai pas parlé, parce que tu me plaisais et que je ne voulais pas t'effrayer. Mais la vérité, toute la vérité, c'est que j'ai gardé un pied dans son monde depuis que je te connais. Je croyais qu'avec toi à mes côtés, et en me déchargeant d'une partie de mon fardeau sur toi et tes amis… je pensais que ça me changerait. Qu'en me cachant assez longtemps de cette partie de moi-même, elle disparaîtrait. Que j'éviterais de finir comme ton père. Mais bien que j'aie conscience de la nature monstrueuse de cette créature et de ses actes, elle me manque. Bien qu'elle nous ait traqués, moi et ma famille, depuis apparemment une cinquantaine d'années – mon Dieu – je l'aime toujours. »

Je n'eus pas l'occasion de voir la réaction de Megan. À peine avais-je prononcé ces mots que le monde vira au gris. J'entendis brièvement les exclamations surprises des membres de l'Association, mais le son s'affaiblit, alors que l'air devenait lourd et humide autour de moi, comme une ouverture mouillée. J'avais traversé. Enfin.

8

Dans le passé, j'avais toujours choisi ma destination. Cette fois, la pierre noire sembla décider pour moi. Quand le brouillard se dissipa et que le monde recouvra sa cohésion, je me retrouvai chez ma mère, au salon, mais dans une version sombre et déserte. J'avançai en direction de l'interrupteur, déplaçant des tourbillons de brume autour de mes pieds. Le plafonnier s'alluma, mais les ténèbres gardèrent une présence physique qui dévorait la lumière comme le feu consomme l'oxygène.

J'allai ouvrir la porte de derrière, et mon œil se posa sur un champ d'herbe noire, couvert de grâces d'ébènes. Plus loin se dressait une forêt d'arbres sombres. Je faillis sortir, avec l'intention de rejoindre la cabane de Leannon, au-delà des bois, mais un son m'arrêta. Un gémissement étouffé, grave, qui provenait de la pièce juste à côté du salon. La chambre de maman.

Je retournai à l'intérieur et ouvris sa porte. Une faible lueur rose éclairait un lit d'enfant et un fauteuil à bascule qui suggéraient une nursery, mais les photos encadrées qui tapissaient les murs démentaient cette impression. J'entendis de nouveau la plainte, derrière moi cette fois. Ma mère, vêtue d'une chemise de nuit, entrait d'un pas chancelant. Elle semblait hébétée et avait perdu du poids depuis notre dernière rencontre. Elle avait l'air squelettique dans sa chemise de nuit qui ondulait, sauf au niveau de son ventre protubérant et parfaitement rond. Elle était enceinte.

« Maman. »

Elle ne répondit pas, mais s'appuya sur la barrière du lit d'enfant pour s'agenouiller. Elle ramassa une photo sous le lit et s'assit pour la regarder. La couche de poussière sur le cadre ne m'empêcha pas de reconnaître maman et papa, probablement le jour de leur mariage. Maman portait une robe verte, papa un costume qui paraissait un peu grand pour lui.

Ses doigts effleurèrent le verre et creusèrent des sillons dans la poussière. Massant son ventre gonflé, elle gémit.

Je m'agenouillai à côté d'elle. « Maman ? » Toujours pas de réponse. Je posai une main sur son abdomen. Il s'enfonça comme un sac-poubelle rempli de feuilles mortes, puis il trembla. Je retirai mes doigts juste à temps : quelque chose de noir et de fin déchira soudain la chair et le tissu. J'eus un mouvement de recul et me cognai contre le mur. Deux vrilles avaient jailli des entrailles de ma mère. Elles battirent l'air comme les membres antérieurs d'une mante religieuse, raides et avides. Quand elles ne trouvèrent rien à percer ou à saisir, elles se rétractèrent sous la chemise de nuit en lambeaux.

Maman n'eut aucune réaction visible, mais resta penchée sur la photo, manifestant sa tristesse par des petits bruits faibles qui montaient du fond de sa gorge. Je souhaitais la sortir de sa torpeur, mais craignais qu'en poursuivant mes tentatives, je fasse de nouveau émerger les vrilles noires. Je n'aurais peut-être pas la chance de leur échapper une deuxième fois. Après m'être relevé, je quittai la chambre d'un pas chancelant.

À l'étage également, je retrouvai la maison de ma jeunesse, avec le couloir bordé de portes closes. Celle du bout – le fameux « bureau » de maman, vide le plus souvent – s'ouvrit avec un déclic. J'avançai petit à petit vers elle, à l'affût de bruits en provenance des autres pièces, me tenant prêt au cas où l'une d'elles se mettrait soudain à vomir des horreurs inouïes. À mesure que j'approchais, j'entendis de la musique : « Tubular Bells », le thème de *L'Exorciste*. C'était l'une des bandes-son que nous passions dans la sono à l'accueil de Promenade au cœur des ténèbres. Je franchis le seuil.

L'intérieur ressemblait à une salle de fortune pour un concert ou du théâtre expérimental. Une femme se tenait face au public, debout et déguisé pour Halloween. De la fumée flottait sur les planches sous une lumière stroboscopique, donnant aux mouvements de la danseuse en scène un aspect surnaturel, irréel. Elle portait un tutu noir, le complément idéal de sa peau d'une pâleur spectrale et de ses cheveux de jais. Je plissai l'œil, pour mieux la distinguer malgré l'éclairage saccadé.

« Sydney. » Sydney, toujours prisonnière, mais toujours en vie, toujours *humaine*, après toutes ces années. J'avais peine à le croire.

Mon voisin, un type au long nez pointu, en costume, avec une cape et un domino, se tourna vers moi et posa un doigt sur ses lèvres.

« Chut », dit-il d'une voix râpeuse. Son masque, sans

fil apparent, semblait soudé sur son visage au niveau des tempes. Le matériau métallique émergeait de masses de tissus cicatrisés. Contrairement à celui de maman ou de Sydney, son regard n'était pas éteint. Les yeux derrière le masque brillaient, vitreux, absorbés par le spectacle.

Sur scène, Sydney exécutait des pirouettes, bougeait les bras et les jambes. Sous cet éclairage intermittent, j'avais du mal à distinguer certains détails de cette silhouette fantomatique. Avait-elle des cheveux gris, des rides sur son visage autrefois lisse ? Elle avait dix-sept ans au moment de sa disparition en 1989. Elle en aurait quarante et un aujourd'hui. Dansait-elle sans interruption depuis toutes ces années ?

D'épaisses vrilles noires retenaient Sydney par les chevilles et les poignets, elles se tendaient et se relâchaient au rythme de ses mouvements. En coulisse, quelqu'un tirait les ficelles.

« Je reviendrai te chercher », promis-je en reculant vers la sortie. L'homme au masque soudé se retourna brusquement pour me faire taire, une fois de plus.

Dès que je me retrouvai dans le couloir, la porte du bureau se referma, et celle d'Eunice s'ouvrit.

« D'accord, j'ai compris, dis-je en élevant la voix. Où es-tu ? » J'ignorai l'invitation et continuai à marcher jusqu'à ma propre chambre. La poignée refusa de tourner. Je donnai un coup d'épaule, mais j'eus l'impression de me heurter à du béton. Une grille en fer de plus de deux mètres de haut empêchait l'accès au rez-de-chaussée par l'escalier. Après ma tentative avortée pour forcer la porte de ma chambre, j'estimai inutile de vouloir l'escalader. Pas de raccourci possible : je ne parviendrais à la fin de cette attraction qu'en respectant l'itinéraire imaginé par son créateur. J'entrai donc chez Eunice.

Je retrouvai la même pagaille que dans mon souvenir ; des livres partout, et un bureau poussé sous la fenêtre.

Eunice était penchée sur une machine à écrire huileuse. Le cliquetis cadencé des touches résonnait dans le silence inquiétant, comme si elle jouait du piano. Elle portait les vestiges d'une tenue décontractée en lambeaux ; ses cheveux roux étaient ébouriffés et emmêlés. J'approchai lentement, la gorge serrée. De longues vrilles noires articulées avaient poussé en différents endroits du bureau, pour se loger dans ses bras, ses jambes, son ventre et même son front. Elles dansaient au rythme de la frappe d'Eunice. Apparemment, on la préparait à sa transfiguration.

Eunice tira une feuille du chariot et l'ajouta au tas à sa droite. Je ramassai les pages, et elle s'arrêta de taper. Elle leva la tête. Elle avait l'air plus pâle que dans mon souvenir, son regard était vide d'expression. L'épuisement n'expliquait pas à lui seul son visage avachi. Du sang coulait sur son front, à l'endroit où les vrilles noires avaient percé la peau.

Le manuscrit s'ouvrait sur une page de titre :

Les Turner

Je tournai la page et lus :

Les Turner – Séquence 1 : Margaret

Margaret entre dans la Cité comme dans un rêve éveillé où se mêlent, avec une sorte de fluidité, souvenirs et cauchemars. Ça ressemble au petit appartement qu'elle a partagé avec Harry, dans le quartier le plus pauvre de Lubbock, un deux pièces miteux à la moquette élimée et aux murs lambrissés. Cela dit, on ne voit presque plus les murs derrière les cartons de Harry, remplis de livres de poche, de *comics* et de *pulps*.

Eunice respira bruyamment, et j'eus un mouvement de recul.

« Repose… le… » La voix qui sortit de sa bouche n'était pas la sienne. « Pas… fini. »

Je remis les pages sur le bureau et quittai la pièce, pas mécontent d'entendre le déclic de la porte qui se refermait derrière moi. De retour dans le couloir, celle de ma chambre s'ouvrit enfin.

Dès que j'entrai, le sol se déroba sous moi, et je tombai avec un cri qui n'avait rien d'héroïque, me recevant brutalement à quatre pattes sur un plancher. Une lumière chaude et douce repoussa légèrement l'obscurité, révélant des toiles posées contre les murs, et des plantes et des racines séchées pendues au plafond. J'étais arrivé chez Leannon. Leannon, avec son visage de loup, assise, affalée au milieu de la pièce ; elle me tournait le dos et serrait ses genoux entre ses bras velus.

Je me relevai. « Je suis là », dis-je.

Comme elle ne répondait pas, j'avançai vers elle d'un pas lourd et la saisis par l'épaule.

« Hé. » Elle leva vers moi des yeux orange affligés, tourmentés. Puis elle prit ma main, et j'eus à peine le temps de lire ce qu'elle avait gribouillé sur le sol avant que le monde entier vire au blanc :

AMI
AIDER

Le molosse

Dans ce film presque muet, une femme pâle aux cheveux roux, vêtue d'une cape rouge, porte un panier de fleurs dans une forêt aux grands arbres minces. Elle marque un temps d'arrêt en arrivant dans une clairière où trois croix toutes simples sont plantées dans la terre. Par une journée plus belle, les rayons du soleil pourraient égayer le petit cimetière, mais l'orage menace. Elle pose un lis blanc sur chaque tombe, puis elle s'assoit. Plusieurs fois, elle semble sur le point de parler, mais opte pour le silence et le grondement dans le ciel.

Les nuages éclatent, elle relève son capuchon et repart en courant par le même itinéraire qu'à l'aller. Elle atteint une maisonnette qui se dresse à l'orée de la forêt, à l'extérieur d'un village où toutes les habitations sont en bois. Les chemins sont boueux et déserts, tout le monde s'est enfermé chez soi en attendant que passe l'orage.

La femme ne dispose que d'une pièce au sol en terre compactée, avec un lit, un foyer et un coin cuisine. Dans son fauteuil près du feu, elle dessine au fusain sur du papier posé sur ses genoux. Alors que le ciel s'assombrit, elle esquisse sans relâche trois visages, toujours les mêmes : un homme chauve avec une barbe brune, et deux enfants aux cheveux châtains. Le résultat s'améliore à chaque tentative, comme si elle affinait la mise au point de son imagination, faisant apparaître des rides d'expression, des lueurs espiègles dans les regards, des bouches mélancoliques. Elle ne bouge pas en travaillant, ne change même pas de position pour gagner en confort. À l'occasion, elle ferme les yeux, mais ne lève jamais la tête et garde en permanence son air concentré, studieux, le front plissé.

Quand elle n'a plus de papier, elle retourne les feuilles et continue au dos. À la fin de cette deuxième série, elle se redresse et s'étire. Elle pose les pages sur le lit et sort une bourse en tissu de sa robe. Un grattement à sa porte l'interrompt, alors qu'elle fait ses comptes.

Surprise, elle laisse tomber son pécule qui produit un cliquetis étouffé sur le sol. Le grattement cesse. Elle hésite. Mais il reprend, nettement audible, en dépit de la pluie qui tambourine. La femme enjambe la bourse et va ouvrir. Personne n'attend sur le seuil et les rues du village paraissent désertes, malgré l'averse qui nuit à la visibilité.

Elle est sur le point de retourner à l'intérieur quand quelque chose au-delà de la limite des arbres attire son attention : une paire d'yeux orange brillent à travers l'orage.

Mais au lieu de tressaillir, ou d'avoir un mouvement de recul, la femme incline la tête et fronce les sourcils. Elle est plus curieuse qu'effrayée.

Le temps d'attraper sa cape, elle sort. Capuchon relevé et tête baissée, elle gagne les bois en pataugeant dans la boue. Sous la voûte des arbres, elle se découvre et regarde autour d'elle. Les yeux orange réapparaissent, juste devant son visage. Elle reste immobile, alors que la silhouette accroupie se dresse de toute sa hauteur – drapée de jaune, elle mesure facilement une cinquantaine de centimètres de plus qu'elle. La femme écarte les bras, un geste de reddition on ne peut plus clair. Doucement, presque avec affection, la créature l'enveloppe de ses longs membres et prend son envol, à travers les arbres et vers l'orage.

La pluie s'abat sur le visage de la femme ; dans le lointain, le ciel s'éclaircit brièvement, strié par la foudre. Il change de couleur aussi, passant d'un violet très sombre à un vert marécageux. Le village a disparu, remplacé par une profusion tentaculaire de tours et de bâtiments noirs qui ressemblent à des temples, à des mausolées. Ils sont plus massifs, et d'une certaine manière plus terribles que tout ce que l'homme a érigé sur terre.

Après ça, le film devient plus difficile à suivre, la narration s'égare dans une série de plans et de sensations rapidement enchaînés : une tasse pleine d'une substance épaisse et âcre ; une incroyable torpeur accompagnée par un son comparable à des branches sèches frottées sur un sol en béton ; une douleur vive, insoutenable et une tension au niveau des poignets et des chevilles ; puis les ténèbres, les ténèbres, les ténèbres.

Ensuite, la souffrance change de nature. De cette partie-là, elle ne se souvient que trop bien ; des expériences vécues de l'intérieur. Ses yeux s'ouvrent sur une pièce sombre, au son de la chair qu'on découpe ; puis une douleur atroce dans ses bras, ses jambes, son visage et sa poitrine, le sentiment qu'on prend, qu'on *aspire* quelque chose en elle pour le remplacer par quelque chose d'autre, d'épais et de visqueux. Elle tremble, se crispe ; elle appelle la mort de tous ses vœux, tout est préférable à cette souffrance. Une démangeaison insupportable s'empare de la surface de son corps, sa chair se déchire, des touffes de fourrure surgissent. Le monde vire à l'orange.

Elle dégringole du fauteuil auquel on l'a attachée et s'écroule sur le sol en frémissant. Plusieurs monstres à face de loup en robes de couleur entrent dans la pièce en file indienne et l'entourent. L'un d'eux – une créature grise drapée de bleu – s'agenouille et lui tend un vêtement rouge. Elle l'enfile de ses mains hésitantes – non, non, pas des mains. Des griffes. Elle a des griffes à présent. Elle se lève, alors que le loup en bleu dévoile ses crocs en un sourire féroce.

Puis, dans un flou orange, les années se suivent et se ressemblent : elle n'est plus personne, juste une créature-loup guidée par quelques instincts : *se nourrir de leur souffrance ; capturer des ouvriers ; servir la Cité.* Les visages se succèdent ; seules constantes, les émotions dont elle se repaît : tristesse, mal-être, deuil, folie ou peur. Certains humains ont peu à lui offrir (une mauvaise rupture, la mort d'un animal de compagnie) ; d'autres, elle les cultive comme un jardin : ceux qui souffrent de dépression profonde, les affligés, les fous, les malades en phase terminale. Parmi eux, il en est qui l'alimentent pendant des années ; les autres, elle les soumet à des rêves sinistres et les met à la peine dans la Cité. Quelques élus enfin – ceux dont le tourment est le plus fort, le plus exquis – ceux-là sont choisis pour l'ascension et deviennent eux-mêmes des loups.

Leurs visages sont tous anonymes, vite oubliés, jusqu'à ce que sa route croise celle des Turner. Ça commence avec Deborah, une femme prête à sombrer dans la folie. La créature-loup la kidnappe, mais éprouve des remords en voyant son fils, Harry. Un petit bonhomme aux cheveux bruns, terrifié, seul dans la chambre de sa mère au milieu de la nuit. Quelque chose dans son visage trouve un écho dans un souvenir longtemps enfoui en elle. Un autre jeune garçon effrayé qu'elle ne parvient pas à situer. Pour des raisons qui lui échappent, elle permet à Deborah de rentrer chez elle, et les laisse tranquilles pendant des années.

Quand elle se manifeste de nouveau, Harry est adulte ; cette fois, la créature a l'intention de se nourrir de lui, de sa femme, Margaret, et de ses filles, Eunice et Sydney. Pendant des années, elle danse à la lisière de leur perception, leur offrant des aperçus de sa présence, des indices, intensifiant leur chagrin et leur peur, tandis que Harry s'affaiblit et meurt. Elle se délecte, alors que la famille continue à se fracturer, mais une fois encore, c'est sa rencontre avec un petit garçon qui l'interrompt dans son œuvre. Noah Turner, six ans, le portrait craché de son père décédé, debout à sa fenêtre ; il la regarde, il n'a pas peur, elle le fascine et il est capable de la voir, qu'elle le veuille ou non.

Combien de temps ça fait, depuis que quelqu'un l'a observée sans manifester ni terreur ni répugnance ? Des décennies ? Des siècles ? La curiosité et la gentillesse du gamin libèrent quelque chose dans son cœur. Elle lui rend visite fréquemment. Elle passe ses soirées dans la cour intérieure devant sa chambre, où elle se sert de craies pour recopier des images de ses livres d'histoires sur le béton. Quand elle pose sa patte sur sa main et le guide pour leur première collaboration, elle se noie un moment dans un jaillissement de lumière blanche, une sensation fluide, parfaite.

À la fin de ce moment, trop vite interrompu, elle regarde ce qu'ils ont créé ensemble : la Cité, mais version BD. Surtout, elle voit le dessin, le sol de la cour et Noah en couleurs. Le voile orange s'est dissipé.

C'est grâce à lui. La proximité de ce garçon rend ses couleurs au monde ; elle reprend espoir : d'autres choses, plus importantes, qui pour l'instant restent hors de portée de son esprit, ne sont peut-être pas irrécupérables. Elle s'introduit peu à peu dans sa vie. Elle enlève sa sœur aînée qu'elle emmène dans la Cité et joue sur sa confusion pour obtenir qu'il l'invite à entrer dans sa chambre. Elle dort dans son lit, le regarde grandir et lui apprend à voler. Quand elle n'est pas avec lui, elle construit sa maisonnette dans les bois noirs à l'extérieur de la Cité, un endroit qui n'est pas sans rappeler sa dernière habitation humaine. Là, elle peint ses premiers tableaux rudimentaires, tentant de se raccrocher à sa vision en couleurs.

Elle cherche à se convaincre qu'elle manipule Noah,

qu'elle le considère au mieux comme un animal de compagnie. Mais elle brûle de jalousie en le voyant offrir une grâce d'ébène à Donna Hart et obtenir son premier baiser en échange. Elle comprend que les couleurs qu'il apporte à son monde sont peut-être un effet secondaire de quelque chose de plus profond qui s'est discrètement renforcé avec les années.

Dans une rage folle, elle affronte le Monstre gris pour sauver Noah ; puis, après qu'elle a recouvré sa forme et sa voix humaines, ils font l'amour pour la première fois et elle atteint un niveau encore supérieur de clarté et de couleur. L'amour l'a tirée de l'obscurité, et lui a enfin donné un nom : Leannon.

Pendant des années, Leannon peint et fait l'amour avec Noah. Elle le cache à la Cité, elle garde ses couleurs, sa forme humaine, son bonheur. Mais bien sûr, cette félicité ne peut pas durer éternellement. Elle tait trop d'informations à son jeune amant, élude trop souvent ses questions. Poussé par la curiosité, il devient méfiant et trouve la Cité sans son aide. Quand la Cité le voit, elle exige sa vie, comme elle le fait de tous ses visiteurs.

Leannon essaie de protéger Noah, y compris après qu'il la quitte. Elle enlève d'autres humains à sa place, pour satisfaire son maître, alors que le monde se vide de nouveau de ses couleurs et que son esprit s'obscurcit. Elle oublie comment manier un pinceau ou tendre une toile. Comment adopter figure humaine ou sourire. La Cité demeure inflexible, et elle rencontre de plus en plus de difficulté à résister à ses ordres. Elle imagine confusément une ultime tentative d'épargner Noah ou de l'appeler à l'aide, en capturant Eunice et Margaret Turner la même nuit. Elle espère qu'il saura retrouver le chemin qui le mène à elle et tous les sauver. À défaut, elle fournira deux nouveaux esclaves à la Cité, de quoi la rassasier un peu plus longtemps.

Après l'enlèvement, elle s'assoit par terre, dans sa maison, la tête entre les pattes, s'efforçant de retenir l'image de son visage, les lettres de son nom. Tout s'efface doucement. *Elle* s'efface doucement.

Il finit par trouver un moyen de la rejoindre, en utilisant exactement les mots qui conviennent pour ouvrir la porte entre les deux mondes. Et quand il arrive, quand sa main se pose sur son épaule, elle décide qu'elle n'aura plus de secrets pour lui. Elle saisit sa main et, enfin, lui montre *tout*.

SEPTIÈME PARTIE

CELUI QUI HANTAIT LES TÉNÈBRES

1

Le flot de lumière blanche décrut. J'en avais assez vu. Leannon voulut lâcher ma main, mais je m'agrippai. Agenouillé à côté d'elle, je la serrai dans mes bras.

« Tu m'as tellement manqué. »

Elle me rendit mon étreinte et un gémissement aigu monta du fond de sa gorge.

Je lui caressai le dos et la grattai derrière les oreilles. « Tout va bien. Je suis là maintenant. »

2

Après avoir conclu le marché, j'allai d'abord voir Sydney. Le public avait déserté le petit théâtre au bout du couloir à l'étage, et la musique s'était arrêtée. Sydney dansait seule, sans mélodie pour la porter, pour personne. Quand je grimpai sur scène et détachai les vrilles autour de ses bras et de ses jambes, elle s'écroula contre moi et faillit nous faire tomber tous les deux. Luttant pour garder l'équilibre, je l'étendis sur le sol, sa tête sur mes genoux fléchis. Elle battit des paupières.

« Sydney, dis-je, caressant ses cheveux emmêlés. Réveille-toi, Sydney. »

Elle ouvrit brusquement les yeux. « Papa ? » demanda-t-elle d'une voix rauque.

Je hochai la tête. C'était plus simple ainsi.

« Je ne comprends pas », dit-elle. Elle se frotta les yeux de ses poings serrés, comme un bambin. « C'est un rêve ?

– Oui, répondis-je. Et j'ai besoin de toi pour nous réveiller tous les deux. Tu penses pouvoir marcher ? »

Nous soutenant mutuellement, nous descendîmes l'escalier clopin-clopant jusqu'au salon. Je m'assis à côté d'elle sur le canapé et lui tins les mains.

« Dans un instant, tu vas te réveiller. Mais d'abord, je veux que tu boives quelque chose. » Je me levai, saisis une tasse fumante sur la table du petit déjeuner et la lui tendis. Elle la renifla, et son front se rida.

« Qu'est-ce que c'est ? demanda-t-elle.

– Un médicament. Je sais qu'il dégage une drôle d'odeur, mais tu dois le prendre, d'accord ? »

Elle respira à fond, comme pour se donner du courage, puis s'arrêta, interrompue par un bruit lourd et sourd à l'étage, suivi d'éclats de voix.

« Qu'est-ce que c'était ?

– Toujours le même rêve. Bois. »

Elle porta la tasse à ses lèvres et avala son contenu en quelques brèves gorgées. Elle plaqua un poing contre sa bouche, comme pour ne pas vomir. Au bout d'un moment, elle sembla plus alerte.

« Comment ça se fait que tu sois là ? s'étonna-t-elle. Je t'ai vu mourir.

– C'est un rêve, lui rappelai-je. Dans les rêves, nos chemins peuvent se croiser aussi souvent qu'on en a envie. »

3

Ensuite vint le tour de maman, toujours assise, les yeux clos, sur le sol de la nursery rose. Elle pleurait, cramponnée à la photo de son mariage. À présent, les vrilles responsables de cette mascarade de grossesse gisaient autour d'elle, tels des serpents morts.

« Maman, tu m'entends ? » demandai-je.

Elle leva la tête vers moi et cligna des yeux. Elle aussi était désorientée, comme Sydney.

« On peut partir maintenant », dis-je en lui tendant la main.

Elle serra le cadre contre sa poitrine en se balançant d'avant en arrière. « Je ne peux pas, répondit-elle.

– Pourquoi ?

– J'ai tout foutu en l'air. Tout. J'ai perdu mon mari, ma meilleure amie et mes enfants. J'ai voulu croire que c'était pour les protéger, mais… » Elle secoua la tête. « Je n'ai fait que les repousser. Je ne mérite pas de rentrer à la maison. »

Je m'accroupis à côté d'elle. « Je comprends. C'était plus facile de nous laisser nous détacher, de prétendre que rien ne manquait, que tout allait bien, au lieu de se battre, de garder espoir et de tenir bon. Mais malgré la maladie et la pauvreté, les disparitions et les tentatives de suicide, c'est grâce à toi qu'on est restés unis. Tu as créé Promenade au cœur des ténèbres, un endroit dans notre monde qui m'a appris à m'orienter et à éviter les écueils de *ce* monde. C'est grâce à toi que je suis capable de ramener toute la famille à la maison. Toi aussi, maman. »

Elle me laissa l'étreindre et m'enlaça. « Vous me manquez tous tellement. Ton père me manque.

– Je sais. Mais ce mauvais rêve touche presque à sa fin ; les lumières vont bientôt se rallumer. Pour papa, il est trop tard, mais les autres, je peux presque tous te les rendre. Je te demande juste de me suivre au salon. »

4

Troisième étape : Eunice. La seule dont la libération exigeait l'aide de Leannon. Les vrilles noires l'avaient clouée à son bureau, la condamnant à écrire jusqu'à sa transfiguration. Pour éviter qu'Eunice ne se vide de son sang, Leannon appliqua un baume particulier sur ses plaies. Puis elle nous laissa. Eunice oscillait légèrement sur sa chaise, le regard fixé à mi-distance.

Alors que je lui touchais le bras, elle poussa un cri perçant. Je retirai ma main. « Désolé. »

Elle continua à tanguer et à gîter comme une balise flottant sur des eaux agitées. Une larme coula sur une de ses joues.

« Je t'ai apporté quelque chose », dis-je. De ma poche, je sortis le bout de papier où figurait le numéro de téléphone de Brin. Elle l'accepta presque mécaniquement, mais il attira son attention.

« Brin, dit-elle d'une voix plate.

– Elle travaille comme préparatrice dans une pharmacie en ville. Elle regrette de ne pas avoir repris contact avec toi plus tôt, mais elle ne savait pas comment faire.

– Brin », répéta-t-elle, d'une voix qui lui ressemblait déjà plus. Elle sourit faiblement. « Tu l'as toujours détestée.

– Moi aussi, j'ai cherché un moyen de me racheter, d'arranger les choses entre nous ; j'y ai mis le temps. » Je lui touchai de nouveau le bras ; cette fois, elle ne s'y opposa pas, elle me laissa prendre sa main dans la mienne. « Appelle Brin, ou pas. Mais tu mérites d'être heureuse. » Je serrai sa main. « Et tu manques à Caroline et Dennis.

– Caroline. Dennis. » Des noms puissants, qui la tirèrent un peu plus de sa torpeur. Elle se laissa guider au salon et accepta sa tasse de thé, mais y jeta un œil critique avant de boire.

« Qu'est-ce que c'est ? demanda-t-elle.

– Un extrait de plante qui ne pousse que dans ce monde. La grâce d'ébène, comme je l'ai appelée. Elle est capable de te faire entrer en transe, de te rendre plus sensible à la suggestion et même de modifier ta mémoire. »

Elle but plus lentement. « Je ne garderai aucun souvenir de tout ça ?

– Ils se dissiperont comme un mauvais rêve, confirmai-je.

– Pourquoi ? Pourquoi me demander d'avaler ce truc ?

– Ça fait partie d'un marché que j'ai conclu. Tu peux rentrer ; mais tes souvenirs, eux, restent ici. Dès que tu auras terminé ton thé, je t'aiderai à oublier.

– Et toi ? Qui t'aidera à oublier ? »

Comme je ne répondais pas, elle sembla comprendre toute la portée de ce que j'omettais de mentionner. Elle me broya presque la main.

« Hé, dis-je. Qui j'aime le plus fort ?

– Petit prince », dit-elle. Elle posa la tasse et empoigna aussi mon autre main. « Laisse-moi profiter de ce moment avec toi. Juste encore un peu, s'il te plaît. »

5

Les franges du ciel de Vandergriff avaient viré au rose quand Eunice apparut dans sa rue en titubant. Ses vêtements, sales et couverts de sang séché, étaient déchirés aux endroits où le bureau l'avait transpercée. Dans la lumière qui précédait le lever du soleil, son visage semblait pâle et flasque ; elle survivrait, mais elle était à bout de forces. Elle grimaçait à chaque pas, sifflant entre ses dents serrées.

Caroline et Dennis devaient regarder par la fenêtre, sur le qui-vive comme le sont parfois les enfants qui ont un pressentiment. La porte de la maison s'ouvrit brusquement et ils traversèrent la pelouse à toute allure, les joues rouges. Ils heurtèrent Eunice avec une telle violence qu'elle perdit l'équilibre et s'écroula sur le gazon d'un voisin encore humide des pluies de la veille. Ils se cramponnèrent à elle, se pressèrent contre son corps qui étouffa leurs voix. Hubert sortit peu après. Il dérapa dans l'herbe, tomba à genoux et entra en collision avec sa famille comme une boule de bowling.

« Je n'arrive pas à y croire, répétait-il. Je n'arrive pas à y croire. » Il prit le visage d'Eunice entre ses mains, embrassa ses joues, son front, ses paupières. L'air gênée, un peu coupable, elle donna l'impression de subir les attentions de son mari, plus que de les apprécier. Il ne tarderait pas à déchanter. L'Eunice qui venait de rentrer n'était plus la même femme qu'avant sa disparition.

6

En périphérie de Vandergriff, la Prius de Kyle Ransom s'arrêta devant le mobile home de son père. Un peu pressé, il remonta l'allée au petit trot. Il avait promis de passer avant son travail, mais il était déjà en retard.

Il frappa – les sept notes de « Shave and a Haircut » – et attendit. D'ordinaire, son vieux avait besoin d'une minute pour se lever et venir ouvrir. Kyle consulta l'heure sur l'écran de son téléphone. Au bout de trente secondes sans réponse ni bruit à l'intérieur, il renouvela sa tentative. Toujours rien. Imaginant que son père était peut-être coincé sur la cuvette des cabinets, Kyle sortit sa clé de sa poche, l'introduisit dans la serrure et entra.

« Papa ? dit-il, scrutant la pénombre. Tout va bien ? »

Une odeur étrange flottait dans l'air, forte et âcre. Familière aussi, bien qu'il ne parvienne pas à la situer. Certainement rien qu'il ait déjà senti ici. Il resta sans bouger quelques moments de plus, en silence, respirant l'air lourd, fouillant au plus profond de sa mémoire. Pour une raison quelconque, cette odeur lui rappelait Donna, leurs années de lycée, et la culpabilité qu'il avait éprouvée en l'embrassant, alors qu'elle sortait encore avec Noah.

Toujours perplexe, il fit demi-tour, quitta le mobile home désert, referma la porte à clé, remonta dans sa voiture et s'éloigna. Dans les jours à venir, il signalerait la disparition de son père. La police ouvrirait une enquête de routine qui ne mènerait nulle part. Et personne ne verserait une larme (pas même Kyle).

7

À l'autre bout de la ville, Sydney Turner se réveilla d'un rêve peuplé de maisons hantées et de ballets dans une chambre étrange, soigneusement rangée ; des piles de livres occupaient toutes les surfaces disponibles. Elle se redressa et aperçut son reflet dans le miroir au dos de la porte : une femme d'âge moyen, avec des mèches blanches dans les cheveux ; sa peau, si parfaite dans son souvenir, désormais ridée autour de la bouche et des yeux. Elle toucha son visage flasque et vit les zébrures roses au niveau de ses poignets, comme des bracelets de souffrance.

Elle se leva et sortit de la pièce en titubant. Elle longea un couloir, puis descendit un escalier en se retenant à la rampe pour ne pas perdre l'équilibre.

« Hé ! » appela-t-elle d'une voix rude, éraillée. Elle entendit un bruit lourd et sourd quelque part au rez-de-chaussée et pressa le pas jusqu'à un salon désert. « Y'a quelqu'un ? »

Une porte s'ouvrit avec un déclic, et une vieille femme apparut, vacillant sur ses jambes, les yeux troubles. Son regard devint plus perçant dès qu'il se posa sur Sydney. Les deux femmes se fixèrent, chacune tentant de situer l'autre. Sydney y parvint la première.

« Maman ? »

Margaret cligna des yeux. « Oh, mon Dieu. Sydney ? » Elle se précipita vers elle pour l'étreindre. Sydney chercha à se rappeler la dernière fois où sa mère l'avait prise dans ses bras. Probablement à l'époque de l'enterrement de son père. Qui était cette inconnue âgée, qui l'embrassait en pleurant ? Certainement pas Margaret Turner. Même si elle continuait de rêver, ce rêve-là lui faisait le plus grand bien. Le déluge de larmes et d'excuses de sa mère dissolvait la colère qui l'habitait depuis toujours. Sydney lui rendit son étreinte. Elle se posait tant de questions : combien de temps avait duré son absence ? En quelle année étions-nous ? Mais pour l'heure, elle se contentait d'être de retour à la maison, en vie, et de pouvoir pleurer avec sa mère.

Je pourrais presque terminer par ça, par une de ces « belles escales » si chères à Eunice : la famille réunie, saine et sauve, même si une certaine ambiguïté semblait planer sur son avenir. Et une partie de moi, celle qu'enchantent la chaleur et le soulagement de ce moment, est tentée d'écrire le mot « fin » et d'en rester là. Mais j'ai encore une petite histoire à raconter. Un peu plus de bonheur, de chagrin, quelques réponses à apporter, quelques points de détail à régler. Une sorte de paquet-cadeau, en espérant disposer d'assez de matière pour faire un joli nœud.

8

Un peu moins d'un an après le retour au bercail de ma famille, je me glissai dans la salle de bal d'un hôtel de Fort Worth où se tenait une petite cérémonie. Peu de monde, des inconnus pour la plupart ; mais je repérai quelques anciens de Promenade au cœur des ténèbres, rassemblés au fond de la pièce, en compagnie de Sally White et de son mari. Leur énergie, leur chaleur et leur joie d'être présents étaient si manifestes que j'avais presque l'impression de participer à cet événement.

Un moment plus tard, la future mariée et le juge de paix prirent leurs places à l'autel. Au son d'un quatuor à cordes, les portes s'ouvrirent et les demoiselles d'honneur firent leur apparition. Sydney et Caroline remontèrent l'allée d'un pas majestueux, pleines de gravité et aussi ravissantes que des elfes de Tolkien en marche vers les Havres Gris. Sydney donnait le ton, créant une atmosphère de beauté solennelle grâce à ses talents d'artiste. Elle avança, sans expression dans sa robe à longues manches, comme si le reste du monde n'existait pas. Arrivée à sa place, elle s'arrêta et fit face l'assemblée. Caroline, en revanche… Au moment où elle se retournait elle aussi vers les invités, nos regards se croisèrent à travers la salle. Elle me voyait. Elle n'aurait pas dû pourtant.

Le quatuor changea de mélodie pour l'apparition d'Eunice, bras dessus bras dessous avec maman, qui imposait une allure plus raisonnable. Âgée de soixante-six ans, elle gardait une légère claudication de son séjour dans la Cité, probablement pour le restant de ses jours. Elle s'arrêta près de la rangée du fond pour sourire à Sally. Sally, qui semblait perplexe face à cette nouvelle Margaret Turner, si ouverte, lui rendit son sourire et lui fit signe d'avancer. *Vas-y ! Tout le monde t'attend.* Cette pause me laissa tout le loisir d'observer Eunice, superbe dans une robe sans bretelles vert écume, ses cheveux roux réunis en un chignon au sommet de sa tête. Voilà des années que je ne l'avais pas vue en si bonne forme. L'éclat discret de sa peau rendait les cicatrices sur ses bras et son visage presque invisibles. Je regrettai de ne pas avoir le pouvoir de figer le temps, j'aurais voulu que ce moment dure toujours. Quitte à me retrouver englué dans un instant pour l'éternité, j'avais connu bien pire.

Brin se mit à renifler à mi-parcours pendant qu'Eunice avançait vers l'autel. Dennis, qui se trouvait à côté d'elle en sa qualité de garçon d'honneur, lui tendit un paquet de mouchoirs en papier, qu'elle accepta avec gratitude. Puis, beaucoup plus vite que je ne l'aurais désiré, Eunice se tint devant l'arche de mariage, souriant à sa future conjointe.

9

Je m'attardai discrètement pendant la réception, mais Caroline n'arrêta pas de me lancer des regards perplexes pendant toute la soirée. Feignant de ne rien remarquer, je préférai suivre les évolutions d'Eunice et Brin, plus ou moins enlacées au milieu de la salle de bal. Au moment où Brin tint délicatement la nuque de ma sœur d'une main, j'observai l'expression d'amour farouche qui traversa le visage d'Eunice. Sydney dansa avec Caroline et Dennis ; elle souriait en leur présence, mais se renfrognait dès qu'elle se retrouvait seule. Presque un an après son retour à la maison, quelque chose semblait toujours manquer dans sa vie. Je me demandais si elle redeviendrait elle-même un jour.

Eunice et Brin coupèrent et servirent le gâteau. Maman était assise à une table avec Sally White et son mari. À sa manière de serrer continuellement le bras de Sally, je compris qu'elle supporterait mal la fin de cette visite. Sa meilleure amie lui avait manqué, et elle éprouvait un besoin presque compulsif de rattraper le temps perdu.

J'aurais souhaité pouvoir me joindre à eux au centre de la salle de bal. J'aurais aimé leur assurer que les hantises et les tourments appartenaient au passé. Mais je pense que, confusément, ils en avaient conscience ; cette soirée bien arrosée, pleine de bonne humeur, de danse et de musique en était l'illustration. Les Turner étaient redevenus une famille. Ma famille ; et je n'avais eu à donner qu'un petit coup de pouce pour les ressouder.

Au lieu de m'immiscer, je tâchai de me pénétrer un peu de cette atmosphère, en marge des réjouissances. Alors que la réception touchait à sa fin, que les invités se dispersaient et que les jeunes mariées se retiraient dans leurs appartements, j'essayai de ne pas me sentir trop déçu, ou effrayé. Toutefois, je ne pus retenir un frisson quand Leannon apparut à mon épaule, avec son visage humain, en robe rouge sang à la place de sa cape habituelle.

« C'était une très belle cérémonie, dit-elle.

– Tu penses que ça va marcher ? demandai-je.

– Quoi ?

– Ce mariage. Ma famille. Continueront-ils d'être heureux après ce soir ?

– Je l'ignore. Mais tu leur as offert du temps, et une seconde chance. C'est plus que ce qu'obtiennent la plupart des gens. Espérons que ça suffira. »

C'était vrai, même si ça ne me plaisait pas.

« Il faut partir maintenant, insista-t-elle.

– Attends ! »

Caroline avait dû sentir que l'occasion ne se représenterait pas ; elle se précipitait vers moi, sa robe de demoiselle d'honneur flottant autour d'elle.

J'échangeai un regard avec Leannon. Elle recula d'un pas et me fit un geste de la main. *Si tu y tiens.* Caroline s'arrêta net devant moi, le souffle court. « Je te connais », dit-elle. Puis, comme si elle doutait de son affirmation, « N'est-ce pas ?

– Tu crois ?

– C'est flou dans ma tête, comme une sorte de brouillard. Mais je me rappelle que maman et mamie avaient disparu... » Elle posa une main contre sa tempe. « Et je me rappelle ton visage. Noah. » Elle continua à se frotter la tête, comme pour en extraire des informations. « Oncle

Noah. Tu étais là. Ensuite, maman et mamie sont revenues. Et tante Sydney aussi. Et toi tu n'étais plus là. Et parfois, je me souviens de toi, mais après, c'est comme si je t'oubliais de nouveau. » Elle plissa les yeux, puis les écarquilla. « Tu as fait quelque chose, c'est ça ? Tu nous as sauvés. »

Ses mots me surprirent. Leannon et moi avions administré l'extrait de grâce d'ébène à toute ma famille. Sans m'effacer complètement de leur mémoire, ça aurait dû pratiquement les empêcher de penser à moi très longtemps.

« Tâche d'oublier que tu m'as vu, dis-je, et tout se passera bien.

– Mais qu'est-ce que tu as fait ? » insista-t-elle. « Et elle, ajouta-t-elle en montrant Leannon, qui c'est ? »

Elle posait encore des questions au moment où je pris la main de Leannon, mais sa voix s'éteignit alors que nous traversions.

10

J'ai gardé le pire pour la fin. Si je dois perdre le peu de compassion que vous éprouvez pour moi, c'est maintenant. J'ai d'abord voulu vous montrer les autres scènes, avec ma famille, pour que vous compreniez que j'avais de bonnes raisons.

Avant de libérer les miens, je repartis seul de la Cité et retournai chez maman. Megan et les membres de l'Association n'avaient pas bougé du salon et se criaient dessus, en proie à une excitation fébrile. Mon absence avait duré plus d'une heure, mais à mon grand soulagement, ils avaient attendu. Le silence tomba sur la pièce dès que je réapparus, et tous les regards se tournèrent vers moi, avec une sorte de respect mêlé de crainte. J'eus l'impression d'être Moïse, descendant du mont Sinaï. Au moins jusqu'à ce que Megan m'étale d'un coup de poing à la mâchoire.

« Fils de pute. Espèce de salaud. »

Je ne protestai pas. Les insultes, les coups : je méritais tout ce qu'elle m'infligerait.

« Visiblement, ça a marché », observa Eli. Il semblait un peu agité, et aussi vaguement honteux de son excitation. « Tu as trouvé ta famille ?

– Oui, mais je ne peux pas les libérer tout seul. J'ai toujours besoin de votre aide.

– Notre aide ? Tu ne manques pas de culot ! » dit Josh, qui tripotait le bord de sa casquette.

Je me redressai sur mes genoux en me frottant le menton. « Désolé si je vous ai donné l'impression que vous aviez votre mot à dire. » Je fis signe derrière mon épaule, alors que les monstres apparaissaient.

Malgré les cris, tout se déroula sans effusion de sang. Je ne décrirai pas la scène, rappelez-vous simplement ma première rencontre avec Megan, à l'Inferno. Imaginez le moment à la toute fin de l'attraction, où les démons surgis des murs entraînaient les pécheurs en enfer, en dépit de leurs suppliques et de leurs hurlements.

Quand ce fut terminé, seuls restaient Megan, Leannon et moi. Megan était tombée à genoux et se cachait le visage avec les mains. Je voulus la réconforter, mais ce n'était plus mon rôle. J'attendis donc qu'elle se reprenne. Elle cligna plusieurs fois des yeux et sembla surprise de constater qu'elle se trouvait toujours dans le salon de maman.

« Pourquoi je ne suis pas avec les autres ? demanda-t-elle.

– J'ai passé un marché avec eux, répondis-je, désignant Leannon du pouce. Ma famille en échange de l'Association. Et tu fais partie de ma famille. »

Leannon manifesta bruyamment son impatience et s'avança à côté de moi. Elle me tendit une tasse de thé à l'extrait de grâce d'ébène que je donnai à Megan. « Bois, et tu te réveilleras demain, dans ton appartement, sans le moindre souvenir de tout ça. »

Megan regarda le breuvage et promena son pouce sur le bord de la tasse. « Je n'oublierai rien, et je viendrai les chercher. Je t'arrêterai. Je trouverai un moyen.

– Non », dis-je, aussi gentiment que possible.

L'espace d'un instant, je crus qu'elle allait peut-être faire une scène ou tenter de résister. Qu'elle me balancerait le thé à la figure. Mais pas qu'elle se mettrait à pleurer. Je faillis craquer. J'aurais pu lui dire que j'étais navré. Que de toutes les personnes que j'avais connues, elle était celle qui méritait le moins cette horreur. J'aurais pu lui dire que je l'aimais toujours, parce que c'était vrai. Mais pas autant que le reste de ma famille, Leannon et la Cité.

« Je te déteste, dit-elle.

– Bois ton thé », répondis-je, étonné par la froideur de ma propre voix.

Quand elle s'endormit, Leannon la ramena dans notre appartement en Oregon. C'est le moment où elle sort de mon histoire, et je lui souhaite de trouver une certaine paix, loin de moi, de ma famille et de la Cité. J'espère, pour son bien comme pour le mien, qu'elle ne parviendra jamais à dissiper le brouillard dont j'ai enveloppé son cerveau, et que nos chemins ne se croiseront plus.

Dans la vie, les membres de l'Association n'avaient qu'eux-mêmes ; ils sont toujours ensemble aujourd'hui, en compagnie de M. Ransom (un sacrifice supplémentaire, consenti pour la liberté de Megan), vrillés à leurs lits de souffrance. Ils ont enfin les réponses qu'ils attendaient, ils ont payé pour ça. Ils servent la Cité, à la peine dans de sombres rêves, incapables de se réveiller.

Je ne rejette pas mes choix ni ce qu'ils ont coûté. Ça n'a rien de surprenant, je suppose. Après tout, je me suis toujours senti plus à l'aise dans mon costume de monstre que dans ma propre peau. Je n'ai jamais été un protecteur, ou un héros, mais un créateur, qui cultive et récolte la peur.

11

Leannon et moi venons de rentrer du mariage ; nous sommes montés dans la chambre où j'ai découvert Eunice l'an passé. Son bureau n'a pas bougé, les vrilles noires se balancent à sa surface, comme bercées par un vent léger. Ces derniers mois, elles ont patiemment attendu que j'écrive ce récit, ma version inélégante et trop longue des lettres de suicide rédigées par Eunice. Leur heure est enfin venue.

J'aimerais pouvoir dire que j'ai repris ma place à ce bureau avec une détermination intacte, et que je me sens prêt à honorer ma part du marché, mais en fait mes jambes se sont dérobées dans l'escalier ; Leannon a dû me porter jusqu'en haut et m'asseoir dans le fauteuil.

« Sois courageux, *Leannon si*, a-t-elle chuchoté, et elle m'a embrassé la joue. Je serai là. »

À part le cliquetis des touches de mon clavier et ma respiration rauque et irrégulière, la Cité semble totalement silencieuse. Ceci est le second volet de notre accord, la condition finale que je dois remplir. En échange de la sécurité et de la réussite de ma famille, je deviendrai un serviteur de la Cité. Je suis assis au bureau initialement prévu pour Eunice, où j'attends ma transfiguration en une créature sauvage et féroce. Je rejoindrai ensuite ceux qui œuvrent pour la Cité et contribuent à la peupler de rêveurs.

Alors que mes mains tremblantes s'activent sur le clavier, les vrilles noires se meuvent avec plus d'opiniâtreté, comme impatientes de se mettre au travail. J'espère juste que Leannon – ma camarade de jeu, ma meilleure amie et l'amour de ma vie – saura m'aider à redevenir moi-même, comme je l'ai fait pour elle à deux reprises dans le passé. Je compte bien explorer la Cité, ses rues et ses venelles, ses bureaux, ses moindres recoins, et décrypter ses secrets les plus sombres. J'aspire à voler sur les ailes des vents nocturnes avec Leannon pour l'éternité.

Bien sûr, je n'ai aucune garantie, et je peux très bien me retrouver définitivement dans la peau d'un animal stupide, dont les rares pensées sont toutes enveloppées d'un voile orange. Dans ce cas… ce n'est pas si grave. Je me suis toujours senti à l'aise dans l'obscurité.

Le bureau commence son travail.

Oh, mon Dieu.

J'ai mal.

Les Turner – Séquence 5 : Harry

Bien que Harry voie la Cité, il ne s'y rend jamais. Il va ailleurs.

Ça commence sur son lit de mort au Memorial Hospital de Vandergriff. Personne ne l'appelle comme ça, bien sûr. *Lit de mort* : en général on y associe le défilé des souvenirs, les regrets ou les confessions de dernière minute, ce genre de clichés. Mais quand on se retrouve en présence d'un véritable lit de mort, l'expression disparaît du vocabulaire. Plus personne ne l'emploie, de crainte qu'une simple mention suffise à accélérer le processus.

Harry souffre tellement à présent qu'il ne verrait aucun inconvénient à activer les choses. Cette maladie s'éternise. D'abord, pour passer le temps, il a conçu les plans d'une maison hantée, même s'il a conscience qu'il ne sera plus là pour la construire. Quel plaisir de lâcher la bride à son imagination, de coucher sur le papier toutes les visions qui ont occupé ses pensées et ses rêves depuis l'âge de dix ans. Une Cité, vaste et tentaculaire, étrangement déserte, qui exerce une ténébreuse attirance pour des raisons qu'il n'a jamais su exprimer clairement. Il a toujours eu peur d'en parler, mais à présent, sous couvert d'un jeu, il a la possibilité de la montrer à Margaret, de partager enfin son obsession.

Mais avec ses forces qui déclinent, il est trop faible pour dessiner. Ce soir-là, après le départ de sa famille, il est allongé seul dans le noir, avec pour compagne cette terrible souffrance qui jamais ne le quitte. Alors, il chuchote l'expression pour lui donner du pouvoir : *lit de mort, lit de mort, lit de mort.*

Pour tout le bien que ça lui fait. La fin lui semble incroyablement lointaine. L'unique avantage que lui procure cette distance qui le sépare encore de la mort, c'est que sa famille rentre en fin de journée et le laisse tranquille. La famille. Une femme, deux filles, et maintenant un fils. Des gens qu'il est censé aimer, mais dont les visages suscitent à présent chez lui des réactions d'apathie, d'agacement ou (quand on le provoque suffisamment) de fureur. Il préférerait qu'ils restent à la maison. Leur teint blafard et leur besoin d'affection l'insupportent.

Avant, il était chaleureux, prévenant. Il se rappelle d'intenses moments de bonheur avec ces gens : son premier baiser avec sa femme Margaret, par une chaude soirée de 1968, à Searcy ; le rire aigu de Sydney, qu'il pousse sur une balançoire au parc, ses cheveux bruns s'envolant autour de sa tête ; Eunice, qu'il soulève devant le bassin des lamantins au World Aquarium à Dallas, face à une des grosses créatures blanches. Il se souvient de tout, mais il ne ressent plus rien. Les médecins lui expliquent que c'est l'œuvre de la tumeur, qui altère sa personnalité et le transforme en une version méconnaissable de lui-même. Mais lui est persuadé qu'il s'agit bien du véritable Harry, celui qui a longtemps attendu dans l'ombre et émerge enfin.

Maintenant, il regarde par la fenêtre depuis

son lit ; il est affaibli, il souffre et répète inlassablement son mantra : *lit de mort, lit de mort, lit de mort. Lit de mort, lit de mort, lit de mort. Lit de mort, lit de mort, lit de…*

Dehors, une soudaine lueur bleue déchire le ciel et interrompt le cours de ses pensées. D'abord, il songe à un éclair, mais il ne pleut pas et il n'entend pas le tonnerre. Il cligne des yeux, l'image rémanente brille contre ses paupières. Peut-être est-il victime d'une hallucination. Ça recommence ; une impulsion bleu vif qui baigne le monde entier. Levant la télécommande posée sur son lit, il appuie sur le bouton d'appel. Personne ne répond.

Il ferme les yeux et tend l'oreille, à l'affût des bruits qui trahissent d'ordinaire une présence humaine dans le couloir – froissement de papiers, craquement de chaussures sur le linoléum, conversations à voix basse. Rien. Il ouvre la bouche pour appeler, mais la lumière bleue inonde la chambre, plus vive qu'auparavant. Pour une raison quelconque, il y voit la confirmation de ce qu'il soupçonne déjà : il est seul dans l'hôpital.

Il débranche les différents tubes et fils qui sont censés veiller à son « confort ». Cet effort le met hors d'haleine, mais pas autant qu'il le craignait. Il pousse la manette qui baisse la barrière de sécurité et descend de son lit en glissant comme une masse sur le sol. Il se fait mal, mais cette fois encore, pas autant qu'il le craignait.

Il se relève et avance d'un pas traînant vers la porte. Mais au lieu de déboucher dans le couloir, il se retrouve dans la salle de bain, chez lui, à l'autre bout de la ville. Il marque un temps d'arrêt devant son reflet : il a l'air plus étoffé, et sa tignasse est bien là. Un jean et un sweat remplacent la blouse d'hôpital. Il ne pète pas la forme, mais se sent beaucoup mieux qu'à peine quelques secondes plus tôt. Une housse à vêtements pend à la tringle de la douche derrière lui. Il défait la fermeture éclair et trouve un costume blanc à l'intérieur. Celui que Margaret a cousu pour la goule de la Tombe.

On frappe à la porte. Margaret ouvre. Elle est habillée en fossoyeur, une fausse moustache collée sur son visage.

« Tu n'es pas prêt ? demande-t-elle.

– J'ai perdu la… » Il ferme les yeux pour s'éclaircir les idées.

« Ça va ? »

Il hoche la tête. « Oui.

– Alors, redescends sur terre et dépêche-toi. On est déjà en retard. »

Elle ferme la porte. Il se déshabille et enfile son costume. Après s'être de nouveau examiné dans la glace, il sort de la salle de bain. Mais au lieu d'arriver dans leur chambre à coucher, il se retrouve dans le petit appartement qu'il a partagé avec Margaret pendant les années de fac – un deux pièces, avec une moquette miteuse et des murs lambrissés imitation bois. Des cartons remplis de ses vieux livres de poche, ses *comics* et ses *pulps* envahissent tout l'espace. Ses affaires sont partout. La table de la cuisine disparaît sous sa machine à écrire et des piles de cours.

Il entend un bruit lourd et sourd.

Ça semble venir de la chambre ; il traverse le salon encombré pour chercher à en identifier la source. Il se voit au lit avec Margaret, ils ont à peine vingt ans, ils sont beaux et en pleine santé. Il est tard ; Harry-couché a mis le masque de nuit de Margaret pour lui permettre de lire avec la lumière. Elle lève les yeux de son exemplaire de *Maison hantée* et se penche pour l'embrasser sur la joue. Il ne s'aperçoit de rien et continue à ronfler. Harry-qui-regarde se touche la joue avec un pincement de cœur.

Soudain, un torrent de lumière bleue surgi par la fenêtre inonde la pièce. Quand il recouvre la vue, il a de nouveau changé de décor : autre chambre, autre nuit. D'abord, tout ce qui l'entoure – le lit, la table de chevet, la commode – lui paraît anormalement grand. Puis il baisse les yeux et s'aperçoit que ce n'est pas la pièce qui est devenue géante, mais lui, qui est plus petit.

Il a dix ans ; il est allé dans la chambre de sa mère où il pense l'avoir entendue pousser un cri. Tout ce qui l'attend, ce sont des draps froissés sur son lit. Dans l'histoire qu'il racontera en d'innombrables occasions au cours de sa vie, c'est à ce moment-là qu'il court au salon pour téléphoner et demander de l'aide. Il admettra avoir sans doute fait un cauchemar ; il n'a pas pu entendre sa mère crier, puisque la police finit par la ramasser au bord de la route à plus d'une trentaine de kilomètres, hébétée et pieds nus, couverte de bleus. Pour marcher aussi loin, elle a dû partir des heures plus tôt. Il n'a pas pu l'entendre appeler.

Mais voilà ce qui arrive réellement : Harry s'avance vers le lit encore chaud. Lorsqu'il passe la main sur les draps, il effleure quelque chose de froid et de dur. L'objet en question est une pierre noire parfaitement lisse qui luit même dans l'obscurité. Quand il la serre dans son poing, une brèche s'ouvre devant lui, aussi lisse et arrondie que la pierre elle-même. À travers elle, il voit quelque chose qu'il n'oubliera jamais : un vaste agrégat d'architectures cyclopéennes, où des châteaux médiévaux côtoient des immeubles de bureau et des stades olympiques sous un ciel vert sombre. Des créatures volent dans les airs, de petites silhouettes en forme de chauves-souris qui se détachent sur fond de miasmes.

Il entend de nouveau sa mère qui l'appelle. Un cri qui vient de très loin : *Harry ! Harry, je t'en supplie !*

Alors qu'il s'écarte, il trébuche et tombe. La pierre lui échappe au moment où il tente d'amortir sa chute avec les paumes de ses mains, et le portail se referme. Il sort tant bien que mal de la chambre, et se précipite vers le téléphone qui permettra de prévenir les adultes qui pourront régler le problème à sa place.

Mais au moment de sortir de la pièce, la lumière bleue l'aveugle ; quand il voit de nouveau, il se retrouve face à un Harry chauve et décharné sur son lit d'hôpital (son *lit de mort*). À son chevet, Margaret enceinte lit dans un fauteuil ; elle le regarde avec une expression qu'il a du mal à interpréter. Se détournant de Harry-endormi, elle baisse les yeux sur le classeur posé sur ses genoux, plein d'idées pour une nouvelle attraction aussi vaste qu'une ville. La fascination qu'il croit entrevoir sur son visage le convainc, avec une certitude que seuls donnent les rêves, qu'une partie de sa vision, de cette Cité qui l'a hanté et ébloui sa vie durant, a infecté sa famille. Et continuera de vivre après lui.

Pour la première fois depuis des mois, il parvient, par tâtonnements, à contourner la tumeur, il redevient lui-même, l'homme qui a pleuré à la naissance de ses filles et qui est tombé amoureux de la belle rousse dans la librairie. Et cet homme-là a honte. Honte d'avoir exposé sa famille à la Cité et à ses terrifiantes perspectives. Honte de n'avoir pas écouté Eunice quand elle lui a dit qu'elle avait vu quelque chose à sa fenêtre, d'avoir ignoré Margaret qui lui montrait les marques de griffes sur le mur de la maison. Honte de n'avoir pas prêté davantage attention à ces femmes qui, au cours de sa vie, ont tenté de le mettre en garde. Honte d'avoir agi comme si tout était normal, alors qu'il n'en était rien.

Il commence à traverser la chambre en direction de Margaret, mais au moment où il la rejoint, un nouvel éclair bleu dehors lui fait encore changer de décor. Il se trouve toujours à l'hôpital, mais cette fois il est Harry-alité. Il souffre plus que jamais, et il entend sa respiration laborieuse dans ses propres oreilles. Il a vaguement conscience de la présence de Sydney à côté de lui, qui lui tient la main. Il se tourne vers elle, parce qu'il doit parler à quelqu'un, il doit les prévenir, d'une manière ou d'une autre. Elle semble tellement effrayée, elle ne demande qu'à se rendre utile. Il se concentre, mais c'est difficile, comme de ratisser des feuilles par grand vent.

Eunice avait raison.

Papa ? dit-elle.

Margaret.

Sydney. C'est Sydney, papa.

Les dessins. Les plans. Tout est là. Il faut que tu…

Quoi ? Qu'est-ce qu'il faut faire ? demande Sydney.

Elle nous a vus. Elle est sur notre piste.

Puis la scène change de nouveau. Il est toujours à l'hôpital, dans son lit, mais Sydney se tient de l'autre côté de la chambre, l'air morose, tandis que Margaret tend un nouveau-né à Harry.

Noah. C'est le nom du bébé. Ravagé par la douleur, Harry a tout de même les idées claires, il sait qu'on lui donne une seconde chance de rencontrer son fils. Libéré de l'altération provoquée par la tumeur, il voudrait dire tant de choses à ce garçon, mais il va à l'essentiel, ce qui lui semble peut-être le plus important : la vie transforme n'importe qui en monstre, mais ce n'est jamais irréversible. La souffrance et la mort sont bien réelles, mais l'amour, la famille et le pardon aussi. Malheureusement, les mots ne viennent pas. Il se penche en avant et embrasse Noah sur le front, en espérant que cette petite masse de chair rose grandira pour devenir un individu qui finira par comprendre.

Dehors, une nouvelle pulsation de lumière déchire le ciel, beaucoup plus rapide cette fois. Quand sa vision s'éclaircit, il est sur un matelas, derrière la Maison de la Peur, étendu sur Margaret. On est en octobre 1968, et elle plonge ses yeux verts dans les siens, elle s'efforce de prendre une décision. Il sait que c'est important, mais avant qu'elle puisse parler, le matelas se dérobe. Non, en fait, il ne bouge pas. En revanche, Margaret et lui se déplacent, ils dérivent à travers l'espace. Et ils ne sont pas seuls. Autour d'eux, il aperçoit des gens par dizaines, qui flottent toujours plus haut, au milieu d'une mer de voitures, de sacs-poubelle, de chats et de chiens. Tout ce qui n'est pas solidement fixé au sol monte vers le ciel hachuré de lumière stroboscopique, bleu-blanc-bleu-blanc-bleu-blanc.

Margaret l'enlace, elle se cramponne à lui, avec ses bras, ses jambes. Ils s'élèvent lentement en tournoyant, comme Superman et Lois Lane, dansant au firmament. Il voudrait revoir Sydney et Eunice, savoir ce que la vie leur a réservé, si elles ont réussi, avec leur petit frère, à se décharger du fardeau qu'il a placé sur leurs épaules. Mais il devra se contenter de ça. De ce dernier moment avec Margaret.

Il l'embrasse, sa femme, si drôle, si colérique, à qui il a brisé le cœur. Quand il s'arrête, il s'aperçoit qu'elle pleure.

Oh, Harry, dit-elle. Il comprend. Il le ressent, aussi. Le poids des années, de la souffrance, de tout ce qu'ils ont perdu, si lourd que même l'absence de pesanteur ne peut l'emporter.

Tout va bien, dit-il. Il l'embrasse, sur les joues, les tempes, le menton, ses cheveux d'un roux flamboyant. *Tout va bien. Je t'aime, Margaret. Jusqu'à la fin des temps, et même après, quoi qu'il…*

REMERCIEMENTS

Stephen King a dit un jour : « Personne n'écrit un long roman seul. » Je suis d'accord, mais j'ajouterai : « Personne ne devient romancier seul. » J'ai bénéficié de l'aide de nombreux professeurs, professionnels, parents et amis, et je souhaiterais en remercier quelques-uns.

Mes relecteurs, Tim O'Connell et Anna Kaufman, pour leur enthousiasme sans bornes, leurs idées incroyables, et leur détermination implacable à tirer le meilleur de cette histoire aussi épineuse que labyrinthique. Toute l'équipe chez Pantheon Books qui a miraculeusement transformé ce manuscrit en un vrai livre : Susan Brown au secrétariat d'édition, Kathleen Fridella à la production, Abigail Endler à la publicité, Julianne Clancy au marketing, Michael Collica à la maquette intérieure, Kelly Blair à la conception de la couverture, et bien sûr, Dan Frank, mon éditeur.

Mon formidable agent Kent Wolf, qui a non seulement cru en ce genre littéraire hybride bizarre, mais en plus lui a trouvé le foyer idéal. Merci également à mes agents pour la télévision et le cinéma, Lucy Carson et Kim Yau, qui continuent à prendre si bien soin de moi.

Mes beaux-parents, Jim et Melany Harrelson, qui m'ont offert un cadre tranquille et magnifique pour terminer mon travail sur ce livre, et qui sont toujours ravis d'entendre parler du monde des lettres.

À ma femme Rebekah, si brillante et résistante, qui m'a encouragé et soutenu dans ce projet, alors qu'elle souffrait d'une embolie pulmonaire et qu'elle subissait l'éreintant parcours de diagnostic d'une pathologie auto-immune. Ses toiles, posées à côté de mon bureau, m'ont accompagné pendant l'écriture de ce roman et ont été une source d'inspiration constante.

À l'Iowa Writers' Workshop, tant aux organisateurs de cet atelier d'écriture – Connie Brothers, Deb West et Jan Zenisek – qu'à mes professeurs : Ethan Canin, qui m'a rappelé qu'au cœur de toute bonne histoire, il y a des personnages ; Lan Samantha Chang, qui, lisant mes premières pages, a dit qu'elle avait envie d'avoir peur ; Ben Hale, qui ne s'est pas montré avare d'excellents conseils techniques ; et Paul Harding, qui m'a toujours incité à chercher ce qu'il y avait d'humain et de vrai, même dans un livre rempli de maisons hantées et de monstres.

À mes amis et collègues de l'Iowa Writers' Workshop, qui ont lu les premières versions de certains passages de ce roman et m'ont aidé à avancer par leurs critiques et leurs encouragements : Jake Andrews, Kris Bartkus, Noel Carver, Patrick Connelly, Susannah Davies, Mgbechi Erondu, Sarah Frye, Jason Hijonosa, J. M. Holmes, Erin Kelleher, Maria Kuznetsova, Jennie Lin, Alex Madison, Magogodi Makhene, Kevin Smith, Lindsay Stern, Nyoul Lueth Tong, Monica West ; mention spéciale à Joe Cassara et Sorrel Westbrook-Wilson, mes complices romanciers.

À mes professeurs d'écriture au Texas : Kristin vanNamen et Matthew Limpede de *Carve Magazine*, ainsi que Tim Richardson, Tim Martin et Joanna Johnson de l'Université d'Arlington. Elle enseigne également à Arlington, mais mérite des remerciements particuliers : Laura Kopchick, qui m'a mis sur la voie et ne manque pas une occasion de continuer à le faire.

Au Barnes & Noble d'Arlington, où j'ai travaillé pendant huit ans. J'y suis monté au front lors des nuits de lancement Harry Potter, j'y ai subrepticement écrit ma première nouvelle digne de ce nom tout en tenant la caisse ; je ne compte plus les nouveaux auteurs que j'y ai découverts, et j'y ai aussi rencontré ma femme. Je n'ai pas une grande famille, mais le personnel de cette librairie m'a donné l'impression inverse.

Enfin, à mes parents, Rick et Patrice Hamill. Papa a inventé des histoires pour me les raconter chaque soir avant de m'endormir, et maman m'a appris à attacher de l'importance aux personnages et à la structure du récit. Ils ont fait naître en moi mon amour des histoires, m'ont toujours encouragé sur la voie de l'écriture et je ne les en remercierai jamais assez.

À PROPOS DE L'AUTEUR

Né à Arlington au Texas, Shaun Hamill a grandi en s'astreignant à un régime strict de fantastique et d'horreur, en littérature comme au cinéma. Il a un Bachelor of Arts de l'Université du Texas à Arlington et un Master of Fine Arts de l'Iowa Writers' Workshop. Ses nouvelles ont été publiées dans *Carve Magazine* et *Spilt Infinitive*. Si vous cherchez réellement à le mettre dans l'embarras, allez jeter un coup d'œil aux courts-métrages de sa page IMDb. *Une Cosmologie de monstres* est son premier roman.

Robert Jackson Bennett
American Elsewhere (prix Shirley Jackson)

Franck Ferric
Le Chant mortel du Soleil

Peter A. Flannery
Mage de bataille, tomes 1 et 2

Kameron Hurley
Les étoiles sont Légion

Neal Stephenson
Anatèm, tomes 1 et 2

Sam J. Miller
La Cité de l'orque

Tom Sweterlitsch
Terminus

Jean-Michel Ré
La Fleur de Dieu

Sue Burke
Semiosis

À PARAÎTRE

Jean-Michel Ré
Les Portes célestes (*La Fleur de Dieu*, tome 2)

Gauthier Guillemin
Rivages

Derek Künsken
Le Magicien quantique (titre provisoire)

C. Robert Cargill
Un océan de rouille (titre provisoire)

Jean-Michel Ré
Cosmos incarné (*La Fleur de Dieu*, tome 3)

Peng Shepherd
Le Livre de M (titre provisoire)

Nick Harkaway
Gnomon, tomes 1 et 2

Composition : Nord Compo
Impression : CPI Bussière en septembre 2019
Éditions Albin Michel
22, rue Huyghens, 75014 Paris
www.albin-michel.fr

ISBN : 978-2-226-43904-8
N° d'édition : 23273/01 – N° d'impression : 2044375
Dépôt légal : octobre 2019
Imprimé en France